ASSASSIN'S
C R E E D®
LA CRUZADA SECRETA

Oliver Bowden

ASSASSIN'S CREED®

LA CRUZADA SECRETA

La historia jamás contada de
Altaïr, el Maestro Asesino

Traducción de Noemí Risco

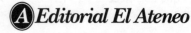

Editorial El Ateneo

la esfera de los libros

Bowden, Oliver
    Assassin's Creed : la cruzada secreta : la historia jamás contada de Altaïr, el
maestro asesino . - 1a ed., 3a reimp. - Ciudad Autónoma de Buenos Aires. : El
Ateneo; La Esfera de los Libros, 2014.
    352 p. ; 23x15 cm.

    Traducido por: Noemí Risco
    ISBN 978-950-02-0779-9

    1. Narrativa Inglesa. 2. Novela. I. Risco, Noemí, trad. II. Título
    CDD 823

*Assassin's Creed. La cruzada secreta. La historia jamás contada de Altaïr, el
Maestro Asesino*
Título original: *Assassin's Creed. The Secret Crusade*
Edición original: Penguin Group, London, 2011
© Oliver Bowden, 2011
© Ubisoft Entertainment, 2011
© De la traducción: Noemí Risco, 2012
© La Esfera de los Libros, S. L., 2012

Derechos exclusivos de edición en castellano para América latina, el Caribe y EE. UU.
Obra editada en colaboración con La Esfera de los Libros - España
© Grupo ILHSA S. A. para su sello Editorial El Ateneo, 2014
Patagones 2463 - (C1282ACA) Buenos Aires - Argentina
Tel: (54 11) 4943 8200 - Fax: (54 11) 4308 4199
E-mail: editorial@elateneo.com

1ª edición en España: mayo de 2012
1ª edición en Argentina: marzo de 2014
3ª reimpresión: octubre de 2014

ISBN 978-950-02-0779-9

Impreso en El Ateneo Grupo Impresor S. A.,
Comandante Spurr 631, Avellaneda,
provincia de Buenos Aires,
en octubre de 2014.

Índice

Prólogo.   9

Primera parte.   11

Segunda parte 101

Tercera parte 207

Cuarta parte. 277

Epílogo. 345
Relación de personajes 347
Agradecimientos 349

Prólogo

El majestuoso barco crujía; sus velas ondeaban, infladas por el viento. A días de tierra firme, atravesaba el océano hacia la gran ciudad en el oeste, portando una preciada carga: un hombre. Un hombre que la tripulación conocía tan solo como el Maestro.

Ahora estaba entre ellos, solo, en el castillo de proa, donde se había echado hacia atrás la capucha de su túnica para que le salpicara el agua del mar, sorbiéndola, con el rostro al viento. Una vez al día hacía aquello. Salía de su camarote a caminar por la cubierta, elegía un lugar para contemplar el mar y después volvía a bajar. A veces se quedaba en el castillo de proa y otras, en el alcázar. Pero siempre clavaba la vista en las olas de blancas crestas.

La tripulación le observaba todos los días. Trabajaban, se llamaban unos a otros en la cubierta y las jarcias; todos desempeñaban alguna tarea, mientras no dejaban de lanzar miradas a la solitaria figura pensativa. Y se preguntaban qué tipo de hombre sería, qué clase de hombre tenían entre ellos.

Le estudiaban a hurtadillas mientras se alejaba de la barandilla en cubierta y se subía la capucha. Se quedó allí un momento con la cabeza agachada, los brazos colgando, sueltos, a los costados, y la tripulación continuó observándole.

Tal vez unos cuantos palidecieron cuando pasó a su lado para regresar a su camarote, y, al cerrarse la puerta detrás de él, todos los hombres advirtieron que habían estado conteniendo la respiración.

Dentro, el Asesino volvió a su escritorio, se sentó y se sirvió del decantador de vino antes de alargar el brazo hacia un libro que atrajo hacia él. Después, lo abrió y empezó a leer.

PRIMERA PARTE

1

19 de junio de 1257

Maffeo y yo nos quedamos en Masyaf y permaneceremos aquí de momento. Al menos hasta que una o dos —¿cómo decirlo?— dudas se resuelvan. Mientras tanto nos quedaremos a instancia del Maestro, Altaïr Ibn-La'Ahad. Frustrante como es entregarse al dominio de nuestros propios caminos de esta forma, sobre todo al líder de la Orden, que ya anciano ejerce la ambigüedad con la implacable precisión con la que una vez blandió la espada y el puñal, yo al menos me beneficio de conocer sus historias. Maffeo, sin embargo, no tiene esa ventaja y cada vez está más inquieto, lo cual es comprensible. Está harto de Masyaf. No le gusta atravesar las empinadas cuestas entre la fortaleza de los Asesinos y la aldea que hay debajo, y el terreno montañoso no le resulta atractivo. Es un Polo, dice, y tras seis meses aquí, el ansia de conocer mundo para él es como la llamada de una mujer voluptuosa, persuasiva y tentadora, a la que no puede ignorar. Anhela llenar las velas con el viento y partir en busca de nuevas tierras, darle la espalda a Masyaf.

Su impaciencia es irritante, podría vivir sin ella, sinceramente. Altaïr está a punto de anunciar algo, lo presiento.

Así que hoy le digo:

—Maffeo, voy a contarte una historia.

¡Menuda educación la de este hombre! ¿De verdad somos parientes? Comienzo a dudarlo. Porque en vez de acoger la noticia con el entusiasmo que claramente hubiera provocado, juraría que le oí suspirar (o tal vez debería darle el beneficio de la duda: tal vez es-

13

taba sin aliento bajo el calor del sol), antes de preguntarme en un tono bastante exasperado:

—Antes de que empieces, Nicolás, ¿te importaría decirme de qué va?

No obstante, yo contesté:

—Muy buena pregunta, hermano.

Y reflexioné un poco sobre el tema mientras subíamos por la temida pendiente. Sobre nosotros la ciudadela se alzaba misteriosa sobre el promontorio, como si la hubieran tallado en la propia piedra caliza. Había decidido que quería el escenario perfecto para relatar mi historia y no había nada más apropiado que la fortaleza de Masyaf. Un imponente castillo de muchas torrecillas, rodeado de relucientes ríos, presidía la animada aldea que había debajo, un asentamiento en un punto culminante dentro del Valle Orontes. Un oasis de paz. Un paraíso.

—Diría que es sobre el conocimiento —decidí por fin—. *Assasseen*, como sabes, significa «guardián» en árabe. Los Asesinos son los guardianes de los secretos, y los secretos que guardan son conocimiento, así que sí... —No cabía duda de que estaba muy satisfecho conmigo mismo—. Es sobre el conocimiento.

—Entonces me temo que tengo una cita.

—¿Eh?

—Un entretenimiento sería bien recibido, Nicolás; eso desde luego. Pero no deseo una ampliación de mis estudios.

Sonreí abiertamente.

—Estoy seguro de que quieres oír las historias que me ha contado el Maestro.

—Eso depende. Tu tono hace que suene menos estimulante. Siempre dices que prefiero que me cuentes historias sangrientas, ¿verdad?

—Sí.

Maffeo le dedicó media sonrisa.

—Bueno, pues tienes razón.

—También tendrás de eso. Al fin y al cabo son los relatos del gran Altaïr Ibn-La'Ahad. Es la historia de su vida, hermano. Créeme, no faltan acontecimientos y te alegrará saber que en gran parte hay derramamiento de sangre.

Para entonces ya habíamos subido la barbacana hasta la parte exterior de la fortaleza. Pasamos por debajo del arco, atravesamos el puesto de guardia y volvimos a subir para dirigirnos al interior del castillo. Delante de nosotros estaba la torre en la que Altaïr tenía su cuartel general. Durante semanas le había ido a visitar allí y había pasado innumerables horas mirándolo embelesado mientras, sentado con las manos juntas y los codos apoyados en su alta silla, contaba historias, con los ojos apenas visibles bajo su capucha. Y cada vez era más consciente de que me contaba esas historias con un propósito. Que por alguna razón, todavía incomprensible para mí, había sido elegido para escucharlas.

Cuando no narraba sus historias, Altaïr le daba vueltas a sus libros y recuerdos, y en ocasiones se quedaba mirando durante horas por la ventana de su torre. Creía que estaría allí ahora. Metí un pulgar debajo de mi gorro para ponérmelo hacia delante y así protegerme los ojos. Alcé la vista hacia la torre, pero no vi nada más que piedra descolorida por el sol.

Maffeo interrumpió mis pensamientos.

—¿Tenemos audiencia con él?

—No, hoy no —contesté y señalé una torre a nuestra derecha—. Vamos ahí arriba...

Maffeo frunció el entrecejo. La torre de defensa era una de las más altas de la ciudadela y se llegaba hasta ella por una serie de escaleras vertiginosas, la mayoría de las cuales parecían necesitar un arreglo. Pero fui insistente, me metí la túnica en el cinturón y llevé a Maffeo hasta el primer nivel, después al siguiente y por fin llegamos a la cima. Desde allí contemplamos el campo. Kilómetros y kilómetros de terreno escarpado. Ríos como venas. Grupos de asentamientos. Examinamos Masyaf: las pendientes desde la fortaleza a los edificios y mercados que se extendían por el pueblo a sus pies, el cercado de madera en el muro exterior y los establos.

—¿A qué altura estamos? —preguntó Maffeo, que parecía un poco pálido, sin duda consciente del aire que le zarandeaba y de que el suelo ahora estaba muy, muy lejos.

—A unos ochenta metros —le dije—. Lo bastante alto como para poner a los Asesinos fuera del alcance de los arqueros enemigos, pero capaces de lanzarles encima una lluvia de flechas y mucho más.

Le mostré las aberturas que nos rodeaban por todas partes.

—Desde los matacanes podrían lanzar rocas o aceite sobre su enemigo, usando estos...

Sobresalían unas plataformas de madera y nos subimos a una. Nos agarramos a unos soportes verticales a cada lado y nos inclinamos hacia el aire para bajar la vista. Justo debajo de nosotros, la torre caía en el borde del precipicio. Y más abajo, estaba el río reluciente.

Sin sangre en la cara, Maffeo retrocedió a la seguridad del suelo de la torre. Me reí e hice lo mismo (me alegré en secreto, pues yo también estaba algo mareado, a decir verdad).

—¿Y para qué hemos subido hasta aquí? —preguntó Maffeo.

—Aquí es donde empieza mi historia —contesté—. En más de un sentido. Puesto que fue desde aquí desde donde el vigía vio a la fuerza invasora.

—¿La fuerza invasora?

—Sí. El ejército de Salah Al'din. Vino a sitiar Masyaf, a derrotar a los Asesinos. Hace ochenta años, un radiante día de agosto. Un día muy parecido al de hoy...

2

Primero, el vigía vio los pájaros.

Un ejército en movimiento atrae a los carroñeros. Sobre todo a los alados, que se abatían sobre cualquier resto que se dejaba atrás: comida, desperdicios o cuerpos muertos, ya fueran caballos o humanos. Lo siguiente que vio fue el polvo. Y luego una inmensa y oscura mancha que apareció en el horizonte, avanzando lentamente, envolviendo todo lo que estaba a la vista. Un ejército habita, afecta y destruye el paisaje; es un gigante, una bestia hambrienta que consume todo a su paso y en la mayoría de los casos —como bien sabía Salah Al'din—, con tan solo verlo bastaba para hacer que el enemigo se rindiera.

Aunque esta vez no. No cuando los enemigos eran Asesinos.

Para aquella campaña el líder sarraceno había levantado una modesta fuerza de diez mil miembros de infantería, caballería y otros seguidores. Con ellos tenía planeado aplastar a los Asesinos, que ya habían atentado dos veces contra su vida y seguro que no fallarían a la tercera. Con la intención de llevar la batalla a sus puertas, había entrado con su ejército en las montañas de An-Nusayriyah, hacia las nueve ciudadelas que allí tenían los Asesinos.

Habían llegado mensajes a Masyaf de que los hombres de Salah Al'din habían estado saqueando el campo, pero ninguno de los fuertes había caído; y de que Salah Al'din se dirigía a Masyaf, con la intención de conquistarla y reclamar la cabeza del líder asesino, Al Mualim.

A Salah Al'din se le consideraba un líder moderado y justo, pero los Asesinos le sulfuraban tanto como le ponían nervioso. Según se decía, su tío, Shihab Al'din, le había aconsejado que ofreciera un acuerdo de paz. El razonamiento de Shihab era que prefería tener a los Asesinos de su parte, no en su contra. Pero no convenció al vengativo sultán y por eso su ejército se arrastraba hacia Masyaf en un radiante día de agosto de 1176, y un vigía en la torre de defensa de la ciudadela vio la bandada de pájaros, las grandes nubes de polvo y la mancha negra en el horizonte, y alzó un cuerno a sus labios para dar la alarma.

La gente de la ciudad comenzó a almacenar provisiones y se trasladó a la seguridad de la ciudadela, abarrotando los patios. Tenían el miedo grabado en sus rostros, pero muchos habían colocado tenderetes para continuar comerciando. Los Asesinos, mientras tanto, empezaron a fortificar el castillo, se prepararon para encontrarse con el ejército, mientras observaban cómo la mancha se extendía por el hermoso paisaje verde, la gran bestia se alimentaba de la tierra y colonizaba el horizonte.

Oyeron los cuernos, los tambores y los címbalos. Y pronto distinguieron las figuras cuando aparecieron entre la calima: vieron miles. La infantería: lanceros, lanzadores de jabalina y arqueros, armenios, nubios y árabes. Vieron caballería: árabes, turcos y mamelucos, que llevaban sables, mazas, lanzas y espadas largas, algunos con cota de malla, otros con armadura de cuero. Vieron las literas de las nobles, los hombres sagrados y los revoltosos vasallos a la zaga: las familias, niños y esclavos. Observaron cómo los guerreros invasores alcanzaban el muro exterior y le prendían fuego, a los establos también; los cuernos seguían resonando y los címbalos retumbando. Dentro de la ciudadela, las mujeres del pueblo empezaron a llorar. Se imaginaban que sus casas serían las siguientes en ser incendiadas. Pero los edificios quedaron intactos y el ejército se detuvo en la aldea, por lo visto sin hacerle mucho caso al castillo.

No enviaron a nadie, no hubo mensajes; simplemente acamparon. La mayoría de sus tiendas eran negras, pero en medio del campamento había un grupo de casetas más grandes, las dependencias del sultán Salah Al'din y sus generales más cercanos. En ellas, ondeaban unas banderas bordadas y las puntas de los postes de las tiendas eran granadas doradas mientras que las casetas estaban cubiertas de seda de colores muy vivos.

En la ciudadela los Asesinos meditaban sobre sus tácticas. ¿Asaltaría Salah Al'din la fortaleza o intentaría matarlos de hambre? Al caer la noche obtuvieron su respuesta. Debajo de ellos, el ejército empezó a reunir instrumentos para asediarlos. Las hogueras ardieron durante toda la noche. El sonido de las sierras y los martillos se alzaba hasta los oídos de aquellos que se encargaban de las murallas en la ciudadela, y hasta la torre del Maestro, donde Al Mualim convocó una asamblea de sus Maestros Asesinos.

—Nos han entregado a Salah Al'din —dijo Faheem al-Sayf, un Maestro Asesino—. Es una oportunidad que no debemos dejar escapar.

Al Mualim reflexionó. Miró desde la ventana de la torre y pensó en la caseta llena de colorido en la que estaría ahora sentado Salah Al'din, tramando su perdición y la de los Asesinos. Pensó en el gran ejército del sultán y cómo habían arrasado el campo. Cómo el sultán sería más que capaz de alzar una fuerza incluso más grande si su campaña fracasara.

Salah Al'din tenía un poder inigualable, pensó. Pero los Asesinos tenían astucia.

—Si Salah Al'din muere, los ejércitos sarracenos se derrumbarán —dijo Faheem.

Pero Al Mualim negaba con la cabeza.

—No lo creo. Shihab le sustituirá.

—Es la mitad de líder que Salah Al'din.

—Entonces será menos eficaz en repeler a los cristianos —rebatió Al Mualim con brusquedad. A veces se cansaba de la forma de actuar que tenía Faheem, como la de un halcón—. ¿Quieres que nos encontremos a su merced? ¿Deseas que nosotros, sus renuentes aliados, nos pongamos en contra del sultán? Somos los Asesinos, Faheem. Nuestro propósito es solo nuestro. No pertenecemos a nadie.

El silencio inundó la sala de olor dulce.

—Salah Al'din no se fía de nosotros igual que nosotros no nos fiamos de él —dijo Al Mualim, después de meditarlo—. Deberíamos asegurarnos de que no se ha vuelto más cauteloso.

A la mañana siguiente los sarracenos subieron un ariete y una torre de asedio por la pendiente principal, y mientras los arqueros montados turcos lanzaban lluvias de flechas a la ciudadela, atacaron la muralla externa con los instrumentos de asedio, bajo el fuego constante de los arqueros Asesinos y las rocas y el aceite que echaban desde las torres de defensa. Los aldeanos se unieron a la batalla y acribillaron al enemigo con piedras desde los baluartes o sofocando el fuego, al tiempo que, en la entrada principal, los valientes Asesinos salían por los portillos para contrarrestar los ataques de la infantería con los que trataban de acabar con ellos. El día terminó con gran cantidad de bajas en ambos bandos, mientras los sarracenos se retiraban colina abajo y encendían el fuego para iluminar la noche y poder reparar sus instrumentos de asedio y reunir más.

Aquella noche, hubo bastante alboroto en el campamento y por la mañana se desmontó la caseta de colores vivos que pertenecía a Salah Al'din. Se marchó y se llevó consigo un pequeño grupo de escolta.

Poco después, su tío, Shihab Al'din, subió la pendiente para dirigirse al Maestro de los Asesinos.

3

—Su Majestad Salah Al'din ha recibido vuestro mensaje y os lo agradece gentilmente —dijo el enviado—. Tiene asuntos que atender en otra parte y se ha marchado, con instrucciones para que Su Excelencia Shihab Al'din entre en negociaciones.

El enviado permaneció junto al semental de Shihab y ahuecó la mano en la boca para llamar al Maestro y a sus generales, que estaban reunidos en la torre de defensa.

Un pequeño grupo había subido la colina, doscientos hombres aproximadamente, además de una litera que dejaron en el suelo los nubios. Shihab no tenía más que un escolta, que seguía a lomos de su caballo. Tenía una expresión de serenidad en el rostro, como si no estuviera demasiado preocupado sobre el resultado de las negociaciones. Llevaba unos pantalones anchos y blancos, un chaleco, y un fajín rojo y retorcido. Insertada en su enorme turbante de un blanco cegador había una joya reluciente. Aquella joya tendría algún nombre ilustre, pensó Al Mualim, mientras le miraba desde la parte superior de la torre. Se llamaría Estrella de algo o la Rosa de algo. A los sarracenos les gustaba poner nombre a sus baratijas.

—Empecemos —dijo Al Mualim mientras pensaba «asuntos que atender en otra parte», con una sonrisa, y su mente retrocedía tan solo unas horas, cuando un Asesino había ido a sus aposentos, le había despertado de su sueño y le había dicho que fuera a la sala del trono.

—Umar, bienvenido —había dicho Al Mualim, envolviéndose en su túnica al sentir en sus huesos el fresco de primera hora de la mañana.

—Maestro —había respondido Umar en voz baja y con la cabeza gacha.

—¿Has venido a hablarme de tu misión? —le había preguntado Al Mualim.

Encendió una lámpara de aceite en una cadena, localizó su silla y se puso cómodo. Las sombras se movían erráticamente por el suelo.

Umar asintió. Al Mualim se dio cuenta de que tenía sangre en la manga.

—¿Era correcta la información de nuestro agente?

—Sí, Maestro. Entré en su campamento y, tal como nos dijeron, la caseta chillona era un señuelo. La tienda de Salah Al'din estaba cerca y era un alojamiento mucho menos llamativo.

Al Mualim sonrió.

—Estupendo, estupendo. ¿Y cómo pudiste identificarlo?

—Estaba protegido, como dijo nuestro espía que estaría, con tiza y ceniza esparcida por el perímetro para que mis pasos se oyeran.

—Pero no fue ese el caso, ¿no?

—No, Maestro. Conseguí entrar en la tienda del sultán y dejar la pluma, tal y como se me ordenó.

—¿Y la carta?

—La sujeté con una daga a su camastro.

—¿Y luego?

—Salí arrastrándome de su tienda...

—¿Y?

Hubo una pausa.

—El sultán se despertó y dio la alarma. Tan solo pude escapar para salvar mi vida.

Al Mualim señaló la manga manchada de sangre de Umar.

—¿Y eso?

—Me vi obligado a cortar un gaznate para poder escapar, Maestro.

—¿El de un guardia? —preguntó Al Mualim, expectante.

Umar negó con la cabeza tristemente.

—Llevaba el turbante y el chaleco de un noble.

Y al oír aquella afirmación, Al Mualim cerró los ojos, cansado y afligido.

—¿No había otra opción?

—Actué sin pensar, Maestro.

—Pero por lo demás, ¿tu misión fue un éxito?

—Sí, Maestro.

—Entonces veremos qué sucede —dijo.

Lo que ocurrió fue la salida de Salah Al'din y la visita de Shihab. Y desde aquella alta posición en su torre, Al Mualim se había permitido creer que los Asesinos se habían impuesto. Que su plan había funcionado. Su mensaje había advertido al sultán que debía abandonar su campaña contra los Asesinos o de lo contrario el siguiente puñal no estaría clavado en su camastro sino en sus genitales. Al poder dejarlo, le había demostrado al monarca lo vulnerable que en realidad era; que su gran fuerza no servía de nada cuando un solo Asesino podía burlar sus señuelos y guardias, y entrar a hurtadillas en su tienda con tanta facilidad mientras él dormía.

Y tal vez Salah Al'din prefería mantener sus genitales antes que continuar con una larga y costosa guerra de desgaste contra el enemigo cuyos intereses rara vez entraban en conflicto con los suyos. Por eso se había marchado.

—Su Majestad Salah Al'din acepta vuestra oferta de paz —dijo el enviado.

En la torre, Al Mualim compartió una mirada divertida con Umar, que se encontraba a su lado. Más allá estaba Faheem, sin abrir la boca.

—¿Nos asegura que nuestra secta puede operar sin más hostilidades y que no habrá más intromisiones en nuestras actividades? —preguntó Al Mualim.

—Mientras los intereses lo permitan, así os lo garantiza.

—Entonces acepto la oferta de Su Majestad —respondió Al Mualim, satisfecho—. Podéis retirar a vuestros hombres de Masyaf. A lo mejor sois lo bastante buenos para reparar nuestra empalizada antes de marcharos.

Al oír aquello, Shihab alzó la mirada de pronto hacia la torre, e incluso desde la altura donde estaba Al Mualim vio que la ira se reflejaba en sus ojos. Shihab se inclinó desde su semental para hablar al enviado, que escuchó, asintió y luego ahuecó la mano junto a la boca para dirigirse a los de la torre una vez más.

—Durante la entrega del mensaje, uno de los fieles generales de Salah Al'din fue asesinado. Su Majestad pide una compensación. La cabeza del culpable.

La sonrisa se borró del rostro de Al Mualim. A su lado, Umar se puso tenso.

Se hizo el silencio. Únicamente se oía el resoplido de los caballos. El canto de los pájaros. Todos esperaban oír la respuesta de Al Mualim.

—Puedes decirle al sultán que me niego a cumplir tal petición.

Shihab se encogió de hombros. Se inclinó para hablar con el enviado, que a su vez se dirigió a Al Mualim.

—Su Excelencia desea que os informe de que, a menos que accedáis a esta petición, se quedará aquí, en Masyaf, una fuerza, y que nuestra paciencia es más grande que las provisiones que tenéis almacenadas. ¿Acaso el acuerdo de paz no serviría de nada? ¿Permitiríais que vuestros aldeanos y vuestros hombres murieran de hambre? ¿Todo por la cabeza de un Asesino? Su Excelencia espera que no sea así.

—Iré —le dijo Umar entre dientes a Al Mualim—. Fue un error mío. Es justo que pague por él.

Al Mualim le ignoró.

—No daré la vida de uno de mis hombres —le dijo al enviado.

—Entonces Su Excelencia no acepta vuestra decisión y pide que deis fe de un asunto que necesita resolverse. Hemos descubierto la existencia de un espía en nuestro campamento y debe ser ejecutado.

Al Mualim contuvo la respiración cuando los sarracenos sacaron al agente Asesino de la litera. Detrás de él sacaron una plataforma de verdugo, que dos nubios colocaron en el suelo delante del semental de Shihab.

El espía se llamaba Ahmad. Le habían golpeado. La cabeza —aporreada, magullada y manchada de sangre— colgaba sobre su pecho mientras le llevaban a pulso hacia la plataforma, arrastrando sus rodillas, y allí le dejaron, con el cuello hacia arriba. El verdugo avanzó: era un turco que llevaba una brillante cimitarra, con ambas manos colocadas sobre la empuñadura enjoyada. Los dos nubios sujetaron a Ahmad por los brazos; él gruñó un poco y el sonido se elevó hacia los asombrados Asesinos que estaban en la alta torre de defensa.

—Si tu hombre ocupa su lugar, se le perdonará la vida y se cumplirá el tratado de paz —dijo el enviado—. Si no, él morirá, el asedio continuará y tu gente morirá de hambre.

De pronto Shihab alzó la cabeza y gritó:

—¿Quieres eso sobre tu conciencia, Umar Ibn-La'Ahad?

Todos los Asesinos contuvieron la respiración. Ahmad había hablado. Bajo tortura, por supuesto. Pero había hablado.

Los hombros de Al Mualim cayeron.

Umar estaba fuera de sí.

—Dejadme ir —insistió a Al Mualim—. Maestro, por favor.

Debajo de ellos el verdugo plantó sus pies y con ambas manos levantó la espada sobre su cabeza. Ahmad tiró con debilidad de las manos que lo sujetaban. Tenía el cuello tirante, expuesto a la hoja. El promontorio estaba en silencio excepto por su gimoteo.

—Tu última oportunidad, Asesino —dijo Shihab.

La espada brilló.

—Maestro —suplicó Umar—, dejadme ir.

Al Mualim asintió.

—¡Deteneos! —gritó Umar. Se movió hacia una plataforma de la torre y le dijo a Shihab—: Yo soy Umar Ibn-La'Ahad. Es mi vida la que deberíais tomar.

Hubo una oleada de entusiasmo entre las filas de sarracenos. Shihab sonrió y asintió. Señaló al verdugo, que se retiró y volvió a enfundar su espada.

—Muy bien —le dijo a Umar—. Ven, toma tu lugar en la tarima.

Umar se dio la vuelta hacia Al Mualim, que alzó la cabeza para mirarle con los ojos enrojecidos.

—Maestro —dijo Umar—, os pido un último favor. Encargaos del cuidado de Altaïr. Aceptadlo como vuestro novicio.

Al Mualim asintió.

—Por supuesto, Umar —dijo—. Por supuesto.

Se hizo el silencio en la ciudadela cuando Umar bajó las escaleras de la torre, luego tomó la pendiente por la barbacana, pasó por debajo del arco y se dirigió a la puerta principal. En el portillo, un centinela se acercó para abrirlo y él se agachó para cruzarlo.

Se oyó un grito detrás de él.

—Padre.

El sonido de unos pies corriendo.

Hizo una pausa.

—Padre.

Oyó la angustia en la voz de su hijo y cerró los ojos con fuerza para reprimir las lágrimas al salir por la puerta. El centinela la cerró detrás de él.

Sacaron a Ahmad de la tarima y Umar trató de transmitirle tranquilidad con la mirada, pero Ahmad no pudo mirarle mientras se lo llevaban y lo tiraban fuera del portillo. Lo abrieron, lo arrastraron adentro y se volvió a cerrar. Unos brazos aferraron a Umar. Tiraron de él hasta la tarima y allí le colocaron como a Ahmad. Ofreció su cuello y observó cómo el verdugo descollaba sobre él. Y más allá del verdugo, el cielo.

—Padre —oyó desde la ciudadela al tiempo que la brillante hoja bajaba para cortarle el cuello.

Dos días más tarde, bajo el abrigo de la oscuridad, Ahmad abandonó la fortaleza. A la mañana siguiente, cuando descubrieron que había desaparecido, algunos se preguntaron cómo pudo dejar solo a su hijo —la madre había muerto de fiebres dos años antes— mientras que otros afirmaban que se sentía demasiado avergonzado, que por eso se había visto obligado a marcharse.

Aunque la verdad era muy diferente.

4

20 de junio de 1257

Aquella mañana me desperté con Maffeo sacudiéndome el hombro. No con especial delicadeza, debería añadir. Sin embargo, su insistencia estaba provocada por el interés en mi historia. Así que al menos debía estar agradecido.

—¿Y bien? —dijo.

—¿Y bien qué?

Si sonaba dormido, bueno, era porque lo estaba.

—¿Qué le pasó a Ahmad?

—Eso lo descubrí más tarde, hermano.

—Pues cuéntamelo.

Mientras me sentaba en la cama, reflexioné sobre el tema.

—Creo que lo mejor es que te cuente las historias tal y como me las contaron a mí —dije por fin—. Altaïr, aunque está envejeciendo, es un narrador de relatos buenísimo. Debo seguir tal y como él la narró. Y lo que te conté ayer formó la mayor parte de nuestro primer encuentro. Un episodio que tuvo lugar cuando solo tenía once años.

—Traumático para cualquier niño —meditó Maffeo—. ¿Qué fue de su madre?

—Murió al dar a luz.

—¿Altaïr se quedó huérfano a los once años?

—Sí.

—¿Qué le ocurrió?

—Bueno, ya sabes qué le ocurrió. Está sentado en su torre y...

—No, me refiero a qué pasó después de morir su padre.

—Eso también tendrá que esperar, hermano. La siguiente vez que vi a Altaïr había avanzado quince años en su narración, a un día en el que se encontraba arrastrándose por las oscuras y empapadas catacumbas debajo de Jerusalén...

Era el año 1191. Habían pasado más de tres años desde que Salah Al'din y sus sarracenos habían tomado Jerusalén. Los cristianos habían reaccionado rechinando los dientes, dando patadas en el suelo y cobrando impuestos al pueblo para financiar su Tercera Cruzada. Y una vez más los hombres en cota de malla habían marchado a Tierra Santa y habían asediado sus ciudades.

El rey Ricardo de Inglaterra, al que llamaban Corazón de León —tan cruel como valiente—, hacía poco que había vuelto a tomar Acre, pero su mayor deseo era Jerusalén, un lugar santo. Y ningún otro sitio en Jerusalén era más sagrado que el Monte del Templo y las ruinas del Templo de Salomón, hacia las que avanzaban Altaïr, Malik y Kadar.

Se movían rápido, pero a hurtadillas, aferrándose a los laterales de los túneles, sin que apenas sus suaves botas tocaran la arena. Altaïr iba delante, Malik y Kadar unos pasos detrás, todos con los sentidos adaptados al entorno y el pulso acelerándose mientras se acercaban al Monte. Las catacumbas tenían miles de años de antigüedad y así lo parecía; Altaïr veía arena y polvo cayendo de los soportes inestables de madera, mientras bajo sus pies el suelo estaba mullido, la arena mojada por el agua que goteaba constantemente desde arriba (una especie de canal que habría por allí cerca). El aire estaba cargado por el olor a azufre, por los faroles empapados en betún que bordeaban las paredes del túnel.

Altaïr fue el primero en oír al sacerdote. Por supuesto que fue él. Era el líder, el Maestro Asesino; sus habilidades eran mayores y sus sentidos, más agudos. Se detuvo. Se tocó la oreja, luego levantó la mano y los tres se quedaron inmóviles, como espectros en el pasadizo. Al mirar atrás, estaban esperando su próxima orden. Los ojos de Kadar brillaron, expectantes; la mirada de Malik era atenta, férrea.

Los tres contuvieron la respiración. A su alrededor el agua goteaba y Altaïr escuchó atentamente los murmullos del sacerdote.

La falsa devoción cristiana de un Templario.

Altaïr colocó las manos a su espalda y sacudió la muñeca para sacar su hoja al tiempo que notaba el tirón familiar del mecanismo del anillo que llevaba en el dedo meñique. Guardaba la hoja de tal modo que el ruido que hacía al deslizarse apenas se oía; además, la había activado a la vez que caían las gotas de agua para asegurarse.

Gota... gota... zas.

Llevó los brazos hacia delante y la hoja de su mano izquierda reflejó una parpadeante luz de antorcha, sedienta de sangre.

Altaïr se colocó plano contra la pared del túnel, avanzó a hurtadillas, dobló una ligera curva hasta que pudo ver al sacerdote arrodillado en el túnel. Llevaba la túnica de un Templario. Sin duda, estaba en busca de su tesoro.

Se le aceleró el corazón. Era tal y como él había pensado. La ciudad bajo el control de Salah Al'din no iba a detener a los hombres de la cruz roja. Ellos también tenían asuntos en el Monte. ¿Qué asuntos? Altaïr tenía la intención de averiguarlo, pero antes...

Primero tendría que encargarse del sacerdote.

Muy agachado, se colocó detrás del hombre arrodillado, que estaba rezando e ignoraba la proximidad de la muerte. Altaïr puso el peso en el pie que tenía delante, flexionó un poco la rodilla, alzó la hoja y echó la mano hacia atrás, preparado para golpear.

—¡Espera! —dijo Malik entre dientes desde atrás—. Tiene que haber otra manera... No hace falta que este muera.

Altaïr le ignoró. Con un movimiento fluido agarró el hombro del sacerdote con la mano derecha y con la izquierda le clavó la punta de la hoja en la nuca, cortándole entre el cráneo y la primera vértebra de la columna.

El sacerdote no tuvo tiempo de gritar: la muerte fue casi instantánea. Casi. El cuerpo se agitó y se tensó, pero Altaïr lo sostuvo firme mientras notaba con un dedo en la arteria carótida cómo su vida se consumía. Poco a poco, el cuerpo se relajó y Altaïr dejó que se encogiera en silencio, en el suelo donde estaba, con un charco de sangre que se extendía y manchaba la arena.

Había sido rápido, no se había oído. Pero cuando Altaïr retiró la hoja, vio cómo le miraba Malik y la acusación que reflejaban sus ojos. Hizo lo que pudo para reprimir una expresión desdeñosa ante la debilidad de Malik. El hermano de Malik, Kadar, en cambio, miraba el cadáver del sacerdote con una mezcla de asombro y sobrecogimiento.

—Excelente forma de matar —dijo entre jadeos—. La fortuna favorece tu hoja.

—La fortuna no —alardeó Altaïr—, la destreza. Quédate observando un rato más y puede que aprendas algo.

Cuando lo dijo, examinó a Malik detenidamente, al ver los ojos del Asesino brillando por el enfado, los celos y, sin duda, por el respeto que Kadar le tenía a Altaïr.

En efecto, Malik se volvió hacia su hermano.

—Sí, te enseñará cómo ignorar todo lo que nos enseñó el Maestro.

Altaïr le miró con desdén una vez más.

—¿Y cómo lo habrías hecho tú?

—No habría atraído la atención sobre nosotros. No le habría quitado la vida a un inocente.

Altaïr suspiró.

—No importa cómo terminemos nuestra tarea, tan solo que la hagamos.

—Pero ese no es el modo... —empezó a decir Malik.

Altaïr le miró fijamente.

—Mi manera de actuar es mejor.

Por un momento ambos se fulminaron con la mirada. Incluso en aquel túnel frío, húmedo y empapado, Altaïr podía ver en los ojos de Malik la insolencia, el resentimiento. Sabía que tendría que tener cuidado con eso. Por lo visto, Malik era un enemigo a la espera.

Pero si tenía planes para suplantar a Altaïr, era evidente que Malik había decidido que ahora no era el momento adecuado para plantarse.

—Reconoceré el terreno más adelante —dijo—. Trata de no deshonrarnos más.

Cualquier castigo por aquella insubordinación en particular tendría que esperar, decidió Altaïr cuando Malik se fue y subió el túnel en dirección al Templo.

Kadar le observó mientras se marchaba y luego se volvió hacia Altaïr.

—¿Cuál es nuestra misión? —preguntó—. Mi hermano no me ha dicho nada, tan solo que debería sentirme honrado por que me hubieran invitado.

Altaïr contempló al joven entusiasta.

—El Maestro cree que los Templarios han encontrado algo bajo el Monte del Templo.

—¿Un tesoro? —preguntó Kadar, emocionado.

—No lo sé. El Maestro lo considera importante; si no no me hubiera pedido que lo recuperara.

Kadar asintió y, tras un gesto de Altaïr con la mano, salió como una flecha para reunirse con su hermano y dejó a Altaïr solo en el túnel. Mientras reflexionaba, bajó la vista hacia el cadáver del sacerdote, que tenía un halo de sangre en la arena, alrededor de su cabeza. Puede que Malik tuviera razón. Había otros modos de silenciar a un sacerdote, no tenía por qué morir. Pero Altaïr lo había matado porque...

Porque podía.

Porque era Altaïr Ibn-La'Ahad, hijo de un Asesino. El más experto de la Orden. Un Maestro Asesino.

Se puso en camino, hacia una serie de hoyos, donde la niebla flotaba en sus profundidades, y saltó con facilidad a la primera viga transversal, aterrizando ágilmente, agachado como un gato, con respiración regular, al tiempo que disfrutaba de su propio poder y porte atlético.

Saltó a la siguiente y a la otra y luego llegó a donde Malik y Kadar le estaban esperando. Pero en vez de reconocerlos, pasó de largo, el sonido de sus pies como un susurro sobre el suelo, apenas sin rozar la arena. Delante de él había una escalera alta, que subió rápido y en silencio, y solo aminoró el paso cuando llegó al final, donde se detuvo a escuchar y a oler el aire.

A continuación, muy despacio, alzó la cabeza para ver una cámara elevada, y allí, tal y como él esperaba, había un guardia de espaldas a él, vestido con el traje de Templario: una chaqueta acolchada de gambesón, unas mallas, cota de malla y la espada en la cadera. Altaïr, callado e inmóvil, le estudió durante unos instantes, tomó nota de su postura, de la inclinación de sus hombros. Bien. Estaba cansado y distraído. Silenciarlo sería fácil.

Despacio, Altaïr se levantó del suelo donde había estado agachado por un momento, estabilizó su respiración y observó al Templario con detenimiento, antes de acercársele por la espalda, enderezarse y alzar las manos: la izquierda, una garra, y la derecha, preparada para sujetarle y acallar al guardia.

Entonces golpeó y sacudió la muñeca para sacar la hoja, que saltó hacia delante en el mismo instante en que él embistió contra la columna vertebral del guardia y extendió la mano derecha para contener el grito del hombre.

Durante un segundo permanecieron en un macabro abrazo y Altaïr notó bajo su mano el cosquilleo del último grito amortiguado de su víctima. Entonces el guardia se contrajo, Altaïr lo llevó hasta el suelo con cuidado y se inclinó para cerrarle los ojos. Le habían castigado por su fallo en el puesto de vigía, pensó tristemente mientras se levantaba para apartarse del cadáver y unirse a Malik y Kadar y pasaban bajo el arco que habían vigilado tan mal.

Una vez al otro lado, se encontraron en el nivel superior de una cámara inmensa; por un instante Altaïr se quedó asimilándola y de pronto se sintió intimidado. Era la ruina del legendario Templo de Salomón, que decían que había sido construido en el año 960 a. de C. por el rey Salomón. Si Altaïr estaba en lo cierto, ahora estaban contemplando la casa mayor del Templo, su Lugar Sagrado. Los primeros escritos hablaban del Lugar Sagrado, cuyas paredes estaban cubiertas de cedro, de querubines tallados, palmeras y flores abiertas, estampadas en relieve con oro, pero el Templo ahora era una sombra de lo que había sido. No obstante, incluso despojado de su dorado, seguía siendo un sitio de reverencia y, a su pesar, Altaïr se maravilló al verlo.

Detrás de él, sus dos compañeros estaban incluso más intimidados.

—Allí... Esa debe de ser el Arca —dijo Malik, señalando a través de la sala.

—El Arca de la Alianza —dijo Kadar entrecortadamente al verla también.

Altaïr se había recuperado y se asomó para ver a los dos hombres como un par de estúpidos comerciantes, encandilados al ver las resplandecientes baratijas. ¿El Arca de la Alianza?

—No seáis tontos —les reprendió—. No existe tal cosa. Es solo una leyenda.

Pero al mirar, estuvo un poco menos seguro. Sin duda la caja tenía todas las propiedades de la fabulosa Arca. Era como los profetas siempre la habían descrito: chapada completamente en oro, con una tapa dorada adornada con querubines y unos círculos para introducir los palos que se utilizarían para transportarla. Y Altaïr advirtió que tenía algo... Una especie de aura...

Apartó la vista de ella. Asuntos más importantes necesitaban su atención, concretamente los dos hombres que acababan de entrar en el nivel inferior, con las botas crujiendo sobre lo que una vez había sido un suelo de abeto, pero ahora tan solo era piedra. Allí se hallaban los Templarios y su líder ya estaba dando órdenes.

—La quiero al otro lado de la puerta antes del amanecer —les dijo, refiriéndose sin duda alguna al Arca—. Cuanto antes la tengamos, antes podremos centrar nuestra atención en esos chacales de Masyaf.

Hablaba con acento francés y, al acercarse a la luz, vieron su capa distintiva, la de un Gran Maestro Templario.

—Robert de Sablé —dijo Altaïr—. Su vida es mía.

Malik se volvió contra él, enfadado.

—No. Nos han pedido que recuperemos el tesoro y nos encarguemos de Robert solo si es necesario.

Altaïr, harto del desafío constante de Malik, se volvió hacia él.

—Se interpone entre el Arca y nosotros —dijo entre dientes, encolerizado—. Diría que es necesario.

—Discreción, Altaïr —le rogó Malik.

—Querrás decir cobardía. Ese hombre es nuestro mayor enemigo y ahora tenemos la oportunidad de deshacernos de él.

Aun así Malik alegó:

—Ya has roto dos principios de nuestro Credo. Ahora romperás el tercero. No comprometas a la Hermandad.

Al final Altaïr soltó:

—Soy superior a ti, tanto por mi título como por mi capacidad. Deberías pensártelo antes de cuestionarme.

Y al decir aquello, se dio la vuelta, bajó rápidamente por la primera escalera hasta un balcón inferior y luego llegó al suelo, donde caminó con seguridad hacia un grupo de caballeros.

Lo vieron acercarse y se volvieron hacia él, con las manos en la empuñadura de sus espadas y la mandíbula tensa. Altaïr sabía que estarían observándolo, observando al Asesino, mientras se deslizaba por el suelo hacia ellos, con el rostro oculto por la capucha, la túnica y el fajín cayendo a su alrededor, la espada en la cadera y las empuñaduras de sus espadas cortas asomando por el hombro derecho. Sabía el miedo que estarían sintiendo.

Y él a su vez los observaba a ellos, evaluando mentalmente a cada hombre: cuál de ellos era un espadachín diestro, cuál lucharía con la izquierda; quién sería el más veloz y quién el más fuerte, al tiempo que prestaba especial atención al líder.

Robert de Sablé era el más grande, el más poderoso. Llevaba la cabeza rapada y en su cara estaban grabados los años de experiencia, cada uno de los que habían contribuido a su leyenda, la del caballero tan famoso por su habilidad con la espada como por su crueldad y falta de misericordia. Altaïr sabía muy bien que, de los presentes, ese era el más peligroso; tendría que neutralizarlo el primero.

Oyó que Malik y Kadar bajaban las escaleras y miró atrás para verlos seguir su ejemplo. Kadar tragó, nervioso, y los ojos de Malik reflejaron su desaprobación. La tensión de los Templarios aumentó al ver a dos Asesinos más, crecía el número. Cuatro de ellos rodearon a De Sablé, alertas, y el ambiente se cargó de miedo y suspense.

—Esperad, Templarios —dijo Altaïr, cuando estuvo lo bastante cerca de los cinco caballeros. Se dirigió a De Sablé, que tenía una fina sonrisa en los labios y las manos colgando a los costados. A diferencia de sus compañeros, estaba preparado para el combate, pero relajado, como si la presencia de tres Asesinos no le importara demasiado. Altaïr le haría pagar por su arrogancia—. No sois los únicos que tenéis asuntos aquí —añadió.

Los dos hombres se evaluaron. Altaïr movió su mano derecha, como si estuviera dispuesto a agarrar la empuñadura de la espada en su cinturón. Quería mantener la atención de De Sablé allí, cuando en realidad la muerte le llegaría con un corte limpio de la izquierda. Sí, decidió. Haría un amago con la derecha, pero atacaría con la izquierda. Despacharía a Robert de Sablé con la hoja y sus hombres huirían, lo que permitiría a los Asesinos recuperar el tesoro. Todos hablarían de la gran victoria de Altaïr al luchar contra el Gran Maestro Templario. Malik —ese cobarde— tendría que callarse, su hermano quedaría maravillado de nuevo, y al regresar a Masyaf los miembros de la Orden venerarían a Altaïr; Al Mualim le honraría personalmente y el camino de Altaïr hacia el puesto de Maestro estaría asegurado.

Altaïr miró a los ojos de su oponente. Imperceptiblemente dobló la mano izquierda para comprobar la tensión del mecanismo de la hoja. Estaba preparado.

—¿Y qué es lo que queréis? —preguntó De Sablé, con aquella misma sonrisa despreocupada.

—Sangre —se limitó a responder Altaïr y atacó.

Con una velocidad inhumana, saltó sobre De Sablé al tiempo que activaba la hoja y hacía un amago con la mano derecha, aunque golpeó con la izquierda, tan rápido y mortal como una cobra.

Pero el Gran Maestro Templario fue más rápido y astuto que él y se había anticipado. Sorprendió al Asesino en mitad del ataque, por lo visto con facilidad, de modo que Altaïr se detuvo en seco, incapaz de moverse, de pronto terriblemente indefenso.

Y en aquel momento Altaïr se dio cuenta de que había cometido un grave error. Un error garrafal. En aquel momento supo que no era De Sablé el arrogante, sino él. De repente ya no se sentía como Altaïr el Maestro Asesino. Se sentía como un niño débil e impotente. Peor, como un niño fanfarrón.

Forcejeó, pero se percató de que apenas podía moverse, De Sablé le sujetaba sin ningún esfuerzo. Notó una fuerte punzada de vergüenza al pensar que Malik y Kadar estarían viendo cómo le reducían. La mano de su oponente le apretó la garganta y empezó a respirar con dificultad mientras el Templario le empujaba con la cara. Una vena en su frente latió con fuerza.

—No sabes dónde te metes, Asesino. Te perdonaré la vida tan solo para que vuelvas con tu Maestro y le des este mensaje: él y los suyos han perdido Tierra Santa. Debería huir ahora que tiene la oportunidad. Si os quedáis, todos vosotros moriréis.

Altaïr se atragantó y resopló, su visión empezó a nublarse y luchó por no quedar inconsciente mientras De Sablé le retorcía con facilidad como si se tratara de un recién nacido y lo lanzaba hacia la pared del fondo de la cámara. Altaïr se estampó contra la roca antigua y fue a parar al salón del otro lado, donde permaneció aturdido por un instante, cuando oyó el estruendo de las vigas y los enormes pilares de la estancia al caer. Levantó la vista y vio que su entrada al Templo estaba bloqueada.

Al otro lado oyó los gritos de Robert de Sablé:

—Hombres. A las armas. ¡Matad a los Asesinos!

Se puso de pie enseguida y salió disparado hacia los escombros para tratar de encontrar un lugar por donde pasar. Mientras la vergüenza y la impotencia ardían en su interior, oyó los gritos de Malik y Kadar, sus gritos al morir, y al final agachó la cabeza, se dio la vuelta y comenzó a salir del Templo para continuar el viaje hacia Masyaf. Una vez allí, le daría la noticia al Maestro.

La noticia de que había fracasado. Él, el gran Altaïr, había llevado la deshonra a sí mismo y a la Orden.

Cuando por fin salió de las entrañas del Monte del Templo el sol resplandecía y Jerusalén estaba llena de vida. Pero Altaïr nunca se había sentido tan solo.

5

Altaïr llegó a Masyaf tras un viaje agotador de cinco días a caballo, durante el que tuvo el tiempo suficiente para reflexionar sobre su fracaso. Y así llegó a las puertas, con el corazón en un puño, y después de que el guardia le dejara entrar, se dirigió a los establos.

Al desmontar, notó que sus músculos agarrotados por fin se relajaban. Le dio el caballo al mozo de cuadra, luego se detuvo junto al pozo para beber un poco de agua, al principio a sorbos, después a tragos, y, al final, se la echó por encima, agradecido por quitarse la suciedad de la cara. Aunque todavía notaba la mugre del viaje sobre su cuerpo. Su túnica caía sucia y pesada, y tenía ganas de bañarse en las aguas relucientes de Masyaf, escondido en un hueco del acantilado. Lo único que ansiaba ahora era la soledad.

Mientras cruzaba las afueras del pueblo, alzó la vista, más allá de las casuchas de los establos y el bullicioso mercado, hasta los senderos serpenteantes que llevaban a los baluartes de la fortaleza de los Asesinos. Allí era donde la Orden entrenaba y vivía bajo el mando de Al Mualim, cuyo cuartel general estaba en el centro de las torres bizantinas de la ciudadela. A menudo se le veía mirando por la ventana de su torre, perdido en sus pensamientos, y Altaïr se lo imaginaba allí ahora, contemplando el pueblo. El mismo pueblo que bullía de vida, brillaba a la luz del sol y estaba animado por los negocios. El pueblo al que, diez días antes, Altaïr, al marcharse a Jerusalén con Malik y Kadar, había planeado volver como un héroe triunfante.

Nunca, ni en sus más oscuros desvaríos, había previsto el fracaso, y sin embargo...

Un Asesino le llamó mientras cruzaba la plaza del mercado moteada de sol. Altaïr se tranquilizó, echó hacia atrás los hombros y levantó la cabeza, intentando llamar desde el interior al gran Asesino que se había marchado de Masyaf, en vez de al tonto con las manos vacías que había regresado.

Era Rauf, y el alma de Altaïr cayó aún más a sus pies, si es que era posible, lo que dudaba sinceramente. De todos los que podían recibirle a su vuelta, tenía que ser Rauf, que veneraba a Altaïr como a un dios. Parecía como si el joven le hubiera estado esperando, pasando el rato junto a una fuente en la pared. De hecho, estaba saltando con los ojos muy abiertos y ansiosos, ajeno al nimbo de fracaso que Altaïr sentía a su alrededor.

—Altaïr, has vuelto.

Sonreía abiertamente, tan contento como un cachorro al verle.

Altaïr asintió despacio. Observó cómo, detrás de Rauf, un comerciante mayor se refrescaba en la fuente y luego saludaba a una joven, que llegaba portando un jarrón decorado con gacelas. La mujer lo colocó en el muro bajo que rodeaba el pilón y empezó a hablar, entusiasmada, al tiempo que gesticulaba. Altaïr los envidiaba. Los envidiaba a ambos.

—Me alegro de ver que estás ileso —continuó Rauf—. Confío en que tu misión haya sido un éxito.

Altaïr ignoró el comentario y siguió observando a los de la fuente. Le costaba mirar a Rauf a los ojos.

—¿Está el Maestro en su torre? —preguntó, por fin, apartando la vista.

—Sí, sí. —Rauf entrecerró los ojos como si de algún modo adivinara que le pasaba algo—. Enfrascado en sus libros, como siempre, pero sin duda te espera.

—Gracias, hermano.

Y al decir eso, dejó a Rauf y a los aldeanos que charlaban junto a la fuente, y se marchó. Pasó por los establos cubiertos, los bancos y los carros de heno, sobre el pavimento, hasta el suelo seco y polvoriento que se inclinaba bruscamente hacia arriba, la hierba agostada, quebradiza, bajo el sol; todos los caminos llevaban al castillo.

Nunca se había sentido tan en la sombra y se encontró apretando los puños mientras cruzaba la meseta y recibía el saludo de unos guardias conforme se acercaba a la fortaleza, con las manos en la empuñadura de sus espadas y los ojos atentos.

Había llegado al gran arco que llevaba a la barbacana y una vez más se le cayó el alma a los pies cuando vio una figura dentro que reconoció enseguida: Abbas.

Abbas estaba debajo de una antorcha que ahuyentaba la poca oscuridad que había en el arco. Estaba apoyado en la áspera piedra oscura, con la cabeza descubierta, los brazos cruzados y la espada en la cadera. Altaïr se detuvo y durante un momento los dos hombres se miraron mientras los aldeanos se movían a su alrededor, ajenos a la vieja enemistad que florecía de nuevo entre los dos Asesinos. Una vez se habían llamado hermanos. Pero de aquello hacía ya mucho tiempo.

Abbas sonrió despacio, con sorna.

—Ah. Por fin vuelve. —Miró con mordacidad sobre el hombro de Altaïr—. ¿Dónde están los otros? ¿Te adelantaste con la esperanza de ser el primero en llegar? Sé que te cuesta compartir la gloria.

Altaïr no contestó.

—El silencio es otra manera de asentir —añadió Abbas, que aún trataba de incitarle, y lo hacía con la astucia de un adolescente.

—¿No tienes nada mejor que hacer? —suspiró Altaïr.

—Te traigo un mensaje del Maestro. Te espera en la biblioteca —dijo Abbas, que le indicó el camino al pasar—. Será mejor que te des prisa. Sin duda estás ansioso por lamerle las botas.

—Como digas una palabra más —replicó Altaïr—, pondré mi hoja en tu cuello.

Abbas respondió:

—Ya habrá tiempo para eso más tarde, hermano.

Altaïr le empujó con el hombro al pasar y continuó hacia el patio y la plaza de entrenamiento, y luego hacia la entrada a la torre de Al Mualim. Los guardias inclinaron la cabeza ante él, ofreciéndole el respeto que le correspondía a un Maestro Asesino, y supo enseguida que, en cuanto se extendiera el rumor, su respeto sería un recuerdo.

Pero antes tenía que darle la terrible noticia a Al Mualim, y subió los escalones de la torre hacia la cámara del Maestro. Allí la sala estaba caliente, el aire cargado con su dulce fragancia habitual. El polvo danzaba en rayos de luz desde la gran ventana de la otra punta, donde estaba el Maestro con las manos juntas a su espalda. Su maestro. Su mentor. Un hombre al que veneraba por encima de todos los demás.

A quien había fallado.

En una esquina las palomas mensajeras del Maestro arrullaban tranquilamente en su jaula. Al hombre le rodeaban sus libros y manuscritos, miles de años de literatura y saber Asesinos, tanto en estanterías como colocados en montones tambaleantes y polvorientos. La lujosa túnica que vestía caía a su alrededor, el pelo largo se extendía sobre sus hombros y, como siempre, estaba pensativo.

—Maestro —dijo Altaïr y rompió el denso silencio. Agachó la cabeza.

Sin decir nada, Al Mualim se dio la vuelta y se acercó a su escritorio, debajo del cual se hallaban desperdigados unos pergaminos en el suelo. Miró a Altaïr con una mirada despiadada. Su boca, oculta por la barba canosa, no reveló ninguna emoción hasta que por fin habló, al tiempo que le hacía una seña a su discípulo.

—Acércate. Cuéntame cómo ha ido tu misión. Confío en que hayas conseguido el tesoro Templario...

Altaïr notó que el sudor le bajaba por la frente y le recorría la cara.

—Hubo algunos problemas, Maestro. Robert de Sablé no estaba solo.

Al Mualim tardó unos instantes en asimilar las palabras de Altaïr. Salió de detrás del escritorio y, al volver a hablar, su voz fue más dura.

—¿A qué te refieres?

Altaïr se obligó a sí mismo a pronunciar estas palabras:

—Os he fallado.

—¿Y el tesoro?

—Lo hemos perdido.

El ambiente de la sala cambió. Pareció tensarse y crujir como algo quebradizo, y hubo una pausa antes de que Al Mualim volviera a hablar.

—¿Y Robert?

—Escapó.

La palabra cayó como una roca en el espacio que se oscurecía.

Al Mualim se acercó más a Altaïr. Su único ojo brillaba por la ira, su voz apenas contenida y su furia llenaba la sala.

—Te envié a ti, mi mejor hombre, para completar una misión más importante que cualquiera anterior y ¿regresas sin nada más que disculpas y excusas?

—Yo...

—No hables —dijo con voz autoritaria—. Ni una palabra más. Esto no es lo que esperaba. Tenemos que preparar otra fuerza para...

—Os juro que lo encontraré. Iré y... —empezó a decir Altaïr, que ya estaba desesperado por volver a toparse con De Sablé. En esta ocasión el resultado sería muy distinto.

Al Mualim estaba mirando a su alrededor como si acabara de darse cuenta de que cuando Altaïr se marchó de Masyaf lo hizo con dos compañeros.

—¿Dónde están Malik y Kadar? —preguntó.

Una segunda gota de sudor resbaló por la sien de Altaïr mientras contestaba:

—Muertos.

—No —dijo una voz detrás de ellos—, no están muertos.

Al Mualim y Altaïr se dieron la vuelta para ver un fantasma.

6

Malik estaba en la entrada de la cámara del Maestro. Una figura que se tambaleaba, herida, agotada, empapada en sangre. Su túnica, que había sido blanca, estaba ensangrentada, sobre todo alrededor del brazo izquierdo, que parecía gravemente herido y colgaba inútil en el costado, con una costra ennegrecida de sangre seca.

Al entrar en la habitación, bajó el hombro herido y cojeó un poco. Pero si su cuerpo estaba dañado, su espíritu seguro que no: los ojos le brillaban por el enfado y el odio, un odio hacia Altaïr que reflejó en una mirada tan intensa que este no pudo esquivar.

—Aún estoy vivo —gruñó Malik, con los ojos inyectados en sangre, rebosando reproche y furia mientras miraba a Altaïr.

Respiraba de forma entrecortada y sus dientes al descubierto estaban ensangrentados.

—¿Y tu hermano? —preguntó Al Mualim.

Malik sacudió la cabeza.

—Ha fallecido.

Por un instante sus ojos cayeron al suelo de piedra. Después, con un súbito estallido de energía cargada de ira, alzó la cabeza, entrecerró los ojos y levantó un dedo tembloroso para señalar a Altaïr.

—Por tu culpa —dijo entre dientes.

—Robert me sacó de la sala. —La excusa de Altaïr sonó poco convincente, incluso para sus propios oídos, sobre todo para sus oídos—. No había modo de volver. No podía hacer nada...

—Porque no hiciste caso de mi advertencia —gritó Malik con la voz ronca—. Todo esto podría haberse evitado. Y mi hermano... Mi hermano aún estaría vivo. Tu arrogancia por poco nos cuesta hoy la victoria.

—¿Por poco? —dijo Al Mualim, con cuidado.

Tranquilo, Malik asintió y la sombra de una sonrisa pasó por sus labios. Una sonrisa dirigida a Altaïr, pues le estaba haciendo señas a otro Asesino, que avanzó portando una caja en una bandeja dorada.

—Tengo lo que vuestro favorito no consiguió encontrar —dijo Malik.

Tenía la voz forzada y estaba débil, pero nada iba a arruinar aquel momento de triunfo sobre Altaïr.

Altaïr, que sentía que su mundo se apartaba de él, observó cómo el Asesino colocaba la bandeja en el escritorio de Al Mualim. Estaba llena de runas antiguas y tenía algo, un aura. Seguro que dentro había un tesoro. Tenía que haberlo. El tesoro que Altaïr no había logrado obtener.

El ojo bueno de Al Mualim se abrió y brilló. Tenía los labios separados y asomó su lengua. Estaba embelesado por la caja y la idea de lo que había dentro. De repente se oyó un alboroto fuera. Gritos. Unos pies que corrían. El sonido inconfundible del acero chocando.

—Por lo visto, he vuelto con más que un tesoro —reflexionó Malik, cuando un mensajero irrumpió en la cámara, olvidándose de todo protocolo.

Y exclamó sin aliento:

—Maestro, nos atacan. Robert de Sablé ha sitiado el pueblo de Masyaf.

Al Mualim salió de su ensueño, con ganas de enfrentarse a De Sablé.

—Así que busca pelea, ¿no? Muy bien. No se la negaré. Informa a los demás. La fortaleza debe estar preparada.

Volvió su atención a Altaïr y sus ojos ardieron cuando dijo:

—En cuanto a ti, Altaïr, nuestra discusión tendrá que esperar. Debes dirigirte al pueblo. Destruye a esos invasores. Échalos de nuestro hogar.

—Así se hará —respondió Altaïr, que no pudo evitar sentirse aliviado por el repentino giro de los acontecimientos.

De algún modo, el ataque a la aldea era preferible a tener que soportar más humillación. Había hecho el ridículo en Jerusalén y ahora tenía la oportunidad de arreglarlo.

Saltó del rellano detrás de la cámara del Maestro hacia la piedra lisa y bajó como una flecha de la torre, contento por entrar en combate. Mientras cruzaba corriendo el patio de entrenamiento y pasaba por las puertas principales, se preguntó si morir ahora le permitiría la huida que deseaba. ¿Sería una buena muerte? ¿Una muerte noble y digna?

¿Bastaría para exonerarle?

Desenvainó su espada. Los sonidos de la batalla se acercaban. Veía Asesinos y Templarios luchando en el altiplano a los pies del castillo, mientras, más abajo de la colina, los aldeanos se esparcían bajo la fuerza del ataque, sus cuerpos ya llenaban las pendientes.

Entonces se le echaron encima. Un caballero Templario se abalanzó sobre él con un gruñido y Altaïr se retorció, dejando que se apoderaran de él sus instintos. Levantó la espada hacia el cristiano, que presionaba fuerte y rápido con el sable hacia la hoja de Altaïr en un choque de acero. Pero Altaïr estaba preparado, con los pies separados, el alineamiento del cuerpo perfecto, y el ataque del Templario apenas le movió. Apartó la espada del otro, utilizando el peso del enorme sable contra el caballero, cuyo brazo se agitó por un instante inútilmente y Altaïr lo usó para avanzar y clavarle la hoja en el estómago.

El Templario se había acercado a él seguro de poder matarlo fácilmente. Con la misma facilidad con la que había asesinado a los aldeanos. Se había equivocado. Con el acero en sus tripas tosió sangre y se le abrieron mucho los ojos por el dolor y la sorpresa mientras Altaïr tiraba de la hoja hacia arriba bisecando su torso. Cayó y derramó sus intestinos en el polvo.

Altaïr ahora luchaba con puro veneno, dando rienda suelta a toda su frustración con los golpes de su espada, como si pudiera pagar por sus crímenes con la sangre de sus enemigos. El siguiente Templario intercambió golpes, intentando resistir mientras Altaïr le hacía retroceder. Su postura de inmediato cambió de ataque a defensa y después hacia una defensa desesperada, de modo que, incluso mientras esquivaba el golpe, gimoteaba previendo su propia muerte.

Altaïr hizo un amago, dio media vuelta y, en un abrir y cerrar de ojos, su hoja le cortó el cuello al Templario, que quedó abierto, chorreando sangre sobre la parte delantera de su uniforme, manchándolo de rojo como la cruz de su pecho. Cayó de rodillas y después hacia delante, justo cuando otro soldado se abalanzaba sobre Altaïr y la luz del sol brillaba en su espada levantada. Altaïr se apartó y hundió su acero en la espalda del hombre de tal modo que, por un segundo, todo su cuerpo se tensó, la hoja sobresalió de su peto y la boca se le abrió en un silencioso grito, mientras Altaïr le bajaba al suelo y retiraba la espada.

Dos soldados atacaron al unísono, pensando tal vez que al ser más arrollarían a Altaïr. No contaban con su ira. No luchaba con su habitual indiferencia, sino con el fuego de sus entrañas. El fuego de un guerrero al que no le importaba su propia seguridad. El guerrero más peligroso de todos.

A su alrededor vio más cadáveres de aldeanos, atravesados por la espada al atacar a los Templarios, y su ira floreció, los golpes de su espada se hicieron aún más despiadados. Dos soldados más cayeron bajo su hoja y los dejó retorciéndose en la tierra. Pero estaban apareciendo cada vez más caballeros. Tanto aldeanos como Asesinos subían corriendo por la pendiente, y Altaïr vio a Abbas ordenándoles que regresaran al castillo.

—Continuad el ataque hacia la fortaleza pagana —gritó un caballero en respuesta. Estaba corriendo colina arriba, hacia Altaïr, balanceando la espada mientras golpeaba con ella a una mujer que huía—. Llevemos la batalla a los Asesinos...

Altaïr le dio con su espada al cristiano en el cuello y su última palabra fue un gorgoteo.

Pero detrás de los aldeanos que escapaban y de los Asesinos llegaban más Templarios, y Altaïr vaciló en la pendiente, pues se preguntaba si era el momento de adoptar una postura final: morir defendiendo a su pueblo y escapar de su prisión de vergüenza.

Pero no. Sabía que no había honor en una muerte desperdiciada y se unió a aquellos que se retiraban hacia la fortaleza justo cuando las puertas se estaban cerrando. Entonces se volvió para contemplar la escena de la matanza que se desarrollaba fuera, la belleza de Masyaf mancillada por los cuerpos ensangrentados de los aldeanos, de los soldados y los Asesinos.

Bajó la vista hacia sí mismo. Su túnica estaba salpicada con la sangre de un Templario, pero él estaba ileso.

—¡Altaïr! —El grito agujereó sus pensamientos. Era Rauf otra vez—. Ven.

De pronto se sintió cansado.

—¿Adónde vamos?

—Tenemos una sorpresa para nuestros huéspedes. Limítate a hacer lo mismo que yo. No tardarás en saberlo...

Rauf estaba señalando muy alto por encima de ellos, a los baluartes de la fortaleza. Altaïr enfundó la espada y le siguió por una serie de escaleras hasta la torre donde los líderes Asesinos estaban reunidos, Al Mualim entre ellos. Al cruzar la sala, miró a Al Mualim, que le ignoró con la boca cerrada. Después Rauf le indicó una de las tres plataformas de madera que sobresalían en el aire, para que tomara su lugar. Así lo hizo y, tras respirar hondo, caminó con cuidado hacia el borde.

Ahora estaba encima de Masyaf y podía contemplar el valle. Notó el aire corriendo a su alrededor; su túnica ondeó al viento y vio bandadas de pájaros planeando y descendiendo sobre cálidas bolsas de aire. Tenía vértigo por la altura y se le cortó la respiración ante el espectáculo: las onduladas colinas del campo, repletas de exuberante vegetación; el agua reluciente del río; los cuerpos, ahora motas en las pendientes.

Y Templarios.

El ejército invasor se había reunido en el altiplano enfrente de la atalaya, cerca de las puertas de la fortaleza. A la cabeza iba Robert de Sablé, que ahora avanzaba con la vista en los baluartes donde estaban los Asesinos, y se dirigió a Al Mualim.

—¡Hereje! —rugió—. Devuélveme lo que me has robado.

El tesoro. Su mente se desvió por un momento hacia la caja sobre el escritorio de Al Mualim. Parecía resplandecer.

—No tienes ningún derecho, Robert —respondió el Maestro y su voz retumbó por el valle—. Márchate de aquí antes de que me vea obligado a disminuir aún más tus filas.

—Estás jugando con fuego —contestó De Sablé.

—Te aseguro que esto no es ningún juego.

—Pues que así sea.

Hubo algo en el tono de su voz que a Altaïr no le gustó. En efecto, De Sablé se volvió a uno de sus hombres.

—Trae al rehén.

De entre sus tropas arrastraron a un Asesino. Estaba atado y amordazado, y se retorcía para liberarse mientras le llevaban bruscamente ante la concurrencia. Sus gritos acallados se alzaron hasta la plataforma donde estaba Altaïr.

Luego, sin ceremonia, De Sablé le hizo una seña a un soldado que estaba por allí cerca. Tiró del pelo del Asesino para que su cuello quedara expuesto y pasó su hoja para abrirlo antes de dejar caer el cuerpo sobre la hierba.

Los Asesinos observaron sin respirar.

De Sablé se movió y se quedó junto al cadáver, con un pie sobre la espalda del muerto y los brazos cruzados como un gladiador triunfante. Hubo un murmullo de indignación entre los Asesinos mientras este le decía a Al Mualim:

—Tu pueblo está en ruinas y tus provisiones se acabarán tarde o temprano. ¿Cuánto tiempo pasará antes de que tu fortaleza se desmorone desde dentro? ¿Cuán disciplinados serán tus hombres cuando los pozos se sequen y ya no haya comida?

Apenas pudo evitar el tono de regodeo en su voz.

Pero Al Mualim le respondió calmado:

—Mis hombres no temen a la muerte, Robert. La reciben con gusto y también la recompensa que conlleva.

—Bien —dijo De Sablé—, entonces no tardarán en tenerla.

Tenía razón, desde luego. Los Templarios asediarían Masyaf e impedirían que los Asesinos recibieran víveres. ¿Cuánto tiempo aguantarían antes de que estuvieran tan débiles como para que De Sablé pudiera atacar sin problemas? ¿Dos semanas? ¿Un mes? Altaïr solo esperaba que fuera cual fuese el plan que Al Mualim tuviera en mente bastara para salir del *impasse*.

Como si leyera sus pensamientos, Rauf le susurró desde una plataforma a su izquierda:

—Sígueme y hazlo sin vacilar.

Un tercer Asesino se encontraba un poco más allá. Estaban escondidos a los ojos de Robert de Sablé y sus hombres. Altaïr bajó la mirada y vio unas pilas de heno colocadas estratégicamente para detener el impacto de la caída. Estaba empezando a comprender lo que Rauf tenía en mente. Iban a saltar sin que los Templarios los descubrieran. Pero ¿por qué?

Su túnica ondeó a la altura de las rodillas. El sonido era reconfortante, como el de las olas o la lluvia. Bajó la vista y reguló su respiración. Se concentró. Fue a un lugar en su interior.

Oyó a Al Mualim y De Sablé intercambiar palabras, pero ya no estaba escuchando, tan solo pensaba en el salto, en calmarse para darlo. Cerró los ojos. Sintió una gran calma, una paz interior.

—Ahora —dijo Rauf, que saltó, seguido del otro Asesino. Después, Altaïr.

Saltó.

El tiempo se derrumbó mientras caía con los brazos extendidos. Con el cuerpo relajado y arqueándose con gracia en el aire, supo que había logrado una especie de perfección; era como si estuviera separado de sí mismo. Y entonces aterrizó perfectamente, sobre un almiar que amortiguó su caída. Rauf también. Pero el tercer Asesino no tuvo la misma suerte y su pierna se rompió por el impacto. El hombre gritó al instante y Rauf se acercó a él para acallarle, pues no quería que los Templarios le oyeran: para el trabajo de subterfugio, los caballeros tenían que creer que los tres hombres se habían suicidado.

Rauf se volvió hacia Altaïr.

—Me quedaré aquí para atenderle. Tendrás que ir tú sin nosotros. Esas cuerdas te llevarán a la trampa. Suéltalas y una lluvia de muerte caerá sobre nuestros enemigos.

Por supuesto. Altaïr ahora lo entendía. Por un instante se preguntó cómo los Asesinos habían podido poner una trampa sin que él lo supiera. ¿Cuántas otras facetas de la Hermandad permanecían en secreto para él? Con agilidad se dirigió a las cuerdas al otro lado del abismo y volvió sobre sus pasos por el desfiladero hacia la pared del precipicio detrás de la torre de vigilancia. Trepó por instinto. Rápido y ágil, notaba cómo le zumbaban los músculos de los brazos mientras escalaba los escarpados muros y cada vez llegaba más arriba, hasta que alcanzó el final de la torre de vigilancia. Allí, debajo de las tablas del nivel superior, encontró la trampa, preparada para accionarla. Unos pesados troncos engrasados, amontonados sobre una plataforma inclinada.

Sin hacer ruido, avanzó hasta el borde y se asomó para ver las tropas reunidas de los caballeros Templarios, montones de ellos de espaldas a él. Allí también estaban las cuerdas que sujetaban la trampa en su lugar. Desenvainó la espada. Y, por primera vez en días, sonrió.

7

Más tarde los Asesinos se reunieron en el patio, todavía saboreando el triunfo.

Los troncos habían caído desde la torre de vigilancia hacia los caballeros que estaban debajo y la mayoría habían quedado aplastados por la primera oleada, mientras que otros fueron alcanzados por una segunda carga apilada detrás de la primera. Justo unos instantes antes, habían estado convencidos de la victoria. Luego les habían aporreado el cuerpo, partido las extremidades y toda la fuerza se había desorganizado. Robert de Sablé ya estaba ordenando a sus hombres que retrocedieran mientras los arqueros Asesinos aprovechaban su ventaja y lanzaban una lluvia de flechas sobre ellos.

Sin embargo, Al Mualim ordenó a los Asesinos reunidos que permanecieran en silencio y le indicó a Altaïr que fuera con él a la tribuna junto a la entrada de su torre. Le miraba fijamente y, mientras Altaïr ocupaba su lugar, Al Mualim les hizo señas a dos guardias para que se colocaran uno a cada lado de él.

El silencio sustituyó a las felicitaciones. Todos los ojos se posaron en Altaïr, que estaba de espaldas a los Asesinos. A aquellas alturas, ya sabrían lo que había pasado en Jerusalén; Malik y Abbas se habrían encargado de ello. Los esfuerzos de Altaïr en la batalla y el haber accionado la trampa no contarían para nada. Lo único que podía esperar era que Al Mualim mostrara clemencia.

—Conseguiste sacar a Robert de aquí —dijo el Maestro con cierto orgullo. A Altaïr le bastó para tener la esperanza de que tal vez le perdonara, que sus acciones desde lo de Jerusalén le habían redimido—. Su fuerza se ha roto —continuó Al Mualim—. Pasará mucho tiempo antes de que nos vuelva a molestar. Dime, ¿sabes por qué lo lograste?

Altaïr no dijo nada mientras su corazón latía con fuerza.

—Lo conseguiste porque escuchaste —insistió Al Mualim—. Si hubieras escuchado en el Templo de Salomón, Altaïr, todo esto podría haberse evitado.

Su brazo describió un círculo, que señalaba al patio y más allá, donde incluso en aquel momento todavía retiraban cadáveres de Asesinos, Templarios y aldeanos.

—Hice lo que me pidieron —dijo Altaïr, tratando de escoger sus palabras con cuidado, sin éxito.

—¡No! —espetó el Maestro con los ojos en llamas—. Hiciste lo que te vino en gana. Malik me ha contado la arrogancia que mostraste. Tu indiferencia hacia nuestro modo de proceder.

Los dos guardias a cada lado de Altaïr avanzaron y le agarraron de los brazos. Sus músculos se tensaron. Se puso alerta pero no forcejeó.

—¿Qué estáis haciendo? —dijo con recelo.

El color subió a las mejillas de Al Mualim.

—Hay unas reglas. No somos nada si no acatamos el Credo de los Asesinos. Son tres simples principios que tú pareces olvidar. Te los recordaré. El primero y el más importante: aleja tu hoja...

Iba a ser un sermón. Altaïr se relajó, incapaz de ocultar el tono de resignación en su voz al terminar la frase de Al Mualim.

—... de la carne del inocente. Ya lo sé.

El chasquido de la palma de Al Mualim al cruzarle la cara a Altaïr retumbó en la piedra del patio. Altaïr notó cómo le ardía la mejilla.

—No abras el pico a menos que yo te dé permiso —rugió Al Mualim—. Si te resulta tan familiar este principio, ¿por qué mataste al anciano dentro del Templo? Era inocente. No tenía por qué morir.

Altaïr no dijo nada. ¿Qué podía decir? ¿Que había actuado sin pensar? ¿Que matar al anciano fue un acto de arrogancia?

—Tu insolencia no conoce límites —bramó Al Mualim—. Sé más humilde, chico, o te juro que te arrancaré el corazón con mis propias manos.

Hizo una pausa, levantó los hombros y los dejó caer mientras controlaba su ira.

—El segundo principio es el que nos da fuerza —continuó—. Escóndete a plena vista. Deja que la gente te oculte y conviértete en uno más de la muchedumbre. ¿Lo recuerdas? Porque, según he oído, elegiste descubrirte, llamaste la atención antes de atacar.

Altaïr siguió sin decir nada. Sentía la vergüenza agazapada en su tripa.

—El tercer y último principio —añadió Al Mualim—, la peor de todas tus traiciones: nunca comprometas a la Hermandad. Su significado debería ser obvio. Tus acciones nunca deben perjudicarnos, directa o indirectamente. Sin embargo, tu egoísmo en Jerusalén nos puso a todos en peligro. Peor aún, trajiste al enemigo a nuestra casa. Cada uno de los hombres que hemos perdido hoy ha sido por tu culpa.

Altaïr no había sido capaz de mirar al Maestro. Su cabeza había permanecido hacia un lado y todavía le escocía la cara por la bofetada. Pero cuando oyó a Al Mualim sacar su puñal, por fin miró.

—Lo siento. De verdad que lo siento —dijo Al Mualim—, pero no puedo tolerar a un traidor.

«No. Eso no. La muerte del traidor no».

Los ojos se le abrieron muchísimo al ver la hoja en la mano del Maestro, la mano que le había guiado desde su infancia.

—No soy un traidor —logró decir.

—Tus acciones indican lo contrario y no me dejas otra opción. —Al Mualim sacó su puñal—. Que la paz sea contigo, Altaïr —dijo y clavó el arma en el estómago de Altaïr.

8

Y así fue. Por unos preciosos instantes de su muerte, Altaïr estuvo en paz.

Después..., después se dio la vuelta y poco a poco fue consciente de sí mismo y de dónde estaba.

Estaba de pie. ¿Cómo podía estar de pie? ¿Era la vida después de la muerte? ¿Estaba en el Paraíso? En ese caso, se parecía mucho al cuartel general de Al Mualim. No solo eso, sino que Al Mualim estaba presente. De hecho, le vigilaba, le observaba con una mirada inescrutable.

—¿Estoy vivo?

Las manos de Altaïr fueron hacia donde habían dirigido el cuchillo en su estómago. Esperaba encontrar un agujero irregular y notar la sangre húmeda, pero no había nada. No había herida, ni sangre. Aunque lo había visto. Lo había sentido. Había sentido el dolor...

«¿O no?».

—Pero vi cómo me apuñalabais —dijo—, sentí el abrazo de la muerte.

Al Mualim le respondió con una expresión insondable:

—Viste lo que yo quería que vieras. Y luego dormiste el sueño del muerto. El útero. Despertaste y volviste a nacer.

Altaïr retiró la niebla de su mente.

—¿Con qué fin?

—¿Recuerdas, Altaïr, por qué luchan los Asesinos?

Aún tratando de readaptarse, contestó:

—La paz por encima de todo.

—Sí. Por encima de todo. No basta con acabar con la violencia que un hombre comete sobre otro. También se refiere a la paz interior. No puedes tener una sin la otra.

—Así se ha dicho.

Al Mualim negó con la cabeza y se le ruborizaron de nuevo las mejillas al levantar la voz.

—Pues sí. Pero tú, hijo mío, no has encontrado tu paz interior. Se manifiesta de varios modos alarmantes. Eres arrogante y demasiado seguro de ti mismo. Te falta autocontrol y sabiduría.

—Entonces, ¿qué va a ser de mí?

—Debería matarte por el dolor que nos has traído. Malik cree que lo justo es que entreguemos tu vida a cambio de la de su hermano.

Al Mualim hizo una pausa para dejar que Altaïr comprendiera toda la importancia del momento.

—Pero sería una pérdida de mi tiempo y de tus aptitudes.

Altaïr se permitió relajarse un poco más. Le iban a perdonar la vida. Se podría redimir.

—Te han quitado tus pertenencias —continuó Al Mualim—. También tu rango. Vuelves a ser un principiante, un niño. Como cuando te uniste a la Orden. Te estoy ofreciendo la oportunidad de arreglarlo para que te ganes tu vuelta a la Hermandad.

Por supuesto.

—Supongo que tenéis algo planeado.

—Primero debes demostrarme que te acuerdas de cómo ser un Asesino. Un auténtico Asesino —dijo Al Mualim.

—¿Queréis que mate a alguien? —preguntó Altaïr, aunque sabía que su castigo sería más riguroso.

—No. Aún no, al menos. Por ahora tan solo serás un estudiante otra vez.

—No hay necesidad. Soy un Maestro Asesino.

—Eras un Maestro Asesino. Otros le siguieron la pista a tus objetivos. Pero ya no. A partir de ahora, la seguirás tú mismo.

—Si eso es lo que queréis...

—Lo es.

—Pues decidme lo que tengo que hacer.

—Aquí tengo una lista. Nueve nombres la adornan. Nueve hombres que tienen que morir. Son portadores de la plaga. Amigos de la guerra. Su poder e influencia corrompen el país y aseguran que continúen las Cruzadas. Los encontrarás. Los matarás. Al hacerlo, sembrarás las semillas de la paz, tanto para la región como para ti mismo. De ese modo, puede que logres redimirte.

Altaïr respiró hondo. Aquello podía hacerlo. Quería, necesitaba, hacerlo.

—Nueve vidas a cambio de la mía —dijo detenidamente.

Al Mualim sonrió.

—Creo que es una oferta muy generosa. ¿Tienes alguna pregunta?

—¿Por dónde empiezo?

—Dirígete a Damasco. Busca a un comerciante del mercado negro llamado Tamir. Que él sea el primero en caer.

Al Mualim se acercó a la jaula de palomas mensajeras, sacó una y la colocó con cuidado en su mano ahuecada.

—Asegúrate de visitar la Oficina de los Asesinos cuando llegues. Enviaré un pájaro para que informe al *rafiq* de tu llegada. Habla con él. Verás que tiene mucho que ofrecer.

Abrió la mano y el pájaro desapareció por la ventana, como si se extinguiera.

—Si creéis que es lo mejor... —dijo Altaïr.

—Lo creo. Además, no puedes empezar tu misión sin su consentimiento.

Altaïr torció el gesto.

—¿Qué tonterías son estas? No necesito su permiso. Es una pérdida de tiempo.

—Es el precio que pagas por los errores que has cometido —dijo bruscamente el Maestro—. Ahora no respondes solo ante mí, sino ante toda la Hermandad.

—Que así sea —aceptó Altaïr tras una pausa lo bastante larga para transmitir su desagrado.

—Ve, entonces —dijo Al Mualim—. Demuestra que aún no te hemos perdido.

Hizo una pausa y luego tomó algo debajo de su escritorio que le entregó a Altaïr.

—Ten —dijo.

Con mucho gusto, Altaïr tomó su hoja, torciendo la abrazadera de su muñeca para soltarla por encima de su meñique. Comprobó el mecanismo y se sintió otra vez como un Asesino.

9

Altaïr se abrió camino entre las palmeras y atravesó los establos y los puestos de los comerciantes al otro lado de los muros de la ciudad hasta que llegó a una de las enormes e imponentes puertas de Damasco. Conocía bien aquella ciudad. Era la más grande y sagrada de Siria. Allí habían vivido dos de sus objetivos el año anterior. Alzó la vista hacia la muralla que la rodeaba y sus baluartes. Oía la vida en el interior. Era como si la piedra también murmurara.

Primero, entraría. El éxito de su misión dependía de su capacidad para moverse de manera anónima por la multitud de calles. Desafiar a los guardias no sería un buen comienzo. Se bajó del caballo, lo ató y examinó las puertas que los guardias sarracenos vigilaban. Tendría que intentarlo de otra forma, y eso era más fácil de considerar que de conseguir, puesto que Damasco era famosa por su seguridad. Alzó la vista una vez más y se sintió pequeño. Sus muros eran demasiado altos y escarpados para escalarlos desde el exterior.

Entonces vio a un grupo de eruditos y sonrió. Salah Al'din había animado a los sabios a que visitaran Damasco para el estudio —había muchas madrazas por la ciudad—, y como tales disfrutaban de privilegios especiales y se les permitía pasear tranquilamente. Se acercó, adoptando su postura más piadosa, y con ellos pasó sin problema por delante de los guardias, dejando el desierto atrás mientras entraba en la gran ciudad.

Dentro, mantuvo la cabeza gacha y avanzó, con rapidez pero con cuidado, por las calles hasta llegar al minarete. Lanzó una mirada rápida a su alrededor antes de saltar hacia un alféizar; se impulsó, encontró más lugares donde asirse en la piedra caliente y trepó cada vez más alto. Comprobó que sus viejas habilidades habían vuelto, aunque no estaba moviéndose tan rápido o con tanta seguridad como antes. Notaba que le volvían. No, renacían. Y con ellas esa antigua sensación de euforia.

Estaba en la punta del minarete y allí se agachó. Un ave de presa sobre la ciudad, mirando a su alrededor, viendo las mezquitas abovedadas y los alminares acabados en punta que interrumpían un mar irregular de tejados. Vio mercados, patios y santuarios, así como la torre que señalaba la posición de la Oficina de los Asesinos.

De nuevo, una sensación de exaltación le recorrió el cuerpo. Había olvidado lo hermosas que eran las ciudades desde aquella altura. Había olvidado cómo se sentía al mirar abajo desde sus puntos más altos. En aquellos momentos se sentía liberado.

Al Mualim tenía razón. Desde hacía unos años, habían localizado por él a sus objetivos. Le decían dónde ir y cuándo, a quién debía matar, nada más ni nada menos. No se había dado cuenta, pero echaba en falta la emoción de lo que significaba en realidad ser un Asesino, que no era derramamiento de sangre y muerte, sino lo que se encontraba dentro.

Avanzó un poco de lado, con la vista clavada en las estrechas calles de abajo. Se llamaba a la oración y las multitudes mermaban. Examinó los toldos y los tejados en busca de una caída suave y entonces vio un carro de heno. Lo miró fijamente, respiró hondo y se irguió, sintiendo la brisa, oyendo las campanas. Luego dio un paso adelante, cayó con gracia y alcanzó su objetivo. No fue tan blando como esperaba, tal vez, pero era más seguro que arriesgarse a caer sobre un toldo deshilachado, que probablemente se rompería y haría que acabase en el tenderete de abajo. Escuchó, esperó a que la calle estuviera más calmada, después salió del carro y se dirigió a la Oficina.

Llegó a ella por el tejado y descendió a un vestíbulo a la sombra, en el que tintineaba una fuente y las plantas reducían los sonidos del exterior. Era como si estuviese en otro mundo. Se calmó y entró.

El líder estaba repantingado detrás de un mostrador y se levantó al ver entrar al Asesino.

—Altaïr. Me alegro de verte. Y de una pieza.

—Yo también me alegro, amigo.

Altaïr observó al hombre y no le gustó mucho lo que vio. Para empezar, era irónico e insolente. Tampoco cabía duda de que le habían informado de sus recientes... dificultades, y, al parecer, planeaba aprovecharse de aquel poder temporal lo máximo que la situación se lo permitiera.

En efecto, cuando volvió a hablar fue con una sonrisita apenas disimulada.

—Siento los problemas que has tenido.

—No tiene importancia.

El líder adoptó una expresión de falsa preocupación.

—Unos cuantos hermanos tuyos estuvieron aquí antes...

Así que por eso estaba tan bien informado, pensó Altaïr.

—Si hubieras oído lo que dijeron —continuó el líder con displicencia—, estoy seguro de que los habrías matado ahí mismo.

—Probablemente —dijo Altaïr.

El líder sonrió.

—Sí, nunca has seguido el Credo, ¿no?

—¿Es eso todo?

Altaïr tenía ganas de quitarle de una bofetada aquella sonrisa insolente de su cara de perro. O eso o usaría su hoja para alargársela...

—Lo siento —dijo el líder, ruborizándose—, a veces pierdo el control. ¿Qué te trae a Damasco?

Se enderezó un poco y recordó por fin su lugar.

—Un hombre llamado Tamir —contestó Altaïr—. Al Mualim discrepa del trabajo que hace y yo tengo que ponerle fin. Dime dónde puedo encontrarle.

—Tendrás que seguirle la pista.

Altaïr torció el gesto.

—Pero ese tipo de tarea es mejor que la lleve a cabo...

Se calló al recordar las órdenes de Al Mualim. Volvía a ser un principiante. Realizaba sus propias investigaciones. Encuentra el objetivo. Ejecuta el asesinato. Asintió y aceptó la tarea.

El líder continuó:

—Busca en la ciudad. Determina qué está planeando Tamir y dónde trabaja. La preparación hace al vencedor.

—Muy bien, pero ¿qué puedes contarme de él? —preguntó Altaïr.

—Se gana la vida como comerciante en el mercado negro, así que el zoco debería ser tu destino.

—Supongo que querrás que vuelva a verte cuando acabe.

—Sí, vuelve. Te daré el indicador de Al Mualim. Y tú nos darás la vida de Tamir.

—Como desees.

Contento de alejarse de la sofocante Oficina, Altaïr avanzó por los tejados. Una vez más, aspiró el aire de la ciudad al pararse a mirar una calle estrecha a sus pies. Una suave brisa mecía las copas de los árboles. Unas mujeres pululaban por un puesto que vendía brillantes lámparas de aceite mientras parloteaban, y no muy lejos de allí había dos hombres discutiendo, aunque Altaïr no pudo oír sobre qué.

Centró su atención en el edificio de enfrente y luego más allá de los tejados. Desde allí veía la Mezquita Pasha y los jardines de diseño formal al sur, pero lo que necesitaba localizar era el...

Lo vio, el enorme zoco al-Silaah, donde, según el líder, podría empezar a obtener información sobre Tamir. El líder sabía más de lo que le estaba revelando, por supuesto, pero tenía estrictas instrucciones de no contárselo a Altaïr. Comprendía que el «principiante» tenía que aprender a las malas.

Retrocedió dos pasos, se sacudió la tensión de los brazos, respiró hondo y después saltó.

Seguro, al otro lado, se agachó por un instante para escuchar una conversación en el callejón de abajo. Observó a un grupo de guardias mientras pasaban con un asno y un carro que se combaba por el peso de todos los barriles que llevaba amontonados.

—Abrid paso —decían los guardias, apartando a los ciudadanos de su camino—. Abrid paso puesto que llevamos provisiones para el palacio del visir. Su Excelencia Abu'l Nuqoud va a celebrar otra de sus fiestas.

Aquellos ciudadanos a los que empujaban escondieron sus expresiones de desagrado.

Altaïr vio cómo los soldados pasaban por debajo de él. Había oído el nombre, Abu'l Nuqoud: al que llamaban el rey mercader de

Damasco. Los barriles. Altaïr puede que se hubiera equivocado, pero parecía que contenían vino.

No importaba. Altaïr tenía otros asuntos que atender. Se irguió y se marchó al trote, sin apenas detenerse para saltar hacia el siguiente edificio y luego al siguiente, mientras sentía una oleada de fuerza renovada con cada salto. Volvía a hacer lo que él sabía.

Visto desde arriba, el zoco era como un agujero desigual que se había perforado entre los tejados de la ciudad, así que fue fácil de encontrar. El centro de comercio más grande de Damasco se hallaba en medio del Barrio Pobre de la ciudad, al noreste; estaba bordeado de edificios de adobe y madera —Damasco se convertía en un pantano cuando llovía— y había un mosaico de carros, casetas y mesas de comerciantes. Unos dulces aromas subían hasta la alta posición de Altaïr: perfumes y aceites, especias y repostería. Por todas partes los clientes, los mercaderes y comerciantes charlaban o se movían con rapidez entre la multitud. La gente de la ciudad estaba parada hablando o corría de un lado a otro. Por lo visto, no había término medio; al menos, aquí no. Los estuvo observando un rato, después bajó del tejado, se mezcló con la multitud y escuchó.

Escuchó para oír una palabra.

—Tamir.

Los tres comerciantes estaban apiñados a la sombra, hablando tranquilamente, pero sus manos hacían todo tipo de movimientos bruscos. Habían sido ellos los que habían pronunciado su nombre y Altaïr se acercó con sigilo, les dio la espalda y, al hacerlo, oyó el consejo de Al Mualim en su cabeza: «Nunca les mires a los ojos, parece siempre ocupado y mantén la calma».

—Ha convocado otra reunión —oyó Altaïr, incapaz de distinguir cuál de los hombres estaba hablando. ¿A quién se referían? Se imaginaba que a Tamir.

Altaïr escuchó y apuntó mentalmente el lugar de la reunión.

—¿De qué se trata esta vez? ¿De otra advertencia? ¿De otra ejecución?

—No. Tiene un trabajo para nosotros.

—Lo que significa que no nos pagará.

—Ya no practica las costumbres del gremio de comerciantes. Ahora hace lo que le viene en gana...

Comenzaron a discutir un largo acuerdo —el más largo, dijo uno entre susurros— cuando de pronto se callaron. No muy lejos de allí, un orador con una barba tupida y negra se había colocado en su lugar, en la tribuna, y miraba a los comerciantes con unos ojos oscuros de párpados caídos. Unos ojos amenazadores.

Altaïr robó una mirada por debajo de su capucha. Los tres hombres se habían quedado pálidos. Uno dejó marcas en el suelo con su sandalia; los otros dos se marcharon, como si de repente se hubieran acordado de una tarea importante que debían hacer de inmediato. Su reunión había acabado.

El orador. Uno de los hombres de Tamir, tal vez. Sin duda el estraperlista dirigía el zoco con mano firme. Altaïr se acercó al hombre que comenzaba a hablar y conseguía audiencia.

—Nadie conoce a Tamir mejor que yo —anunció en voz alta—. Acercaos y oíd la historia que tengo que contaros. De un príncipe comerciante sin par...

Justo la historia que Altaïr quería oír. Se acercó aún más para representar el papel de un observador interesado. El mercado se arremolinó a su alrededor.

—Fue justo antes de Hattin —continuó el orador—. A los sarracenos les escaseaba la comida y necesitaban desesperadamente reabastecimiento. Pero no había ayuda a la vista. En aquella época, Tamir conducía una caravana entre Damasco y Jerusalén. Pero los negocios no le habían ido muy bien. Por lo visto, en Jerusalén no había nadie que quisiera lo que él vendía: frutas y verduras de granjas cercanas. Así que Tamir se marchó, se dirigió al norte para ver qué pasaba con su mercancía, puesto que pronto se estropearía. Aquel debería haber sido el final de este relato y de la vida del pobre hombre... Pero el Destino le tenía otra cosa preparada.

»Mientras Tamir conducía su caravana hacia el norte se topó con el líder sarraceno y sus hombres muertos de hambre. Ambos tuvieron mucha suerte, pues cada uno tenía lo que el otro quería.

»Así que Tamir le dio al hombre la comida. Y cuando la batalla terminó, el líder sarraceno se encargó de que le pagaran al comerciante mil veces más de lo que costaba su mercancía.

»Algunos dicen que si no hubiera sido por Tamir, los hombres de Salah Al'din se habrían vuelto en su contra. Pudo ser aquel hombre la razón por la que ganamos la batalla...

Terminó el discurso y dejó que su audiencia se marchara. En su rostro había una fina sonrisa mientras se alejaba de la tribuna y entraba en el mercado. Tal vez iba a otro lugar a dar el mismo discurso que exaltaba a Tamir. Altaïr le siguió a una distancia prudente y de nuevo oyó las palabras de su tutor en la cabeza: «Pon obstáculos entre tu presa y tú. Que nunca te encuentren al mirar atrás».

Altaïr disfrutaba de la sensación que le traían aquellas habilidades al volver a él. Le gustaba poder aislar el clamor del día y centrarse en su presa. Entonces, de repente, se detuvo. Delante de él, el orador se había chocado con una mujer cuyo jarrón se había roto a consecuencia del encontronazo. Empezó a discutir con él y extendió la mano para reclamarle dinero, pero el hombre torció el gesto de forma cruel y echó hacia atrás la mano para golpearla. Altaïr se tensó, pero ella se encogió por el miedo, el hombre la miró con desdén, bajó la mano y continuó caminando, dándole patadas a la vasija rota. Altaïr siguió avanzando, pasó por delante de la mujer, que ahora estaba agachada en la arena, llorando y maldiciendo, al tiempo que intentaba recoger los fragmentos de su jarrón.

El orador dobló la esquina y Altaïr le siguió. Estaban en un callejón estrecho, casi vacío, y unas paredes de adobe los oprimían. Se imaginó que sería un atajo para la próxima tribuna. Altaïr miró detrás de él, después avanzó unos pasos rápidos, aferró al orador por el hombro, le dio la vuelta y le metió las yemas de los dedos debajo de su caja torácica.

Al instante, el orador se dobló y retrocedió mientras trataba de recuperar el aliento y su boca se movía como la de un pez fuera del agua. Altaïr echó un vistazo para asegurarse de que no había testigos, luego avanzó, giró sobre un pie y le dio una patada al hombre en la garganta.

Cayó hacia atrás desordenadamente y el *thawb* se le enrolló en las piernas. Las manos fueron donde Altaïr le había dado la patada y rodó sobre el polvo. Altaïr sonrió y avanzó. Fácil, pensó. Había sido demasiado...

El orador se movió con la velocidad de una cobra. Salió disparado y dio una patada que golpeó a Altaïr en pleno pecho. Sorprendido, el Asesino se tambaleó hacia atrás al tiempo que el otro se le acercaba, con la boca tensa y los puños balanceándose. Sus ojos brillaban consciente de haber sacudido a Altaïr, quien esquivó un puñetazo solo para descubrir que era un amago cuando el orador le alcanzó la mandíbula con la otra mano.

Altaïr casi se cayó, saboreó la sangre y se maldijo a sí mismo. Había subestimado a su oponente. El error de un principiante. El orador miró como un desesperado a su alrededor como si buscara la mejor vía de escape. Altaïr pasó por alto el dolor de la cara y avanzó, con el puño alzado. Golpeó al orador en la sien antes de que pudiera marcharse. Durante unos instantes ambos intercambiaron golpes en el callejón. El orador era más pequeño y rápido, y alcanzó a Altaïr en el puente de la nariz. El Asesino dio un traspié y parpadeó para evitar que las lágrimas le impidieran ver. Al darse cuenta de su victoria, el orador se acercó y empezó a darle puñetazos a lo loco. Altaïr se movió a un lado, se agachó y barrió los pies del orador desde abajo, lo que le hizo caer en la arena, y quedó sin aliento al aterrizar de espaldas. Altaïr se dio la vuelta, se dejó caer y hundió la rodilla directamente en la ingle de su oponente. Le complació oír el grito de agonía que obtuvo como respuesta, luego se levantó, alzó los hombros y los dejó caer con todas sus fuerzas mientras se calmaba. El orador se retorció en el suelo sin hacer ruido, con la boca abierta en un grito silencioso, y las manos en la entrepierna. Cuando logró respirar hondo, Altaïr se agachó y acercó su cara a la suya.

—Pareces saber mucho sobre Tamir —dijo entre dientes—. Dime lo que está planeando.

—Solo sé las historias que cuento —gimió el orador—. No sé nada más.

Altaïr tomó un puñado de tierra y dejó que se deslizara entre sus dedos.

—Una pena. No hay razón por la que dejarte vivir si no tienes nada que ofrecer a cambio.

—Espera. Espera. —El orador alzó una mano temblorosa—. Hay una cosa...

—Continúa.

—Últimamente está preocupado. Supervisa la producción de muchas, muchas armas...

—¿Y qué? Se supone que son para Salah Al'din. Eso no me ayuda y por lo tanto a ti tampoco...

Altaïr extendió la mano.

—No. Para. Escucha. —El orador puso los ojos en blanco y el sudor apareció en su frente—. No son para Salah Al'din. Son para otra persona. Los emblemas que llevan estas armas son distintos. No los conozco. Al parecer Tamir apoya a otro... pero no sé quién es.

Altaïr asintió.

—¿Es eso todo? —preguntó.

—Sí. Sí. Te he contado todo lo que sé.

—Entonces ya es hora de que descanses.

—No —empezó a decir el orador, pero se oyó un corte que sonó más alto que el jarrón al romperse en el callejón cuando Altaïr accionó su hoja y atravesó el esternón del orador. Sujetó al hombre moribundo mientras se estremecía, con el puñal clavado, y la sangre salía de las comisuras de su boca al tiempo que los ojos se le vidriaban. Una muerte rápida. Una muerte limpia.

Altaïr lo colocó en la arena, alargó la mano para cerrarle los ojos y allí se quedó.

La hoja volvió a su sitio y empujó el cadáver detrás de un montón de barriles apestosos; después, se dio la vuelta y abandonó el callejón.

10

—Altaïr. Bienvenido. Bienvenido.

El líder sonrió con suficiencia cuando entró, Altaïr se le quedó mirando durante un momento y le vio encogerse un poco ante su mirada. ¿Llevaba encima el olor de la muerte? A lo mejor el líder de la Oficina lo había detectado.

—He hecho lo que me pediste. Ahora dame el indicador.

—Lo primero es lo primero. Dime lo que sabes.

Altaïr, que acababa de matar, pensó que sería un asunto sin importancia que añadir a la cuenta del día. Se moría de ganas de poner a aquel hombre en su lugar. Pero no. Tenía que representar su papel, sin importar la farsa tan grande que creía que era.

—Tamir dirige el zoco al-Silaah —dijo y pensó en los comerciantes hablando en susurros, el miedo en sus caras cuando vieron al orador de Tamir—. Se hace de oro vendiendo armas y armaduras, y le apoyan muchos en este cometido: herreros, comerciantes, financieros. Es el principal traficante de muerte del país.

El otro asintió, pues no había oído nada que no supiera ya.

—¿Se te ha ocurrido alguna manera de deshacernos de esta plaga? —preguntó con desdén.

—Se está organizando una reunión en el zoco al-Silaah para tratar una venta importante. Dicen que es el acuerdo más grande que Tamir ha hecho jamás. Estará distraído con su trabajo y entonces podremos atacar.

—Tu plan parece sólido. Te doy permiso para que te marches.

Metió la mano debajo de su escritorio y sacó el indicador de Al Mualim. Una pluma de uno de los queridos pájaros del Maestro. La colocó sobre la mesa entre ambos.

—Que se haga la voluntad de Al Mualim —dijo mientras Altaïr cogía el indicador y se lo guardaba con cuidado dentro de su túnica.

Poco después del amanecer, se marchó de la Oficina y regresó al zoco al-Silaah. Cuando llegó al mercado, todos los ojos parecían estar clavados en un patio ceremonial que había en medio, en un nivel inferior.

No tardó en ver por qué: allí se hallaba el mercader Tamir. Con dos escoltas de ceño fruncido detrás, estaba al mando del patio y descollaba sobre un hombre tembloroso que había ante él. Llevaba un turbante a cuadros, una túnica elegante y unas polainas. Y enseñaba los dientes bajo un oscuro bigote.

Mientras Altaïr rodeaba a la muchedumbre, no quitó la vista de lo que estaba sucediendo. Los comerciantes habían salido de detrás de sus puestos para verlo también. Los habitantes de Damasco que corrían entre sus destinos o se perdían en conversaciones se habían quedado estancados temporalmente.

—Si echas un vistazo... —dijo el hombre que se encogía ante Tamir.

—No me interesan tus cálculos —espetó Tamir—. Los números no cambian nada. Tus hombres no han cumplido con el pedido, lo que significa que le he fallado a mi cliente.

«Un cliente —pensó Altaïr—. ¿Quién será?».

El comerciante tragó saliva y miró hacia la multitud en busca de un salvador. Pero allí no encontró a nadie. Los guardias del mercado mostraban una expresión perdida y sus ojos parecían no ver, mientras los espectadores se limitaban a mirar, curiosos. A Altaïr le ponían enfermo, todos ellos: los buitres que miraban y los guardias que no hacían nada. Pero sobre todo Tamir.

—Nos hace falta más tiempo —suplicó el comerciante.

Tal vez se había dado cuenta de que su única opción era convencer a Tamir para que mostrara clemencia.

—Esa es la excusa del hombre vago o incompetente —respondió el estraperlista—. ¿Cuál eres tú?

—Ninguno —dijo el comerciante, retorciéndose las manos.

—Lo que veo demuestra lo contrario —dijo Tamir. Levantó un pie hacia un muro bajo y se apoyó en la rodilla—. Bueno, dime, ¿qué pretendes hacer para resolver este problema que tienes? Las armas las necesitan ya.

—No veo solución —tartamudeó el comerciante—. Los hombres trabajan día y noche. Pero tu... cliente exige mucho. Y el destino... Es una ruta difícil.

—¿Podrías producir armas con la misma habilidad que produces excusas? —Tamir se rio.

Ahora que actuaba para la muchedumbre fue recompensado con unas risas, que provenían más del miedo que del humor.

—He hecho todo lo que me ha sido posible —insistió el hombre mayor.

El sudor salía libremente de la cinta de su turbante y le temblaba la barba gris.

—No es suficiente.

—Entonces puede que pidas demasiado —probó a decir el comerciante.

Fue una táctica imprudente. La sonrisa agradable dedicada al gentío desapareció de la cara de Tamir y centró su mirada despiadada en el anciano.

—¿Demasiado? —dijo con otro tono en su voz—. Te lo he dado todo. Sin mí aún estarías encantando serpientes por unas monedas. Lo único que te he pedido a cambio es que cumplas las órdenes que te he dado. ¿Y dices que es demasiado?

Sacó un puñal y la hoja titiló. Aquellos que observaban se movieron, incómodos. Altaïr miró a los guardias, que estaban de brazos cruzados, con los sables en sus cinturones y los rostros inexpresivos. Nadie en el zoco se atrevía a moverse; era como si les hubieran hechizado a todos.

Un sonido escapó del aterrado comerciante. Cayó de rodillas, con las manos alzadas en un gesto de súplica. Su rostro imploraba y sus ojos brillaban por las lágrimas.

Tamir miró a la patética criatura que estaba arrodillada ante él y escupió. El comerciante parpadeó para quitarse la flema de los ojos.

—¿Te atreves a calumniarme? —bramó Tamir.

—Tranquilo, Tamir —lloriqueaba el anciano—. No pretendía insultarte.

—Entonces deberías mantener la boca cerrada —gruñó Tamir.

Altaïr podía ver el ansia de sangre en sus ojos y sabía exactamente lo que iba a pasar. En efecto, Tamir acuchilló al comerciante con la punta de su puñal y le abrió un profundo agujero en su túnica que de inmediato se manchó de rojo. El comerciante cayó hacia atrás sobre sus talones, con un fuerte alarido que atravesó la plaza del mercado.

—¡No! ¡Basta! —chilló.

—¿Basta? —se burló Tamir—. Tan solo acabo de empezar. —Dio un paso hacia delante, hundió el puñal en el estómago del hombre y lo empujó al suelo, donde gritó como un animal mientras Tamir le acuchillaba otra vez—. Entras en mi zoco —gritó. Acuchilló—. Delante de mis hombres. —La cuarta cuchillada. El sonido de la carne ablandada. El anciano seguía chillando—. ¿Y te atreves a insultarme? —Cuchillada. Puntuó cada palabra con un golpe de su puñal—. Debes saber qué lugar te corresponde.

Pero el comerciante ya había dejado de gritar. Ahora no era nada más que un cuerpo herido y ensangrentado, tumbado en el patio, con la cabeza colocada en un ángulo extraño. Uno de los escoltas de Tamir se acercó al cadáver.

—No —dijo Tamir sin aliento y se limpió la barba con el dorso de la mano—. Déjalo. —Se dio la vuelta para dirigirse a la muchedumbre—. Que esto sea una lección para el resto de vosotros. Pensadlo dos veces antes de decirme que no se puede hacer algo. Ahora volved al trabajo.

Los espectadores dejaron el cuerpo del anciano donde estaba —un perro interesado ya empezaba a olisquear alrededor— y reanudaron la jornada; poco a poco la actividad del zoco fue aumentando y un rato más tarde fue como si nada hubiera ocurrido. Como si se hubieran olvidado del anciano.

Aunque no era el caso de Altaïr. Relajó los puños, respiró larga y lentamente, controlando y usando su enfado. Agachó la cabeza un poco, quedando los ojos ocultos por su capucha, y se escabulló entre la multitud tras Tamir, que cruzaba por la plaza del mercado con sus dos escoltas no muy lejos. Altaïr se acercó a él y oyó que hablaba con unos comerciantes, que le miraban con los ojos muy abiertos, aterrorizados, y aceptaban todo lo que les pedía.

—No puedo vender esto —dijo Tamir bruscamente—. Fúndelo e inténtalo de nuevo. Y si te sale tan mal, será a ti a quien mandaré fundir la próxima vez.

Abrieron los ojos como platos y asintieron tres veces.

—No entiendo qué haces todo el día. Tu puesto está lleno de productos. Tu monedero debería estar lleno. ¿Por qué no vendes nada? No es tan difícil. Tal vez no pones suficiente empeño. ¿Necesitas motivación?

El comerciante estaba asintiendo antes de darse cuenta de lo que le estaban preguntando y lo corrigió enseguida negando con el mismo énfasis. Tamir avanzó. El gentío se arremolinó a su alrededor. Sus escoltas... ¿Era aquello una oportunidad? Con el mercado entero aterrorizado por Tamir, sus hombres habían relajado su vigilancia. Se habían quedado detrás de otro puesto, donde estaban pidiendo productos para dárselos como regalo a sus esposas. Tamir tenía nuevas víctimas a las que atemorizar.

Altaïr se metió entre él y los escoltas. Se puso tenso y notó la resistencia del mecanismo de su hoja sobre el meñique. Tamir estaba de espaldas a él, insultando a otro vendedor.

—Me suplicaste este puesto. Juraste que nadie lo podría hacer mejor que tú. Debería...

Altaïr caminó hacia delante y —clic— su hoja salió mientras rodeaba con un brazo a Tamir y usaba el otro para clavarle profundamente el arma.

Tamir emitió un sonido estrangulado, pero no gritó, y por un segundo se retorció antes de relajarse. Por encima del hombro, Altaïr miró a los ojos abiertos de par en par del vendedor aterrorizado y advirtió que el hombre no sabía qué hacer: dar la alarma o... El comerciante le dio la espalda y se alejó.

Altaïr bajó a Tamir hasta el suelo entre dos puestos, fuera de la vista de los guardias, que permanecían ajenos a lo ocurrido.

Los ojos de Tamir parpadearon.

—Descansa en paz —dijo Altaïr, con suavidad.

—Pagarás por esto, Asesino —dijo Tamir con voz áspera y un hilo de sangre salió de su nariz—. Tú y todos los tuyos.

—Por lo visto, eres tú el que está pagando ahora, amigo mío. Ya no sacarás más provecho del sufrimiento.

Tamir se rio con aspereza y superficialidad.

—¿Crees que soy un insignificante comerciante de muerte que chupa del pecho de la guerra? ¿Un objetivo raro, tal vez? ¿Por qué yo cuando muchos otros hacen lo mismo?

—¿Te crees distinto, entonces? —preguntó Altaïr.

—Es que lo soy, pues sirvo a una causa mucho más noble que el mero provecho. Como mis hermanos...

—¿Tus hermanos?

Tamir volvió a reírse débilmente.

—Ah..., cree que actúo solo. No soy más que una pieza. Un hombre que representa un papel. Pronto conocerás a los demás. No se tomarán muy bien lo que has hecho.

—Bueno, espero con ganas acabar también con sus vidas.

—¡Cuánto orgullo! Te destruirá, niño —dijo Tamir y falleció.

—La gente tiene que morir para que las cosas cambien —entonó Altaïr y le cerró los ojos al hombre.

Extrajo la pluma de Al Mualim del interior de su túnica y la manchó de la sangre de Tamir, les echó un vistazo a los escoltas y se marchó, desapareciendo entre la multitud. Ya era un fantasma cuando oyó el grito que se alzaba detrás de él.

11

Tamir, el primero de nueve. Al Mualim demostró en silencio su satisfacción. Apartó la vista de la pluma manchada de sangre que había sobre su escritorio para mirar a Altaïr y elogiarlo, antes de encomendarle su siguiente tarea.

Altaïr había inclinado la cabeza para asentir y dejó al Maestro. Al día siguiente ya había reunido sus provisiones y había partido una vez más, esta vez a Acre, una ciudad tan controlada por los cruzados como Damasco por los hombres de Salah Al'din. Una ciudad herida por la guerra.

Acre se había ganado con esfuerzo. Los cristianos la habían reconquistado después de un asedio prolongado y sangriento que había durado al menos dos años. Altaïr había tomado parte y había ayudado a impedir que los Templarios envenenaran el suministro de agua de la ciudad.

Aunque no fue capaz de hacer nada para impedir el envenenamiento que tuvo lugar: los cadáveres en el agua habían propagado una enfermedad entre musulmanes y cristianos por igual, tanto dentro como fuera de las murallas de la ciudad. Los víveres habían escaseado y miles de personas habían muerto de hambre. Entonces llegaron más cruzados para construir más máquinas, y sus ataques perforaron agujeros en los muros de la ciudad. Los sarracenos lucharon lo suficiente para reparar las brechas, hasta que el ejército de Ricardo Corazón de León simplemente derrotó a los musulmanes y estos se rindieron. Los cruzados reclamaron la ciudad y tomaron como rehén a su guarnición.

Las negociaciones entre Salah Al'din y Ricardo para liberar a los rehenes habían comenzado y los puntos más delicados habían quedado enturbiados por un desacuerdo entre Ricardo y el francés Conrado de Montferrato, que no estaba dispuesto a entregar a los rehenes que habían tomado las fuerzas francesas.

Conrado había regresado a Tiro; Ricardo estaba de camino a Jaffa, donde sus tropas se encontrarían con las de Salah Al'din. Y al mando estaba el hermano de Conrado, Guillermo.

Guillermo de Montferrato había ordenado la muerte de los rehenes musulmanes. Decapitaron a casi tres mil.

Y así fue como Altaïr se encontró realizando sus investigaciones en una ciudad marcada por su reciente historia: de asedio, enfermedad, hambre, crueldad y derramamiento de sangre. Una ciudad cuyos residentes conocían el sufrimiento demasiado bien, cuyos ojos ocultaban la pena y sobre cuyos hombros pesaba la tristeza. En las zonas pobres halló el peor de los sufrimientos. Los cuerpos envueltos en muselina cubrían las calles, mientras que la embriaguez y la violencia se extendían por los puertos. La única parte de la ciudad que no apestaba a desesperación y muerte era la Zona Cadena, donde estaban asentados los cruzados, donde Ricardo tenía su ciudadela y Guillermo, su cuartel general. Desde allí los cruzados habían declarado Acre la capital del Reino de Jerusalén, y la habían utilizado para almacenar provisiones antes de que Ricardo partiera hacia Jaffa y dejara a Guillermo al mando. Hasta entonces su reinado simplemente había exacerbado los problemas de la ciudad, que eran demasiado evidentes y oprimían a Altaïr mientras atravesaba las calles. Daba las gracias por haber terminado sus investigaciones y dirigirse a la Oficina de los Asesinos. Allí, el líder, Jabal, estaba sentado susurrándole a una paloma que tenía en las manos. Alzó la vista cuando Altaïr entró en la sala.

—Ah, Altaïr —dijo con un tono agradable—. Un pajarito me ha dicho que ibas a hacerme una visita...

Sonrió ante su propia broma, luego abrió las manos para dejar suelta a la paloma. Pero esta tan solo se posó en el mostrador, donde infló las plumas del pecho y empezó a caminar de un lado a otro como si montara una guardia aviar. Jabal la miró entretenido y después se acomodó en su asiento para contemplar a su visita.

—¿Y quién es el pobre desafortunado que Al Mualim ha elegido para que pruebe tu hoja, Altaïr? —preguntó.

—Al Mualim ha ordenado la ejecución de Garnier de Naplouse —contestó.

Jabal dio un respingo.

—¿El Gran Maestro de los Caballeros Hospitalarios?

Altaïr asintió lentamente.

—Exacto. Y ya he decidido cuándo y cómo atacar.

—Comparte ese conocimiento conmigo, pues.

Jabal parecía impresionado, y con motivo.

—Vive y trabaja en el hospital de la Orden, al noroeste de aquí —empezó a contarle Altaïr—. Se rumorea que se cometieron atrocidades dentro de sus muros.

Mientras Altaïr le contaba lo que sabía, Jabal asentía pensativo, considerando sus palabras, y finalmente le preguntó:

—¿Cuál es tu plan?

—Garnier está casi siempre en su oficina dentro del hospital, aunque de vez en cuando sale para examinar a sus pacientes. Cuando haga sus rondas será cuando yo ataque.

—Está claro que lo has pensado bien. Te doy permiso para que te marches. —Y al decir esto le entregó el indicador de Al Mualim—. Elimina esa mancha de Acre, Altaïr. A lo mejor te ayuda a limpiarte a ti mismo.

Altaïr tomó el indicador y le clavó a Jabal una mirada torva. ¿Acaso todos los Asesinos iban a conocer su vergüenza? Después se marchó y atravesó la ciudad por los tejados hasta que divisó el hospital. Allí se detuvo, aguantó la respiración y puso en orden sus ideas mientras lo contemplaba.

Altaïr le había dado a Jabal una versión truncada de sus descubrimientos; había ocultado al líder de la Oficina el verdadero sentimiento de repugnancia que sentía. Sabía que De Naplouse era el Gran Maestro de la Orden de los Caballeros Hospitalarios. Fundada originalmente en Jerusalén —su objetivo era el de atender a los peregrinos enfermos—, tenía la base en una de las zonas más necesitadas de Acre.

Y allí, según lo que Altaïr había oído, De Naplouse estaba haciendo cualquier cosa menos cuidar a los pacientes.

En el distrito hospitalario había oído a dos miembros de la Orden hablar sobre que el Gran Maestro no dejaba entrar en el hospital a ciudadanos normales, y la gente estaba llegando a la violencia por ese motivo. Uno de ellos había dicho que temía que se repitiera el escándalo que había tenido lugar en Tiro.

—¿Qué escándalo? —le había preguntado su amigo.

El hombre se había inclinado hacia su compañero para terminar de contárselo y Altaïr se había visto obligado a aguzar el oído.

—Antes era el hogar de Garnier —contestó el hombre—, pero fue exiliado. Se decía que estaba experimentando con los habitantes de la ciudad.

Su compañero puso mala cara.

—¿Qué tipo de experimentos?

—No conozco los detalles, pero me preocupa... ¿Habrá empezado otra vez? ¿Por eso se encierra en la fortaleza hospitalaria?

Más tarde, Altaïr leyó un pergamino que le había robado a un colega de Garnier de Naplouse. El Hospitalario no tenía intención de curar a sus pacientes, según había leído. Abastecido con sujetos de Jerusalén, realizaba pruebas —pruebas para un patrón desconocido— cuyo objetivo era provocar estados en los sujetos. Y a Tamir, al reciente fallecido Tamir, le habían acusado de suministrar las armas para dicha operación.

Una frase en particular de la carta atrajo su atención: «Deberíamos esforzarnos por reclamar lo que nos han quitado». ¿Qué significaba? No dejó de darle vueltas en la cabeza y continuó haciéndose preguntas. El Gran Maestro permitía que los «locos» deambularan por el hospital, según había oído, y se había enterado de las horas en las que los arqueros que cubrían las pasarelas sobre el hospital dejaban sus puestos; sabía que a De Naplouse le gustaba hacer las rondas sin escolta y que solo se permitía el paso a los monjes.

Entonces, después de conseguir toda la información que necesitaba, Altaïr había visitado a Jabal para recoger el indicador de Al Mualim.

12

Daba vueltas por el exterior del edificio adyacente a la fortaleza hospitalaria. Como esperaba, había un guardia, un arquero, y Altaïr le observó mientras este caminaba de un lado a otro de la pasarela, al tiempo que de vez en cuando echaba un vistazo al patio de abajo, pero sobre todo miraba los tejados. Altaïr alzó la vista hacia el sol. Debería ser en aquel momento, pensó, sonriendo para sus adentros, seguro, cuando el arquero se acercara a una escalera y bajara.

Altaïr permaneció agachado. Saltó del tejado a la pasarela y, sin hacer ruido, se escabulló hasta que pudo asomarse por el borde para ver el patio de abajo. Unos imponentes muros escarpados de piedra gris mate y no había nada más salvo el pozo del centro, a diferencia de los edificios decorados de forma recargada que normalmente se encontraban en Acre. Allí, varios guardias llevaban los abrigos negros acolchados de los Caballeros Hospitalarios, la cruz blanca en el pecho, y también había un grupo de monjes. Entre ellos había lo que parecían ser pacientes, descalzos y sin camisa. Unos pobres desgraciados que daban vueltas sin rumbo fijo, con expresión perdida y mirada vidriosa.

Altaïr frunció el entrecejo. Incluso con la pasarela sin vigilancia era imposible dejarse caer en el patio sin ser visto. Se acercó a la entrada del hospital para poder asomarse a la calle de fuera. En la piedra pintada blanca por el sol, los enfermos de la ciudad y sus familias rogaban a los guardias que les dejaran entrar. Otros cuyas mentes se habían ido a pasear entre la multitud, lanzaban los brazos al aire y gritaban incoherencias y obscenidades.

Y allí —Altaïr sonrió al verlos— había un grupo de eruditos. Se movían entre el gentío como si no existiera, haciendo caso omiso al sufrimiento y el tumulto que había a su alrededor. Parecían ir en dirección al hospital. Aprovechando el desorden, Altaïr bajó a la calle y, pasando desapercibido, se unió al grupo de eruditos y agachó la cabeza para centrar su mirada en los pies que arrastraba. De vez en cuando arriesgaba una mirada furtiva para saber por dónde iba y esperaba que se dirigieran al hospital donde los guardias se apartarían y les dejarían entrar en el patio.

Altaïr arrugó la nariz. Así como la calle tenía el aroma de la ciudad, a pasteles, perfumes y especias, aquí estaba el hedor del sufrimiento, de la muerte y los excrementos. De alguna parte —a través de una serie de puertas cerradas— salieron unos gritos de dolor y luego se oyó un gemido bajo. Aquel sería el hospital principal, pensó. Comprobó que estaba en lo cierto cuando, de repente, las puertas se abrieron de golpe y un paciente entró corriendo a toda velocidad en el patio.

—¡No! ¡Ayuda! ¡Ayudadme! —gritó. Tenía el rostro contorsionado por el miedo y los ojos muy abiertos—. ¡Ayudadme, por favor! ¡Tenéis que ayudarme!

Detrás de él apareció un guardia. Tenía un ojo vago, como si le hubieran cortado los músculos del párpado. Corrió detrás del hombre loco que había escapado para atraparlo. Entonces, con la ayuda de otro guardia, comenzó a darle puñetazos y patadas hasta que sometió al loco y lo puso de rodillas.

Altaïr observó. Notó cómo se le tensaba la mandíbula y apretó los puños cuando los guardias golpearon al hombre; otros pacientes se acercaron para ver mejor el espectáculo: miraban con caras que reflejaban solo un ligero interés y se balanceaban un poco.

—¡Piedad! —gritó el loco mientras una lluvia de golpes caía sobre él—. Os pido clemencia. ¡Nada más!

Paró. De pronto se le olvidó el dolor cuando las puertas del hospital se abrieron y allí apareció un hombre que tan solo podía ser Garnier de Naplouse.

Era más bajo de lo que Altaïr esperaba. Era barbilampiño y llevaba el pelo blanco al rape. Tenía los ojos hundidos y una boca cruel, curvada hacia abajo, que le confería un aspecto cadavérico. La cruz blanca de los Hospitalarios estaba en sus brazos y llevaba un crucifijo alrededor del cuello; pero fuera cual fuese el Dios que veneraba, le había abandonado, advirtió Altaïr. Puesto que no llevaba más que un delantal. Un sucio delantal manchado de sangre.

Miraba misteriosamente al loco que estaba postrado ante él, sostenido por Ojo Vago y el otro guardia; Ojo Vago estaba levantando el puño para golpearle de nuevo.

—Ya basta, muchacho —ordenó De Naplouse—. Te he pedido que recuperaras al paciente, no que lo mataras.

Ojo Vago bajó el puño a regañadientes cuando De Naplouse avanzó para acercarse aún más al loco, que se quejaba e intentaba soltarse, como un animal asustadizo.

De Naplouse sonrió, la dureza había desaparecido.

—Ya, ya —le dijo al loco, casi con ternura—. Todo se arreglará. Dame la mano.

El loco negó con la cabeza.

—¡No, no! No me toquéis. Otra vez no...

De Naplouse arrugó la frente, como si le hubiera dolido un poco la reacción del hombre.

—Expulsa ese miedo o no podré ayudarte —dijo sin alterarse.

—¿Ayudarme? ¿Como habéis ayudado a los otros? Os llevasteis sus almas. Pero no la mía. No. No tendréis la mía. Nunca, nunca, nunca... La mía no, la mía no, la mía no...

La suavidad se fue cuando De Naplouse abofeteó al loco.

—Contrólate —gruñó. Sus ojos hundidos brillaron y el otro agachó la cabeza—. ¿Crees que disfruto con esto? ¿Crees que quiero hacerte daño? Pero no me dejas otra opción...

De repente el loco se soltó de los dos guardias que le sujetaban y echó a correr hacia la multitud que observaba.

—Sus palabras amables siempre van acompañadas de un revés... —chilló al pasar cerca de Altaïr cuando los dos guardias salieron como una flecha detrás de él—. Todo son mentiras y engaños. No estará contento hasta que todos nos inclinemos ante él.

Ojo Vago le atrapó y le llevó a rastras hasta donde se encontraba De Naplouse, y allí se puso a gimotear bajo la fría mirada del Gran Maestro.

—No deberías haber hecho eso —dijo De Naplouse, despacio, y luego se dirigió a Ojo Vago—. Llévalo de vuelta a sus dependencias. Yo iré en cuanto me haya encargado de atender a los demás.

—¡No podéis retenerme aquí! —gritó el loco—. Me volveré a escapar.

De Naplouse se detuvo.

—No —dijo sin alterarse y luego se volvió hacia Ojo Vago—. Rómpele las piernas. Las dos.

Ojo Vago sonrió abiertamente cuando el loco trató de soltarse. Entonces se oyeron dos horribles chasquidos, como unas astillas partiéndose, cuando el gigantesco caballero le estampó una patada primero en una pierna y luego en la otra. La víctima gritó y Altaïr avanzó, incapaz de contenerse, furioso por la crueldad gratuita.

Pero el momento había pasado: el hombre había perdido el conocimiento —sin duda, el dolor había sido demasiado intenso para soportarlo— y los dos guardias se lo llevaban a rastras. De Naplouse lo estudió. La mirada comprensiva había vuelto a su rostro.

—Lo siento mucho, hijo —dijo, casi para sus adentros, antes de volverse hacia la muchedumbre—. ¿Es que no tenéis nada mejor que hacer? —espetó, y se quedó mirando con mala cara a los monjes y pacientes, que poco a poco se fueron alejando. Cuando Altaïr se dio la vuelta para unirse a ellos, advirtió que De Naplouse examinaba la multitud con detenimiento, como si estuviera buscando a aquel a quien habían enviado para matarle.

Bien, pensó Altaïr, al oír cerrarse la puerta del hospital cuando el Gran Maestro abandonó el patio. Que tuviera miedo. Que sintiera un poco de lo que infligía a los demás. La imagen le reconfortó al unirse a los eruditos, que estaban avanzando hacia la segunda puerta. Esta llevaba a la sala principal, donde las esteras de paja no ayudaban mucho a ocultar el hedor a sufrimiento y excrementos. Altaïr intentó no vomitar y advirtió que varios eruditos se tapaban la nariz con la tela de sus túnicas. A partir de entonces empezaron a oír gemidos y Altaïr vio las camas de hospital en las que se hallaban hombres que se quejaban y de vez en cuando gritaban de dolor. Con la cabeza gacha, se asomó por debajo de la capucha y vio a De Naplouse acercarse a una cama en la que un hombre escuálido estaba tumbado, sujeto por unas ataduras de cuero.

—¿Cómo te encuentras? —le preguntó De Naplouse.

Dolorido, el paciente dijo sin aliento:

—¿Qué me habéis... hecho?

—Ah, sí. El dolor. Duele al principio, no te mentiré. Es un pequeño precio que hay que pagar. Lo aceptarás a la larga.

El hombre trató de levantar la cabeza de la cama.

—Sois... un monstruo...

De Naplouse sonrió indulgentemente.

—Me han llamado cosas peores.

Pasó por un armazón de madera que rodeaba otra cama y se asomó para ver a..., no, no era un paciente como Altaïr advirtió. Aquellos pobres desgraciados eran sujetos. Eran experimentos. De nuevo hizo un esfuerzo para controlar su ira. Echó un vistazo a su alrededor. La mayoría de los guardias se habían reunido en la otra punta de la sala. Al igual que en el patio, varios pacientes desorientados se tambaleaban, y vio el mismo grupo de monjes, que parecía esperar cualquier palabra de Garnier al tiempo que se quedaban a una distancia respetuosa, hablando entre ellos mientras el Gran Maestro hacía sus rondas.

Si iba a hacerlo —y sí que iba a hacerlo—, tenía que ser pronto.

Pero entonces De Naplouse se acercó a otra cama y sonrió al hombre que estaba allí tumbado.

—Dicen que ahora puedes caminar —dijo amablemente—. Impresionante.

El hombre parecía confundido.

—Hace... tanto tiempo... Casi he olvidado... cómo.

De Naplouse parecía satisfecho, satisfecho de verdad. Sonrió y dijo:

—Eso es maravilloso.

—No... entiendo. ¿Por qué me habéis ayudado?

—Porque nadie más lo haría —contestó De Naplouse, y siguió adelante.

—Os debo la vida —dijo el hombre en la siguiente cama—. Haré todo lo que me digáis. Gracias. Gracias por liberarme.

—Gracias por dejarme —respondió De Naplouse.

Altaïr vaciló un instante. ¿Se estaba equivocando? ¿De Naplouse no era un monstruo? Entonces enseguida apartó sus dudas y pensó en los gritos de agonía del loco mientras le partían las piernas y en los pacientes sin vida que vagaban por el hospital. Si de verdad allí había ejemplos de curación seguro que los superaban los actos de barbarie.

De Naplouse había llegado a la última cama de la sala. Al cabo de un momento se marcharía y Altaïr perdería su oportunidad. Decidido, el Asesino echó una mirada detrás de él: los guardias seguían ocupados al final de la sala. Se apartó del grupo de eruditos y se acercó a De Naplouse mientras el Gran Maestro se inclinaba hacia su paciente.

La hoja de Altaïr saltó hacia delante y atacó a De Naplouse. El grito quedó sofocado al arquear la espalda por el dolor. Casi con cuidado, el Asesino bajó al doctor ensartado hasta el suelo.

—Libera tu carga —susurró.

De Naplouse parpadeó y alzó la vista para mirar el rostro del Asesino. Pero no había miedo en aquellos ojos moribundos: lo que Altaïr vio fue preocupación.

—Ah... Ahora descansaré, ¿no? —dijo—. El sueño eterno me llama. Pero antes de cerrar los ojos, debo saberlo. ¿Qué será de mis niños?

«¿Sus niños?».

—¿Te refieres a las personas que sufren tus crueles experimentos? —Altaïr no podía evitar el tono de indignación en su voz—. Ahora serán libres para regresar a sus casas.

De Naplouse rio con sequedad.

—¿A sus casas? ¿Qué casas? ¿Las alcantarillas? ¿Los burdeles? ¿Las prisiones de las que los sacamos?

—Te llevaste a esta gente en contra de su voluntad —afirmó Altaïr.

—Sí. Les quedaba muy poca voluntad —dijo De Naplouse jadeando—. ¿En serio eres tan ingenuo? ¿Apaciguas a un niño solo porque llora? «Pero quiero jugar con fuego, padre». ¿Qué le dirías? ¿«Como quieras»? Ah... pero entonces serías el responsable de sus quemaduras.

—Estos no son niños —dijo Altaïr, que pretendía entender al hombre moribundo—, sino hombres y mujeres adultos.

—Físicamente, tal vez. Pero no a nivel mental. Y ese es el daño que quería reparar. Lo admito, sin el artefacto que nos robasteis mi progreso se ha ralentizado. Pero hay hierbas. Mezclas y extractos. Mis guardias son muestra de ello. Eran locos antes de que los encontrara y los liberara de las prisiones de sus mentes. Y, con mi muerte, volverán a ser locos...

—¿De verdad crees que les estabas ayudando?

De Naplouse sonrió y la luz comenzó a dejar sus ojos.

—No es lo que yo crea, sino lo que sé.

Murió. Altaïr bajó su cabeza hasta la piedra y buscó la pluma de Al Mualim para pasarla por la sangre.

—Que no sea una muerte cruel —susurró.

En ese momento, uno de los monjes de allí al lado emitió un grito. Altaïr se irguió, se apartó del cuerpo y vio a los guardias avanzando pesadamente por la sala hacia él. Cuando desenvainaron las espadas, saltó y echó a correr en dirección a una puerta que había en el otro extremo, que esperaba fervientemente que diera al patio.

Se abrió y le alegró ver el patio delante de él.

Aunque no se alegró tanto al ver a Ojo Vago, que salía disparado por la puerta con un sable desenvainado...

Altaïr desenfundó su espada y, con la hoja en un brazo y la espada en la otra mano, se encontró con Ojo Vago en un choque de acero. Por un segundo, ambos estuvieron con las narices pegadas y Altaïr vio de cerca la piel cicatrizada del ojo del caballero. Entonces Ojo Vago se apartó, asestó y se topó con el arma de Altaïr, pero se readaptó tan rápido que Altaïr casi perdió la defensa. El Asesino se apartó, quería poner espacio entre él y Ojo Vago, que era mejor espadachín de lo que había supuesto. También era grande. Se le resaltaban los tendones del cuello, desarrollados por años de blandir un enorme sable. Detrás de él, Altaïr oyó que llegaban otros guardias y después se detuvieron al hacerles una señal Ojo Vago.

—Le quiero a él —gruñó el caballero gigante.

Era arrogante, demasiado seguro de sí mismo. Altaïr sonrió, recreándose en la ironía. Entonces avanzó, barriendo con la hoja. Ojo Vago sonrió, desvió el golpe y gruñó cuando Altaïr saltó a su izquierda, acercándose a él por el otro lado —el de su ojo herido, su punto débil—, y le cortó el cuello.

La garganta del caballero se abrió y la sangre salió de la herida mientras se hundía de rodillas. Altaïr oyó por detrás un grito de sorpresa, así que empezó a correr, chocó con un grupo de locos, que se habían reunido para mirar, luego cruzó el patio a toda velocidad, pasó junto al pozo y después por debajo del arco hacia Acre.

Se detuvo para examinar los tejados. A continuación saltó hacia un tenderete y el comerciante, enfadado, le amenazó con el puño mientras escalaba la pared detrás de él para subir a los tejados. Corriendo y saltando, dejó la pesadilla del hospital y se adentró en la ciudad, todavía reflexionando sobre las últimas palabras de Garnier. Sobre el artefacto del que había hablado. Por un instante, Altaïr pensó en la caja del escritorio de Al Mualim, pero no. ¿Qué posible conexión tendría el Hospitalario con eso?

Pero si no era eso, entonces ¿qué?

13

—**G**arnier de Naplouse está muerto —le había dicho a Al Mualim unos días más tarde.

—Perfecto. —El Maestro había asentido con aprobación—. No podríamos haber esperado un resultado más grato.

—Y aun así... —empezó a decir Altaïr.

—¿Qué pasa?

—El doctor insistió en que su trabajo era noble —dijo Altaïr—. Y ahora que lo pienso, de los que supuestamente eran sus cautivos, muchos parecían estarle agradecidos. No todos, pero bastantes como para preguntarme... ¿Cómo consiguió convertir en amigo al enemigo?

Al Mualim se había reído.

—Los líderes siempre encuentran el modo de hacer que los demás les obedezcan. Y eso es lo que les convierte en líderes. Cuando la palabra falla, entonces usan el dinero. Cuando eso tampoco sirve, recurren a cosas más básicas: sobornos, amenazas y otro tipo de artimañas. Hay plantas, Altaïr, hierbas de tierras lejanas, que pueden hacer que un hombre pierda el juicio. Son tan grandes los placeres que ofrecen que los hombres pueden incluso convertirse en sus esclavos.

Altaïr asintió al pensar en los pacientes. En el loco.

—¿Creéis entonces que esos hombres estaban drogados? ¿Envenenados?

—Sí, si la realidad es tal como la describes —respondió Al Mualim—. Nuestros enemigos me han acusado a mí de lo mismo.

Después le asignó a Altaïr su siguiente tarea, y Altaïr se preguntó por qué el Maestro sonrió cuando le dijo que completara sus investigaciones y luego informara al *rafiq* de la Oficina de los Asesinos de Jerusalén.

En aquel momento, de camino a la Oficina, supo por qué. Era porque le hacía gracia pensar en Altaïr topándose una vez más con Malik.

El Asesino se levantó de detrás del escritorio al entrar Altaïr. Por un instante ambos se quedaron contemplándose, sin dejar de ocultar su desdén. Entonces, despacio, Malik se dio la vuelta y le mostró a Altaïr dónde había estado su brazo una vez.

Altaïr palideció. Por supuesto. Después del daño que sufrió en la pelea con los hombres de Robert de Sablé, los mejores cirujanos de Masyaf no habían sido capaces de salvar el brazo izquierdo de Malik, así que se lo habían tenido que amputar.

Malik sonrió con aquella sonrisa agridulce por una victoria que se había conseguido a un precio demasiado alto, y Altaïr se recordó a sí mismo que le correspondía tratar a Malik con humildad y respeto. Agachó la cabeza para reconocer las otras pérdidas del hombre. Su hermano. Su brazo. Su estatus.

—Seguridad y paz, Malik —dijo al fin.

—Tu presencia aquí me priva de ambas —le soltó Malik. Él, sin embargo, tenía muchos motivos para tratar a Altaïr con desdén, y evidentemente así pensaba hacerlo—. ¿Qué quieres?

—Al Mualim me ha pedido...

—¿Que realices alguna tarea en un intento de redimirte? —preguntó Malik con sorna—. Bueno, dilo ya. ¿De qué te has enterado?

—Esto es lo que sé —contestó Altaïr—. El objetivo es Talal, que trafica con vidas humanas, rapta ciudadanos de Jerusalén y los vende como esclavos. Su base se encuentra en un almacén situado dentro de la barbacana al norte de aquí. Mientras hablamos, prepara una caravana para viajar. Atacaré cuando se ponga a revisar sus reservas. Si puedo evitar a sus hombres, Talal por sí solo no supondrá mucho reto.

Malik torció el labio.

—¿No supondrá mucho reto? Escúchate. ¡Cuánta arrogancia!

En silencio, Altaïr se reprendió. Malik tenía razón. Pensó en el orador de Damasco al que había juzgado mal y que casi le vence.

—¿Hemos terminado? —preguntó, sin revelar ninguno de sus pensamientos a Malik—. ¿Estás satisfecho con lo que sé?

—No —dijo Malik y le entregó a Altaïr una pluma—, pero tendrá que servir.

Altaïr asintió. Miró hacia donde la manga de Malik colgaba, suelta, y estuvo a punto de decir algo cuando se dio cuenta de que ninguna palabra repararía sus errores. Había perjudicado demasiado a Malik como para esperar que lo perdonara.

Así que se dio la vuelta y se marchó de la Oficina. Otro objetivo iba a sentir el beso de su hoja.

14

Poco después Altaïr estaba entrando a hurtadillas en el almacén donde preparaban el envío. Echó un vistazo y no le gustó lo que encontró. No había guardias. Ni acólitos.

Avanzó dos pasos y luego se detuvo. No. ¿En qué estaba pensando? Todo lo del almacén estaba mal. Estaba a punto de darse la vuelta y marcharse cuando de repente la puerta se cerró y se oyó el sonido inconfundible de un cerrojo al encajar en su sitio.

Maldijo y desenvainó la espada.

Avanzó sigilosamente, con los sentidos adaptándose poco a poco a la oscuridad, la humedad, el olor de las antorchas y...

Algo más. Un olor a ganado que Altaïr creyó más humano que animal.

Las escasas llamas de las antorchas proyectaban luz en las paredes oscuras y resbaladizas, y de algún sitio provenía un goteo de agua. El siguiente sonido que oyó fue un débil gemido.

Como la vista se le iba adaptando gradualmente, avanzó poco a poco y vio unos cajones, barriles y luego... una jaula. Se acercó más y casi retrocedió por lo que descubrió. Había un hombre dentro. Un hombre patético y tembloroso, sentado con las piernas hacia el pecho, que contemplaba a Altaïr con unos ojos lastimeros y llorosos.

—Ayúdame —dijo.

Entonces, Altaïr oyó detrás otro sonido y se dio la vuelta para ver a un segundo hombre. Estaba suspendido de la pared, con grilletes en las muñecas y los tobillos. La cabeza le colgaba sobre el pecho y el pelo sucio le caía sobre la cara, pero sus labios parecían moverse como si estuviera rezando.

Altaïr se acercó a él. Entonces, al oír otra voz a sus pies, bajó la mirada para ver una reja de hierro incrustada en la piedra del suelo del almacén. Asomado estaba el rostro asustado de otro esclavo y sus dedos huesudos se estiraban entre los barrotes para atraer a Altaïr. Más allá, en el hoyo, el Asesino vio más formas oscuras, oyó un deslizamiento y más voces. Por un momento fue como si la habitación estuviera llena de las súplicas de los que estaban allí encerrados.

—Ayúdame, ayúdame.

Un sonido insistente e implorante que le hacía tener ganas de taparse los oídos. Hasta que, de pronto, oyó una voz más alta:

—No deberías haber venido aquí, Asesino.

«Talal, seguro».

Altaïr se volvió en dirección al ruido y vio que las sombras se movían en un balcón que había encima de él. ¿Arqueros? Se puso tenso y se agachó, con la espada preparada, para estar lo menos a tiro posible.

Pero si Talal le quería muerto, ya lo hubiera estado. Había caído en la trampa del traficante de esclavos —el fallo de un tonto, de un principiante—, pero todavía no se había descubierto del todo.

—Pero no eres de los que escuchan —se burló Talal—, por si acaso comprometes a tu Hermandad.

Altaïr avanzó sigilosamente, todavía intentando localizar a Talal. Estaba arriba, de eso estaba seguro. Pero ¿dónde?

—¿Creías que no me enteraría de tu presencia? —continuó la voz incorpórea, con una risa—. Supe de ti en cuanto entraste en esta ciudad, tal es mi alcance.

Abajo oyó un sollozo y, al mirar, vio más barrotes, más rostros sucios y llenos de lágrimas con la vista clavada en él desde la oscuridad.

—Ayúdame... Sálvame.

Había más jaulas, más esclavos, hombres y mujeres: mendigos, prostitutas, borrachos y locos.

—Ayúdame. Ayúdame.

—Así que hay esclavos aquí —dijo Altaïr—, pero ¿dónde están los esclavistas?

Talal le ignoró.

—Contempla mi trabajo en toda su gloria —anunció y brillaron más luces, que revelaron más rostros asustados y suplicantes.

Delante de Altaïr se abrió una segunda puerta que le dejó entrar en otra sala. Subió por unas escaleras que daban a un gran espacio con una galería que, sobre él, le rodeaba por todas partes. Allí vio a figuras imprecisas y agarró bien su espada.

—¿Y ahora qué, esclavista? —dijo.

Talal estaba intentando asustarle. Algunas cosas le daban miedo a Altaïr, era cierto, pero nada de lo que el dueño de esclavos fuera capaz, de eso estaba seguro.

—No me llames así —gritó Talal—. Tan solo quiero ayudarles. Como me ayudaron a mí.

Altaïr aún seguía oyendo los gemidos de los esclavos que estaban en la cámara de abajo. No creía que ellos lo consideraran ayuda.

—No les haces ningún favor encerrándoles de esta manera —dijo a la oscuridad.

Aun así Talal continuó escondido.

—¿Encerrándoles? Los mantengo a salvo, los preparo para el viaje que les espera.

—¿Qué viaje? —se burló Altaïr—. No es más que una vida de servidumbre.

—No sabes nada. Ha sido una locura traerte aquí. Pensar que verías y comprenderías.

—Lo entiendo muy bien. Te falta valor para enfrentarte a mí y eliges esconderte entre las sombras. Basta de charlas. Muéstrate.

—Ah... Así que quieres ver al hombre que te ha hecho venir hasta aquí, ¿eh?

Oyó un movimiento en la galería.

—Tú no me has hecho venir hasta aquí —gritó—. He venido por mi propia cuenta.

La risa retumbó desde los balcones sobre él.

—¿Ah, sí? —se mofó Talal—. ¿Quién desatrancó la puerta? ¿Y despejó el camino? ¿Alzaste tu hoja contra alguno de mis hombres? No. Todo esto lo he hecho por ti.

Algo se movió en el techo sobre la galería y proyectó un parche de luz sobre el suelo de piedra.

—Ponte a la luz, entonces —dijo Talal desde arriba—, y te concederé un último favor.

Una vez más, Altaïr se dijo para sus adentros que si Talal le quisiera muerto, sus arqueros ya le habrían cubierto de flechas, así que se puso a la luz. Al hacerlo, unos hombres enmascarados salieron de las sombras de la galería, saltaron abajo sin hacer ruido y le rodearon. Le miraban con ojos desapasionados, las espadas colgaban de sus costados y sus pechos subían y bajaban.

Altaïr tragó saliva. Eran seis. Todo un desafío.

Entonces se oyeron unos pasos arriba y miró hacia la galería donde Talal había salido de la penumbra y desde donde le estaba contemplando. Llevaba una túnica a rayas y un cinturón ancho. En el hombro tenía un arco.

—Ahora me tienes delante —dijo con las manos extendidas, sonriendo como si recibiera calurosamente a un invitado en su casa—. ¿Qué deseas?

—Baja aquí. —Altaïr hizo un gesto con su espada—. Resolvamos esto con honor.

—¿Por qué siempre recurres a la violencia? —contestó Talal, cuya voz sonaba casi como si Altaïr le hubiera decepcionado, antes de añadir—: Por lo visto no puedo ayudarte, Asesino, porque tú no quieres ayudarte a ti mismo. Y no puedo permitir que amenaces mi trabajo. No me dejas otra opción: debes morir.

Les hizo señas a sus hombres.

Ellos alzaron las espadas.

Luego atacaron.

Altaïr gruñó y se encontró esquivando a dos a la vez, haciéndoles retroceder y después centrando su atención en un tercero. Los otros esperaron su turno: enseguida se dio cuenta de que su estrategia era atacarle de dos en dos.

Podía con eso. Agarró a uno y le alegró ver sus ojos muy abiertos por la impresión encima de su máscara, después lo lanzó hacia atrás, hacia un quinto oponente, y ambos chocaron contra un andamio que se desmoronó a su alrededor. Altaïr se aprovechó de su posición, atacó con la punta de su espada, oyó un grito y un ruido de muerte que provenía del hombre despatarrado en el suelo.

Sus agresores se volvieron a reunir y se miraron entre ellos mientras poco a poco le iban rodeando. Se dio la vuelta con ellos, sosteniendo la espada, sonriendo, casi disfrutando de aquel momento. Lo veía en sus rostros. Eran cinco, entrenados, enmascarados, contra un solo Asesino. Habían creído que era una presa fácil, pero una refriega más tarde ya no estaban tan seguros.

Escogió a uno. Un viejo truco que le había enseñado Al Mualim para cuando se enfrentara a múltiples oponentes.

Altaïr clavó a propósito la mirada en uno de los guardias que tenía justo enfrente...

«No ignores a los demás, pero céntrate en uno. Conviértelo en tu objetivo. Hazle saber que es tu objetivo».

Sonrió. El guardia gimoteó.

«Después, acaba con él».

Como una serpiente, Altaïr atacó y arremetió contra el guardia, que fue demasiado lento para reaccionar. Se quedó mirando la hoja de Altaïr mientras se la clavaba en el pecho y gimió mientras se hundía de rodillas. Desgarrando la carne, Altaïr retiró la espada y centró su atención en el siguiente hombre.

«Elige a uno de tus oponentes...».

En vez de agresor, el guardia parecía aterrorizado, y su espada empezó a temblar. Gritó algo en un dialecto que Altaïr no entendía, luego avanzó desordenadamente, con la esperanza de llevar la batalla hacia Altaïr, que lo esquivó y le rajó el estómago. Quedó satisfecho al ver derramarse de la herida sus tripas brillantes. Desde arriba, la voz de Talal convenció a sus hombres para que atacaran aunque hubiera caído otro, y los dos que quedaban arremetieron a la vez. Ya no parecían tan intimidantes, llevaran o no máscaras. Parecían lo que eran: hombres asustados a punto de morir.

Altaïr derribó a otro y la sangre salió a chorros de su cuello cortado. El último se dio la vuelta y echó a correr, con la esperanza de encontrar refugio en la galería. Pero Altaïr envainó su espada y extrajo un par de cuchillos arrojadizos, que giraron, relucientes, uno detrás de otro, hacia la espalda del hombre que escapaba, que cayó de la escalera. Y dejó de huir.

Altaïr oyó unos pasos que corrían arriba. Talal escapaba. Se agachó para recuperar sus cuchillos, tomó la escalera y llegó al segundo piso justo a tiempo para ver a Talal subiendo apresuradamente unas segundas escaleras hacia el tejado.

El Asesino fue tras él y llegó a una trampilla en la parte superior del almacén. Echó justo la cabeza hacia atrás cuando una flecha se clavó, agitándose, en la madera que había a su espalda. Vio al arquero en un tejado a lo lejos, ya cargando una segunda asta. Subió por la trampilla, rodó por el tejado y lanzó los dos cuchillos, aún manchados con la sangre de la víctima anterior.

El arquero gritó y cayó, con un cuchillo sobresaliéndole del cuello y el otro, del pecho. Un poco más allá, Altaïr vio a Talal que cruzaba como una flecha un puente entre las viviendas, luego saltaba a un andamio y caía a la calle sin problemas. Allí, estiró el cuello, vio a Altaïr ya siguiéndole y echó a correr.

Altaïr le estaba alcanzando. Era rápido y, a diferencia de Talal, no estaba constantemente mirando por encima del hombro para ver si le seguían. Y como no estaba haciendo eso, no chocaba todo el rato con los peatones desprevenidos, tal como le ocurría a Talal: las mujeres chillaban y le reprendían, mientras que los hombres decían improperios y le devolvían el empujón.

Todo eso ralentizó su avance por las calles y los mercados, de modo que no tardó en desaprovechar su delantera y, cuando giró la cabeza, Altaïr pudo ver el blanco de sus ojos.

—Huye ahora —gritó Talal por encima del hombro—, mientras puedas. Mis guardias no tardarán en llegar.

Altaïr se rio y continuó corriendo.

—Deja de perseguirme y te dejaré vivir —chilló Talal.

Altaïr no dijo nada y siguió su persecución. Con agilidad, zigzagueaba entre la multitud y saltaba por encima de los productos que Talal lanzaba detrás de sí para ralentizar a su perseguidor. Altaïr le estaba alcanzando, la caza casi había terminado.

Delante de él, Talal giró la cabeza una vez más y vio que ya apenas había distancia entre ambos, por lo que trató otra vez de convencer a Altaïr.

—Espera un momento y escúchame —bramó con desesperación en su voz—. A lo mejor podemos hacer un trato.

Altaïr no dijo nada, tan solo observó mientras Talal se daba otra vez la vuelta. El traficante de esclavos estaba a punto de chocar con una mujer cuyo rostro estaba tapado por varios frascos. Ninguno de los dos miraba por dónde iba.

—No te he hecho nada —gritó Talal, olvidándose supuestamente de que hacía solo unos minutos había mandado a seis hombres para que mataran a Altaïr—. ¿Por qué insistes en perseguir...?

El aliento abandonó su cuerpo en un susurro, hubo una maraña de brazos y piernas, y Talal cayó en la arena con la mujer de los frascos, cuya mercancía se rompió a su alrededor.

Talal intentó ponerse de pie, pero era demasiado lento y Altaïr estaba ya encima de él. Zas. En cuanto apareció su ansiosa hoja, se hundió en el hombre, que se arrodilló junto a él, mientras la sangre le salía de la nariz y la boca. A su lado, la mujer de los frascos se puso de pie, con la cara colorada e indignada, a punto de emprenderla con Talal. Al ver a Altaïr y su hoja, por no mencionar la sangre que salía de Talal, cambió de opinión y se marchó a toda velocidad llorando. Otros los rehuyeron al advertir que pasaba algo. En Jerusalén, una ciudad acostumbrada al conflicto, los habitantes preferían no quedarse contemplando la violencia por miedo a formar parte de ella.

Altaïr se acercó más a Talal.

—Ahora no tienes a dónde huir —dijo—. Cuéntame tus secretos.

—Yo ya he hecho mi parte, Asesino —respondió Talal—. La Hermandad no es tan débil como para que mi muerte detenga su trabajo.

La mente de Altaïr recordó a Tamir. Él también había hablado de otros al morir. Había mencionado a sus hermanos.

—¿Qué Hermandad? —insistió.

Talal logró sonreír.

—Al Mualim no es el único que tiene planes en Tierra Santa. Y eso es todo lo que me sacarás.

—Entonces hemos terminado. Pídele perdón a tu Dios.

—No hay Dios, Asesino —se rio Talal con debilidad—. Y si alguna vez lo hubo, hace mucho tiempo que nos ha abandonado. Hace mucho que abandonó a los hombres y las mujeres que he acogido.

—¿A qué te refieres?

—Los mendigos, las putas, los adictos, los leprosos. ¿Te parecen esclavos? No sirven ni para tareas de poca importancia. No los cogí para venderlos, sino para salvarlos. Y nos has matado a todos. Por ninguna otra razón salvo porque te lo han pedido.

—No —dijo Altaïr, confundido—. Te aprovechas de la guerra. De las vidas rotas y perdidas.

—No me extraña que creas eso, ignorante. Tienes un muro en la mente, ¿eh? Dicen que es lo que a los tuyos se les da mejor. ¿Ves la ironía en todo esto?

Altaïr se le quedó mirando. Era lo mismo que le había pasado con De Naplouse. Las palabras del hombre moribundo amenazaban con minar todo lo que Altaïr sabía de su objetivo, o pensaba que sabía, al menos.

—No, aún no, por lo visto. —Talal se permitió una última sonrisa ante la evidente confusión de Altaïr—. Pero la verás.

Y diciendo esto, murió.

Altaïr le cerró los ojos y murmuró «lo siento» antes de pasar el indicador por la sangre. Después, se levantó y se perdió entre la multitud, mientras el cuerpo de Talal manchaba la arena tras él.

15

Altaïr descansaba y acampaba junto a pozos, abrevaderos o fuentes en sus viajes; en cualquier sitio donde hubiera agua y la sombra de las palmeras, donde pudiera descansar y su montura pastara en la hierba, suelta. A menudo era el único trozo de verde que alcanzaba a ver, así que había pocas posibilidades de que su caballo se alejara.

Aquella noche encontró una fuente que se había colocado en un muro con un arco para impedir que el desierto se tragara aquel maravilloso lugar con agua, y bebió bien. Después se tumbó en su refugio y escuchó el goteo desde el otro lado de la piedra toscamente labrada al tiempo que pensaba en Talal perdiendo la vida. Sus pensamientos retrocedieron aún más, a los cadáveres del pasado. Una vida salpicada de muerte.

Cuando era joven se la había encontrado por primera vez durante el asedio. Asesinos y sarracenos, y, por supuesto, su padre, aunque gracias a Dios se había ahorrado verlo. Pero lo había oído, había oído la espada al caer, seguido de un suave golpe, y había salido disparado como una flecha hacia el portillo, para ir con su padre, cuando unas manos le agarraron.

Se había retorcido al tiempo que gritaba:

—¡Soltadme! ¡Soltadme!

—No, niño.

Y Altaïr vio que era Ahmad, el agente por cuya vida había intercambiado el padre de Altaïr la suya. Y Altaïr se lo quedó mirando, con los ojos llenos de odio, sin importarle que Ahmad hubiera salido de su terrible experiencia destrozado, ensangrentado y apenas teniéndose en pie, con el alma marcada por la vergüenza de haber sucumbido al interrogatorio de los sarracenos. Solo le preocupaba que su padre se hubiera ofrecido a morir y...

—¡Es culpa tuya! —había gritado, retorciéndose para apartarse de Ahmad, que estaba con la cabeza gacha, asimilando las palabras del muchacho como si fueran puñetazos—. Es culpa tuya —había vuelto a soltar Altaïr.

Después se había sentado en la hierba quebradiza, hundido la cabeza en sus manos con la intención de aislarse del mundo. Unos pasos más lejos, Ahmad, cansado y golpeado, también se había sentado en el suelo.

Fuera de las murallas de la ciudadela, los sarracenos partían y dejaban el cuerpo sin cabeza del padre de Altaïr para que los Asesinos lo recuperaran, y unas heridas que nunca se curarían.

Por el momento, Altaïr se había quedado en las dependencias que compartía con su padre, de paredes de piedra gris, juncos en el suelo, y un simple escritorio entre dos camastros, uno más grande que otro. Se había cambiado de cama: dormía en la más grande para oler a su padre, y se lo imaginaba a veces en la habitación, sentado en su escritorio, leyendo, borrando un pergamino, o cuando volvía tarde por la noche y reprendía a su hijo por estar todavía despierto. Luego apagaba la vela antes de retirarse. La imaginación era todo lo que le quedaba ahora al Altaïr huérfano. Eso y los recuerdos. Al Mualim le había dicho que le llamarían a su debido tiempo, cuando se hubieran hecho planes para su futuro. Mientras tanto, el Maestro había sonreído: si Altaïr necesitaba cualquier cosa, debía acudir a él como su mentor.

Ahmad por aquel entonces había sufrido unas fiebres. Algunas noches sus desvaríos se oían por la ciudadela. De vez en cuando gritaba como si sintiera dolor y en otras ocasiones como un hombre trastornado. Una noche estuvo repitiendo la misma palabra una y otra vez. Altaïr se había levantado de la cama y había ido a la ventana, pues le había parecido oír el nombre de su padre.

Y así era.

—Umar.

Al oírlo, fue como si le abofetearan.

—Umar. —El grito parecía retumbar en el patio vacío de abajo—. Umar.

No, no estaba vacío. Se asomó más y entonces distinguió la figura de un niño de su edad, que estaba como un centinela en la suave bruma de primera hora de la mañana que ondulaba en el patio de entrenamiento. Era Abbas. Altaïr apenas lo conocía, tan solo sabía que era Abbas Sofian, el hijo de Ahmad Sofian. El chico había estado escuchando los desvaríos enloquecidos de su padre, tal vez orando en silencio por él, y Altaïr le había observado durante unos instantes, al encontrar algo que admirar en su silenciosa vigilia. Luego dejó caer la cortina, volvió a la cama y se tapó con las manos los oídos para no oír a Ahmad pronunciar el nombre de su padre. Intentó inspirar el olor de su padre, pero se dio cuenta de que había desaparecido.

Dijeron que la fiebre de Ahmad se había acabado al día siguiente y que había vuelto a sus dependencias, aunque como un hombre destrozado. Altaïr había oído que estaba en cama, atendido por Abbas. Que llevaba acostado dos días.

A la noche siguiente, Altaïr se despertó por un sonido en su cuarto y parpadeó al oír que alguien se movía y se acercaba al escritorio. Dejaron una vela que proyectaba sombras en la pared de piedra. Aún medio dormido, creyó que era su padre. Su padre había vuelto a por él, y se sentó, sonriendo, dispuesto a recibirle en casa y que le regañara por estar levantado. Por fin había despertado de aquel sueño horrible en el que su padre había muerto y se había quedado solo en casa.

Pero el hombre que estaba en su habitación no era su padre. Era Ahmad.

Ahmad estaba de pie en la puerta, consumido en su túnica blanca y con el rostro convertido en una pálida máscara. Tenía una expresión ausente, casi tranquila, y sonrió un poco cuando Altaïr se incorporó, como si no quisiera asustar al niño. Los ojos, en cambio, eran unos oscuros huecos hundidos, como si el dolor hubiera agotado la vida de su interior. Y en la mano llevaba un puñal.

—Lo siento —dijo, y fueron las únicas palabras que pronunció, las últimas, porque a continuación se pasó el cuchillo por la garganta y abrió un enorme agujero rojo en su cuello.

La sangre bajaba por su túnica y se formaron unas burbujas en la herida del cuello. El puñal cayó con un golpetazo metálico al suelo y el hombre sonrió al deslizarse de rodillas, con la vista clavada en Altaïr, que estaba sentado, rígido por el miedo, incapaz de apartar la vista de Ahmad, mientras la sangre salía de él y le dejaba seco. El hombre moribundo quedó repantingado sobre sus talones y por fin aquella mirada horrible se rompió cuando su cabeza cayó a un lado, pues la puerta impidió que cayera hacia atrás. Y por unos instantes, así se mantuvo, un hombre arrepentido, arrodillado. Entonces, por fin, cayó hacia delante.

Altaïr no tenía ni idea de cuánto tiempo estuvo allí, con un llanto quedo, escuchando cómo la sangre de Ahmad se esparcía densamente por la piedra. Al final encontró el valor para salir de la cama, tomó la vela y con cuidado rodeó el horror sangriento que había en el suelo. Abrió la puerta, que hizo un ruido al chocar con el pie de Ahmad. En cuanto salió de la habitación, echó a correr. La vela se apagó, pero no le importó. Corrió hasta que alcanzó a Al Mualim.

—Jamás debes contarle a nadie lo sucedido —le había dicho Al Mualim al día siguiente.

Le habían dado a Altaïr una bebida caliente especiada y había pasado el resto de la noche en las dependencias del Maestro, donde había dormido profundamente. El Maestro había estado en otra parte, ocupándose del cadáver de Ahmad. Y así se lo había hecho saber al día siguiente, cuando Al Mualim volvió y se sentó junto a su cama.

—Le diremos a la Orden que Ahmad se marchó bajo el abrigo de la noche —dijo—. Puede que saquen sus propias conclusiones. No podemos permitir que Abbas se vea deshonrado por la vergüenza del suicidio de su padre. Lo que Ahmad ha hecho es deshonroso. Su desgracia se extendería a los suyos.

—Pero ¿y Abbas, Maestro? —preguntó Altaïr—. ¿No debería saber la verdad?

—No, hijo mío.

—Pero al menos debería saber que su padre está...

—No, hijo mío —repitió Al Mualim, alzando la voz—. A Abbas no se lo dirá nadie, ni tú tampoco. Mañana anunciaré que ambos os convertiréis en principiantes de la Orden, que seréis hermanos de todo menos de sangre. Compartiréis las dependencias. Entrenaréis, estudiaréis y comeréis juntos. Como hermanos. Os cuidaréis el uno al otro. Os encargaréis de que el otro no sufra ningún daño, ni físico ni de cualquier otra clase. ¿Me he expresado con claridad?

—Sí, Maestro.

Más tarde aquel día Altaïr estaba instalado en su habitación con Abbas. Era un cuarto pequeño con dos camastros, dos esteras de juncos y un escritorio no muy grande. A ningún chico le gustó, pero Abbas dijo que no tardaría en marcharse, cuando su padre regresara. Tenía un sueño irregular y a veces gritaba, mientras que en la cama de al lado Altaïr permanecía despierto, con miedo a dormirse por si las pesadillas de Ahmad se desenroscaban e iban a por él.

Y así fue. Ahmad le visitaba por las noches desde entonces. Iba con un puñal que brillaba a la luz danzante de las velas. Poco a poco retiraba la hoja de su propio cuello y sonreía al hacerlo.

Altaïr se despertó. El desierto frío le rodeaba. Las palmeras susurraban en la brisa y seguía oyendo el goteo detrás de él. Se pasó una mano por la frente y se dio cuenta de que había estado sudando. Volvió a apoyar la cabeza en el suelo con la esperanza de dormir al menos hasta que saliera el sol.

SEGUNDA PARTE

16

—Los has hecho bien —dijo Al Mualim al día siguiente—. Tres de los nueve ya están muertos y te lo agradezco. —Se borró su sonrisa—. Pero no creas que te vas a dormir en los laureles. Tu trabajo solo acaba de empezar.

—Estoy a vuestras órdenes, Maestro —dijo Altaïr, con solemnidad.

Estaba agotado pero agradecido porque empezaba a reparar su error a los ojos de Al Mualim. Era evidente el cambio en los guardias. Mientras que antes le miraban con desdén, ahora mostraban un respeto reticente. Sin duda les había llegado la noticia de que había tenido éxito. Al Mualim también le había concedido el principio de una sonrisa y le indicó que se sentara. Que se sentara.

El Maestro continuó:

—El rey Ricardo, envalentonado por su victoria en Acre, se prepara para dirigirse al sur, hacia Jerusalén. Salah Al'din seguro que está al tanto de esto, así que reunirá a sus hombres ante la ciudadela en ruinas de Arsuf.

Altaïr pensó en Salah Al'din y se puso nervioso. Su mente volvió a aquel día en que los sarracenos estaban en las puertas de la fortaleza...

—Entonces, ¿queréis que los mate a ambos? —preguntó, saboreando la posibilidad de poner su hoja en el líder sarraceno—. ¿Que termine su guerra antes de que comience en serio?

—No —dijo Al Mualim bruscamente, examinándolo con tanto detenimiento que Altaïr sintió que le leía los pensamientos—. Eso desperdigaría sus fuerzas y sometería el reino a la sed de sangre de diez mil guerreros sin rumbo fijo. Pasarán muchos días antes de que se encuentren, y mientras marchan, no lucharán. Debes ocuparte de una amenaza más inmediata: los hombres que pretenden gobernar en su ausencia.

Altaïr asintió. Guardó sus visiones de venganza para revisarlas otro día.

—Dadme los nombres y yo os traeré su sangre.

—Así lo haré. Abu'l Nuqoud, el hombre más rico de Damasco. Majd Addin, regente de Jerusalén. Guillermo de Montferrato, señor feudal de Acre.

Conocía aquellos nombres, desde luego. Cada una de las ciudades tenía la huella perniciosa de su líder.

—¿Cuáles son sus crímenes? —preguntó Altaïr.

Se preguntó si, como los otros, sería más complicado de lo que parecía.

Al Mualim extendió las manos.

—Avaricia. Arrogancia. La matanza de inocentes. Camina entre la gente de sus ciudades y conocerás los secretos de sus pecados. No dudes de que esos hombres son obstáculos para la paz que buscamos.

—Entonces, morirán —dijo Altaïr, obedientemente.

—Vuelve a mí cuando cada uno de los hombres haya comprendido que conocemos sus intenciones —le ordenó Al Mualim— y Altaïr, ten cuidado. Tu último trabajo puede que haya atraído la atención de los guardias. Estarán más suspicaces que en el pasado.

Eso parecía. Puesto que, días más tarde, cuando Altaïr entró en la Oficina de Acre, Jabal le saludó con un:

—Se ha extendido la noticia de tus hazañas, Altaïr.

Asintió.

—Por lo visto es cierto que deseas redimirte.

—Hago lo que puedo.

—Y a veces lo haces bien. Supongo que es el trabajo lo que nos vuelve a reunir, ¿no?

—Sí. Guillermo de Montferrato es mi objetivo.

—Entonces la Zona Cadena es tu destino... Pero mantente alerta. En esa parte de la ciudad están las dependencias personales del rey Ricardo y está muy bien vigilada.

—¿Qué puedes decirme de ese hombre?

—Guillermo ha sido nombrado regente mientras el rey dirige su guerra. Los ciudadanos lo ven como una extraña elección, dados los problemas entre Ricardo y el hijo de Guillermo, Conrado. Pero creo que Ricardo es bastante listo.

—¿Cómo de listo?

Jabal sonrió.

—Ricardo y Conrado no opinan lo mismo en la mayoría de los asuntos. Aunque son lo suficientemente cívicos en público, se rumorea que tienen malas intenciones el uno respecto al otro. Y luego están los sarracenos capturados de Acre... —Jabal sacudió la cabeza—. Al final, Conrado ha vuelto a Tiro y Ricardo ha obligado a Guillermo a permanecer aquí como su invitado.

—Querrás decir como rehén —dijo Altaïr.

Se inclinaba a estar de acuerdo con Jabal. Lo cierto era que parecía un movimiento acertado por parte de Ricardo.

—Llámalo como quieras, pero la presencia de Guillermo debería mantener a Conrado a raya.

—¿Por dónde sugieres que comience mi búsqueda?

Jabal reflexionó.

—En la ciudadela de Ricardo, al sureste de aquí... O mejor en el mercado que hay enfrente.

—Muy bien. No te molestaré más.

—No importa —dijo Jabal, que volvió con sus pájaros para susurrarles con delicadeza.

Era un hombre sin muchas preocupaciones, pensó Altaïr. Por eso al menos, le envidiaba.

17

Jabal tenía razón, pensó Altaïr, mientras cruzaba las calles calientes y abarrotadas, con un olor penetrante por el aire marino, hacia el mercado de la ciudadela. Había muchos más guardias, tal vez habían doblado el número desde su última visita. Algunos llevaban los colores de los cruzados y armadura completa. Sin embargo, si sabía una cosa sobre los soldados era que les gustaba chismorrear, y cuantos más eran, más indiscretos podían llegar a ser. Tomó asiento en un banco como si estuviera admirando la magnífica ciudadela, con sus banderines ondeantes, o como si simplemente contemplara cómo pasaba el día. No muy lejos, un artista intentó conseguir clientes, luego se encogió de hombros y empezó de todos modos a tirar bolas de colores al aire. Altaïr fingió mirarle, pero en realidad estaba escuchando la conversación que tenía lugar enfrente, donde un par de cruzados charlaban como lavanderas sobre las habilidades de Guillermo con la espada.

Mientras Altaïr observaba, el soldado vio a un fraile, un hombre alto con un hábito marrón con capucha, que le hacía señas con discreción. El soldado hizo un gesto con la cabeza casi imperceptible, se despidió de su amigo y cruzó el mercado. Asomado por debajo de su capucha, Altaïr controló cómo los dos hombres se encontraban y se apartaban del ajetreo y el bullicio para conversar; Altaïr se colocó cerca y aguzó el oído mientras el fraile hablaba.

—Tal vez fue poco prudente aceptar a Guillermo. Es viejo y piensa demasiado en sí mismo.

El soldado frunció los labios.

—Su ejército es grande. Los necesitaremos. Por ahora, iré a visitar a los otros hermanos y me aseguraré de que tengan lo que necesitan.

—Sí. No deben caer —corroboró el fraile.

—No temas. El Maestro tiene un plan. Ahora está preparando un modo de convertir en ventaja nuestras pérdidas, en caso de que las hubiera.

«¿Maestro? —pensó Altaïr—. ¿Hermanos?».

¿Ante quién respondían aquellos hombres? Acre tenía más capas que una cebolla.

—¿Qué se propone? —preguntó el fraile.

—Cuanto menos sepas, mejor. Limítate a hacer lo que te han ordenado. Entrega esta carta al Maestro.

Se la pasó al fraile y Altaïr sonrió, ya doblando los dedos. Se levantó del banco y le siguió. Al poco rato, el pergamino ya era suyo y se sentó una vez más para leerlo.

Maestro:

El trabajo continúa en la Zona Cadena de Acre, aunque estamos preocupados por la posibilidad de que Guillermo no lo lleve a cabo hasta el final. Se toma sus obligaciones demasiado en serio, y la gente puede que lo rechace cuando llegue el momento. Sin la ayuda del tesoro, no podemos permitirnos un alzamiento, no vaya a ser que retire al rey del campo. Y entonces vuestro plan no habrá servido para nada. No podemos reclamar lo que ha sido robado a menos que las dos partes se unan. Tal vez deberíais preparar a otro para reemplazarle, solo como precaución. Nos preocupa que nuestro hombre en el puerto cada vez sea más inestable. Ya habla de distanciarse. Lo que significa que no podemos confiar en él si Guillermo cae. Informadnos de lo que queréis que ejecutemos. Nos mantenemos más fieles que nunca a la causa.

Dobló la carta y se la guardó en la túnica. Algo para mostrar a Al Mualim, tal vez. Pero quizá no. Hasta entonces Altaïr había notado a Al Mualim no muy abierto respecto a sus objetivos. A lo mejor aquello era parte de la prueba. A lo mejor.

Un grupo de sirvientes pasó corriendo. El malabarista hizo unos malabarismos; ahora tenía más público. No muy lejos, un orador se había colocado a la sombra de un árbol y hablaba contra el rey Ricardo.

A continuación, a Altaïr le llamó la atención un joven con una barba negra recortada que parecía estar atrayendo a los ciudadanos mientras pasaban, al tiempo que no le quitaba ojo a un par de guardias emplazados a poca distancia.

—A Guillermo de Montferrato no le importa nada —estaba diciendo. Altaïr merodeó por allí para escucharle, con cuidado de que no le viera—. Mientras nos morimos de hambre, a los hombres bajo su protección no les falta de nada. Engordan por los frutos de nuestro trabajo. Dijo que nos traía aquí para reconstruir. Pero ahora que estamos lejos de nuestros hogares y de la gracia de nuestro rey, su verdadero plan es evidente. Nos roba los hijos y los manda a una batalla contra el salvaje enemigo. Sus muertes están garantizadas. Se llevan a nuestras hijas para que sirvan a los soldados, que les arrebatan su virtud. Y nos compensa con mentiras y promesas vacías de un mejor mañana, de una tierra bendecida por Dios. ¿Y ahora qué? ¿Hoy qué? ¿Cuánto tiempo seguiremos desprovistos de todo? ¿De verdad es trabajo de Dios o de un hombre egoísta que busca conquistarlo todo? Alzaos, gente de Acre. Uníos en nuestra protesta.

—Cállate —le dijo una mujer que pasaba y señaló en dirección a los guardias que estaban inspeccionando la calle, tal vez conscientes de la agitación que se preparaba.

—Eres tonto —dijo otro con dureza, que se apartó con un desdeñoso gesto de la mano. Nadie en Acre quería presenciar la ira de Guillermo, o eso parecía.

—Tus palabras harán que te cuelguen —susurró otro, que se escabulló.

Altaïr observó cómo el rebelde lanzaba una mirada cautelosa, luego se mezcló con la muchedumbre y se unió a otro hombre que había allí.

—¿A cuántos has conseguido captar para nuestra causa? —preguntó.

—Me temo que todos tienen demasiado miedo —respondió su compañero—. Ninguno hará caso de la llamada.

—Tenemos que seguir intentándolo. Encontrar otro mercado. Otra plaza. No debemos callarnos.

Con una última mirada hacia los soldados, se marcharon. Altaïr vio cómo se iban, contento por haber descubierto todo lo que necesitaba saber sobre Guillermo de Montferrato.

Miró por última vez la ciudadela, que descollaba sobre el mercado, el palpitante corazón negro de Acre. Allí, en alguna parte, estaba su objetivo, pensó, y en cuanto Guillermo estuviera muerto, el pueblo de Acre conocería menos tiranía, menos miedo. Cuanto antes sucediera, mejor. Era hora de volver a visitar a Jabal.

El líder de la Oficina estaba, como siempre, de humor jovial. Los ojos le brillaron al saludar a Altaïr.

—He hecho lo que me pidieron —dijo Altaïr—. Me he armado de conocimiento. Ya sé lo que tengo que hacer para llegar a Montferrato.

—Habla, entonces, y juzgaré.

—La hueste de Guillermo es grande y muchos hombres lo llaman maestro. Pero no se queda sin enemigos. El rey Ricardo y él no se ven las caras.

Jabal levantó una ceja.

—Es cierto. Nunca se han llevado muy bien.

—Eso juega a mi favor. La visita de Ricardo le ha disgustado. En cuanto el rey se haya marchado, Guillermo se retirará a su fortaleza para cavilar. Estará distraído. Entonces será cuando yo ataque.

—¿Estás seguro de eso?

—Segurísimo. Y si las cosas cambian, me adaptaré.

—Entonces te doy permiso para que te marches. Acaba con la vida de Montferrato para que podamos decir que esta ciudad es libre.

Jabal le entregó la pluma.

—Regresaré cuando así se haya hecho —respondió Altaïr.

18

Altaïr volvió a la ciudadela con la esperanza de que estuviera igual que cuando se había marchado. Pero había algo distinto, algo que detectó al zigzaguear por las calles y acercarse. Estaba en el aire. Entusiasmo. Expectación. Oyó rumores sobre la visita de Ricardo. Ahora estaba en la fortaleza, decían los ciudadanos, manteniendo una conversación con Montferrato. Al parecer, el rey estaba furioso con él por cómo había tratado a los tres mil rehenes cuando los cruzados habían tomado la ciudad.

A su pesar, Altaïr se estremeció. La reputación de Ricardo Corazón de León le precedía. Su valentía. Su crueldad. Así que verle en carne y hueso...

Atravesó la plaza del mercado. Al extenderse la noticia de la llegada de Ricardo, se había congregado mucha gente. Los ciudadanos de Acre, fuera cual fuese su opinión del rey inglés, querían verlo.

—Ahí viene —susurró una mujer que estaba por allí.

Altaïr se sintió arrastrado por la muchedumbre y casi por primera vez desde que había entrado en la ciudad, pudo alzar la cabeza. De todas formas, el gentío era su disfraz y los guardias estaban demasiado ocupados con la inminente llegada del rey como para centrar en él su interés.

El populacho se movía hacia delante y arrastraba a Altaïr. Se dejó rodear por los cuerpos, que lo transportaron hacia las puertas de piedra decorada, donde las banderas de los cruzados ondeaban en la brisa como si ellas también tuvieran muchas ganas de ver a Ricardo.

En las puertas, los soldados advertían a la multitud para que retrocediera y los de delante empezaron a llamar a los de atrás para que dejaran de empujar. Aun así continuaban llegando más ciudadanos, que se dirigían en tropel hacia la zona elevada frente a la puerta principal. Más guardas formaron un escudo alrededor de la entrada. Algunos tenían las manos en la empuñadura de sus espadas. Otros blandían picas de un modo amenazador, mientras gruñían: «Atrás», ante la multitud que bullía y protestaba.

De repente hubo una gran conmoción en las puertas de la fortaleza, donde se alzó un chirrido. Altaïr estiró el cuello para ver. Primero oyó el ruido de cascos de los caballos y luego vio los yelmos de la escolta del rey. A continuación la muchedumbre se arrodilló, Altaïr hizo lo mismo, aunque sus ojos estaban clavados en la llegada del rey.

Ricardo Corazón de León iba sentado en un magnífico semental, adornado con sus colores distintivos, con los hombros hacia atrás y la barbilla alzada. Tenía el rostro extenuado, como si llevara la marca de cada batalla, de cada desierto cruzado, y sus ojos mostraban cansancio, pero también brillo. Iba rodeado por su escolta, también a caballo, y caminando a su lado había otro hombre. Por los murmullos del gentío, Altaïr se dio cuenta de que era Guillermo de Montferrato. Era mayor que el rey y le faltaba su poder y corpulencia, pero tenía cierta esbeltez; Altaïr advirtió que podría ser diestro con la espada. Tenía un aire de desagrado en su expresión mientras caminaba junto al rey, pequeño a su sombra, haciendo caso omiso a la multitud que les rodeaba. Perdido en sus pensamientos.

—... tres mil almas, Guillermo —estaba diciendo el rey, lo bastante alto como para que lo oyera el resto del mercado—. Me dijeron que los debía retener como prisioneros y usarlos como trueque para liberar a nuestros hombres.

—Los sarracenos no habrían cumplido con su parte del trato —replicó De Montferrato—. Lo sabéis bien. Os hice un favor.

Corazón de León rugió.

—Oh, sí. Un gran favor, por supuesto. Ahora es más fuerte la convicción de nuestros enemigos. Lucharán con más dureza.

Se detuvieron.

—Conozco bien a nuestro enemigo —dijo De Montferrato—. No se envalentonarán porque están llenos de miedo.

Ricardo le miró con desdén.

—Dime, ¿cómo es que conoces tan bien las intenciones de nuestro enemigo? Tú, que renuncias al campo de batalla para jugar a la política.

De Montferrato tragó saliva.

—Hice lo que estaba bien. Lo que era justo.

—Juraste conservar la obra de Dios, Guillermo. Pero eso no es lo que veo aquí. No. Veo a un hombre que lo ha pisoteado.

De Montferrato parecía intranquilo. Entonces, rodeó al rey con un brazo, como recordándole que sus súbditos les oían, y dijo:

—Vuestras palabras son hirientes, mi señor. Esperaba haberme ganado ya vuestra confianza.

—Eres el regente de Acre, Guillermo, el que gobierna en mi lugar. ¿Cuánta confianza más es necesaria? A lo mejor quieres mi corona.

—No lo entendéis —dijo Montferrato y como no quería quedar mal delante de la multitud, añadió—: Pero siempre hacéis...

Ricardo le fulminó con la mirada.

—Aunque me gustaría perder el día intercambiando palabras contigo, tengo una guerra en la que combatir. Continuaremos en otra ocasión.

—No dejéis que os retrase, entonces —dijo Montferrato con educación—. Su Gracia.

Ricardo le dedicó a Montferrato una última mirada furiosa, una mirada para recordar a un subordinado insurrecto quién llevaba exactamente la corona. Luego se marchó y sus hombres quedaron atrás.

La muchedumbre empezó a ponerse a sus pies y De Montferrato se volvió para decir algo a uno de sus guardias. Altaïr aguzó el oído.

—Me temo que no habrá lugar para hombres como él en el Nuevo Mundo. Informa de que quiero hablar con las tropas. Debemos asegurarnos de que todos están llevando a cabo su parte. Adviérteles de que cualquier negligencia será castigada con severidad. No estoy de humor para que jueguen hoy conmigo. —Después se volvió hacia el resto de sus hombres—. Seguidme.

De repente hubo una gran oleada hacia la fortaleza, no solo de los guardias de Montferrato, sino de los comerciantes que esperaban encontrar clientes dentro. Altaïr se unió a ellos y se coló por las puertas antes de que los guardias tomaran el control y las cerraran de golpe. Dentro, unos soldados irritados empujaban a los comerciantes hacia un patio para que allí pudieran mostrar su mercancía, sin duda. Pero Altaïr vio a De Montferrato andando por un patio más bajo, hacia el muro interior. Se agachó a un lado y se metió por un hueco entre la pared y la parte interior del edificio, al tiempo que aguantaba la respiración, medio esperando oír un grito de un guardia con ojo de lince que le hubiera visto colarse. No había ninguno. Miró hacia arriba y se alegró al ver un lugar donde asirse en la superficie arenisca del edificio. Comenzó a escalar.

Un arquero.

Por supuesto. Estaba tan contento porque había eludido a los centinelas de abajo que Altaïr se había olvidado de tener en cuenta a los de arriba. Lanzó otra mirada por el borde del tejado, esperando que el hombre le diera la espalda. Le necesitaba en medio del tejado. No quería que cayera en la fortaleza y levantara la alarma. Cuando el guarda llegó al lugar adecuado, Altaïr atacó, el cuchillo arrojadizo brilló al sol y después se hundió en la espalda del centinela. Este gruñó y cayó, gracias a Dios no por el borde, y Altaïr se impulsó hacia el tejado, se agachó y lo cruzó, con un ojo en otro arquero que estaba más allá del recinto, preparado para desaparecer de su vista si se daba la vuelta.

Debajo de él, Montferrato cruzaba la fortaleza, gritando órdenes e insultos a todo el que se atrevía a estar a su alrededor.

Altaïr se encontró con el siguiente arquero. Tras lanzar un cuchillo, el hombre cayó despatarrado y muerto en el tejado. Altaïr bajó la vista al pasar, agachado todavía, y vio que el cuerpo dejaba de moverse.

Un tercer arquero. Altaïr se deshizo de él. Ahora controlaba el tejado; tenía una vía de escape para cuando hubiera realizado su misión. Lo único que le quedaba era cumplirla.

Debajo de él, De Montferrato pasó por una serie de puertas interiores y Altaïr observó cómo reprendía a un guardia por una infracción de poca importancia. Entonces entró en el patio de la torre del homenaje, una especie de santuario para él, tal vez. Altaïr le siguió de cerca desde la pasarela de arriba. Se mantuvo fuera de su vista, pero nadie miró hacia arriba. No tenían por qué o al menos eso creían.

De Montferrato se colocó detrás de una mesa en un lado del patio.

—Hombres —estaba diciendo—, acercaos. Prestad atención a mis palabras.

Se colocaron a su alrededor y Altaïr advirtió que, aunque llevaban el mismo uniforme, eran diferentes de los que estaban emplazados en el muro exterior. Estos tenían el pelo más entrecano y parecían más avezados para la lucha. Si Altaïr estaba en lo cierto, sería la fuerza personal De Montferrato. No iba a volver a cometer el error de pensar que «no eran un desafío» para él.

En el patio, De Montferrato continuó:

—Vengo de hablar con el rey y las noticias son desalentadoras. Se nos acusa de no llevar a cabo nuestras obligaciones. No reconoce el valor de nuestra contribución a la causa.

—¡Qué vergüenza! —dijo uno de los hombres.

—No sabe nada —soltó otro.

—Paz. Paz. Callaos —les reprendió Montferrato—. Sí, se equivoca, pero sus palabras tienen sentido. Al viajar por estas tierras, es fácil encontrar faltas. Ver la imperfección. Me temo que nos hemos relajado, nos hemos vuelto perezosos.

Encima de él, Altaïr se permitió una sonrisa. El método de su entrada era prueba de lo relajados y perezosos que estaban los hombres de Montferrato. Y en cuanto a sus arqueros medio dormidos...

—¿Por qué lo decís? —preguntó uno de los hombres de Montferrato.

Todos se irritaron y Altaïr aprovechó el ruido inesperado para moverse a un lado, pues quería colocarse sobre la presa, y avanzó con mucho cuidado por los muros del patio. Ahora veía lo que la mayoría de los hombres de debajo no advertían. De una puerta al otro extremo del patio habían aparecido más guardias que llevaban a rastras a dos hombres. Iban vestidos como cruzados, pero eran prisioneros.

—Ya veo cómo entrenáis —estaba gritando De Montferrato—. Os falta convicción y concentración. Chismorreáis y apostáis. Las tareas que se os asignan no se terminan de llevar a cabo o se hacen mal. Hoy se acaba esto. No sufriré más degradación por parte de Ricardo. Lo veáis o no (y deberíais hacerlo), es culpa vuestra. Nos habéis traído la vergüenza. La destreza y la dedicación fue lo que nos hizo ganar Acre. Y será lo que se necesite para mantenerla. He sido demasiado indulgente, al parecer. Pero se acabó. Dedicaréis más horas a entrenaros y con más frecuencia. Si con ello no coméis ni dormís, que así sea. Y si fracasáis en dichas tareas, conoceréis el verdadero significado de la disciplina... Traedlos aquí.

Altaïr había llegado a su posición sin que le vieran. Estaba lo suficientemente cerca para bajar la vista a la cabeza calva de Montferrato y ver cómo salía la saliva de su boca mientras gritaba a sus hombres. Si alguno de los que estaban abajo alzaba la vista por algún motivo, le verían, pero toda la atención estaba ahora delante de la mesa de Montferrato, hasta donde habían arrastrado a los soldados, asustados y abochornados.

—Si os debo poner ejemplos para asegurar la obediencia —anunció De Montferrato—, que así sea —y se volvió hacia los cautivos—. Ambos estáis acusados de ir de putas y beber mientras estabais de servicio. ¿Qué decís de estos cargos?

Con bocas húmedas mascullaron súplicas y disculpas.

De Montferrato los miró con mala cara. Entonces, con un gesto de la mano, ordenó su ejecución.

Les cortaron la garganta y pasaron sus últimos instantes contemplando cómo su propia sangre salía a borbotones y caía sobre la piedra del patio. De Montferrato se quedó mirando cómo borbotaban y se agitaban en el suelo, como peces moribundos.

—Hacer caso omiso a las obligaciones es contagioso —dijo, casi con tristeza—. Tiene que cortarse de raíz para ponerle fin. De este modo, evitaremos que se propague. ¿Me habéis entendido?

—Sí, mi señor —se oyó un murmullo de respuesta.

—Bien, bien —dijo—. Volved a vuestras obligaciones, entonces, con un nuevo sentido del propósito. Sed fuertes, manteneos concentrados y triunfaremos. Fallad y os pasará lo mismo que a estos hombres. Estad seguros de ello. Podéis retiraros.

Les hizo una seña para que se retiraran de su vista, lo que animó a Altaïr. También quería que aquellos hombres salieran de allí. Observó mientras De Montferrato empezaba a examinar con detenimiento unos papeles que había sobre la mesa, exasperado; su mal humor no le daba tregua. Altaïr avanzó sigilosamente, tan cerca del borde del tejado como se atrevía. Vio los dos cadáveres, que aún derramaban sangre. Más allá, la mayoría de los hombres parecían haberse reunido en la entrada a la torre o se marchaban hacia el muro exterior, para poner la mayor distancia posible entre ellos y Montferrato.

Debajo de él, Montferrato chasqueó la lengua para expresar desagrado, mientras aún revisaba los documentos, incapaz de encontrar lo que estaba buscando. Se quejó al caérsele un montón de la mesa al suelo. Estuvo a punto de pedir ayuda, pero cambió de opinión y se inclinó para recogerlo. A lo mejor oyó la hoja de Altaïr en la fracción de segundo que tardó el Asesino en bajar de un salto de la pasarela para incrustarle el arma en el cuello.

Altaïr se sentó a horcajadas sobre el cuerpo del líder de Acre, con la mano encima de la boca para que no alertara a los demás en el patio. Sabía que tan solo tenía unos instantes y susurró:

—Descansa ahora. Tus planes han terminado.

—¿Qué sabes de mi trabajo? —preguntó Montferrato con voz ronca.

—Sé que ibas a matar a Ricardo y reclamar Acre para tu hijo, Conrado.

—¿Para Conrado? Mi hijo es un imbécil, incapaz de dirigir a sus huestes, mucho menos un reino. ¿Y Ricardo? No es mejor que él, cegado como está por la fe en lo insustancial. Acre no les pertenece a ninguno de los dos.

—Entonces, ¿a quién?

—La ciudad le pertenece al pueblo.

Altaïr luchó con la sensación ahora familiar de su mundo dando un bandazo inesperado.

—¿Cómo es que hablas por los ciudadanos? —dijo—. Les robas la comida. Los castigas sin piedad. Les obligas a estar a tu servicio.

—Todo lo que he hecho ha sido con objeto de prepararles para el Nuevo Mundo —contestó De Montferrato, como si tales cosas fueran obvias para Altaïr—. ¿Que les robo la comida? No. La cojo para que cuando llegue el momento se racione adecuadamente. Mira a tu alrededor. En mi zona no hay delincuencia, salvo la que cometéis tú y los de tu calaña. ¿Y qué hay del reclutamiento? No se les entrenaba para luchar. Se les enseñaban las ventajas del orden y la disciplina. Esas cosas difícilmente son malas.

—No importa lo nobles que creas que son tus intenciones, puesto que tus actos han sido crueles y no pueden continuar —dijo Altaïr, aunque se sentía menos seguro de lo que sonaba.

—Veremos lo dulces que son —dijo De Montferrato, desvaneciéndose enseguida— los frutos de tu trabajo. No liberas a las ciudades, como tú crees, sino que las condenas. Y al final, tan solo podrás echarte la culpa a ti mismo. El que habla de buenas intenciones...

Pero no terminó la frase.

—Muertos, todos somos iguales —dijo Altaïr mientras manchaba la pluma.

Escaló la pared detrás de él hasta la pasarela, donde salió como una flecha hacia el muro exterior. Luego, desapareció. Como si nunca hubiera estado allí.

19

Altaïr estaba harto de aquel cometido. Cansado y cada vez más enfadado. Cada largo viaje le agotaba aún más, pero le habían ordenado visitar a Al Mualim tras los asesinatos. Y en cada ocasión el Maestro era enigmático y le pedía detalles cuando él se guardaba información.

Así lo comprobó la siguiente vez que se vieron.

—Me han llegado noticias de tu éxito —dijo Al Mualim—. Tienes mi agradecimiento y el del reino. Al liberar esas ciudades de sus líderes corruptos, sin duda promueves la paz.

—¿Cómo podéis estar tan seguro? —preguntó Altaïr. Por su parte, cada vez estaba menos seguro.

—Los medios por los que los hombres dominan están reflejados en sus gentes. Al limpiar las ciudades de corrupción, curas los corazones y las mentes de los que habitan en ellas.

—Nuestros enemigos no opinarían lo mismo —dijo Altaïr al tiempo que pensaba en aquellos cuyos ojos había cerrado.

—¿A qué te refieres?

—Los hombres que he matado me dijeron extrañas palabras. No se arrepentían. Incluso al morir, parecían seguros de su éxito. Aunque no lo admitan directamente, les unen unos lazos. Estoy seguro.

Al Mualim se lo quedó mirando con detenimiento.

—Hay una diferencia, Altaïr, entre lo que nos dicen que es verdad y lo que vemos que es cierto. La mayoría de los hombres no se molestan en hacer tal distinción. Así es más sencillo. Pero como Asesino, está en tu naturaleza advertirlo. Cuestionarlo.

—Entonces, ¿qué es lo que conecta a esos hombres? —insistió Altaïr.

El Maestro tenía las respuestas, estaba seguro. Las tenía todas.

—Ah. Pero como Asesino también es tu deber acallar esos pensamientos y confiar en tu maestro, puesto que no hay una verdadera paz sin orden. Y el orden requiere autoridad.

Altaïr no pudo ocultar la exasperación de su voz.

—Habláis dando rodeos, Maestro. Me elogiáis por darme cuenta y luego me pedís que no piense. ¿Qué hago?

—Se contestará a la pregunta cuando ya no tengas que hacerla —respondió Al Mualim con cierto misterio.

Altaïr advirtió que no llegaba a ningún sitio.

—Supongo que me habéis llamado para darme algo más que una charla —dijo.

—Sí —contestó Al Mualim y le mandó de nuevo a Damasco. Al que llamaban Abu'l Nuqoud. Sería el próximo en morir. Aunque, primero, tendría que negociar con el impertinente líder de la Oficina...

—Altaïr, amigo mío. Bienvenido. Bienvenido. ¿A quién has venido hoy a arrebatarle la vida?

Altaïr puso mala cara al ver al líder de la Oficina de Damasco, insolente como de costumbre, pero no lo bastante para justificar su furia. Aquel hombre tenía el don de conocerle. Tal vez si hubiera podido usar mejor sus habilidades, no habría tenido que pasar los días detrás de un escritorio en la Oficina. Algún día Altaïr se lo recordaría. Entretanto, tenía trabajo que hacer. Un nuevo objetivo.

—Se llama Abu'l Nuqoud —dijo—. ¿Qué puedes contarme sobre él?

—¡Ah, el rey mercader de Damasco! —exclamó el líder, visiblemente impresionado—. El hombre más rico de la ciudad. ¡Qué emocionante! ¡Qué peligroso! Te envidio, Altaïr. Bueno... No la parte en la que te golpearon y te quitaron el rango... Pero envidio todo lo demás. Oh..., excepto las cosas terribles que los demás Asesinos dicen sobre ti. Pero, sí, aparte del fracaso y del odio (sí, aparte de esas cosas), te envidio mucho...

Altaïr se imaginó el aspecto que tendría su cuello con un puñal clavado.

—No me importa lo que piensen o digan los demás —dijo—. Estoy aquí para hacer un trabajo. Así que vuelvo a preguntar: ¿qué puedes decirme del rey mercader?

—Tan solo que debe de ser un hombre muy malo si Al Mualim te ha mandado contra él. Está siempre con los suyos, envuelto en la exquisitez de la zona noble de la ciudad. Un hombre ocupado, siempre está tramando algo. Estoy seguro de que si pasas un rato con los suyos, te enterarás de todo lo que necesites saber sobre él.

Eso fue exactamente lo que Altaïr hizo, ir a la Mezquita Umayyad y al zoco Sarouja, así como a la ciudadela de Salah Al'din, donde supo que la población local odiaba a Abu'l Nuqoud, que era corrupto y había estado malversando dinero público, gran parte del cual había desviado a Jerusalén en pagos a Guillermo de Montferrato. (Altaïr sonrió forzadamente al oírlo).

Al pasar por la madraza de al-Kallasah se topó con unos eruditos que estaban conversando y esperó oír algo de Abu'l Nuqoud. No estaban hablando de él, pero Altaïr se quedó por allí igualmente, perplejo por sus discursos.

—Ciudadanos. Traed vuestros escritos —estaba diciendo el primero—. Dejadlos en una pila ante mí. Quedarse alguno es un pecado. Conoced y aceptad la verdad de mis palabras. Liberaos de las mentiras y la corrupción del pasado.

Aunque estaba a punto de seguir caminando, Altaïr se quedó un rato más. Había algo en todo aquello. «Liberaos de las mentiras y la corrupción del pasado». ¿Tendría algo que ver con el «nuevo orden» del que no dejaba de oír hablar?

Ahora hablaba otro erudito:

—Si de verdad valoráis la paz, si de verdad queréis ver el fin de la guerra, dejad vuestros libros, pergaminos y manuscritos, puesto que alimentan las llamas de la ignorancia y el odio.

Altaïr ya tenía suficiente y no le gustaba lo que había oído. «Dejad vuestros libros». ¿Por qué?

No obstante, lo apartó de su mente para continuar haciendo

averiguaciones sobre el rey mercader. Nuqoud raras veces dejaba sus aposentos, oyó. Sin embargo, aquella misma tarde iba a asistir a una fiesta que ofrecía, tan solo, decían algunos, para restregar su riqueza personal por las narices de la ciudadanía. Incluso había pedido vino —en contravención de su fe— para la celebración. Si iba a parecerse a sus fiestas anteriores, entonces sería cuando Altaïr atacaría. Había oído que se habían dejado un andamio fuera del balcón de las dependencias de Abu'l Nuqoud. Decidió que era el momento perfecto para ir a una fiesta.

20

Las festividades ya estaban en pleno auge cuando Altaïr dio la vuelta al patio del palacio, con la sensación de que llamaba la atención por cómo iba vestido. Su túnica parecía sucia y raída en comparación con los trajes de los invitados. La mayoría iba con sus mejores galas, túnicas intrincadamente bordadas con hilos caros, y a diferencia de la mayor parte de los residentes en Damasco, parecían sanos y bien alimentados, hablaban con un tono que superaba la música y se reían aún más alto. No cabía duda de que no escaseaban los refrigerios. Los criados caminaban entre los invitados y les ofrecían pan, olivas y manjares en bandejas de oro.

Altaïr miró a su alrededor. Las bailarinas eran las únicas mujeres presentes: seis o siete, girando despacio al son del *al'ud* y el *rebec* que tocaban los músicos situados debajo de un balcón. La mirada del Asesino subió hasta donde había un guardia de brazos cruzados, mirando sin apasionamiento las frivolidades. Altaïr decidió que allí era donde estaba Abu'l. De hecho, mientras observaba, el ritmo de la música pareció aumentar; el *al'ud* se ahogaba por los fuertes golpes del tambor que comenzó a despertar a los asistentes a la fiesta, mientras se creaba una sensación de expectativa. Las bailarinas se vieron obligadas a hacer movimientos más rápidos y brillaban por el sudor bajo sus trajes de seda transparente, mientras a su alrededor los invitados alzaban las manos, animando a los tambores a un crescendo que aumentaba cada vez más hasta que el mismo aire a su alrededor pareció vibrar; y de repente, allí estaba, encima de ellos: Abu'l Nuqoud.

Altaïr oyó por casualidad unas morbosas descripciones del aspecto del hombre. Su corpulencia —era tan grande como tres hombres normales, decían—, las baratijas brillantes que siempre llevaba, su túnica chillona o el turbante enjoyado, pero Altaïr las había descartado como exageraciones de un pueblo resentido. Tenía una enorme curiosidad por descubrir si el chismorreo había subestimado al hombre. Su contorno, las alhajas y la túnica eran más grandes y estridentes de lo que había imaginado Altaïr. Observó a Nuqoud, quien aún masticaba la comida de la que había estado disfrutando mientras la grasa brillaba alrededor de su boca. Y conforme caminaba por el balcón mirando a sus invitados, la piel debajo de su barbilla ondulaba mientras se acababa la comida, la túnica caía abierta para dejar al descubierto su pecho desnudo y una enorme extensión de carne que resplandecía por el sudor.

De repente aplaudió. La música se detuvo y las conversaciones finalizaron.

—Bienvenidos. Bienvenidos —anunció—. Gracias a todos por venir esta noche. Por favor, comed, bebed. Disfrutad de los placeres que os ofrezco.

Con esas palabras y un gesto de la mano, la fuente que había en medio del patio se puso en marcha y de ella salió a borbotones lo que Altaïr en un principio había creído que era agua de color. Luego se oyó un chorro indecoroso y se dio cuenta de lo que era: el envío de vino del que había oído hablar. Allí estaba.

Mientras observaba, dos hombres se acercaron a la fuente, metieron las copas en el líquido espumoso y después brindaron antes de alejarse rápidamente. Llegaron más invitados, que también metieron sus copas, mientras los criados ofrecían dónde beber a los que así lo pedían. Era como si el rey mercader quisiera que todos sus invitados bebieran de la fuente, y esperó antes de continuar hasta que la estampida se alejó.

—Confío en que todo sea de vuestra satisfacción —dijo con una ceja alzada.

Y así lo era. Levantaron las copas y hubo un bramido de aprobación; la lengua de los invitados se soltó enseguida bajo la influencia del vino.

—Bien, bien. —Nuqoud sonrió abiertamente y reveló trozos de comida pegada a sus dientes—. Me alegra veros tan felices. Puesto que estos días son aciagos, amigos míos, y debemos disfrutar de esta munificencia mientras aún podamos.

Cerca de Altaïr, los hombres que brindaban volvieron a hacer una segunda visita a la fuente de vino y bebían de sus copas llenas, con risitas contenidas, mientras Nuqoud proseguía:

—La guerra amenaza con consumirnos a todos. Salah Al'din lucha con valentía por lo que él cree, y siempre estáis ahí para apoyarlo sin hacer preguntas. Es vuestra generosidad la que permite que continúe su campaña.

Altaïr advirtió, aunque estaba casi seguro de que había sido el único del patio en hacerlo, que las galerías de un lado estaban empezando a llenarse de guardias. Miró con más detenimiento. Eran arqueros.

Cerca de allí los hombres seguían bebiendo vino mientras Nuqoud comenzaba a hablar de nuevo.

—Así que propongo un brindis —dijo—. Por vosotros, mis queridos amigos, que nos habéis traído a donde estamos hoy. Recibid lo que os merecéis.

—A vuestra salud —gritaron mientras bebían libremente de sus copas.

—¡Cuánta amabilidad! —decía Nuqoud por encima de sus cabezas—. No creía que la pudiera ver en vosotros, que siempre os habéis apresurado a juzgarme con tanta crueldad.

Al notar un cambio en él, la multitud murmuró, confundida.

—Oh, no finjáis ignorancia. ¿Me tomáis por un tonto? ¿Pensáis que no he oído las palabras que susurráis a mis espaldas? Bueno, pues sí. Y me temo que nunca las podré olvidar. Pero esta no es la razón por la que os he llamado esta noche. No. Quiero hablar más de esta guerra y de vuestra participación en ella.

»Ofrecéis vuestras monedas, así de rápido, sabiendo muy bien que compran la muerte de miles. Ni siquiera sabéis por qué luchamos. La santidad de Tierra Santa, diréis. O por la inclinación maligna de nuestros enemigos. Pero no son más que mentiras que os decís a vosotros mismos.

»No. Todo este sufrimiento nace del miedo y del odio. Os

molesta que sean diferentes. Igual que os molesta que yo sea distinto.

La mirada de Altaïr se dirigió a los arqueros de las galerías. Al sentir una punzada de inquietud, se movió a un lado para inspeccionar las galerías de la otra parte del patio. Allí también los arqueros se habían alineado. Se dio la vuelta. Detrás, más de lo mismo. No tenían los arcos tensados. Al menos, no todavía. Pero, si Altaïr tenía razón, no tardaría mucho en llegar ese momento. Y cuando llegara, tendrían todo el patio cubierto. Se acercó más a uno de los muros circundantes. No muy lejos, un hombre comenzaba a resoplar y toser, lo que provocó que a su compañero le diera un ataque de risa.

—Compasión. Piedad. Tolerancia —continuó Nuqoud, desde el balcón—. Esas palabras no significan nada para vosotros. No significan nada para aquellos invasores infieles que saquean nuestra tierra en busca de oro y gloria. Y ya he dicho bastante. Me he comprometido a otra causa. Una que traerá un Nuevo Mundo en el que todos podremos vivir juntos en paz.

Se calló. Altaïr observó cómo los arqueros tensaban sus cuerdas. Estaban a punto de abrir fuego. Se apretó contra la pared. El hombre seguía tosiendo. Ahora se había doblado y tenía la cara roja. Su compañero pasó de parecer preocupado a empezar a toser también.

—Una pena que ninguno de vosotros viva para verlo —terminó Nuqoud.

Más invitados empezaron a resoplar. Algunos se aguantaban el estómago. Claro, pensó Altaïr. Veneno. A su alrededor algunos invitados habían caído de rodillas. Vio a un hombre corpulento con una túnica dorada que echaba espuma por la boca y los ojos se le habían dado la vuelta en sus cuencas mientras se tambaleaba hacia el suelo y allí yacía, muerto. Los arqueros habían vuelto a preparar sus flechas. Al menos la mitad de los asistentes a la fiesta estaban agonizando, pero muchos no habían bebido vino y corrían hacia las salidas.

—Matad a todo aquel que intente escapar —ordenó el rey mercader, y sus arqueros abrieron fuego.

Altaïr dejó atrás la carnicería y escaló por la pared hasta llegar al balcón, donde se acercó sigilosamente a Nuqoud por detrás. Había un guardia a su lado y Altaïr lo despachó enseguida con un corte de su hoja. El hombre cayó, retorciéndose, con la garganta abierta, salpicando de sangre las baldosas del balcón. Nuqoud se dio la vuelta y, al ver a Altaïr, le cambió la expresión de la cara. Al mirar la masacre de la fiesta abajo, había estado sonriendo mientras disfrutaba del espectáculo. Ahora, Altaïr sintió la satisfacción de ver que solo había miedo en él.

Después dolor, cuando Altaïr hundió su hoja en el cuello sobre la clavícula.

—¿Por qué has hecho esto? —preguntó el hombre gigantesco, jadeando, hundiéndose en la piedra lisa de su balcón.

—Has robado dinero a aquellos que quieres dirigir —le respondió Altaïr— y lo has enviado fuera para algún propósito desconocido. Quiero saber dónde está y por qué.

Nuqoud se mofó.

—Mírame. Mi naturaleza es una ofensa para la gente que gobierno. Y estas vestimentas nobles no hacían más que amortiguar sus gritos de odio.

—Entonces, ¿se trata de venganza? —preguntó Altaïr.

—No. No es venganza, sino mi conciencia. ¿Cómo puedo financiar una guerra al servicio del mismo Dios que me considera una abominación?

—Pero, si no sirves a la causa de Salah Al'din, entonces ¿a la de quién?

Nuqoud sonrió.

—Los conocerás a su tiempo. Creo que tal vez ya lo has hecho.

Altaïr, desconcertado una vez más, preguntó:

—¿Y por qué esconderse? ¿Por qué estos actos oscuros?

—¿Acaso es distinto a tu trabajo? Acabas con la vida de hombres y mujeres, con la fuerte convicción de que sus muertes mejorarán la suerte de los que quedan atrás. ¿Un mal menor para el bien común? Somos iguales.

—No. —Altaïr negó con la cabeza—. No nos parecemos en nada.

—Ah..., pero lo veo en tus ojos. Dudas.

Altaïr notó el hedor de la muerte en su aliento al acercarse.

—No puedes detenernos —logró decir—. Tendremos nuestro Nuevo Mundo...

Murió y un fino hilo de sangre salió de su boca.

—Disfruta del silencio —dijo Altaïr, y mojó la pluma en la sangre del rey mercader.

Decidió que tenía que ver a Al Mualim. Debía poner fin a aquella incertidumbre.

21

—Ven, Altaïr. Me han llegado noticias de tus progresos —dijo Al Mualim.

—He actuado tal y como me pedisteis —respondió el Asesino.

—Bien. Bien. —Al Mualim le miró con dureza—. Noto que tus pensamientos están en otra parte. Dime lo que piensas.

Era cierto. Altaïr apenas había pensado en otra cosa en su viaje de vuelta. Ahora tenía la oportunidad de quitárselo de la cabeza.

—Los hombres que me ordenasteis matar me han dado mensajes encriptados. He vuelto a vos y os he pedido respuestas, pero siempre me habéis dado acertijos a cambio. Nada más.

Las cejas de Al Mualim salieron disparadas hacia arriba por la sorpresa. Se sorprendía de que Altaïr se dirigiera a él de tal modo.

—¿Quién eres tú para decir «nada más»?

Altaïr tragó saliva y después apretó la mandíbula.

—Soy el que comete los asesinatos. Si queréis que continúe, me hablaréis con claridad por una vez.

—Ve con cuidado, Altaïr. No me gusta tu tono.

—Y a mí no me gusta vuestro engaño —replicó Altaïr más alto de lo que pretendía.

Al Mualim se ensombreció.

—Te he ofrecido la oportunidad de recuperar tu honor perdido —le recordó.

—No fue perdido —respondió Altaïr—, sino arrebatado. Por vos. Y luego me enviasteis a recogerlo, como si fuera un perro.

El Maestro desenvainó su espada con los ojos en llamas.

—Por lo visto tendré que encontrar a otro. Una pena. Mostrabas un gran potencial.

—Creo que si hubierais tenido a otro, ya le habríais mandado hace tiempo —dijo Altaïr, que se preguntó si estaba presionando demasiado a su mentor, pero siguió de todas maneras—. Dijisteis que la respuesta a mi pregunta se desvelaría cuando ya no necesitara hacerla. Así que no preguntaré. Os exijo que me digáis cuáles son los lazos que unen a esos hombres.

Se preparó para sentir la punta de la espada de Al Mualim, con la esperanza de que el Maestro le considerara demasiado valioso, aunque sabía que era arriesgado.

Al Mualim también pareció considerar las opciones y su espada vaciló al tiempo que la luz se reflejaba en la hoja. Entonces la enfundó y pareció relajarse un poco.

—Lo que dices es verdad —dijo por fin—. Esos hombres están conectados... por un juramento de sangre parecido al nuestro.

—¿Quiénes son?

—*Non nobis, Domine, non nobis* —dijo—. *A nosotros no, Señor.*

—Templarios... —dijo Altaïr. Por supuesto.

—Ahora ves el auténtico alcance de Robert de Sablé.

—Todos estos hombres, los líderes de las ciudades, comandantes de ejércitos...

—Todos prometieron lealtad a su causa.

—Sus obras no se contemplaban aisladas, ¿no? —dijo Altaïr, pensando—. Sino como un conjunto... ¿Qué desean?

—Conquistar —respondió Al Mualim, simplemente—. Buscan Tierra Santa, no en nombre de Dios, sino para ellos mismos.

—¿Y qué hay de Ricardo? ¿Y de Salah Al'din?

—Cualquiera que se oponga a los Templarios será aniquilado. Se asegurarán de tener los medios para cumplirlo.

—Entonces deben ser detenidos —dijo Altaïr, con decisión.

Sentía como si le hubieran quitado un gran peso de encima.

—Esa es la razón de nuestro trabajo, Altaïr. Asegurar un futuro libre de tales hombres.

—Pero ¿por qué me ocultasteis la verdad? —le preguntó al Maestro.

—Para que tú mismo perforases el velo. Como cualquier tarea, el conocimiento precede a la acción. La información que consigues es más valiosa que la información que te dan. Además... Tu comportamiento no me había inspirado mucha confianza.

—Entiendo.

Altaïr agachó la cabeza.

—Altaïr, tu misión no ha cambiado, tan solo el contexto donde la percibías.

—Y armado con este conocimiento, puede que comprenda mejor a esos Templarios que quedan.

Al Mualim asintió.

—¿Hay algo más que quieras saber?

Altaïr había resuelto el misterio de la Hermandad a la que se referían sus objetivos. Pero había algo más.

—¿Qué hay del tesoro que Malik se llevó del Templo de Salomón? —preguntó—. Robert parecía desesperado por recuperarlo.

—A su tiempo, Altaïr, todo estará claro —dijo Al Mualim—. Igual que se te ha revelado el papel de los Templarios, también sabrás la naturaleza de este tesoro. De momento, consuélate con el hecho de que no está en sus manos, sino en las nuestras.

Por un instante, Altaïr consideró insistir en este tema, pero cambió de opinión. Había tenido suerte y dudaba que ocurriera por segunda vez.

—Si ese es vuestro deseo... —dijo.

—Lo es.

El ambiente de la habitación se relajó cuando Altaïr se dio la vuelta para marcharse. Su siguiente destino era Jerusalén.

—Altaïr, antes de que te marches...

—¿Sí?

—¿Cómo sabías que no iba a matarte?

—A decir verdad, Maestro, no lo sabía.

22

Estúpido Altaïr. Arrogante Altaïr. Tenía problemas. Majd Addin yacía muerto a sus pies y la madera poco a poco se iba manchando de sangre. A su espalda, estaban los acusados, atados a una estaca, de la que colgaban, sin vida, ensangrentados. La plaza estaba vacía de espectadores, salvo por los guardias de Majd Addin, que avanzaban hacia él. Se acercaban a la plataforma. Empezaban a subir los escalones por los dos extremos para impedir que saltara hacia delante. Con ojos feroces, poco a poco le iban rodeando, con las espadas alzadas, y si tenían miedo, no lo mostraban. Que su líder hubiera sido reducido en público por un Asesino en las horcas del Muro de las Lamentaciones de Jerusalén no les había hecho sucumbir al pánico ni tampoco había reinado la confusión como Altaïr había esperado. No les había infundido un terror mortal hacia el Asesino que ahora estaba ante ellos, con la hoja goteando sangre de Addin. Por el contrario, les había dado determinación y una necesidad de precisa venganza.

Lo que significaba que las cosas no habían ido de acuerdo con el plan.

Excepto por... El primero de los guardias salió disparado como una flecha, su trabajo era comprobar la entereza de Altaïr. El Asesino retrocedió, esquivando las estocadas de la hoja del sarraceno, al tiempo que el acero sonaba en la plaza casi vacía. El guardia se echó hacia delante. Altaïr miró atrás para ver que otros avanzaban y respondió con un ataque, obligando al sarraceno a retroceder. Uno, dos, estocada. Obligado a defenderse, el guardia intentó escapar de un salto y casi se topa con uno de los cadáveres que colgaban de los postes. Altaïr bajó la vista y vio su oportunidad. Se echó hacia delante otra vez, lanzando un violento ataque dirigido a infundir el pánico en su oponente. Las hojas se juntaron y, como era de esperar, el sarraceno retrocedió desordenadamente hacia el charco de sangre de la plataforma, justo como Altaïr había pretendido. Se resbaló, perdió el equilibrio, y por un segundo bajó la guardia, lo que le dio a Altaïr el tiempo suficiente para atacar enseguida con su espada y atravesarle el pecho. Gorjeó y murió. Su cuerpo se deslizó sobre la madera y Altaïr se incorporó para enfrentarse a más atacantes, viendo duda y un poco de miedo en sus ojos ahora. La entereza del Asesino se había puesto debidamente a prueba y desde luego no le faltaba.

Aun así, los guardias le sobrepasaban en número y seguro que había más de camino, alertados por el alboroto. La noticia de los acontecimientos de la plaza se habría propagado por Jerusalén: que habían matado al regente de la ciudad en su propio cadalso y que los guardias habían atacado al Asesino responsable. Altaïr pensó en el regocijo de Malik al enterarse.

Sin embargo, Malik le había parecido distinto la última vez que Altaïr había visitado la Oficina. No era como si le hubiera recibido con los brazos abiertos, pero, no obstante, su evidente hostilidad había sido sustituida por cierto cansancio, y había mirado a Altaïr con el entrecejo fruncido en vez de fulminarle con la mirada.

—¿Por qué me molestas hoy? —había susurrado.

Agradecido por no tener que discutir, Altaïr le había dicho su objetivo: Majd Addin.

Malik había asentido.

—La ausencia de Salah Al'din ha dejado a la ciudad sin un líder apropiado, y Majd Addin se ha puesto a representar ese papel. El miedo y la intimidación le hacen conseguir lo que quiere. Pero la verdad es que no tiene derecho a ese puesto.

—Eso acabará hoy —había dicho Altaïr.

—Hablas sin demasiados reparos. No estamos hablando de un traficante de esclavos cualquiera. Domina Jerusalén y está muy bien protegido. Te sugiero que planifiques tu ataque con cuidado. Conoce antes bien a tu presa.

—Ya lo he hecho —le había asegurado Altaïr—. Majd Addin celebra una ejecución pública no muy lejos de aquí. Seguro que está bien vigilada, pero no será nada que yo no pueda afrontar. Sé lo que debo hacer.

—Y por eso eres un principiante a mis ojos —había dicho Malik con aire despectivo—. No puedes saberlo, tan solo suponer. Debes esperar equivocarte. Haber pasado algo por alto. Anticípate, Altaïr. ¿Cuántas veces tendré que recordártelo?

—Como quieras. ¿Ya hemos terminado?

—No del todo. Hay algo más. Uno de los hombres que van a ejecutar es un hermano. Uno de los nuestros. Al Mualim quiere que se salve. No te preocupes por un rescate real, puesto que mis hombres se ocuparán de eso. Pero tienes que asegurarte de que Majd Addin no lo mata.

—No le daré la oportunidad.

Cuando se marchaba, Malik le había advertido:

—No lo estropees, Altaïr.

Y Altaïr se había burlado de que algo así se le pasara por la cabeza mientras se dirigía hacia el Muro de las Lamentaciones.

23

Al acercarse al Muro de las Lamentaciones, Altaïr vio que empezaban a reunirse grupos: hombres, mujeres, niños, perros, incluso ganado. Todos atravesaban las calles de los alrededores de la plaza hacia el centro de ejecución.

Altaïr se unió a ellos, y mientras pasaba por una calle que cada vez se llenaba de más espectadores que se dirigían en la misma dirección, oyó a un pregonero despertando el entusiasmo por la próxima atracción, aunque apenas parecía necesario.

—Prestad atención —dijo el pregonero—. Majd Addin, el regente más querido de Jerusalén, asistirá a una ejecución en público en la esquina oeste del Templo de Salomón. Se requiere la presencia de todos los ciudadanos que estén disponibles. ¡Rápido! Venid a ser testigos de lo que les va a pasar a nuestros enemigos.

Altaïr tenía una idea de lo que sería. Esperaba ser capaz de cambiar el resultado.

Los guardias en la entrada a la plaza trataban de controlar la circulación de la gente dentro; a algunos los hacían retroceder y a otros los dejaban pasar. Altaïr intentó que no le arrastraran las masas que se arremolinaban en la entrada y los cuerpos que presionaban en la calle. Los niños pasaban como flechas por entre las piernas de los espectadores y se escabullían hacia la plaza. Lo siguiente que vio fue un grupo de eruditos y la gente apartándose para dejarlos pasar; hasta los perros parecían notar la veneración hacia los hombres sagrados. Altaïr se colocó bien la túnica y la capucha, esperó hasta que los eruditos pasaran y se deslizó entre ellos sin que nadie se diera cuenta. Al hacerlo, notó que una mano le tiraba de la manga y bajó la vista para ver a un niño mugriento que le miraba fijamente con ojos inquisitivos. El Asesino gruñó y el muchacho, aterrorizado, salió corriendo.

Justo a tiempo: habían llegado a las puertas, donde los guardias dejaron pasar a los eruditos, y Altaïr encontró la plaza.

Había muros de piedra rugosa por todos los lados. En el otro extremo habían levantado una plataforma y, sobre ella, se alzaban una serie de postes. De momento, estaba vacía, pero no por mucho tiempo. El regente de Jerusalén, Majd Addin, estaba saliendo al tablado. Al aparecer, su llegada provocó un revuelo, se alzó un grito desde la entrada y los guardias perdieron el control permitiendo que los ciudadanos empezaran a colarse. La oleada arrastró hacia delante a Altaïr, que ahora estaba más cerca de la tribuna y del temido Majd Addin, quien ya se encontraba en el cadalso, esperando que se llenara la plaza. Llevaba turbante blanco y un traje largo, bordado elaboradamente. Se movía como si estuviera enfadado. Como si su genio estuviera a punto de escapar de su cuerpo.

Y así era.

—¡Silencio! Exijo silencio —bramó.

Con el espectáculo a punto de comenzar, hubo una última oleada y Altaïr fue empujado hacia delante una vez más. Vio guardias estacionados junto a los escalones a cada lado de la plataforma, dos en cada extremo. Delante de la tarima vio más, para impedir que la muchedumbre subiera al cadalso. Estiró el cuello y vio a otros en la periferia de la plaza. Al menos a los últimos les costaría moverse entre el gentío, pero aun así tenía tan solo unos segundos para cometer el asesinato y esquivar a los guardias más cercanos, los cuatro a cada lado de la plataforma como poco. Quizá también los que estaban montando guardia a ras de suelo.

¿Podría vencerlos en ese tiempo? ¿A diez sarracenos leales? El Altaïr que había atacado a Robert de Sablé en el Monte del Templo no habría tenido ninguna duda. Ahora, en cambio, estaba más cansado. Y sabía que intentar matarlo de inmediato sería una locura. Un plan condenado al fracaso.

Justo cuando cambiaba de opinión y decidía esperar, subieron a los cuatro prisioneros hasta el cadalso y los postes donde los guardias comenzaron a atarlos. En un extremo había una mujer, con el rostro sucio y lloroso. A su lado, dos hombres, vestidos con harapos. Y al final estaba el Asesino, con la cabeza colgando, al que obviamente habían golpeado. La multitud abucheó para mostrar su desagrado.

—Pueblo de Jerusalén, oídme bien —gritó Majd Addin y su voz acalló a la muchedumbre, que se había entusiasmado con la llegada de los prisioneros—. Estoy aquí para haceros una advertencia. —Se calló—. Hay insatisfechos entre vosotros que siembran las semillas del descontento para llevaros por el mal camino.

La multitud murmuró, enfurecida, alrededor de Altaïr.

Addin continuó:

—Decidme, ¿acaso es eso lo que deseáis? ¿Estar envueltos en el engaño y el pecado? ¿Vivir con miedo?

—No —gritó un espectador detrás de Altaïr.

Pero la atención de Altaïr estaba centrada en el Asesino, un compañero miembro de la Orden. Mientras observaba, un hilo de saliva, manchado de sangre, salió de la boca del hombre y salpicó la madera. Trató de levantar la cabeza y Altaïr alcanzó a ver su rostro. Con unos fuertes moretones. Entonces volvió a dejar caer la cabeza.

Majd Addin sonrió con una mueca. Era una cara que no estaba acostumbrada a sonreír.

—¿Queréis que tomemos medidas? —preguntó agradablemente.

La muchedumbre rugió su aprobación. Estaban allí para ver sangre; sabían que el regente no dejaría su sed sin saciar.

—Guíanos —dijo una voz cuando el rugido se apagó.

—Vuestra devoción me complace —dijo Addin. Se volvió hacia los prisioneros y les señaló con un gesto—. Debemos purgarnos de este mal. Tan solo entonces podremos esperar redimirnos.

De repente hubo un alboroto delante de la plataforma, una voz gritaba:

—Esto no es justicia.

Altaïr vio a un hombre vestido con harapos. Estaba gritándole a Majd Addin:

—Tergiversas las palabras del Profeta, que la paz sea con él.

Tenía un compañero, también con ropa hecha jirones, que reprendía a la multitud de forma similar.

—Y os quedáis sin hacer nada, cómplices del crimen.

Altaïr utilizó el alboroto para acercarse. Tenía que subir al final de la plataforma, donde estaba el Asesino atado al poste. No podía arriesgarse a que lo usaran como barrera o rehén.

—Que Dios os maldiga a todos —gritó el primer hombre.

Pero no tenían seguidores. Ni entre la muchedumbre, ni por supuesto entre los guardias, que incluso ahora avanzaban. Al verles acercarse, los dos abucheadores se escaparon, sacaron unos puñales y los agitaron, mientras salían a toda mecha inútilmente hacia la plataforma. A uno lo detuvo un arquero. Al segundo lo persiguieron dos guardias y no vio a un tercer sarraceno que le abrió el estómago con su espada.

Quedaron muertos en el polvo y Majd Addin los señaló.

—Mirad cómo el mal de un hombre se extiende hasta corromper a otro —chilló y su barba negra tembló de indignación—. Buscan infundir miedo y dudas en vosotros. Pero yo os mantendré a salvo.

Se volvió hacia los pobres desafortunados, que seguro que habían estado rezando en un intento por salvar su vida, pero en vez de eso se vieron obligados a contemplar con los ojos muy abiertos y aterrorizados cómo desenvainaba la espada.

—Aquí tenéis a cuatro llenos de pecado —dijo Addin, señalando a la mujer y luego a los demás por turnos—. La ramera. El ladrón. El jugador. El hereje. Que el castigo de Dios recaiga sobre todos ellos.

El hereje. Ese era el Asesino. Altaïr se armó de valor y empezó a acercarse a los escalones en el lateral de la plataforma, con un ojo en Addin que estaba caminando primero hacia la mujer. La prostituta. Incapaz de quitar los ojos de la espada que sostenía Addin, que pendía casi de manera informal a su costado, la mujer empezó a llorar de un modo incontrolable.

—¡Tentadora! —bramó Addin sobre sus sollozos—. Súcubo. Puta. Se le puede llamar de muchas formas, pero su pecado sigue siendo el mismo. Le dio la espalda a las enseñanzas de nuestro Profeta, que la paz sea con él. Mancilla su cuerpo para mejorar su posición. Los hombres que la tocan quedan manchados para siempre.

En respuesta la muchedumbre abucheó. Altaïr caminó unos cuantos pasos más hacia la tribuna. Observó a los guardias y vio que su atención estaba centrada en Addin. Bien.

—Castígala —gritó un espectador.

Addin los había llevado a un estado de furia justificada.

—Tiene que pagar —estuvo de acuerdo otro.

La mujer dejó de lloriquear para gritar a la multitud que clamaba su sangre.

—Este hombre miente. Hoy no estoy aquí porque me haya acostado con otros hombres, puesto que no lo he hecho. Quiere matarme porque no me acostaría con él.

Los ojos de Majd Addin estallaron en llamas.

—Incluso ahora, que se le ofrece la redención, continúa engañando. Rechaza la salvación. Tan solo hay una manera de hacer frente a esto.

Le dio tiempo a gritar «No», cuando su espada destelló y se la clavó en el estómago. En el momento de silencio que hubo a continuación se oyó el sonido de su sangre derramándose sobre los tablones de la plataforma, antes de que un «ooh» colectivo se alzara de la muchedumbre, que se movió cuando los de los lados y la parte trasera intentaron ver mejor a la mujer destripada.

Altaïr estaba más cerca de los escalones ahora, pero el movimiento repentino de la multitud le había dejado un poco expuesto. Aliviado, contempló cómo Addin caminaba a grandes zancadas hacia el siguiente prisionero que gimoteaba y los espectadores retrocedieron de nuevo, anticipándose al próximo asesinato.

Addin señaló al hombre del que había dicho que era un jugador. Un hombre que no podía abstenerse del alcohol y las apuestas.

—¡Qué vergüenza! —chilló el gentío.

Aunque eran ellos los que estaban obnubilados, enfermos por su sed de sangre.

—¿Un juego de azar me condena a muerte? —gritó el jugador, que tiraba por última vez los dados—. Dime dónde está escrito. El único pecado que corrompe esta ciudad eres tú.

—¿Así que le dices al pueblo que es aceptable desafiar la voluntad de nuestro Profeta, la paz sea con él? —replicó Addin—. Y si vamos a ignorar sus enseñanzas, ¿qué será de los otros? ¿Cómo terminaremos? Yo creo que en el caos. Y eso no puede permitirse.

Su hoja reflejó el sol de la tarde. La hundió en la barriga del jugador y gruñó al tirarla hacia arriba para abrir una herida vertical en el abdomen del hombre y exponer sus entrañas. Encantada, la multitud lanzó un grito fingido de asco y bulló a un lado para ver la siguiente muerte, más cerca de los pasos de Altaïr.

Addin caminó despacio hacia el tercer prisionero y sacudió la sangre de su hoja.

—Este hombre —dijo, señalando al tembloroso cautivo— tomó lo que no era suyo. El dinero que otro ganó trabajando. Podría haber pertenecido a cualquiera de vosotros. Así que todos habéis sido violados. ¿Qué dices al respecto?

—No fue más que un dinar —contestó el acusado, que imploraba clemencia a la muchedumbre— que encontré en el suelo. Lo dice como si lo hubiera hecho sin permiso, como si se lo hubiera arrebatado a alguien de las manos.

Pero la multitud no mostraba compasión. Los espectadores, que ahora estaban frenéticos, clamaban su sangre.

—Hoy un dinar —chilló Addin—, mañana un caballo. Al día siguiente, la vida de otro hombre. El objeto en sí mismo no es lo trascendente. Lo que importa es que te llevaste lo que no era tuyo. Si permito tal comportamiento, otros creerán que es correcto. ¿Y cómo terminaría?

Se colocó delante del ladrón, cuyas últimas súplicas se interrumpieron cuando Addin hundió su hoja en sus tripas.

Ahora centraría su atención en el Asesino. Altaïr debía actuar rápido. Tan solo le quedaban unos instantes. Agachó la cabeza y empezó a abrirse camino entre el gentío, con cuidado de no parecer que tuviera algún propósito especial. Simplemente que quería estar lo más cerca posible de la parte delantera. Para entonces, Majd Addin ya había llegado hasta el Asesino y, como si tal cosa, le agarró del pelo y le levantó la cabeza para mostrárselo a la multitud.

—Este hombre difunde propaganda y mentiras maliciosas —bramó con malevolencia—. Tan solo tiene el asesinato en su mente. Envenena nuestros pensamientos igual que su espada. Enfrenta a hermanos. Al padre contra el hijo. Es más peligroso que cualquier enemigo con el que nos hayamos topado. Es un Asesino.

Fue recompensado con una inhalación colectiva. Altaïr ya había llegado a los escalones. A su alrededor la muchedumbre bullía, los espectadores entusiasmados pedían a gritos el golpe mortal.

—¡Acabad con el infiel!

—¡Matadlo!

—¡Rebanadle el cuello!

El Asesino, con la cabeza aún sujeta por Addin, habló:

—Aunque me matéis, no lograréis estar a salvo. Veo el miedo en vuestros ojos, oigo el temblor de vuestras gargantas. Tenéis miedo. Tenéis miedo porque sabéis que no podéis acallar nuestro mensaje. Porque sabéis que no podéis detenernos.

Altaïr estaba al final de las escaleras. Estaba allí como si intentara ver mejor. Otros le habían visto y hacían lo mismo. Los dos guardias estaban muy ocupados. Delante, Addin había terminado de dirigirse a la muchedumbre, que se mostraba agitada y desesperada por ver la última muerte. Se volvió hacia el prisionero, blandiendo su espada, con la hoja ya manchada de sangre, y avanzó para asestarle el golpe mortal.

Entonces, como alertado por un sentido superior, se detuvo, giró la cabeza y miró directamente a Altaïr.

Por un instante fue como si la plaza se contrajera, como si la multitud alborotada, los guardias, el condenado y los cadáveres ya no estuvieran allí. Y mientras se miraban, Altaïr vio que Addin caía en la cuenta de que su muerte estaba cerca. Después, Altaïr movió el dedo anular y la hoja se activó al lanzarse hacia delante, la retiró y se la clavó a Addin con un movimiento que duró menos que un abrir y cerrar de ojos.

La muchedumbre rugió y gritó, sin saber qué hacer ante el giro de los acontecimientos. Addin se sacudió y se retorció, mientras la sangre bombeaba de la herida en el cuello, pero Altaïr le sostuvo firme con las rodillas y levantó la hoja.

—Tu trabajo ha terminado —le dijo a Addin y se puso tenso cuando estaba a punto de asestar el último golpe.

A su alrededor se había desatado el caos. Los guardias acababan de advertir lo sucedido e intentaban abrirse camino hasta la plataforma a través del gentío presa del pánico. Altaïr tenía que terminar, rápido. Pero quería oír lo que Addin tenía que decirle.

—No. No. Tan solo acaba de empezar —dijo Addin.

—Dime, ¿qué tienes que ver en todo esto? ¿Pretendes defenderte mientras los demás encuentran una explicación convincente a tus malas acciones?

—La Hermandad quería la ciudad. Yo quería el poder. Tenía... una oportunidad.

—La oportunidad de matar inocentes —dijo Altaïr, que oyó el sonido de los pasos que corrían. La gente huía de la plaza.

—No son tan inocentes. Las voces disidentes hieren tanto como el acero. Perturbaban el orden. En esto estoy de acuerdo con la Hermandad.

—¿Matas a la gente solo porque no piensa como tú?

—Por supuesto que no... Los he matado porque podía. Porque era divertido. ¿Sabes lo que es determinar el destino de otro hombre? ¿Y has visto cómo me animaba la gente? ¿Cómo me temían? Era como un dios. Habrías hecho lo mismo si hubieras podido. Tanto... poder.

—Antes, quizá. Pero luego aprendí lo que es de aquellos que se alzan por encima de los demás.

—¿Y qué es?

—Mira. Deja que te lo enseñe.

Terminó con Majd Addin, cerró los ojos del tirano y manchó la pluma.

—Todas las almas probarán la muerte —dijo.

Y entonces se puso de pie para enfrentarse a los guardias justo cuando una campana empezó a sonar.

Un sarraceno se le echó encima y le esquivó, gruñendo, al tiempo que hacía al hombre retroceder. Había más subiendo apresuradamente a la plataforma y se encontró enfrentándose a tres a la vez. Uno cayó gritando bajo su hoja, otro perdió el equilibrio al resbalarse con la sangre, cayó, y Altaïr acabó con él. Al ver un hueco, el Asesino saltó del cadalso, accionó su hoja y le pinchó a un guardia al aterrizar mientras la espada del hombre golpeaba al aire.

Su única salida estaba en la plaza y esquivó a otros dos atacantes mientras se acercaba poco a poco a la entrada. Se llevó un corte y notó la sangre caliente correr a raudales por el brazo; después, agarró a un espadachín y lo lanzó contra un segundo. Ambos cayeron gritando al suelo. Altaïr salió disparado hacia la entrada y llegó cuando un trío de soldados se acercaba a toda prisa. Pero los tomó por sorpresa: atravesó a uno con su espada, le cortó el cuello al segundo con su hoja y empujó contra el tercero a los dos hombres moribundos que se contorsionaban.

La entrada estaba despejada y miró detrás de la plataforma para ver a los hombres de Malik soltando al Asesino y apartándolo de allí; luego, salió corriendo hacia un sendero donde un cuarto guardia le esperaba con una pica, con la que se acercó gritando. Altaïr saltó, se agarró al borde de un marco de madera y se lanzó sobre un toldo, notando cómo silbaban sus músculos. Debajo se oyó un grito de frustración y, mientras subía hacia el tejado, vio un grupo de soldados siguiéndole. Para detenerlos, mató a uno con un cuchillo arrojadizo, luego corrió como una flecha por los tejados, esperó a que la campana dejara de sonar, y desapareció entre la multitud al tiempo que escuchaba cómo la noticia se propagaba por la ciudad: un Asesino había matado al regente.

24

Sin embargo, aún había algo que Altaïr necesitaba averiguar.

Y con el último de los regentes de la ciudad muerto, ahora era el momento de preguntarlo. Se armó de valor mientras le conducían una vez más a las dependencias de Al Mualim.

—Entra, Altaïr. Confío en que hayas descansado bien. ¿Estás preparado para las pruebas que te quedan? —dijo el Maestro.

—Sí. Pero antes hablaré con vos. Tengo algunas preguntas...

Al Mualim indicó su desaprobación alzando la barbilla y apretando un poco los labios. Sin duda recordaba la última ocasión en la que Altaïr le había presionado en busca de respuestas. Y así lo hizo Altaïr, quien había decidido andar con más cuidado esta vez, pues no tenía muchas ganas de volver a ver la hoja del Maestro.

—Pregunta, entonces —dijo Al Mualim—. Contestaré lo mejor que pueda.

Altaïr respiró hondo.

—El rey mercader de Damasco mataba a los nobles que gobernaban la ciudad. Majd Addin en Jerusalén utilizaba el miedo para someter al pueblo. Sospecho que Guillermo pretendía matar a Ricardo y tomar Acre con sus tropas. Esos hombres tenían que ayudar a sus líderes, pero en cambio decidieron traicionarlos. Lo que no entiendo es por qué.

—¿Acaso no es obvia la respuesta? Los Templarios desean el control. Todos esos hombres, como has advertido, querían reclamar sus ciudades en nombre de los Templarios para así poder gobernar Tierra Santa y al final más allá. Pero no pueden lograr esa misión.

—¿Por qué? —preguntó Altaïr.

—Sus planes dependen del tesoro Templario…, el Fragmento del Edén… Pero ahora lo tenemos nosotros y no pueden esperar lograr sus objetivos sin él.

Por supuesto, pensó Altaïr. Aquella era la pieza a la que se habían referido tantas de sus víctimas.

—¿Qué es ese tesoro? —preguntó.

Al Mualim sonrió, después fue hacia la parte trasera de su sala, se inclinó y abrió un arcón. De allí sacó una caja, volvió a su escritorio y la colocó encima. Altaïr supo lo que era sin mirarla, pero aun así atrajo su mirada; no, la arrastró. Era la caja que Malik se había llevado del Templo y, como antes, parecía resplandecer, irradiar algún tipo de poder. Se dio cuenta de que había adivinado que era el tesoro del que hablaban. Apartó los ojos de la caja para mirar a Al Mualim, que había estado observando su reacción. La cara del Maestro mostraba una expresión indulgente, como si hubiera visto a muchos comportarse de aquella manera.

Entones abrió la caja y sacaba una esfera del tamaño aproximado de dos puños: era dorada, con el diseño de un mosaico que parecía latir, de modo que Altaïr se preguntó si sus ojos le estarían engañando. Si a lo mejor estaba… viva de algún modo. Pero quedó trastornado. Notaba que la esfera tiraba de él.

—Es… una tentación —entonó Al Mualim.

Y de repente, como una vela que se apaga, la esfera dejó de latir. Su aura había desaparecido. De pronto su atracción no existía. Volvía a ser… una esfera: una cosa antigua, bonita a su manera, pero no dejaba de ser una mera baratija.

—No es más que una cosa de plata… —dijo Altaïr.

—Mírala bien —insistió Al Mualim.

—Ha brillado por un instante, pero no tiene nada de espectacular —dijo Altaïr—. ¿Qué se supone que tengo que ver?

—Esta «cosa de plata» expulsó a Adán y Eva. Es la Manzana. Convierte los palos en serpientes. Dividió y cerró el mar Rojo. Eris la utilizó para empezar la guerra de Troya. Y con ella, un pobre carpintero convirtió el agua en vino.

¿La Manzana, el Fragmento del Edén? Altaïr la miró con reserva.

—Parece muy simple para todo el poder que aseguráis que tiene —dijo—. ¿Cómo funciona?

—El que la posee ordena el corazón y la mente de cualquiera que la contemple, cualquiera que la «pruebe», como dicen.

—Entonces, los hombres de Garnier de Naplouse... —dijo Altaïr, pensando en las pobres criaturas del hospital.

—Un experimento. Usó las hierbas para estimular sus efectos... Para estar preparados para cuando la tuvieran.

Ahora Altaïr lo entendía.

—Talal los abastecía. Tamir los equipaba. Se estaban preparando para algo... Pero ¿para qué?

—Para la guerra —respondió Al Mualim con crudeza.

—Y los demás... Los hombres que gobernaban las ciudades... Querían reunir a su gente. Convertirlos en seres semejantes a los hombres de Naplouse.

—Los ciudadanos perfectos. Los soldados perfectos. Un mundo perfecto.

—Robert de Sablé no debe tenerla en su poder —dijo Altaïr.

—Mientras él y sus hermanos vivan, lo intentarán.

—Entonces, deberemos acabar con ellos.

—Y eso es lo que has estado haciendo. —Al Mualim sonrió—. Hay dos Templarios más que requieren tu atención. Uno está en Acre y se le conoce como Sibrand. El otro está en Damasco y se llama Jubair. Visita a los líderes de las Oficinas. Te darán más instrucciones.

—Como deseéis —aceptó Altaïr e inclinó la cabeza.

—Date prisa —le apremió Al Mualim—. Sin duda Robert de Sablé se pondrá nervioso por nuestro éxito. Los seguidores que le quedan harán lo posible para desenmascararte. Te conocen como el hombre de la capucha blanca. Te estarán buscando.

—No me encontrarán. No soy más que una hoja entre la multitud —respondió Altaïr.

Al Mualim sonrió, orgulloso una vez más de su discípulo.

25

Fue Al Mualim quien le enseñó el Credo al joven Altaïr y a Abbas. El Maestro había llenado sus jóvenes cabezas con principios de la Orden.

Todos los días, tras un desayuno de pan ácimo y dátiles, unas severas institutrices se encargaban de que se lavaran y se arreglaran. Después, con unos libros apretados contra el pecho, se apresuraban por los pasillos, con las sandalias golpeando la piedra, charlando, entusiasmados, hasta que llegaban a la puerta del estudio del Maestro.

Allí tenían un ritual. Ambos se pasaban la mano por la boca para pasar de un rostro alegre a uno serio, el que esperaba el Maestro. Entonces, uno de ellos llamaría. Por alguna razón, a los dos les gustaba llamar a la puerta, así que lo hacían un día cada uno. Luego esperaban a que el Maestro les invitara a entrar. Allí, se sentaban con las piernas cruzadas sobre unos cojines que Al Mualim había llevado especialmente para ellos: uno para Altaïr y otro para su hermano, Abbas.

Al principio de su tutela, tenían miedo y no estaban seguros de sí mismos, el uno del otro y sobre todo de Al Mualim, que les daba clase por la mañana y por la tarde, con entrenamiento en el patio después de comer y otra vez por la noche. Pasaban muchas horas aprendiendo las costumbres de la Orden, observando al Maestro caminar por el estudio, con las manos a la espalda, parándose de vez en cuando para amonestarlos si pensaba que no estaban prestando atención. Ambos encontraban desconcertante el único ojo de Al Mualim y se quedaban paralizados a veces por su visión. Hasta que una noche Abbas susurró en su habitación:

—Eh, Altaïr.

Altaïr se volvió hacia él, sorprendido. Ninguno de los dos había hecho eso antes, empezar a hablar después de que hubieran apagado las luces. Se quedaban tumbados en silencio, cada uno perdido en sus propios pensamientos. Hasta aquella noche. Había luna llena y la cortina de la ventana brillaba blanca e iluminaba la habitación de un tono gris suave. Abbas estaba tumbado de lado, mirando a Altaïr, y cuando atrajo la atención del otro chico, se tapó un ojo con una mano y dijo, imitando a Al Mualim casi a la perfección:

—No somos nada si no acatamos el Credo de los Asesinos.

Altaïr se había deshecho en risitas y desde aquel momento fueron amigos. Desde entonces, cuando Al Mualim les reprendía, era por la risa contenida que oía cuando les daba la espalda. De repente, las institutrices se dieron cuenta de que los chicos que tenían a su cargo no eran tan sumisos ni conformes.

Y Al Mualim les enseñó los principios. Los principios que no cumpliría más tarde en su vida Altaïr a un precio muy alto. Al Mualim les dijo que los Asesinos no asesinaban de manera indiscriminada, no como le gustaba pensar a todo el mundo, sino que se les encomendaban tareas solo para acabar con el mal y la corrupción; su misión era llevar la paz y la estabilidad a Tierra Santa, inculcar un código no de violencia ni conflicto, sino de pensamiento y reflexión.

Les enseñó a controlar sus sentimientos y emociones, a encubrir su temperamento y a integrarse en el mundo que les rodeaba, para poder moverse entre las personas normales, inadvertidos, como un espacio en blanco, como un fantasma entre la multitud. Para la gente, el Asesino debía ser un especie de magia que no podía comprender, dijo, pero que, como toda magia, fuera realidad sometida a la voluntad del Asesino.

Les enseñó a proteger la Orden en todo momento; que la Hermandad era «más importante que tú, Altaïr. Es más importante que tú, Abbas. Es más importante que Masyaf y que yo mismo». Por lo tanto, la acción de un Asesino nunca debía perjudicar a la Orden. El Asesino nunca debería comprometer a la Hermandad.

Y aunque un día Altaïr ignoraría también esta doctrina, no sería por falta de clases de Al Mualim. Les enseñó que los hombres habían creado fronteras y las habían declarado «auténticas» y «reales», cuando de hecho eran falsos perímetros, impuestos por los que se suponía que eran los líderes. Les mostró que la realidad era infinitamente más amplia de lo que era capaz de concebir la limitada imaginación humana, y que tan solo unos pocos podían ver más allá de los límites; y tan solo unos pocos se atrevían incluso a cuestionar su existencia.

Esos eran los Asesinos.

Porque los Asesinos eran capaces de ver el mundo tal y como era, por eso para ellos todo era posible; todo estaba permitido.

Todos los días, conforme Altaïr y Abbas aprendían cada vez más sobre la Orden, también crecían juntos. Pasaban casi el día entero el uno con el otro. Fuera lo que fuese lo que Al Mualim les enseñara, su realidad diaria era de hecho insustancial. Consistía en ellos mismos, las institutrices, las clases de Al Mualim y una sucesión de entrenadores de combate, cada uno de una especialidad distinta. Y lejos de que todo estuviera permitido, prácticamente nada lo estaba. Cualquier entretenimiento lo ofrecían los mismos chicos y se pasaban muchas horas hablando cuando debían estar estudiando. Rara vez trataban el tema de sus padres. Al principio Abbas solo hablaba de que Ahmad regresaría un día a Masyaf, pero cuando los meses se convirtieron en años cada vez hablaba menos de ello. Altaïr le veía junto a la ventana, mirando el valle con ojos vidriosos. Entonces su amigo comenzó a recluirse y se volvió menos comunicativo. Ya no sonreía con tanta rapidez. Antes estaba horas hablando; ahora, en cambio, se quedaba junto a la ventana.

Altaïr pensó que si Abbas supiera lo que le había sucedido a su padre, el dolor estallaría y se intensificaría, luego se transformaría en un dolor sordo, como el que Altaïr había experimentado. El hecho de que su padre hubiera muerto le dolía todos los días, pero al menos lo sabía. Esa era la diferencia entre un dolor amortiguado y la sensación constante de desesperanza.

Así que una noche, después de que apagaran las velas, se lo contó a Abbas. Con la cabeza gacha, conteniendo las lágrimas, le contó a Abbas que Ahmad había entrado en sus dependencias y allí se había quitado la vida, pero Al Mualim había decidido que era mejor ocultar aquel hecho a la Hermandad, «para protegerte. Pero el Maestro no ha sido testigo directamente de tu anhelo. Yo también perdí a mi padre, así que sé lo que es. Sé que el dolor va desapareciendo con el tiempo. Al decírtelo, espero haberte ayudado, amigo mío».

Abbas se limitó a parpadear en la oscuridad y después se dio la vuelta en su cama. Altaïr se preguntó cómo esperaba que reaccionara Abbas. ¿Con lágrimas? ¿Enfado? ¿Incredulidad? Había estado preparado para todo. Incluso había pensado en cortarle el paso para impedir que fuera al Maestro. Pero no había esperado aquel... vacío. Aquel silencio.

26

Altaïr estaba sobre un tejado de Damasco, con la mirada en su próximo objetivo.

El olor a quemado le ponía enfermo. Y verlo también. Estaban quemando libros. Al contemplar cómo se arrugaban, se ennegrecían y se quemaban, Altaïr pensó en su padre, en que se habría indignado; Al Mualim también, cuando se lo contó. Quemar libros era una afrenta al modo de proceder de los Asesinos. Aprender es conocimiento, y el saber es libertad y poder. Lo sabía. Lo había olvidado, de algún modo, pero le vino otra vez a la memoria.

Se mantuvo fuera de la vista, en la cornisa del tejado que daba al patio de la madraza de Jubair en Damasco. El humo se levantaba hacia donde él estaba, pero abajo toda la atención estaba centrada en el fuego, en los montones de libros, documentos y pergaminos en el centro. En el fuego y en Jubair al-Hakim, que estaba al lado, gritando órdenes. Todos estaban haciendo su parte menos uno, según advirtió Altaïr. Este erudito estaba a un lado, con la vista clavada en el fuego y su expresión retumbando en los pensamientos de Altaïr.

Jubair llevaba botas de cuero, un turbante negro y el ceño fruncido de manera permanente. Altaïr le observó con detenimiento: se había enterado de muchas cosas sobre él. Jubair era el jefe de los eruditos en Damasco, pero tan solo por el título, puesto que era un estudioso fuera de lo común, que insistía no en difundir el saber, sino en destruirlo. En su busca, había alistado a los académicos de la ciudad, cuya presencia estaba fomentada por Salah Al'din.

¿Y por qué lo hacía? ¿Por qué reunían todos aquellos documentos para luego destruirlos? Por alguna «nueva costumbre» o una «nueva orden» de la que había oído hablar antes Altaïr. No estaba claro lo que incluía exactamente, aunque sabía quién estaba detrás. Los Templarios. Su presa era uno de ellos.

—Todos los textos de la ciudad deben ser destruidos.

Debajo de él, Jubair estaba exhortando a sus hombres con un fervor fanático. Sus ayudantes corrían a toda prisa, con los brazos cargados de papeles que habían sacado de algún sitio oculto a los ojos de Altaïr. Los arrojaban a las llamas, que florecían y crecían con cada nuevo lanzamiento. Por el rabillo del ojo vio que un erudito alejado cada vez se inquietaba más, hasta que, de repente, como si ya no pudiera contenerse, dio un salto hacia delante para enfrentarse a Jubair.

—Amigo mío, no debéis hacerlo —dijo con un tono jovial que ocultaba su evidente angustia—. Hay mucho saber en estos pergaminos, que nuestros ancestros pusieron allí por alguna razón.

Jubair se detuvo para mirarlo con manifiesto desdén.

—¿Y qué razón es esa? —gruñó.

—Son modelos para guiarnos, para salvarnos de la oscuridad de la ignorancia —imploró el erudito.

Las llamas se elevaron a su espalda. Los estudiosos volvieron cargados de montones de libros que depositaron en el fuego y algunos lanzaron miradas nerviosas hacia donde estaban Jubair y el disidente.

—No. —Jubair dio un paso hacia delante, obligando al negativista a retroceder—. Estos trozos de papel están llenos de mentiras. Envenenan vuestras mentes. Y mientras existan, no podréis ver el mundo tal y como es.

El erudito intentó desesperadamente ser razonable, pero seguía sin poder ocultar su frustración.

—¿Cómo podéis acusar a estos pergaminos de ser armas? Son herramientas de aprendizaje.

—Acudís a ellos en busca de respuestas y salvación. —Jubair avanzó otro paso y el disidente retrocedió uno más—. Confiáis más en ellos que en vosotros mismos. Lo que os hace débiles y estúpidos. Confiáis en palabras. En gotas de tinta. ¿Os habéis parado a pensar quién las puso ahí? ¿O por qué? No. Os limitáis a aceptar sus palabras sin cuestionarlas. ¿Y si son falsas, como suelen serlo? Es peligroso.

El erudito parecía confuso. Como si alguien le estuviera diciendo que el negro era blanco y la noche, el día.

—Os equivocáis —insistió—. Estos textos ofrecen el don del conocimiento. Los necesitamos.

Jubair se ensombreció.

—¿Quieres tus preciados escritos? ¿Harías cualquier cosa por ellos?

—Sí, sí. Por supuesto.

Jubair sonrió. Una sonrisa cruel.

—Pues únete a ellos.

Le plantó ambas manos en el pecho y le empujó hacia atrás, con fuerza. Por un instante, el erudito medio perdió el equilibrio, se le abrieron mucho los ojos por la sorpresa y agitó los brazos, desesperado, como si esperara volar para librarse del ansioso fuego. Después fue reclamado por el ímpetu del empujón, cayó a las llamas y se retorció en una cama de calor abrasador. Gritó y pataleó. Su túnica se prendió. Por un momento, pareció intentar apagar las llamas, cuando las mangas de su traje ya estaban ardiendo. Entonces sus chillidos cesaron. Y contenido en el humo que se alzaba hacia Altaïr estaba el olor nauseabundo a carne humana asada. Se tapó la nariz. En el patio de abajo, los eruditos hicieron lo mismo.

Jubair se dirigió a ellos:

—Cualquier hombre que hable como lo acaba de hacer él, recibirá el mismo trato. ¿Alguno de vosotros desea desafiarme?

No hubo respuesta de aquellos ojos temerosos detrás de las manos que se alzaban hasta la nariz.

—Bien —dijo Jubair—. Las órdenes que os doy son simples. Salid a la ciudad. Buscad todos los escritos que queden y añadidlos a los montones de las calles. Cuando hayáis terminado, enviaremos un carro para ir a buscarlos y destruirlos.

Los eruditos se marcharon y el patio quedó vacío. Una bonita zona marmolada, falta de lustre por la aberración de la hoguera. Jubair la rodeó, contemplando el fuego. De vez en cuando lanzaba una mirada nerviosa a su alrededor y parecía estar escuchando con detenimiento. Pero si oía algo, era el crepitar del fuego y el sonido de su propia respiración. Se relajó un poco, lo que hizo sonreír a Altaïr. Jubair sabía que los Asesinos iban a por él. Como se creía más inteligente que sus ejecutores, había enviado señuelos a las calles de la ciudad, unos señuelos con sus escoltas de más confianza, para que el engaño fuera completo. Altaïr se movió en silencio por el tejado hasta que estuvo directamente encima del quemador de libros. Jubair pensaba que allí estaba a salvo, encerrado en su madraza.

Pero no. Había acabado con su último subordinado, quemado el último libro.

¡Zas!

Jubair miró hacia arriba y vio al Asesino descendiendo en su dirección, con la hoja extendida. Demasiado tarde, intentó salir corriendo, pero la hoja ya estaba clavada en su cuello. Con un suspiro, cayó sobre el mármol.

Sus párpados se agitaron.

—¿Por qué... por qué has hecho esto?

Altaïr examinó el cadáver ennegrecido del erudito que había echado a la hoguera. Con la carne quemada hasta el cráneo, era como si estuviera sonriendo ampliamente.

—Los hombres deben ser libres para hacer lo que creen —le dijo a Jubair. Retiró la hoja de su cuello y la sangre goteó sobre el mármol—. No tenemos derecho a castigar a alguien por lo que piensa, sin importar cuánto estemos en desacuerdo.

—¿Y qué? —dijo casi sin aliento el hombre moribundo.

—Tú más que nadie deberías saber la respuesta. Educarlos. Enseñarles la diferencia entre el bien y el mal. Debe ser el saber lo que les haga libres, no la fuerza.

Jubair se rio.

—No aprenden de lo arraigadas que están sus costumbres. Eres un ingenuo si opinas lo contrario. Es una enfermedad, Asesino, para la que no hay cura.

—Te equivocas. Y por eso tienes que descansar.

—¿No soy como esos preciados libros que quieres salvar? ¿Una fuente de energía con la que no estás de acuerdo? Sin embargo, te apresuras a quitarme la vida.

—Un pequeño sacrificio para salvar a muchos. Es necesario.

—¿No son los antiguos pergaminos en los que se inspiraron los cruzados? ¿Los que inundaron a Salah Al'din y a sus hombres de una sensación de furia justificada? Sus textos ponen en peligro otros. Traen la muerte. Yo también estaba haciendo un pequeño sacrificio. —Sonrió—. Aunque ahora ya importa poco. Ya has terminado y yo también.

Se le cerraron los ojos al morir. Altaïr se puso en pie. Le echó un vistazo al patio y vio su belleza y fealdad. Luego, al oír unos pasos que se aproximaban, se marchó. A los tejados y por las calles. Se perdió en la ciudad. Convirtiéndose en nada más que una hoja entre la multitud...

—Tengo que hacerte una pregunta —dijo Al Mualim la siguiente vez que se vieron.

Había restablecido la posición de Altaïr y el Asesino volvía a ser una vez más Maestro Asesino. Aun así, era como si su mentor quisiera estar seguro. Quería asegurarse de que Altaïr había aprendido.

—¿Cuál es la verdad? —preguntó.

—Nos llenamos de fe —respondió Altaïr, impaciente por complacerle; quería mostrarle que sí había cambiado, que su decisión de mostrar clemencia había sido la adecuada—. Vemos el mundo tal como es y espero que algún día toda la humanidad vea lo mismo.

—¿Qué es el mundo, entonces?

—Una ilusión —contestó Altaïr— a la que podemos someternos, como hacen muchos, o ir más allá.

—¿Y qué es ir más allá?

—Reconocer que las leyes no surgen de la divinidad, sino de la razón. Ahora entiendo que nuestro Credo no nos ordena ser libres. —Y de pronto lo comprendió de verdad—. Nos ordena ser sabios.

Hasta ahora había creído en el Credo, pero sin saber su verdadero significado. Era una llamada para cuestionar, para aplicar el pensamiento, el conocimiento y la razón en todas y cada una de las misiones.

Al Mualim asintió.

—¿Ves ahora por qué los Templarios son una amenaza?

—Mientras que nosotros disipamos la ilusión, ellos la utilizan para gobernar.

—Sí. Para reestructurar el mundo a una imagen más agradable para ellos. Por eso te mandé que robaras su tesoro. Por eso lo mantengo guardado bajo llave. Y ese es el motivo por el que los mataste. Mientras sobreviva uno, lo hará también el deseo de crear un Nuevo Orden Mundial. Ahora debes encontrar a Sibrand. Con su muerte, Robert de Sablé por fin será vulnerable.

—Así se hará.

—Que la paz y la seguridad sean contigo, Altaïr.

27

Altaïr hizo el que esperaba que fuera el último viaje a Acre, devastada por la guerra, sobre la que colgaba un permanente paño mortuorio. Allí, realizó sus investigaciones y luego visitó a Jabal en la Oficina para recoger el indicador. Al mencionar el nombre de Sibrand, Jabal asintió con sabiduría.

—Me es familiar ese hombre. Le acaban de nombrar líder de los Caballeros Teutónicos. Vive en el Barrio Veneciano y dirige el puerto de Acre.

—Sé eso y más.

Jabal alzó las cejas, impresionado.

—Continúa, entonces.

Altaïr le contó cómo Sibrand había requisado los barcos del muelle y pensaba utilizarlos para establecer un bloqueo. Pero no para evitar el ataque de Salah Al'din. Ese era el aspecto revelador. Según las averiguaciones de Altaïr, Sibrand planeaba impedir que los hombres de Ricardo recibieran víveres. Tenía mucho sentido. Los Templarios estaban traicionando a los suyos. Todo se estaba aclarando, por lo visto: la naturaleza del artefacto robado, la identidad de la Hermandad que conectaba a todos sus objetivos, incluso su última víctima. Aun así...

Seguía teniendo una sensación que no podía quitarse de encima. La sensación de que, incluso ahora, la incertidumbre giraba a su alrededor como la bruma de primera hora de la mañana.

—Se dice que Sibrand está consumido por el miedo, que le ha

vuelto loco el hecho de saber que su muerte se aproxima. Ha cerrado la zona del puerto, y ahora está encerrado allí dentro, esperando que llegue su barco.

Jabal reflexionó.

—Eso puede ponerlo todo en peligro. Me pregunto cómo se habrá enterado de tu misión.

—Por los hombres que he matado. Están todos relacionados. Al Mualim me advirtió de que se había propagado entre ellos la noticia de mis actos.

—No bajes la guardia, Altaïr —le aconsejó Jabal al entregarle la pluma.

—Desde luego, *rafiq*. Pero creo que saldré beneficiado. El miedo le debilitará.

Se dio la vuelta para marcharse y, mientras lo hacía, Jabal le llamó.

—Altaïr...

—¿Sí?

—Te debo una disculpa.

—¿Por qué?

—Por dudar de tu dedicación a nuestra causa.

Altaïr pensó.

—No. Fui yo el que se equivocó. Me creía por encima del Credo. No me debes nada.

—Como desees, amigo mío. Ten cuidado.

Altaïr fue al puerto y traspasó el cordón de Sibrand con tanta facilidad como respiraba. Detrás de él se alzaban las murallas de Acre, en diferentes niveles de mal estado; delante de él, el puerto estaba lleno de barcos y plataformas, cascos y armazones de madera. Algunos funcionaban como naves y otros se habían dejado atrás en el asedio. Habían transformado el reluciente mar azul en un océano de desechos marrones.

El muelle de piedra gris, aclarada por el sol, era la ciudad. Los que trabajaban y vivían allí eran gente del muelle, tenían el aspecto de ser gente del muelle. Tenían una actitud tranquila y rostros curtidos, acostumbrados a sonreír.

Aunque hoy no. No bajo las órdenes de Sibrand, el Gran Maestro de los Caballeros Teutónicos. No solo había ordenado que sellaran la zona, sino que la había llenado de guardias. El miedo que tenía a que lo asesinaran era como un virus que se propagaba por su ejército. Grupos de soldados se movían por los muelles con mirada errante. Parecían nerviosos y sus manos saltaban continuamente a las empuñaduras de sus sables. Estaban nerviosos y sudaban debajo de aquellas pesadas cotas de malla.

Al darse cuenta de que se había armado un alboroto, Altaïr caminó en aquella dirección, y vio que los ciudadanos y los soldados hacían lo mismo. Un caballero le gritaba a un hombre santo. Por allí cerca sus compañeros observaban con inquietud, mientras unos trabajadores del muelle y algunos mercaderes se habían reunido para ver el espectáculo.

—O... os equivocáis, Maestro Sibrand. Nunca sugeriría la violencia contra un hombre y menos aún contra vos.

Así que aquel era Sibrand. Altaïr tomó nota de su pelo negro, la frente ancha y unos ojos crueles que parecían girar desenfrenadamente, como los de un perro enloquecido por el sol. Se había armado con todas las armas que había podido y los cinturones se le caían por el peso de las espadas, los puñales y los cuchillos. A la espalda llevaba el arco y las plumas de las flechas asomaban por su hombro derecho. Parecía agotado. Un hombre desenmarañando el futuro.

—Eso lo dices tú —le dijo al párroco, salpicándolo de saliva—, y aquí nadie responderá por ti. ¿Qué voy a sacar de todo esto?

—Yo... yo tengo una vida sencilla, señor, como todos los hombres del clero. No es propio de nosotros llamar la atención.

—Tal vez. —Cerró los ojos y entonces los abrió de golpe—. O tal vez no te conozcan porque no eres un hombre de Dios, sino un Asesino.

Al decir esas palabras, empujó hacia atrás al sacerdote y el hombre cayó mal, tratando de apoyarse en las rodillas.

—Nunca —insistió.

—Llevas la misma túnica.

El hombre santo estaba desesperado.

—Si se visten como nosotros, es tan solo para infundir miedo e incertidumbre. No debéis sucumbir.

—¿Me estás llamando cobarde? —gritó Sibrand con la voz quebrada—. ¿Acaso cuestionas mi autoridad? ¿Esperas, tal vez, que mis propios caballeros se vuelvan en mi contra?

—No. No. No... no entiendo por qué me hacéis esto... No he hecho nada malo.

—No recuerdo haberte acusado de haber obrado mal, lo que hace tu arranque bastante extraño. ¿Es la culpa que te obliga a confesar?

—Pero no estoy confesando nada —replicó el sacerdote.

—Ah. Desafiante hasta el final.

El sacerdote parecía horrorizado. Cuanto más decía, peor era.

—¿A qué os referís?

Altaïr observó cómo una sucesión de emociones cruzaron el rostro del anciano: miedo, confusión, desesperanza.

—Guillermo y Garnier fueron demasiado confiados, y lo pagaron con sus vidas. Pero yo no cometeré el mismo error. Si de verdad eres un hombre de Dios, el Creador seguro que cuidará de ti. Que detenga mi mano.

—Os habéis vuelto loco —gritó el sacerdote, que se dio la vuelta para implorar a los espectadores—: ¿Ninguno de vosotros va a hacer nada para impedir esto? Es evidente que está envenenado por su propio miedo, se empeña en ver enemigos allí donde no existen.

Sus compañeros avanzaron arrastrando los pies, violentos, pero no dijeron nada. Y así actuaron los ciudadanos, que le miraban sin apasionamiento. El sacerdote no era ningún Asesino, ellos lo sabían, pero no importaba lo que pensaban. Se alegraban de no ser el objetivo de la furia de Sibrand.

—Por lo visto la gente comparte mi preocupación —dijo Sibrand y desenvainó su espada—. Lo que hago, lo hago por Acre.

El sacerdote chilló mientras Sibrand le clavaba su hoja en las tripas, se la retorcía, luego la retiraba y la limpiaba. El anciano se estremeció en el muelle y, después, murió. Los guardias de Sibrand tiraron el cadáver al agua.

Sibrand contempló cómo se movía.

—Manteneos alerta, hombres. Informad a la guardia de cualquier actividad sospechosa. Dudo que hayamos visto al último Asesino. Cabrones insistentes... Ahora volved a vuestro trabajo.

Altaïr vio cómo él y dos escoltas se dirigían hacia un bote de remos. El cuerpo del sacerdote chocó contra el casco al soltar amarras y luego comenzó a flotar por los desechos del puerto. Altaïr se quedó contemplando el mar y vio un barco más grande más allá. Aquel sería el santuario de Sibrand, pensó. Sus ojos volvieron al esquife de Sibrand. Veía al caballero incorporándose para explorar las aguas a su alrededor. Buscaba Asesinos. Siempre los estaba buscando. Como si fueran a emerger del agua que le rodeaba.

Que era exactamente lo que iba a hacer, decidió Altaïr, y avanzó hasta el casco más próximo, al que saltó, antes de atravesar embarcaciones y plataformas hasta llegar cerca del barco de Sibrand. Allí vio a Sibrand subiendo a la cubierta principal, con los ojos barriendo el agua a su alrededor. Altaïr le oyó ordenando a los guardias que aseguraran las cubiertas inferiores y después pasó a una plataforma cerca del barco.

Un vigía le vio llegar y estaba a punto de alzar su arco cuando Altaïr le lanzó un cuchillo arrojadizo y se maldijo mentalmente por no haberle dado tiempo a preparar el asesinato. Como era de esperar, en vez de caer a la madera de la plataforma sin hacer ruido, el centinela cayó al agua con un sonoro plaf.

Los ojos de Altaïr se movieron a la cubierta del barco principal, donde Sibrand también había oído el chapoteo y ya estaba empezando a ser presa del pánico.

—Sé que estás ahí, Asesino —chilló. Se descolgó el arco—. ¿Cuánto tiempo crees que puedes esconderte? Tengo cien hombres recorriendo el puerto. Te encontrarán. Y cuando lo hagan, sufrirás por tus pecados.

Altaïr abrazó el armazón de la plataforma, fuera de la vista. El agua chapaleaba en sus puntales. Por lo demás, todo estaba en silencio. Una calma casi fantasmal que debió de poner nervioso a Sibrand tanto como complació a Altaïr.

—Muéstrate, cobarde —insistió Sibrand con miedo en la voz—. Da la cara y acabemos con esto.

Todo en su momento, pensó Altaïr. Sibrand disparó una flecha a nada, luego se colocó y disparó otra.

—En guardia, hombres —gritó Sibrand a las cubiertas inferiores—. Está por ahí, en alguna parte. Encontradlo. Acabad con su vida. Habrá un ascenso para el que me traiga la cabeza del Asesino.

Altaïr saltó de la plataforma al barco y aterrizó con un ligero golpe que resonó alrededor del agua en calma. Esperó, agarrado al casco, mientras oía arriba los gritos de pánico de Sibrand. Entonces empezó a trepar. Esperó a que Sibrand estuviera de espaldas para acabar de subir a la cubierta, ahora a tan solo pocos metros del Gran Maestro de los Caballeros Teutónicos, que merodeaba por la cubierta, gritando amenazas a un mar vacío, que soltaba insultos y órdenes a sus guardias, quienes se apresuraban abajo.

Sibrand estaba muerto, pensó Altaïr, mientras se acercaba por la espalda. Había muerto por su propio miedo, aunque era demasiado estúpido para saberlo.

—Por favor..., no lo hagas —dijo cuando se dobló hacia la cubierta con la hoja de Altaïr en su cuello.

—¿Tienes miedo? —preguntó el Asesino y retiró la hoja.

—Por supuesto que sí —respondió Sibrand, como si se estuviera dirigiendo a un imbécil.

Altaïr recordó lo cruel que Sibrand había sido con el sacerdote.

—Pero ahora estarás a salvo —dijo—, en los brazos de Dios...

Sibrand dejó escapar una risita apocada.

—¿Acaso mis hermanos no te han enseñado nada? Sé lo que me espera. Lo que nos espera a todos nosotros.

—Si no es tu Dios, entonces ¿qué?

—Nada. No nos espera nada. Y eso es lo que me da miedo.

—No crees —dijo Altaïr—, ¿no es cierto? ¿Sibrand no tiene fe? ¿No tiene Dios?

—¿Cómo iba a tenerlo, después de lo que sé? De lo que he visto. Nuestro tesoro era la prueba.

—¿La prueba de qué?

—De que la vida es todo lo que tenemos.

—Quédate un rato más, entonces —le presionó Altaïr—, y cuéntame tu participación en todo esto.

—Un bloqueo en el mar —le dijo Sibrand— para impedir que las reinas y los reyes tontos enviaran refuerzos. En cuanto..., en cuanto...

Se iba rápidamente.

—¿... conquistarais Tierra Santa? —le animó Altaïr.

Sibrand tosió. Al volver a hablar, sus dientes, expuestos, estaban cubiertos de sangre.

—La liberáramos, idiota. De la tiranía de la fe.

—¿Libertad? Trabajáis para derrocar ciudades. Para controlar la mente de los hombres. Matáis a cualquiera que diga algo en vuestra contra.

—Yo sigo mis órdenes y creo en mi causa. Lo mismo que tú.

—No tengas miedo —dijo Altaïr y le cerró los ojos.

—Estamos cerca, Altaïr.

Al Mualim salió de detrás de su escritorio y atravesó un espeso rayo de luz que brillaba por la ventana. Sus palomas arrullaban felices en el calor de la tarde y había ese mismo aroma dulce en el aire. Aun así, a pesar de aquel día, y aunque Altaïr una vez más se había ganado el rango y, lo que era más importante, la confianza del Maestro, no podía relajarse por completo.

—Robert de Sablé es todo lo que se interpone entre nosotros y la victoria —continuó Al Mualim—. Su boca dicta las órdenes. Su mano paga el oro. Con él muere el conocimiento del tesoro Templario y cualquier amenaza que pudiera representar.

—Sigo sin entender cómo una simple parte de un tesoro puede causar tal caos —dijo Altaïr.

Había estado reflexionando sobre las últimas palabras misteriosas de Sibrand. Había pensado en la esfera, en el Fragmento del Edén. Había experimentado su extraña atracción de primera mano, desde luego, pero sin duda tan solo tenía el poder de deslumbrar y entretener. ¿De verdad podía ejercer su poder por encima de cualquier otro preciado ornamento?

Al Mualim asintió lentamente, como si le leyera los pensamientos.

—El Fragmento del Edén es la tentación hecha realidad. Mira lo que le ha pasado a Robert. En cuanto probó su poder, le consumió. No vio un arma peligrosa que debía destruir, sino una herramienta que le ayudaría a llevar a cabo la ambición de su vida.

—Entonces, ¿soñaba con el poder?

—Sí y no. Soñaba, y todavía sueña, como nosotros, con la paz.

—Pero es un hombre que quiere ver Tierra Santa destruida por la guerra...

—No, Altaïr —gritó Al Mualim—. ¿Cómo es que no lo ves si fuiste tú el que me abrió los ojos a esto?

—¿A qué os referís?

Altaïr estaba desconcertado.

—¿Qué quieren él y sus seguidores? Un mundo en el que los hombres estén unidos. No desprecio su objetivo. Lo comparto. Pero discrepo en la manera de hacerlo. La paz es algo que se debe aprender. Entender. Abrazar, pero...

—Él quiere imponerla.

Altaïr asentía ahora que lo comprendía.

—Y robarnos nuestro libre albedrío en el proceso.

—Qué extraño... Pensar en él de ese modo —dijo Altaïr.

—Nunca albergues odio hacia tus víctimas, Altaïr. Esas ideas están envenenadas y nublarán tu juicio.

—¿No se le podrá convencer, entonces? ¿Para que termine esta loca búsqueda?

Al Mualim negó con la cabeza despacio y con tristeza.

—He hablado con él, a mi manera, a través de ti. ¿Qué eran los asesinatos, sino un mensaje? Pero ha elegido ignorarnos.

—Entonces tan solo queda hacer una cosa.

Por fin iba a por De Sablé. La idea le entusiasmaba, pero debía tener cuidado y equilibrarla con notas de precaución. No podía cometer el mismo error de subestimarlo. Ni a De Sablé ni a nadie.

—Jerusalén es donde te enfrentaste a él por primera vez y allí es donde le encontrarás ahora —dijo Al Mualim, y liberó a su pájaro—. Ve, Altaïr. Ha llegado el momento de acabar con esto.

Altaïr se marchó, bajó las escaleras hasta las puertas de la torre y salió al patio. Abbas estaba sentado en la valla, y Altaïr notó sus ojos sobre él mientras cruzaba el patio. Después se detuvo y se dio la vuelta en su dirección. Estuvo a punto de decir algo, no estaba seguro de qué, pero tenía cosas que hacer. Las viejas heridas eran exactamente eso: viejas heridas. Inconscientemente, en cambio, la mano se le fue al costado.

28

La mañana siguiente a que Altaïr le contara a Abbas la verdad sobre su padre, Abbas había estado incluso más retraído, y nada de lo que Altaïr le dijo le sacó de su estado. Desayunaron en silencio, sometiéndose con resentimiento a las atenciones de sus institutrices, después fueron al estudio de Al Mualim y ocuparon sus sitios en el suelo.

Si Al Mualim había notado alguna diferencia entre los dos muchachos a su cargo, no dijo nada. Tal vez estaba contento en secreto porque los chicos parecían menos distraídos aquel día. Tal vez simplemente suponía que se habían enfadado, como solía pasarles a los jóvenes amigos.

Altaïr, sin embargo, permanecía sentado retorciéndose por dentro y con la mente torturada. ¿Por qué Abbas no había dicho nada? ¿Por qué no había reaccionado ante lo que Altaïr le había contado?

Más tarde, aquel mismo día, recibiría la respuesta, cuando fueran como siempre al patio de entrenamiento. Iban a practicar juntos con la espada, como de costumbre. Pero hoy Abbas había decidido que no quería utilizar las espadas pequeñas de madera con las que entrenaban normalmente, sino las hojas relucientes con las que planeaban graduarse.

Labib, su instructor, estaba encantado.

—Excelente, excelente —dijo, juntando las manos—, pero, recordad, no se gana nada haciendo sangrar al otro. Haced el favor de no molestar a los médicos. Esta será una prueba de compostura y de astucia así como de destreza.

—Astucia —dijo Abbas—. Eso te pega, Altaïr. Eres astuto y traicionero.

Eran las primeras palabras que le decía a Altaïr en todo el día. Y mientras las decía, le lanzó una mirada con tal desprecio, con tal odio, que Altaïr supo que nada volvería a ser igual entre ellos. Miró a Labib para pedirle, para implorarle que no permitiera la pelea, pero estaba saltando, feliz, en la valla que rodeaba el cuadrilátero de entrenamiento, disfrutando del hecho de que por fin hubiera un auténtico combate.

Tomaron posiciones, Altaïr tragó saliva y Abbas le fulminó con la mirada.

—Hermano —empezó a decir Altaïr—, lo que dije ayer por la noche, yo...

—¡No me llames hermano!

El grito de Abbas retumbó por todo el patio. Y saltó hacia Altaïr con una ferocidad que el chico nunca había visto en él antes. Pero aunque le enseñaba los dientes y los ojos enfurecidos estaban entrecerrados, Altaïr vio las lágrimas que se habían formado en sus extremos. Sabía que era más que un simple enfado.

—No, Abbas —le dijo, defendiéndose desesperadamente.

Miró a su izquierda y vio la mirada desconcertada del instructor; estaba claro que no sabía qué hacer con el arrebato de Abbas o la repentina hostilidad entre ambos. Altaïr vio dos Asesinos más acercarse a la zona de entrenamiento, sin duda al oír el grito de Abbas. Unos rostros aparecieron en la ventana de la torre de defensa junto a la entrada de la ciudadela. Se preguntó si Al Mualim estaba mirando...

Abbas tiró hacia delante la punta de su espada, lo que obligó a Altaïr a echarse a un lado.

—Bueno, Abbas... —le reprendió Labib.

—Quiere matarme, Maestro —gritó Altaïr.

—No seas dramático, niño —dijo el instructor, aunque no sonó muy convencido—. Podrías aprender de la dedicación de tu hermano.

—No soy. —Abbas atacó—. Su. —Las palabras del muchacho estaban puntuadas con golpes violentos de espada—. Hermano.

—Te lo conté para ayudarte —gritó Altaïr.

—No —replicó Abbas—. Me mentiste.

Volvió a atacar y sonó un gran repique del acero. Altaïr se encontró tirado hacia atrás por la fuerza, tropezó con la valla y casi se cae por encima de espaldas. Llegaron más Asesinos. Algunos parecían preocupados; otros, dispuestos a que les entretuvieran.

—Defiende, Altaïr, defiende —bramó Labib, aplaudiendo con regocijo.

Altaïr llevó hacia arriba su espada y devolvió los golpes de Abbas, obligándole a moverse hacia el centro del cuadrilátero una vez más.

—Te conté la verdad —dijo entre dientes mientras se acercaban y las hojas de sus espadas se deslizaban una contra la otra—. Te conté la verdad para terminar con tu sufrimiento, igual que habría querido que terminara el mío.

—Mentiste para traerme la vergüenza —insistió Abbas, que cayó, pero se incorporó, agachado, con un brazo hacia atrás, como les habían enseñado, y la hoja de su espada temblando.

—¡No! —gritó Altaïr.

Retrocedió al atacarle Abbas, pero con un movimiento de muñeca este le alcanzó y le hizo un corte que sangró por el costado de Altaïr. Le echó un vistazo a Labib con ojos suplicantes, pero apartó sus preocupaciones. Colocó una mano en su costado y se manchó las yemas de los dedos de sangre, que le mostró a Abbas.

—Basta, Abbas —rogó—. Te dije la verdad con la esperanza de traerte consuelo.

—Consuelo —dijo Abbas. El muchacho ahora le hablaba a la multitud que se había congregado—. Para consolarme me cuenta que mi padre se suicidó.

Hubo unos instantes de silencio por el asombro. Altaïr apartó la vista de Abbas para mirar a los que ahora los observaban, incapaces de comprender el giro de los acontecimientos. El secreto que había jurado guardar se había hecho público.

Alzó la mirada hacia la torre de Al Mualim y allí vio al Maestro, observando, con las manos en la espalda y una expresión ilegible en su rostro.

—Abbas —gritó Labib por fin al ver que pasaba algo—. Altaïr.

Pero los dos muchachos que luchaban le ignoraron y sus espadas volvieron a encontrarse. Altaïr, dolorido, se vio obligado a defenderse.

—Creía que... —empezó a decir.

—Creíste que me traerías la vergüenza —chilló Abbas.

Las lágrimas caían por su rostro al tiempo que rodeaba a Altaïr. Luego volvió a atacar y movió su espada a lo loco. Altaïr se agachó y encontró un hueco entre el brazo y el cuerpo de Abbas. Dio una estocada y le abrió una herida en el brazo izquierdo con la que Altaïr esperaba al menos detenerle lo suficiente para intentar explicarse.

Pero Abbas chilló. Y con un grito de guerra final, saltó hacia Altaïr, que se escabulló bajo la hoja que agitaba, utilizando su hombro para frenar el impulso de Abbas. Ambos cayeron rodando por el suelo con las túnicas manchadas de tierra y sangre. Por un momento, forcejearon, pero Altaïr sintió un dolor punzante en el costado, pues Abbas estaba hundiendo el pulgar en la herida y usó esa oportunidad para darse la vuelta, ponerse encima de Altaïr e inmovilizarle en el suelo. De su cinturón sacó un puñal y lo colocó en el cuello de Altaïr. Sus ojos desorbitados estaban clavados en el chico y seguían derramando lágrimas. Respiraba con dificultad a través de los dientes al descubierto.

—¡Abbas! —se oyó que gritaban. No era Labib ni ninguno de los allí reunidos para contemplarlos. Provenía de la ventana de Al Mualim—. Aparta ese cuchillo enseguida —bramó y su voz retumbó como un trueno en el patio.

Como respuesta, Abbas sonó insignificante y desesperado.

—No hasta que lo admita.

—¿Que admita qué? —gritó Altaïr, luchando pero manteniéndose firme.

Labib había saltado la valla.

—Vamos, Abbas —dijo con las palmas extendidas, apaciguadoras—. Haz lo que te dice el Maestro.

—Como te acerques, se lo clavo —gruñó Abbas.

El instructor se detuvo.

—Te encerrará en una celda por esto, Abbas. No es manera de comportarse en la Orden. Mira, aquí hay aldeanos. La noticia se difundirá.

—No me importa —lloró Abbas—. Tiene que decirlo. Tiene que decir que mintió sobre mi padre.

—¿En qué mintió?

—Dijo que mi padre se había suicidado. Que fue al cuarto de Altaïr para pedirle perdón y luego se cortó su propia garganta. Pero mintió. Mi padre no se suicidó. Dejó la Hermandad. Esa fue su disculpa. Ahora dime que mentiste.

—Abbas, basta —rugió Al Mualim desde su torre.

—Altaïr, ¿mentiste? —preguntó Labib.

Un silencio envolvió el patio de entrenamiento: todos esperaban la respuesta de Altaïr. Miró a Abbas.

—Sí —dijo—, mentí.

Abbas se sentó en cuclillas y cerró los ojos con fuerza. Todavía estaba llorando cuando Labib se acercó a él y le agarró bruscamente del brazo para entregarlo a un par de guardias que se acercaron corriendo. Unos instantes más tarde también llevaron a Altaïr.

Después, Al Mualim decidió que, tras un mes en las mazmorras, deberían continuar su entrenamiento. El crimen de Abbas fue considerado el más serio de los dos; era el que había dado rienda suelta a sus emociones y al hacerlo había desacreditado a la Orden. Su castigo fue que su entrenamiento se extendió un año más. Continuaría en el patio de entrenamiento con Labib mientras Altaïr se convertía en un Asesino. La injusticia aumentaba su odio por Altaïr, que poco a poco fue viendo a Abbas como una figura patética y amargada. Cuando atacaron la ciudadela, fue Altaïr quien salvó la vida de Al Mualim y fue ascendido a Maestro Asesino. Aquel día, Abbas escupió al suelo, a los pies de Altaïr, pero este tan solo le miró con aire despectivo. Decidió que Abbas era tan débil e inútil como su padre.

Tal vez, mirando atrás, fuera en ese momento cuando le contaminó la arrogancia.

29

Cuando Altaïr llegó a la Oficina de Jerusalén, era otro hombre. No había cometido el error de pensar que aquel viaje había finalizado, pues aquello habría sido típico del antiguo Altaïr. No, sabía que no era más que el principio. Era como si Malik también lo percibiera. Había algo distinto en el líder de la Oficina cuando Altaïr entró. Había un nuevo respeto y acuerdo entre ellos.

—Seguridad y paz, Altaïr —dijo.

—Sean también contigo, hermano —respondió Altaïr y hubo un momento de silencio.

—Parece que el destino se comporta de un modo extraño...

Altaïr asintió.

—Entonces, ¿es cierto? ¿Robert de Sablé está en Jerusalén?

—He visto a los caballeros con mis propios ojos.

Malik se tocó el muñón al mencionar al Templario.

—La desgracia persigue a ese hombre. Si está aquí es porque tiene malas intenciones. No le daré la oportunidad de actuar —dijo Altaïr.

—No dejes que la venganza nuble tus pensamientos, hermano. Ambos sabemos que nada bueno puede salir de ahí.

Altaïr sonrió.

—No me he olvidado. No tienes nada que temer. No busco venganza, sino conocimiento.

Antes habría repetido aquellas palabras como un papagayo, puesto que era lo que se esperaba de él. Pero ahora lo creía de verdad.

Malik de algún modo volvió a comprenderle.

—Es cierto que no eres el hombre que conocía —dijo.

Altaïr asintió.

—Mi trabajo me ha enseñado muchas cosas. Me ha revelado secretos. Pero aún hay piezas de este puzle que no tengo.

—¿A qué te refieres?

—Todos los hombres a los que he dado sepultura habían trabajado juntos, unidos por este hombre. Robert tiene planes para este país. Lo sé muy bien. Pero ¿cómo y por qué? ¿Cuándo y dónde? Todo eso aún está fuera de mi alcance.

—¿Los cruzados y los sarracenos trabajan juntos? —se preguntó Malik en voz alta.

—No son nada de eso, sino otra cosa. Templarios.

—Los Templarios son parte del ejército cruzado —dijo Malik, aunque tenía la pregunta escrita en el rostro: ¿cómo podían ser hombres del rey Ricardo si estaban en Jerusalén? ¿Caminando por las calles de la ciudad?

—O eso es lo que quiere creer el rey Ricardo —apuntó Altaïr—. No. Solo son leales a Robert de Sablé y tienen la loca idea de que detendrán la guerra.

—Eso que cuentas es muy extraño.

—No tienes ni idea, Malik...

—Pues dime.

Altaïr empezó a contarle a Malik todo aquello de lo que se había enterado hasta aquel momento.

—Robert y sus Templarios caminan por la ciudad. Han venido a presentar sus respetos a Majd Addin. Asistirán a su funeral. Lo que significa que yo también.

—¿Y por qué los Templarios iban a asistir a su funeral?

—Todavía tengo que adivinar sus verdaderas intenciones, aunque tendré una confesión a su tiempo. Los mismos ciudadanos están divididos. Muchos piden sus vidas. Aun así otros insisten en que están aquí para negociar. Para conseguir la paz.

Pensó en el orador que le había cuestionado, que había asegurado con firmeza que sus señores querían finalizar la guerra. De Sablé, un cristiano, asistía al funeral de Majd Addin, un musulmán. ¿No era eso una prueba de que los Templarios buscaban una Tierra

Santa unida? Los ciudadanos eran hostiles a la idea de los Templarios en Jerusalén. La ocupación cruzada aún estaba reciente en su memoria. Como era de esperar, se había informado de que había estallado la lucha entre cruzados y sarracenos, a quienes ofendía la vista de caballeros por las calles. La ciudad no lograba ser convencida por los oradores, que insistían venir en son de paz.

—¿Paz? —dijo Malik.

—Ya lo he contado. Los otros a los que maté me lo dijeron.

—Entonces se convertirían en nuestros aliados. Y aun así los matamos.

—No te equivoques, no nos parecemos en nada a esos hombres. Aunque su meta parece noble, los medios por los que la están consiguiendo no lo son. Al menos... Eso es lo que me explicó Al Mualim.

Ignoró el diminuto gusano de duda que se deslizaba en el abismo de su estómago.

—¿Y cuál es tu plan?

—Asistiré al funeral y me enfrentaré a Robert.

—Cuanto antes mejor —aceptó Malik y le entregó a Altaïr la pluma—. Que la fortuna favorezca tu espada, hermano.

Altaïr tomó el indicador y dijo:

—Malik... Antes de irme, hay algo que debería decirte.

—Suéltalo.

—He sido un tonto.

Malik dejó escapar una risa seca.

—Normalmente no rechistaría, pero ¿qué es esto? ¿De qué estás hablando?

—En todo este tiempo... no te he dicho que lo sentía. He sido demasiado orgulloso. Perdiste el brazo por mi culpa. Perdiste a Kadar. Tenías todo el derecho a estar enfadado.

—No acepto tus disculpas.

—Lo entiendo.

—No. No lo entiendes. No acepto tus disculpas porque no eres el mismo hombre que fue conmigo al Templo de Salomón, así que no tienes nada por lo que pedir perdón.

—Malik...

—Tal vez, si no te hubiera tenido tanta envidia, no habría sido tan descuidado. Yo también tengo parte de culpa.

—No digas eso.

—Somos uno. Así como compartimos la gloria de nuestras victorias, también deberíamos compartir el dolor de nuestro fracaso. De ese modo estamos más unidos. Nos hacemos más fuertes.

—Gracias, hermano.

Y así Altaïr se encontró en el cementerio, un camposanto pequeño, sin adornos, junto a un grupo escaso de Templarios y civiles, que se habían reunido alrededor del montículo de Majd Addin, el antiguo regente de la ciudad.

El cuerpo se había bañado, envuelto en un sudario y llevado en procesión, luego enterrado sobre el lado derecho y, una vez tapado el agujero, los miembros de la procesión habían añadido tierra a la tumba. Cuando Altaïr entró, un imán subía para oficiar el funeral y el silencio descendió sobre el suelo sagrado. La mayoría permaneció con las manos juntas delante y la cabeza agachada como muestra de respeto hacia el muerto, así que a Altaïr le resultó fácil pasar entre la gente con disimulo para colocarse de manera estratégica. Para localizar a su objetivo. El que había puesto a Altaïr en aquel camino, cuya muerte no sería más que un castigo por todo el sufrimiento que había causado y lo que había sucedido por su culpa: Robert de Sablé.

Al pasar por las filas de plañideras, Altaïr se percató de que era la primera vez que estaba en un funeral de una de sus víctimas, y lanzó una mirada a su alrededor para ver si había algún apenado miembro de la familia del difunto por allí cerca, preguntándose cómo él, el asesino, se sentiría al enfrentarse a su dolor. Pero si Majd Addin había tenido parientes cercanos, estaban ausentes o mantenían oculta su pena entre los asistentes; no había nadie junto a la tumba salvo el imán y...

Un grupo de caballeros Templarios.

Eran tres, delante de una fuente decorada de manera ornamentada, empotrada en un muro alto de arenisca; llevaban armadura y unos cascos que les cubrían toda la cara, incluso el que estaba delante de los otros dos, que además llevaba una capa. La capa distintiva del Gran Maestro Templario.

Y aun así... Altaïr entrecerró los ojos y se quedó mirando a De Sablé. El caballero no era como Altaïr le recordaba. ¿Le estaba jugando una mala pasada su memoria? ¿Tenía Robert de Sablé unas dimensiones más grandes en su cabeza porque le había vencido? Sin duda le faltaba altura. ¿Y dónde estaba el resto de sus hombres?

El imán había empezado a hablar y se dirigía a las plañideras:

—Nos hemos reunido aquí para llorar la pérdida de nuestro querido Majd Addin, arrebatado demasiado pronto de este mundo. Sé que sentís pena y dolor por su fallecimiento, pero no deberíais. Puesto que igual que salimos del útero, todos debemos marcharnos de este mundo. Es algo natural, como la salida y la puesta del sol. Tomaos este momento para reflexionar sobre la vida y dad gracias por todo lo bueno que hizo. Sabed que un día os reuniréis con él de nuevo en el Paraíso.

Altaïr luchó por esconder su indignación. «El querido Majd Addin». ¿El mismo querido Majd Addin que había sido un traidor para los sarracenos, que había querido debilitar su confianza al ejecutar indiscriminadamente a los ciudadanos de Jerusalén? ¿Ese Majd Addin? No le extrañaba que hubiera tan pocas personas y tan poco dolor a la vista. Era tan querido como la lepra.

El imán empezó a dirigir a las plañideras en la oración.

—Oh, Dios, bendito Muhammad, su familia, sus compañeros, oh, misericordioso y majestuoso. Oh, Dios, más majestuoso de como lo describen, paz en los Profetas, bendiciones del Dios del Universo.

Altaïr apartó la vista de él para mirar a De Sablé y su escolta. Un guiño de sol le alcanzó el ojo y alzó la vista a la pared detrás del trío de caballeros, hacia los baluartes que se alzaban en el exterior del patio. ¿Había visto un movimiento? Tal vez. Algunos soldados Templarios extra podían protegerse con facilidad en los baluartes.

Volvió a echar un vistazo a los tres caballeros. Robert de Sablé, como si estuviera de inspección, se ofreció de objetivo. Su constitución. Era demasiado delgada, de eso estaba seguro. La capa. Parecía demasiado larga.

No. Altaïr decidió abandonar el asesinato porque no iba a ignorar su instinto. No le estaba diciendo que algo iba mal. Le estaba diciendo que nada iba bien. Comenzó a retroceder, justo cuando el tono del imán cambió.

—Como sabéis, a este hombre lo mataron Asesinos. Hemos intentado dar con el responsable, pero ha resultado difícil. Estas criaturas se pegan a las sombras y huyen de cualquiera que se enfrente a ellos limpiamente.

Altaïr se quedó helado al saber que estaba a punto de caer la trampa sobre él. Intentó abrirse camino entre la gente con más rapidez.

—Pero hoy no —oyó que decía el imán—, puesto que parece que hay uno entre nosotros. Se burla de nosotros con su presencia y debe pagar por ello.

De repente, el grupo alrededor de Altaïr se abrió y formaron un círculo. Se dio la vuelta y vio al imán que le señalaba junto a la tumba. De Sablé y sus dos hombres avanzaron. A su alrededor el grupo parecía violento y se acercaban para no dejarle escapatoria.

—Agarradle. Traedle para que se cumpla la justicia de Dios —dijo el imán.

Con un movimiento Altaïr desenvainó la espada y expulsó la hoja. Recordó las palabras de su Maestro: escoge a uno.

Pero no hacía falta. Las plañideras puede que fueran valientes y Majd Addin querido, pero nadie estaba dispuesto a derramar sangre para vengarlo. Aterrorizado, el grupo se deshizo, las plañideras tropezaron con sus túnicas al escapar y Altaïr utilizó la súbita confusión para salir corriendo hacia un lado y evitar la fila de Templarios que avanzaba. Al primero le dio tiempo de advertir que uno de los miembros del grupo no estaba escapando, sino que se movía hacia él, antes de que la espada de Altaïr le atravesara la cota de malla, luego la barriga y cayera muerto.

Altaïr vio abierta una puerta en la pared y por allí aparecieron más caballeros. Cinco al menos. Al mismo tiempo hubo una lluvia de flechas desde arriba, y uno de los caballeros empezó a dar vueltas y cayó con un asta sobresaliendo de su cuello. Los ojos de Altaïr se clavaron en los baluartes, donde vio a los arqueros Templarios. En esta ocasión su puntería le había favorecido. No habría tanta suerte la próxima vez.

El segundo de los escoltas dio un paso adelante y Altaïr atacó con la espada, cortándole el cuello al hombre y enviándolo hacia abajo con un chorro de sangre. Se volvió hacia De Sablé, que se acer-

174

có agitando su sable lo bastante como para hacer retroceder a Altaïr, que tan solo pudo desviar el golpe. De repente, había refuerzos y estaba intercambiando golpes con tres caballeros más, todos con cascos enteros; se hallaba en el último lugar de descanso de Majd Addin. Aunque no había tiempo de disfrutar del momento: de arriba llegó otra lluvia de flechas y, para placer de Altaïr, atravesaron a un segundo caballero, que gritó al caer. Los Templarios restantes estaban desorganizados y se dispersaron un poco, menos asustados de Altaïr que de sus propios arqueros, justo cuando De Sablé empezó a chillar a los arqueros para que dejaran de disparar a sus propios hombres.

Y Altaïr estaba tan sorprendido que casi baja la guardia. Lo que había oído no era el inconfundible tono francés masculino de Robert de Sablé, sino una voz que estaba seguro de que pertenecía a una mujer. Una mujer inglesa.

Por un segundo, le dejó de piedra la mezcla de desconcierto y admiración. Esa... mujer, la sustituta enviada por De Sablé, luchaba con tanto valor como cualquier hombre y empuñaba un sable con la misma destreza que cualquier caballero con el que se había topado. ¿Quién era? ¿Uno de los tenientes de Robert de Sablé? ¿Su amante? Se mantuvo pegado a la pared y cayó otro caballero. Solo quedaba uno. Uno más y la sustituta de Robert de Sablé. Aunque el último Templario tenía menos ganas de luchar que ella y murió, derrotado por la punta de la espada de Altaïr.

Ahora tan solo quedaba ella e intercambiaron golpes, hasta que por fin Altaïr fue capaz de vencerla al hundir la hoja en su hombro a la vez que barría sus piernas desde abajo y ella caía con fuerza al suelo. Salió disparado a ponerse a cubierto y se la llevó consigo para que quedaran fuera de la vista de los arqueros. Luego se inclinó sobre ella. Todavía con el casco puesto, el pecho se le movía. La sangre se esparcía por el cuello y el hombro, pero viviría, pensó Altaïr; si él se lo permitía, claro.

—Te veré los ojos antes de que mueras —dijo.

Le quitó el casco y siguió desconcertado al enfrentarse a la verdad.

—Intuyo que esperabas a otra persona —dijo, sonriendo un poco.

Tenía los cabellos ocultos por la toca de cota de malla, pero Altaïr quedó embelesado por sus ojos. Vio que había determinación en ellos, pero también algo más. Suavidad y luz. Y se encontró preguntándose si su evidente destreza como guerrera ocultaba su verdadera naturaleza.

Pero ¿por qué —fuera cual fuera la orden de combate que poseyera— enviaría De Sablé a aquella mujer en su lugar? ¿Qué habilidades especiales tenía? Le puso la hoja en el cuello.

—¿Qué brujería es esta? —preguntó con cautela.

—Sabíamos que vendrías —dijo, aún sonriendo—. Robert necesitaba asegurarse de que tendría tiempo de huir.

—¿Así que ha huido?

—No podemos negar vuestro éxito. Habéis arrasado nuestros planes. Primero el tesoro y luego nuestros hombres. El control de Tierra Santa se desvanece... Pero vio una oportunidad para reclamar lo que le habían robado. Para convertir vuestras victorias en una ventaja.

—Al Mualim todavía tiene el tesoro y ya hemos aniquilado antes a vuestro ejército —respondió Altaïr—. Sean cuales sean los planes de Robert, volverá a fracasar.

—Ah —dijo—, pero ahora no os enfrentáis únicamente a los Templarios.

Altaïr torció el gesto.

—Habla claro —le pidió.

—Robert viaja a Arsuf para explicar su caso y que los sarracenos y los cruzados se unan contra los Asesinos.

—Eso jamás sucederá. No tienen motivos para hacerlo.

La mujer sonrió ampliamente.

—Tal vez no los tuvieran, pero ahora les has dado uno. Nueve, de hecho. Los cuerpos que has dejado atrás son víctimas de ambos bandos. Has convertido a los Asesinos en un enemigo común y has asegurado la aniquilación de tu Orden entera. Bien hecho.

—No han sido nueve, sino ocho.

—¿A qué te refieres?

Retiró la hoja del cuello.

—Tú no eras mi objetivo. No te arrebataré la vida. —Se levantó—. Eres libre para marcharte. Pero no me sigas.

—No me hace falta —dijo. Se puso de pie y se colocó una mano en la herida del hombro—. Llegas demasiado tarde...

—Ya veremos.

Con un último vistazo a los baluartes, donde los arqueros se apresuraban a adoptar nuevas posiciones, Altaïr salió corriendo, dejando vacío el cementerio, salvo por sus cadáveres viejos y nuevos, y la extraña mujer valiente y fascinante.

—Era una trampa —le explicó a Malik, un rato más tarde, el tiempo que tardó en llegar del cementerio a la Oficina, mientras su mente trabajaba frenéticamente.

—He oído que el funeral resultó un caos... ¿Qué pasó?

—Robert de Sablé no estaba allí. Envió a otra persona en su lugar. Me esperaba...

—Debes ir a ver a Al Mualim —dijo Malik con firmeza.

Sí, pensó Altaïr, debía ir. Pero de nuevo tenía aquella persistente sensación. La que le decía que había más misterios por revelar. ¿Y por qué pensaba que de algún modo estaba involucrado el Maestro?

—No hay tiempo. La mujer me contó dónde iba. Lo que planea. Si regreso a Masyaf, puede que lo consiga... Y entonces... temo que nos destruyan.

—Hemos matado a la mayoría de sus hombres. No puede esperar montar un buen ataque. Espera —dijo Malik—. ¿Has dicho que era una mujer?

—Sí. Era una mujer. Es raro, lo sé. Pero dejémoslo para otro momento. Por ahora tenemos que centrarnos en Robert. Tal vez hayamos disminuido sus filas, pero ese hombre es listo. Va a llevar su caso a Ricardo y Salah Al'din. Para unirlos contra el enemigo común... Contra nosotros.

—Estoy seguro de que te equivocas. No tiene sentido. Esos dos hombres nunca...

—Oh, pero sí lo harán y no tiene nadie más la culpa salvo nosotros. Los hombres que he matado son de los dos bandos del conflicto..., hombres importantes para ambos líderes... El plan de Robert quizá sea ambicioso, pero tiene sentido. Y puede funcionar.

—Mira, hermano, las cosas han cambiado. Tienes que volver a Masyaf. No puedes actuar sin el permiso del Maestro. Podría comprometer a la Hermandad. Creía... creía que lo habías aprendido.

—Deja de ocultarte tras las palabras, Malik. Empuñas el Credo y sus principios como un escudo. Nos está ocultando cosas. Cosas importantes. Tú fuiste el que me dijo que no podemos saber todo siempre, solo sospecharlo. Bueno, pues sospecho que este asunto de los Templarios va más allá. Cuando termine con Robert, cabalgaré hacia Masyaf y tal vez tengamos respuestas. Pero a lo mejor tú podrías ir ahora.

—No puedo dejar la ciudad.

—Pues camina entre su gente. Busca a los que sirven a los que asesiné. Entérate de todo lo que puedas. Dices que eres perspicaz. A lo mejor ves algo que yo no he visto.

—No sé... Debo pensarlo.

—Haz lo que tengas que hacer, amigo mío. Pero yo me voy a Arsuf. Cada momento que me retraso, nuestro enemigo está un paso más lejos de mí.

Una vez más había infringido el Credo: de forma voluntaria o no, había puesto a la Orden en peligro.

—Ten cuidado, hermano.

—Lo tendré. Lo prometo.

30

Los ejércitos de Salah Al'din y Ricardo Corazón de León se habían encontrado en Arsuf y, de camino hacia allí, Altaïr se enteró —por un chismorreo que oyó en la herrería y en abrevaderos por el camino— de que, tras una serie de refriegas sin importancia, la batalla había comenzado aquella mañana, cuando los turcos de Salah Al'din lanzaron un ataque sobre las filas cruzadas.

Mientras cabalgaba hacia allí, contra la corriente de los inquietos campesinos que querían escapar de la matanza, Altaïr vio columnas de humo en el horizonte. Al acercarse, distinguió a los soldados guerreando en una llanura a lo lejos. Puñados, enormes grupos oscuros en la distancia. Vio muchos hombres, miles, que se movían rápidamente a caballo, cargando contra el enemigo, pero estaban demasiado lejos para saber si los que cargaban eran sarracenos o cruzados. Más cerca, vio las estructuras de madera de las máquinas de guerra, al menos una en llamas. Ahora podía distinguir los altos crucifijos de madera de los cristianos, unas enormes cruces sobre plataformas con ruedas que la infantería empujaba hacia delante, y las banderas de los sarracenos y de los cruzados. El cielo se ensombreció por la lluvia de flechas de los arqueros a ambos bandos. Vio caballeros a caballo con picas, y jinetes sarracenos que hacían salidas devastadoras hacia las filas de los cruzados.

Oía el sonido de los cascos sobre la llanura y el constante estrépito de los címbalos, los tambores, los gongs y las trompetas sarracenas. Oía el ruido de la batalla: el estruendo interminable de los gritos de los vivos, que todo lo abarcaba, los chillidos de los que morían, los agudos del acero sobre el acero y los relinchos lastimeros de los caballos heridos. Comenzó a encontrarse con animales sin jinete y cadáveres, tanto de sarracenos como de cruzados, con los brazos y las piernas extendidos en el suelo o sentados, muertos, apoyados en los árboles.

Frenó a su montura justo a tiempo, porque de repente los arqueros sarracenos comenzaron a aparecer en la fila de árboles que había delante de él. Se bajó del caballo y rodó desde la vía principal para protegerse debajo de un carro vuelto del revés. Había por lo menos cien en total. Corrían por el camino, hacia los árboles del otro lado. Se movían rápido y se agachaban, como soldados que avanzaban a hurtadillas hacia territorio enemigo.

Altaïr salió corriendo también hacia los árboles, siguiendo a los arqueros a una distancia prudente. Durante unos cuantos kilómetros fue detrás de ellos con sigilo; los sonidos de la batalla, las vibraciones, se hicieron cada vez más fuertes hasta que llegaron a una cordillera. Ahora estaban sobre la batalla principal, que rugía a sus pies, y por un momento su magnitud le dejó sin aliento. Por todas partes —hasta donde le alcanzaba la vista— había hombres, cadáveres, máquinas y caballos.

Como en el asedio de Acre, se encontraba en medio de un conflicto fiero y salvaje, sin ningún bando propio. Lo que tenía era la Orden. Lo que tenía era una misión que proteger, debía detener a la bestia que sin darse cuenta había desatado.

A su alrededor en la cordillera también había cadáveres, como si ya hubiera habido una batalla hacía un rato. Y desde luego que la había habido: quien consiguiera la cordillera tenía la ventaja de la altura, así que era probable que se disputara despiadadamente. En efecto, mientras subían, los sarracenos se encontraron con la infantería y los arqueros cruzados, y ambos bandos emitieron un gran grito. Los hombres de Salah Al'din tenían el elemento sorpresa y la delantera, por lo que la primera oleada de su ataque dejó cadáveres de caballeros a su paso; algunos caían de la cima a la guerra encarnizada de abajo. Pero mientras Altaïr observaba, agachado, los cruzados se las apañaron para reagruparse y empezó el combate en serio.

Pasada la cordillera estaba el camino más seguro para ir detrás de las filas cruzadas, donde Ricardo Corazón de León estaría situado. Y llegar hasta él era la única esperanza que tenía para detener a Robert de Sablé. Se acercó a la batalla y se dirigió a su izquierda, rehuyendo a los combatientes. Se topó con un cruzado que estaba agachado en la maleza, observando la batalla y gimoteando, y le dejó atrás y siguió corriendo.

De repente, se oyó un grito y dos cruzados salieron a su encuentro con los sables levantados. Se detuvo, cruzó los brazos y llegó hasta los hombros para desenvainar la espada con una mano y tirar de un cuchillo con la otra. Uno de los exploradores se agachó y él se acercó al otro, al que derribó cuando se percató de que no eran exploradores, sino centinelas.

Aún sobre la batalla se dio cuenta de que estaba en la cima de una colina. A cierta distancia vio el estandarte de Ricardo Corazón de León y creyó vislumbrar al mismo rey, sentado a horcajadas sobre su inconfundible corcel, con su barba de color naranja encendida y el pelo brillante bajo el sol de la tarde. Pero ahora estaba llegando más infantería de retaguardia y se encontró rodeado de caballeros, con cotas de malla, haciendo ruido, las espadas alzadas y los ojos cargados con la batalla que había debajo de sus yelmos.

Su tarea era proteger a su señor y Altaïr tenía que llegar hasta él. Durante unos largos momentos la batalla bulló. Altaïr danzó y corrió, a veces hiriéndose por el camino, con su espada ensangrentada destellando, y otras veces capaz de salir a toda velocidad y acercarse cada vez más a donde podía ver a Ricardo. El rey estaba en un claro. Había desmontado, sin fiarse del alboroto que se acercaba, y su escolta inmediata estaba formando un círculo a su alrededor para que no fuera un blanco fácil.

Aún luchando, agitando la espada, los hombres caían a sus pies. Con la túnica manchada de sangre cruzada, Altaïr se libró de un ataque y pudo echar a correr. Vio a los tenientes del rey desenvainar las espadas, con miradas feroces bajo sus yelmos. Vio arqueros subiendo por las rocas de los alrededores, con la esperanza de encontrar una posición elevada para cargarse al intruso.

—Esperad un momento —dijo Altaïr. Justo a pocos metros de

distancia, miró al rey Ricardo a los ojos, incluso mientras sus hombres avanzaban—. Son palabras lo que traigo, no acero.

El rey vestía de rojo majestuoso, con un león dorado bordado en el pecho. Era el único hombre entre ellos que no sentía miedo o pánico: estaba totalmente tranquilo en medio de la batalla. Levantó un brazo y sus hombres dejaron de avanzar y la batalla murió al instante. Altaïr agradeció ver a sus atacantes retroceder unos pasos y darle por fin espacio. Dejó caer el brazo que sostenía la espada. Mientras recuperaba el aliento, levantó los hombros y los dejó caer con fuerza, y supo que todos los ojos estaban clavados en él. Todas las espadas apuntaban a su barriga; todos los arqueros lo tenían en su punto de mira. En cuanto Ricardo diera la señal, caería.

Pero Ricardo dijo:

—¿Os rendís, entonces? Ya era hora.

—No. Os equivocáis —dijo Altaïr—. Es Al Mualim el que me envía, no Salah Al'din.

El rey se ensombreció.

—¿Eres un Asesino? ¿Qué significa esto? Y date prisa.

Los hombres avanzaron un poco y los arqueros se tensaron.

—Tenéis un traidor entre vosotros —anunció Altaïr.

—¿Y te ha contratado para que me mates? —preguntó el rey—. ¿Has venido a regodearte antes de atacar? No seré tan fácil.

—No sois vos al que he venido a matar, sino a él.

—Habla, pues, para que juzgue la verdad. —El rey Ricardo le hizo una señal a Altaïr para que avanzara—. ¿Quién es el traidor?

—Robert de Sablé.

Las cejas de Ricardo se levantaron por la sorpresa.

—¿Mi teniente?

—Su fin es la traición —dijo Altaïr sin alterarse.

Intentaba escoger sus palabras con cuidado, desesperado para evitar que se le malinterpretara. Necesitaba que el rey le creyera.

—No es como lo cuenta —dijo Ricardo—. Busca vengarse de vuestra gente por los estragos que causasteis en Acre. Y me inclino a apoyarlo. Algunos de mis mejores hombres murieron a manos de algunos de los vuestros.

Así que Robert de Sablé ya tenía la atención del rey. Altaïr respiró hondo. Lo que estaba a punto de decir podría significar su muerte inmediata.

—Fui yo el que los mató. Y por una buena razón. —Ricardo frunció el entrecejo pero Altaïr continuó—: Escuchadme. Guillermo de Montferrato quería utilizar a sus soldados para tomar Acre a la fuerza. Garnier de Naplouse usaba sus habilidades para adoctrinar y controlar al que se le resistiera. Sibrand tenía la intención de bloquear los puertos para impedir que vuestro reino facilitara ayuda. Os traicionaron. Según las órdenes de Robert.

—¿Esperas que me crea esa historia descabellada? —exclamó Corazón de León.

—Conocíais a esos hombres mejor que yo. ¿De verdad os sorprende enteraros de sus malas intenciones?

Ricardo pareció reflexionar un momento y luego se volvió hacia uno de los hombres que estaban a su lado, el que llevaba un casco de cara completa.

—¿Es eso verdad? —preguntó.

El caballero se quitó el casco y esta vez sí era el auténtico Robert de Sablé. Altaïr le miró con un asco descarado al recordar sus crímenes. Aquel hombre había enviado a una mujer para que le sustituyera.

Por un instante, los dos se miraron el uno al otro; era la primera vez que se encontraban desde la pelea bajo el Monte del Templo. Todavía respirando con dificultad, Altaïr apretó el puño. De Sablé sonrió con suficiencia, con el labio levantado, y luego se volvió hacia Ricardo.

—Mi señor... —dijo con un tono exasperado—. Es un Asesino el que está ante nosotros. Estas criaturas son maestros de la manipulación. Por supuesto que no es verdad.

—No tengo motivos para engañaros —dijo Altaïr bruscamente.

—Oh, claro que sí —dijo De Sablé con desdén—. Tienes miedo de lo que le ocurrirá a tu pequeña fortaleza. ¿Podrá resistir al poder conjunto de los ejércitos sarracenos y cruzados?

Sonrió como si ya estuviera imaginándose la caída de Masyaf.

—Me preocupa la gente de Tierra Santa —replicó Altaïr—. Si tengo que sacrificarme para que haya paz, que así sea.

Ricardo los había estado observando con una expresión de desconcierto.

—Esta es una situación extraña. Os acusáis el uno al otro...

—No es momento para esto —dijo De Sablé—. Tengo que marcharme para reunirme con Saladino y conseguir su ayuda. Cuanto más nos retrasemos, más difícil será.

Hizo como si se marchara, esperando, sin duda, que el asunto se hubiera terminado.

—Espera, Robert —dijo Ricardo y apartó la vista de Roberto de Sablé para volver a mirar a Altaïr.

Con un bufido de frustración, De Sablé preguntó bruscamente:

—¿Por qué? ¿Qué queréis? Seguro que no le creéis...

Señaló a Altaïr, que vio en los ojos de Robert que quizás el rey Ricardo tenía sus dudas. Tal vez incluso se inclinaba a creer la palabra de un Asesino antes que la de un Templario. Altaïr contuvo la respiración.

—Es una decisión difícil —contestó el rey— y no puedo tomarla solo. Debo dejarla en manos de alguien más sabio que yo.

—Gracias.

—No, Robert, tú no.

—Entonces ¿quién?

—El Señor. —Sonrió, como si estuviera contento de haber llegado a una correcta conclusión—. Que se decida en un combate. Seguro que Dios apoya a aquel cuya causa sea justa.

Altaïr observó a Robert con detenimiento. Vio la expresión que reflejó el rostro del Templario. De Sablé sin duda recordaba la última vez que se habían encontrado, cuando venció fácilmente a Altaïr.

Altaïr estaba recordando el mismo encuentro y se decía que ahora era un guerrero distinto: la última vez le había perjudicado la arrogancia, el motivo por el que le había derrotado con tanta facilidad. Estaba intentando no acordarse de la gran fuerza del caballero. Cómo había alzado a Altaïr para tirarlo lejos casi sin esfuerzo.

Aunque De Sablé sí lo recordaba y se volvió hacia el rey Ricardo con la cabeza gacha en señal de aprobación.

—Si eso es lo que deseáis... —dijo.

—Sí.

—Así sea. A las armas, Asesino.

El rey y sus hombres de confianza se echaron a un lado mientras los miembros restantes de la escolta formaban un círculo alrededor de Altaïr y el sonriente De Sablé. A diferencia de Altaïr, no estaba extenuado por la batalla. Llevaba armadura mientras que Altaïr tan solo una túnica. No había sufrido los cortes y golpes que Altaïr había recibido en su lucha por alcanzar el claro. Eso lo sabía también. Mientras se ponía los guantes de cota de malla y uno de los hombres se acercaba para ayudarle con el casco, sabía que le sacaba ventaja en todos los aspectos.

—Así que —dijo provocando— nos enfrentamos una vez más. Esperemos que representes mayor desafío en esta ocasión.

—No soy el hombre al que te enfrentaste dentro del Templo —dijo Altaïr, levantando la espada.

El estruendo de la gran batalla de Arsuf parecía ahora distante; su mundo se había reducido a nada más que aquel círculo. Solo él y De Sablé.

—A mí me pareces el mismo —dijo Robert de Sablé.

Alzó la espada para dirigirse a Altaïr. En respuesta, el Asesino hizo lo mismo. Robert de Sablé se quedó con el peso cargado sobre el pie de atrás, pues era evidente que esperaba un primer ataque por parte de Altaïr.

Pero el Asesino presentó la primera sorpresa del duelo y permaneció inmóvil, esperando que De Sablé atacara.

—Las apariencias engañan —dijo.

—Cierto. Cierto —dijo De Sablé con una sonrisa irónica y, al segundo siguiente, atacó y cortó fuerte con la espada.

El Asesino le bloqueó. La fuerza del golpe de Robert de Sablé casi le quita la espada de la mano, pero la esquivó y saltó a un lado para intentar encontrar una vía entre los guardias de su contrincante. El sable del Templario pesaba tres veces más que su hoja, y aunque los caballeros eran famosos por su dedicación al entrenamiento con espada y normalmente tenían la misma fuerza, eran, sin embargo, más lentos. De Sablé podría haber sido más demoledor en su ataque, pero no más rápido.

Así era como Altaïr podía derrotarle. Su error anterior había sido permitir a De Sablé utilizar sus ventajas. Su fuerza iba a privarle de ellas.

Aún seguro de sí mismo, De Sablé continuó.

—Pronto esto habrá acabado y Masyaf caerá —masculló, con la poderosa hoja tan cerca que Altaïr oyó el silbido al pasar junto a su oreja.

—Mis hermanos son más fuertes de lo que crees —respondió. Su acero chocó una vez más.

—Pronto sabremos cuál es la verdad.

De Sablé sonrió con sorna. Pero Altaïr dio un brinco. Se defendió, esquivó y desvió los golpes, abriendo cortes en De Sablé y tajos en la malla, con dos o tres porrazos sensacionales en su yelmo. Luego De Sablé comenzó a retirarse para recuperar fuerzas, tal vez al darse cuenta de que Altaïr no sería tan fácil de matar como había supuesto.

—Oh —dijo—. Así que el niño ha aprendido a usar la espada.

—He practicado mucho. Tus hombres lo han podido comprobar.

—Fueron sacrificados por una causa mayor.

—Como tú.

De Sablé dio un salto hacia delante, blandiendo su gran espada y casi quitándole de la mano a Altaïr la suya. Pero el Asesino se agachó y giró con un movimiento natural para embestir con la empuñadura de su arma, lo que hizo a De Sablé tambalearse y caer sobre sus propios pies. El aliento salió de él y lo que evitó que cayera al polvo fueron los caballeros que formaban el círculo, que le enderezaron para que se quedara de pie, lleno de furia y respirando con dificultad.

—¡Se ha acabado la hora de los juegos! —bramó, como si al decirlo en voz alta se hiciera de algún modo realidad, y saltó hacia delante, pero ahora sin ninguna gracia. Con nada más mortal que la esperanza ciega.

—Acabó hace mucho tiempo —dijo Altaïr.

Sintió una gran calma al saber que ahora era un puro Asesino. Que iba a derrotar a Robert de Sablé tanto con la mente como con la fuerza. Y mientras De Sablé atacaba de nuevo, aunque peor esta vez, más desesperado, Altaïr le esquivó con facilidad.

—No sé de dónde viene tu fuerza... —dijo De Sablé entre jadeos—. Debes de tener algún truco. ¿O son drogas?

—Es como tu rey ha dicho. La rectitud siempre triunfará sobre la codicia.

—¡Mi causa es justa! —gritó De Sablé, gruñendo mientras alzaba la espada, casi tan lentamente que exasperaba.

Altaïr vio las caras de sus hombres. Los vio esperar que diera el golpe definitivo.

Y lo hizo. Llevó la espada derecha hacia el centro de la cruz roja que llevaba De Sablé y abrió la malla del caballero para perforar su pecho.

31

De Sablé dio un grito ahogado. Abrió mucho los ojos y la boca, y las manos fueron a la espada que le había atravesado, incluso mientras Altaïr la retiraba. Una mancha roja se extendió por su túnica, se tambaleó y cayó de rodillas. Dejó caer su espada y los brazos le colgaron.

Los ojos de Altaïr fueron directos a los hombres que formaban el círculo a su alrededor. Había medio esperado que le atacaran al ver morir al Gran Maestro Templario. Pero se quedaron quietos. Más allá, Altaïr vio al rey Ricardo, con la barbilla inclinada como si el giro de los acontecimientos no hubiera hecho más que picar su curiosidad.

Altaïr se agachó hacia De Sablé y le sujetó con un brazo para dejarlo en el suelo.

—Ya ha terminado, pues —le dijo—. Se ha puesto fin a tus planes, igual que a ti.

En respuesta, De Sablé se rio secamente.

—No sabes nada de mis planes —dijo—. No eres más que un títere. Te ha traicionado, chico. Igual que me ha traicionado a mí.

—Habla claro, Templario —dijo Altaïr entre dientes—, o no digas nada.

Les lanzó una mirada a los hombres del círculo, que permanecieron impasibles.

—Te enviaron a matar a nueve hombres, ¿no? —dijo De Sablé—. Los nueve que guardaban el secreto del tesoro.

Siempre fueron nueve los que tenían esa misión, la responsabilidad transmitida a través de generaciones de Templarios. Hacía casi cien años, los Caballeros Templarios habían formado y convertido en su base el Monte del Templo. Se habían unido para proteger a los que iban en peregrinación al sanctasanctórum y vivían como monjes guerreros, o eso mantenían. Pero como sabían todos salvo los más crédulos, los Templarios tenían más cosas en la cabeza además de los indefensos peregrinos. De hecho, buscaban tesoros y reliquias sagradas dentro del Templo de Salomón. Siempre se le asignaba esa tarea a nueve y nueve lo habían hecho: De Sablé, Tamir, De Naplouse, Talal, De Montferrato, Majd Addin, Jubair, Sibrand y Abu'l Nuqoud. Los nueve que conocía. Las nueve víctimas.

—¿Y qué? —preguntó Altaïr con precaución. Pensativamente.

—No fueron nueve los que encontraron el tesoro, Asesino. —De Sablé sonrió. La fuerza vital le abandonaba deprisa—. No fueron nueve sino diez.

—¿Hay un décimo? No debe sobrevivir ninguno que sepa el secreto. Dime su nombre.

—Oh, lo conoces bien. Y dudo mucho que le quites la vida de tan buen grado como me la has quitado a mí.

—¿Quién es? —preguntó Altaïr, pero ya lo sabía. Ahora comprendía lo que le había estado molestando. El misterio que se le había escapado.

—Es tu maestro —respondió De Sablé—, Al Mualim.

—Pero no es un Templario —dijo Altaïr, que aún no quería creerlo.

Aunque sabía en su corazón que era verdad. Al Mualim, que le había criado casi como su propio hijo. Que le había entrenado y dado clases. También le había traicionado.

—¿Nunca te preguntaste por qué sabía tanto? —insistió De Sablé, mientras Altaïr sentía que su mundo desaparecía—. ¿Dónde encontrarnos, cuántos éramos, qué aspirábamos a conseguir?

—Es el Maestro de los Asesinos... —protestó Altaïr, que aún no quería creerlo.

Sin embargo... Era como si el misterio por fin se hubiera resuelto. Era cierto. Casi se rio. Todo lo que conocía era una ilusión.

—*Oui*. El maestro de las mentiras —logró decir De Sablé—. Tú y yo no somos más que dos títeres en el gran juego. Y ahora..., con mi muerte, tan solo quedas tú. ¿Crees que te dejará vivir, sabiendo lo que sabes?

—No me interesa el tesoro —replicó Altaïr.

—Ah..., pero a él sí. La única diferencia entre tu maestro y yo es que él no lo quería compartir.

—No...

—Qué irónico, ¿eh? Que yo, tu mayor enemigo, te ayude a no salir perjudicado. Pero ahora me has quitado la vida y, en el proceso, también terminará la tuya.

Altaïr respiró hondo, todavía intentando comprender lo que había pasado. Sintió un torrente de emociones: ira, pena y soledad.

Entonces extendió la mano y rozó los párpados de Robert de Sablé para cerrarlos.

—No siempre encontramos lo que buscamos —recitó y se levantó, preparado para encontrarse con la muerte si así lo deseaban los cruzados. Tal vez incluso esperando que así fuera.

—Buena lucha, Asesino —oyó gritar a su derecha y se dio la vuelta para ver a Ricardo acercándose al círculo con grandes zancadas. Los soldados le dejaron pasar—. Al parecer, Dios ha favorecido hoy tu causa.

—Dios no tiene nada que ver. Fue el mejor luchador.

—Ah. Puede que no creas en él, pero por lo visto él sí cree en ti. Antes de que te marches, tengo una pregunta.

—Preguntad, pues —dijo Altaïr.

De repente, se sintió muy cansado. Anhelaba tumbarse a la sombra de una palmera, dormir, desaparecer. Morir, incluso.

—¿Por qué? ¿Por qué has recorrido todo este camino, arriesgado tu vida mil veces, tan solo para matar a un hombre?

—Amenazaba a mis hermanos y lo que representamos.

—Ah. ¿Venganza, entonces?

Altaïr bajó la vista al cadáver de Robert de Sablé y se dio cuenta de que, no, no era venganza lo que tenía en mente cuando le había matado. Había hecho lo que había hecho por la Orden. Le dio voz a sus pensamientos.

—No. No es venganza, sino justicia. Para que haya paz.

—¿Por eso lucháis? —preguntó Ricardo con las cejas levantadas—. ¿Por la paz? ¿Ves la contradicción?

Pasó un brazo por la zona, un gesto que captó la batalla que aún rugía a sus pies, con los cuerpos esparcidos por el claro y, al final, el cadáver aún caliente de Robert de Sablé.

—Con algunos hombres no se puede razonar.

—Como aquel loco de Saladino —suspiró Ricardo.

Altaïr le miró y vio a un rey justo.

—Creo que a él le gustaría ver finalizada esta guerra igual que a vos.

—Eso he oído, pero no lo he visto.

—Aunque no lo dijera, sí es lo que la gente quiere —le dijo Altaïr—. Tanto los sarracenos como los cruzados.

—La gente no sabe lo que quiere. Por eso se convierten en hombres como nosotros.

—Entonces les corresponde a hombres como vosotros hacer lo correcto.

Ricardo resopló.

—Tonterías. Llegamos al mundo dando patadas y gritando. Violentos e inestables. Así es como somos. No podemos evitarlo.

—No. Somos lo que elegimos ser.

Ricardo sonrió con arrepentimiento.

—Los vuestros... Siempre jugáis con las palabras.

—Digo la verdad —dijo Altaïr—. No hay ningún truco aquí.

—Lo sabremos pronto. Pero temo que no obtengas lo que deseas hoy. Incluso ahora ese pagano de Saladino se abre camino entre mis hombres y debo ocuparme de ellos. Pero tal vez, al ver lo vulnerable que es, reconsiderará sus acciones. Sí. Lo que buscas puede que sea posible a su tiempo.

—No estabais más seguro que él —dijo Altaïr—. No lo olvidéis. Los hombres que dejasteis para gobernar en vuestro lugar no pretendían serviros por más tiempo del que lo hicieron.

—Sí. Sí. Lo sé muy bien.

—Entonces, me despido —dijo Altaïr—. Mi señor y yo tenemos mucho de que hablar. Por lo visto, ni él está libre de culpa.

Ricardo asintió.

—Es humano. Como todos nosotros. Tú también.

—Que la seguridad y la paz sean con vos —dijo Altaïr y se marchó, con los pensamientos puestos en Masyaf.

Su belleza parecía mancillada por lo que sabía de Al Mualim. Necesitaba llegar a casa. Necesitaba arreglar las cosas.

32

Masyaf no estaba como la había dejado: aquello quedó claro desde que llegó a los establos. Los caballos piafaban y relinchaban, pero no había mozos de cuadra para encargarse de ellos o tomar la montura de Altaïr. Atravesó las puertas principales y entró en el patio, donde le azotó el silencio, la ausencia total no solo de sonido sino de ambiente. Allí el sol se esforzaba por brillar y le daba a la aldea un tono de día nublado. Los pájaros ya no cantaban. La fuente no tintineaba y el alboroto de la vida diaria había desaparecido. Los puestos del mercado estaban colocados, pero no había aldeanos corriendo de un lado a otro, hablando con emoción o intercambiando bienes. No se oían animales. Tan solo una extraña e inquietante... nada.

Alzó la vista hacia la colina de la ciudadela y no vio a nadie. Como siempre, se preguntó si Al Mualim estaría en su torre, mirándole. ¿Podía verle? Entonces le atrajo la atención una figura solitaria que se dirigía hacia él. Un aldeano.

—¿Qué ha sucedido aquí? —le preguntó Altaïr—. ¿Dónde está todo el mundo?

—Han ido a ver al Maestro —respondió el hombre.

Sonaba como un canto. Como un mantra. Tenía los ojos vidriosos y le caía saliva de la boca. Altaïr había visto antes aquella mirada. La había visto en los rostros de los sometidos a Garnier de Naplouse. Los locos o así los había creído entonces. Tenían aquella mirada vacía y vidriosa.

—¿Han sido los Templarios? ¿Han vuelto a atacar?

—Caminan por el sendero —respondió el aldeano.

—¿Qué sendero? ¿De qué estás hablando?

—Hacia la luz —entonó el hombre cuya voz había adoptado un tono cantarín.

—Habla claro —le pidió Altaïr.

—No hay más que lo que el Maestro nos muestra. Esa es la verdad.

—Has perdido la cabeza —soltó Altaïr.

—Tú también caminarás por el sendero o perecerás. Así lo ordena el Maestro.

Al Mualim, pensó Altaïr. Así que era cierto. Todo era cierto. Le habían traicionado. Nada era verdad.

—¿Qué te ha hecho? —le preguntó al aldeano.

—Alabado sea el Maestro, pues nos ha guiado a la luz...

Altaïr continuó corriendo y dejó al hombre atrás, una figura solitaria en el mercado desierto. Subió corriendo la pendiente, llegó al altiplano, y allí encontró un grupo de Asesinos que le esperaban con las espadas desenvainadas.

Él sacó la suya, aunque sabía que no podía utilizarla. Al menos, no para matar. A aquellos Asesinos, aunque querían matarlo, les habían lavado el cerebro para que lo hicieran. Matarlos infringiría uno de los principios. Estaba harto de romper el Credo. No iba a volver a hacerlo. Pero...

Con los ojos muertos, lo rodearon.

¿Están en trance como los demás? ¿Serían sus movimientos tan lentos? Agachó el hombro, arremetió y derribó al primero. Otro le agarró, pero tomó al Asesino por la túnica, el suficiente tejido para hacerle perder el equilibrio y derribar a dos atacantes más para hacer sitio y poder escapar.

Entonces, arriba, oyó que le llamaban. Malik estaba en el promontorio junto al acceso a la fortaleza. Le acompañaban Jabal de Acre y dos Asesinos más que no reconoció. Los estudió. ¿También tenían lavado el cerebro? ¿Estaban drogados? ¿Lo que fuera que les había hecho Al Mualim?

Pero no. Malik le hacía señas con su brazo bueno y, aunque Altaïr no se había imaginado el día en el que se alegraría al ver a Malik, este había llegado.

—Altaïr. Sube.

—Has elegido un buen momento para llegar.

Altaïr sonrió abiertamente.

—Eso parece.

—Ten cuidado, amigo —le dijo Altaïr—. Al Mualim nos ha traicionado.

Estaba preparado para la incredulidad, incluso para el enfado de Malik, que confiaba en Al Mualim, le veneraba y le respetaba en todos los aspectos. Pero Malik se limitó a asentir con tristeza.

—También ha traicionado a sus aliados Templarios —dijo.

—¿Cómo lo sabes?

—Tras nuestra conversación, regresé a las ruinas bajo el Templo de Salomón. Robert tenía un diario y sus páginas estaban llenas de revelaciones. Lo que leí allí me partió el corazón... Pero también me abrió los ojos. Tenías razón, Altaïr. Nuestro Maestro nos ha estado utilizando todo el tiempo. No quería que salváramos Tierra Santa, sino que se la entregáramos. Debemos detenerlo.

—Ten cuidado, Malik —le advirtió Altaïr—. Lo que les ha hecho a los otros, nos lo hará a nosotros si le damos la oportunidad. Debes alejarte de él.

—¿Qué propones? El brazo de mi hoja todavía es fuerte y mis hombres siguen estando a mi lado. Sería un error no sacar provecho de nosotros mismos.

—Distraed a esos esclavos, pues. Asaltemos la fortaleza por detrás. Distraedlos para que pueda llegar a Al Mualim.

—Lo haré como pides.

—Los hombres a los que nos enfrentamos no son dueños de su mente. Si podéis, evitad matarlos...

—Sí. Aunque él haya faltado a los principios del Credo, eso no significa que debamos hacerlo también nosotros. Haré lo que pueda.

—Es lo único que pido —dijo Altaïr.

Malik se dio la vuelta para marcharse.

—Seguridad y paz —dijo Altaïr.

Malik sonrió irónicamente.

—Tu presencia aquí nos traerá ambas.

Altaïr salió disparado por la barbacana hacia el patio principal y descubrió entonces por qué no había encontrado aldeanos en la plaza del mercado. Estaban todos allí, reunidos en el patio, llenándolo por completo. Seguro que estaba el pueblo entero. Pululaban sin rumbo fijo, como si apenas fueran capaces de levantar la cabeza. Mientras Altaïr observaba, vio un hombre y una mujer que chocaron, y la mujer cayó con fuerza de culo. Pero ni se dio cuenta. No hubo sorpresa, ni dolor, ni disculpas, ni palabras de enfado. El hombre se tambaleó un poco y luego se marchó. La mujer se quedó sentada, ignorada por el resto de los aldeanos.

Con cautela, Altaïr caminó entre ellos hacia la torre, impresionado por el silencio, acompañado tan solo por el arrastre de los pies y un extraño murmullo.

—Debemos obedecer la voluntad del Maestro —oyó.

—Oh, Al Mualim. Ordénanos.

—El mundo se limpiará. Empezaremos uno nuevo.

El nuevo orden, pensó, dictado por los Caballeros Templarios, sí, pero un Templario por encima de todos. Al Mualim.

Entró en el vestíbulo de la torre. No le recibió ningún guardia. Tan solo la sensación del mismo aire denso y vacío. Como si una niebla invisible estuviera en suspensión por todo el complejo. Al levantar la vista, vio que una puerta de hierro forjado estaba abierta. Era la puerta que daba al patio y a los jardines de la parte trasera de la torre. Unos rayos de luz parecían colgar del aire por el portal, como si le hicieran señas para que siguiera adelante, y vaciló, pues sabía que, al continuar por aquel camino, caería en manos de Al Mualim. Aunque estaba seguro de que si el Maestro le hubiera querido muerto, ya lo estaría. Desenvainó la espada, subió las escaleras y se dio cuenta de que por instinto había pensado en Al Mualim como «el Maestro» cuando ya no era el maestro de Altaïr. Había dejado de serlo en el momento en que Altaïr había descubierto que Al Mualim era un Templario. Ahora era el enemigo.

Se detuvo en la entrada del jardín. Respiró hondo. No tenía ni idea de lo que había al otro lado, pero tan solo había una manera de averiguarlo.

33

Estaba oscuro en el jardín. Altaïr oyó el suave susurro del arroyo y el relajante sonido de una cascada, pero, por lo demás, el ambiente estaba tranquilo. Llegó a una terraza de mármol, notó la suave superficie bajo sus botas, miró a su alrededor, entrecerrando los ojos en la oscuridad, y vio las formas irregulares de los árboles y pabellones que allí había.

De repente, oyó un ruido detrás de él. La puerta se cerró de golpe y sonó algo metálico, como si unas manos invisibles hubieran corrido un pestillo.

Altaïr se dio la vuelta. Alzó la vista y vio a Al Mualim en el balcón de su biblioteca, mirándole en la terraza. Sostenía algo: el tesoro que se habían llevado del Monte del Templo, el Fragmento del Edén. Resplandecía con una fuerza que pintaba a Al Mualim de un naranja oscuro, que se intensificaba mientras Altaïr observaba.

De pronto, el Asesino sufrió un terrible dolor. Gritó y advirtió que le estaban elevando del suelo, errado en un cono resplandeciente de luz brillante, controlado por la mano extendida de Al Mualim, al tiempo que la Manzana latía, como un músculo que se flexionaba y tensaba.

—¿Qué ocurre? —gritó Altaïr, indefenso por el agarre del artefacto, paralizado por su poder.

—Así que el estudiante ha vuelto —dijo Al Mualim sin alterarse y con la seguridad del vencedor.

—Nunca ha sido propio de mí huir —respondió Altaïr, desafiante.

Al Mualim se rio con satisfacción. Nada de todo aquello, nada, parecía molestarle.

—Tampoco nunca ha sido propio de ti escuchar —dijo.

—Por eso sigo vivo.

Altaïr forcejeó para tratar de librarse de sus invisibles ataduras. La Manzana latió en respuesta y la luz pareció hacerle presión, limitarlo incluso más.

—¿Qué haré contigo?

Al Mualim sonrió.

—Soltadme —gruñó Altaïr.

No tenía cuchillos arrojadizos pero, libre de aquellos grilletes, podría alcanzar al anciano en un par de brincos. Al Mualim tendría unos últimos instantes más para admirar su destreza trepando antes de que Altaïr le clavara la hoja en las tripas.

—Oh, Altaïr. Oigo odio en tu voz —dijo Al Mualim—. Siento su calor. ¿Que te suelte? Eso sería poco prudente.

—¿Por qué hacéis esto? —preguntó Altaïr.

Al Mualim pareció reflexionar.

—Una vez creí. ¿Lo sabías? Pensaba que había un Dios. Un Dios que nos amaba y nos cuidaba, que enviaba profetas para guiarnos y reconfortarnos. Que hacía milagros para recordarnos su poder.

—¿Qué cambió?

—Encontré pruebas.

—¿Pruebas de qué?

—De que es una ilusión.

Y con un gesto de su mano liberó a Altaïr de la luz aprisionadora. Altaïr esperó caer, pero entonces se dio cuenta de que nunca había estado suspendido. Confundido, miró a su alrededor, notó un cambio en el ambiente, en los tímpanos sentía presión, como unos momentos antes de la tormenta. Sobre él, en el balcón de la biblioteca, Al Mualim levantaba la Manzana por encima de su cabeza y entonaba algo.

—Vamos. Destruye al traidor. Apártalo de este mundo.

De repente, unas figuras aparecieron alrededor de Altaïr, gruñendo, mostrando los dientes, preparadas para el combate; eran unas figuras que él reconocía, pero le costó distinguirlas al principio. Pero entonces las vio: eran los nueve objetivos, sus nueve víctimas habían vuelto de la otra vida a esta.

Vio a Garnier de Naplouse, que llevaba su mandil manchado de sangre, una espada en la mano, y miraba a Altaïr con desdén. Vio a Tamir, que sostenía su puñal y los ojos le brillaban con malas intenciones; y Talal, con el arco al hombro y la espada en la mano. Guillermo de Montferrato, que sonreía con picardía, sacó su arma y la colocó en el suelo, aguardando el momento oportuno para el ataque. También estaban allí Abu'l Nuqoud y Majd Addin, Jubair, Sibrand y, por último, Robert de Sablé.

Todos sus objetivos, a los que había quitado la vida, habían vuelto gracias a Al Mualim para vengarse.

Y atacaron.

Se alegró de despachar a Majd Addin el primero, por segunda vez. Abu'l Nuqoud estaba tan gordo y cómico en su forma resucitada como la primera vez que lo vio. Cayó de rodillas ante la punta de la espada de Altaïr, pero en vez de quedarse en el suelo, se desvaneció y no dejó nada más que una alteración en el aire detrás de él, una onda de espacio perturbado. Talal, De Montferrato, Sibrand y De Sablé eran los luchadores más expertos y, por consiguiente, permanecían rezagados, para permitir que los más débiles lucharan antes, con la esperanza de cansar a Altaïr. El Asesino salió a toda velocidad de la terraza de mármol y saltó del saliente para caer en la segunda plaza de mármol decorado, con una cascada al lado. Los objetivos le siguieron. Tamir murió gritando ante el par de golpes de la espada de Altaïr. El Asesino no sintió nada. No tuvo remordimientos. Ni siquiera satisfacción al ver a los hombres morir una segunda muerte que se merecían. De Naplouse desapareció como el resto cuando le cortó el cuello. Jubair cayó. Agarró a Talal y ambos forcejearon antes de que Altaïr hundiera la espada en lo más profundo de su estómago y él, también, no fue nada más que una ausencia. Montferrato era el siguiente. Sibrand le siguió, luego De Sablé, hasta que una vez más Altaïr se quedó solo en el jardín con Al Mualim.

—Enfrentaos a mí —pidió Altaïr mientras recuperaba el aliento. Estaba sudando, pero sabía que aún le quedaba mucha batalla por delante. No había hecho más que empezar—. ¿O tenéis miedo?

Al Mualim resopló.

—He estado enfrente de mil hombres, todos ellos superiores a ti. Y todos murieron por mis manos.

Con una agilidad y un atletismo extraños para su edad, saltó del balcón y cayó agachado no muy lejos de donde estaba Altaïr. Aún sostenía la Manzana. La sujetó como si se la ofreciera a Altaïr y el rostro se bañó de su luz.

—No tengo miedo —dijo Al Mualim.

—Demostradlo —le desafió Altaïr, pues sabía que Al Mualim conocería aquella táctica, la táctica de atraer al traidor.

Pero si la conocía, y estaba seguro de ello, no le importaba. Tenía razón. No tenía miedo. No tenía miedo porque tenía la Manzana, que ahora ardía incluso con más brillo. Deslumbraba. Toda aquella parte estaba iluminada y de repente volvió a oscurecerse. Mientras los ojos de Altaïr se adaptaban, vio aparecer copias de Al Mualim, como si se generaran del interior del cuerpo del Maestro.

Se puso tenso. Se preguntó si esas copias, como las otras con las que acababa de luchar, serían inferiores, versiones más débiles del original.

—¿Qué iba a temer? —Al Mualim se burlaba de él. (Bien. Que se burle. Que no tenga cuidado)—. Mira el poder que tengo.

Las copias se acercaron a Altaïr y de nuevo comenzó a luchar. Una vez más en el jardín se oía el repicar del acero y mientras las copias caían tras la hoja de Altaïr, se desvanecían. Hasta que volvió a quedarse solo con Al Mualim.

Trató de recuperar el aliento, exhausto, y otra vez le rodeó el poder de la Manzana, que destellaba y vibraba en la mano de Al Mualim.

—¿Cuáles son tus últimas palabras? —preguntó Al Mualim.

—Me mentisteis —dijo Altaïr—. Me dijisteis que la meta de Robert era repugnante, cuando todo este tiempo también era la vuestra.

—Nunca se me ha dado muy bien compartir —dijo Al Mualim, casi compungido.

—No tendréis éxito. Otros encontrarán la fuerza para haceros frente.

Al oír aquello, Al Mualim suspiró con fuerza.

—Y por eso, mientras los hombres mantengan su voluntad, no habrá paz.

—Maté al último que dijo eso.

Al Mualim se rio.

—Unas palabras muy atrevidas, muchacho. Pero tan solo son palabras.

—Pues suéltame y pondré mis palabras en acción.

Altaïr le daba vueltas a la cabeza para buscar algo que decir que incitara a Al Mualim al descuido.

—Decidme, Maestro, ¿por qué no me habéis hecho lo mismo que a los demás Asesinos? ¿Por qué dejáis que conserve mi mente?

—Quién eres y lo que eres están muy relacionados. Robártela me habría privado de ella. Y esos Templarios tenían que morir. —Suspiró—. Pero lo cierto es que lo intenté. En mi estudio, cuando te enseñé el tesoro... Pero no eres como los otros. Viste a través de la ilusión.

Altaïr recordó la tarde que Al Mualim le había enseñado el tesoro. Entonces había sentido su atracción, eso era cierto, pero había resistido la tentación. Se preguntó si sería capaz de hacerlo indefinidamente. Sus poderes insidiosos parecían funcionar sobre todos aquellos que entraban en contacto con él. Incluso Al Mualim, al que antes idolatraba, que había sido un padre para él, y un buen hombre, justo y moderado, preocupado solo por el bienestar de la Orden y los que la servían, incluso él se había corrompido. El resplandor de la Manzana le daba a su rostro un tono horrible. Había hecho lo mismo con su alma.

—¿Una ilusión? —dijo Altaïr, que todavía pensaba en aquella tarde.

Al Mualim se rio.

—Eso es todo lo que ha sido siempre. Este tesoro Templario. El Fragmento del Edén. Esta Palabra de Dios. ¿Lo entiendes ahora? El mar Rojo nunca se separó. El agua nunca se transformó en vino. No fueron las maquinaciones de Eris las que produjeron la guerra de Troya, pero esto... —Alzó la Manzana—. Ilusiones, todas ellas.

—Lo que tienes planeado no es más que una ilusión —insistió Altaïr—. Obligar a los hombres a seguirte en contra de su voluntad.

—¿Acaso es menos real que los fantasmas a los que siguen ahora los sarracenos y los cruzados? ¿Esos dioses cobardes que se retiran de este mundo donde los hombres pueden matarse en su nombre? Ya viven en una ilusión. Yo tan solo les doy otra. Una que requiere menos sangre.

—Al menos ellos eligen esos fantasmas —argumentó Altaïr.

—¿Ah, sí? ¿Aparte de algún converso aislado o del hereje?

—No está bien —soltó Altaïr.

—Ah. Ahora la lógica te ha abandonado y en su lugar te acoges a las emociones. Estoy decepcionado.

—¿Qué vais a hacer, entonces?

—No me seguirás y no puedo forzarte.

—Y os negáis a dejar esos planes malvados.

—Por lo visto estamos en un *impasse*.

—No. Estamos en un final —dijo Altaïr, y tal vez Al Mualim tenía razón, puesto que se vio luchando con una oleada de emociones. De traición, tristeza y algo que no podía distinguir al principio, pero luego lo hizo. Soledad.

Al Mualim desenvainó la espada.

—Te echaré de menos, Altaïr. Fuiste mi mejor estudiante.

Altaïr vio los años de Al Mualim menguar mientras se colocaba, con la espada preparada, obligando a Altaïr a hacer lo mismo. Saltó a un lado para comprobar la guardia de Altaïr, y Altaïr se dio cuenta de que nunca le había visto moverse tan rápido. El Al Mualim que él conocía caminaba despacio, paseaba sin prisa por el patio, con gestos lentos y dramáticos. Este se movía como un espadachín, que daba estocadas y embestía con la hoja. Entonces, mientras Altaïr se defendía, atacó con un golpe. Altaïr tuvo que ponerse de puntillas y dobló el brazo mientras pasaba su hoja para desviar la ofensiva de Al Mualim. Aquel movimiento le hizo perder el equilibrio y, con la guardia del lado izquierdo bajada, Al Mualim vio la oportunidad y volvió a arremeter con un segundo golpe rápido que dio en el blanco.

Altaïr hizo una mueca de dolor al sentir que la sangre salía de la herida en la cadera, pero no se atrevió a mirar. No podía apartar la vista de Al Mualim ni un segundo. Frente a él, Al Mualim sonrió. Una sonrisa que decía que le había dado una lección al joven cachorro. Se apartó a un lado, simuló un ataque, fue primero a un sitio y luego al otro, con la esperanza de encontrar desprevenido a Altaïr.

Luchando contra el dolor y el agotamiento, Altaïr avanzó con una ofensiva propia; se alegró al ver que había tomado a Al Mualim por sorpresa. Pero aunque le alcanzó —al menos creyó alcanzarle—, el Maestro parecía deslizarse como transportado.

—Ciego, Altaïr —se rio Al Mualim—, ciego has estado. Y siempre lo estarás.

Volvió a atacar.

Altaïr fue demasiado lento para reaccionar a tiempo, notó la hoja de Al Mualim cortándole el brazo y gritó de dolor. No podía aguantar más. Estaba demasiado cansado. Estaba perdiendo sangre. Era como si la energía le abandonara poco a poco. La Manzana, las heridas, su agotamiento: todo se mezclaba despacio, pero sabía que le acabaría inutilizando. Si no podía darle pronto la vuelta a la batalla, saldría derrotado.

Pero la Manzana le había vuelto descuidado al anciano. Incluso mientras se regodeaba, Altaïr saltaba hacia delante y volvía a atacar con la punta de su espada, alcanzando el blanco y sacando sangre. Al Mualim gritó de dolor y otra vez pareció ser transportado, al tiempo que gruñía y lanzaba una nueva ofensiva. Fingió atacar a la izquierda y giró, empuñando la espada al revés. Desesperado, Altaïr le esquivó, pero casi le hizo perder el equilibrio, y por unos instantes ambos intercambiaron golpes, y la salva terminó cuando Al Mualim se agachó, cortó hacia arriba y le dio a Altaïr en la mejilla, antes de apartarse para que el Asesino no pudiera responder.

Altaïr lanzó un contraataque y Al Mualim se transportó. Pero cuando reapareció, Altaïr se dio cuenta de que parecía más demacrado y, cuando atacó, fue un poco más descuidado. Menos disciplinado.

Altaïr avanzó dando estocadas, obligando al Maestro a transportarse y materializarse varios pasos más allá. Le vio los hombros más cargados y la cabeza pesada. La Manzana estaba minando la fuerza de Altaïr, pero ¿hacía lo mismo con el que la usaba? ¿Lo sabía Al Mualim? ¿Hasta qué punto el anciano comprendía la Manzana? Su poder era tan fuerte que Altaïr dudaba que fuera posible saberlo de verdad.

Así que debía obligar a Al Mualim a usarla para que redujera su propia energía. Con un grito saltó hacia delante para acuchillar a Al Mualim, cuyos ojos se abrieron mucho por la sorpresa ante la repentina vehemencia de la aproximación de Altaïr. Se marchó transportado. Altaïr se abalanzó sobre él en el momento que reapareció y el rostro de Al Mualim estaba cargado de ira, de frustración porque las reglas de combate habían cambiado y necesitaba encontrar el espacio para adaptarse.

Se materializó más lejos esta vez. Estaba funcionando: parecía incluso más cansado. Pero estaba listo para el ataque indisciplinado de Altaïr, que recompensó al Asesino con otro brazo ensangrentado. Aunque no era lo bastante grave como para detenerlo: el joven volvió a arremeter y obligó a Al Mualim a transportarse. Por última vez.

Cuando reapareció, se tambaleó un poco, y Altaïr vio que le pesaba mucho la espada. Al levantar la cabeza para mirar a Altaïr, el Asesino vio en sus ojos que sabía que la Manzana había estado minando su energía y que Altaïr se había dado cuenta.

Y, mientras Altaïr sacaba su hoja y saltaba, mientras se la clavaba a Al Mualim con un rugido que era en parte debido a la victoria, en parte por el dolor, tal vez los últimos pensamientos de Al Mualim fueron de orgullo hacia su antiguo alumno.

—Imposible —dijo entre jadeos, al tiempo que Altaïr se arrodillaba a horcajadas sobre él—. El estudiante no derrota al profesor.

Altaïr dejó colgando la cabeza y notó que unas lágrimas le escocían las mejillas.

—Has ganado, entonces. Ve a reclamar tu premio.

La Manzana había rodado desde la mano extendida de Al Mualim. Resplandecía sobre el mármol. Esperando.

—Habéis tenido fuego en las manos, anciano —dijo Altaïr—. Debería haber sido destruido.

—¿Destruir la única cosa capaz de terminar las Cruzadas y crear una verdadera paz? —Al Mualim se rio—. Nunca.

—Entonces lo haré yo —dijo Altaïr.

—Ya lo veremos.

Al Mualim se rio con ganas.

Altaïr la estaba mirando fijamente, le costaba apartar la vista. Con cuidado, apoyó la cabeza de Al Mualim en la piedra mientras el hombre se iba rápido; se levantó y caminó hacia el tesoro.

Lo tomó.

Era como si estuviera vivo en su mano. Como si un enorme rayo de energía saliera de la Manzana y subiera por su brazo, directo al pecho. Sintió una gran hinchazón que al principio fue incómoda y después fue vivificadora, se llevó el dolor de la batalla y le llenó de poder. La Manzana latió con fuerza, pareció vibrar, y Altaïr comenzó a ver imágenes. Unas imágenes increíbles, incomprensibles. Vio lo que parecían ciudades, enormes y brillantes ciudades, con torres y fortalezas, como si tuvieran miles de años. A continuación, vio máquinas y herramientas, artilugios extraños. Entendió que pertenecían a un futuro aún no escrito, donde algunos de los aparatos hacían felices a las personas mientras que otros no significaban más que muerte y destrucción. La velocidad e intensidad de las imágenes le dejó sin aliento. Entonces a la Manzana la envolvió una corona de luz que se extendió hacia fuera hasta que Altaïr vio que estaba contemplando una esfera, una enorme esfera, que colgaba en el aire tranquilo del jardín y daba vueltas lentamente mientras irradiaba una luz cálida y dorada.

Estaba embelesado. Encantado. Era un mapa, comprobó, con símbolos extraños, una escritura que no entendía.

Detrás de él oyó a Al Mualim hablando:

—He puesto mi corazón en obtener sabiduría y conocer la locura. Me he percatado de que también iba detrás del viento. Puesto que en la sabiduría hay mucho dolor y el que aumenta su conocimiento, también aumenta la pena.

Malik y sus hombres entraron apresuradamente en el jardín. Sin apenas mirar el cuerpo de Al Mualim, se quedaron hipnotizados por la Manzana. A lo lejos, Altaïr oyó que gritaban. Fuera cual fuese el hechizo que se había lanzado sobre Masyaf se había roto.

Se preparó para hacer añicos la Manzana en la piedra, aún incapaz de quitar los ojos de la imagen giratoria; le costaba hacer que el brazo obedeciera la orden del cerebro.

—¡Destrúyela! —dijo Al Mualim—. ¡Destrúyela como has dicho que harías!

La mano de Altaïr tembló. Los músculos se negaban a cumplir las órdenes del cerebro.

—No... no puedo —dijo.

—Sí, sí puedes, Altaïr —dijo entre jadeos Al Mualim—. Sí puedes, pero no quieres.

Y al decir esas palabras, murió.

Altaïr apartó la vista del cuerpo de su mentor para ver cómo Malik y sus hombres le miraban con expectación, esperando autoridad y orientación.

Altaïr era ahora el Maestro.

TERCERA PARTE

34

23 de junio de 1257

Sentado a la sombra, a salvo del calor extenuante del mercado de Masyaf, Maffeo me preguntó:

—El jardín de Al Mualim. ¿Es este el mismo trozo de tierra donde estaba situada su biblioteca?

—Así es. Altaïr decidió que era un lugar adecuado para el cuidado y el almacenamiento de su trabajo. Miles de diarios, llenos del saber de los Asesinos, del conocimiento deducido por la Manzana.

—Así que ¿no la destruyó?

—¿Si no destruyó el qué?

Maffeo suspiró.

—La Manzana.

—No.

—¿No entonces o no lo hizo nunca?

—Hermano, por favor, no apresures la conclusión de la historia. No, Altaïr no destruyó inmediatamente la Manzana. Tenía que acabar con la rebelión que estalló justo después de la muerte de Al Mualim.

—¿Hubo una rebelión?

—Sí. Hubo una gran confusión en el periodo inmediato a la muerte de Al Mualim. Había muchos en la Orden que permanecían fieles al antiguo Maestro. O bien ignoraban su traición o bien se negaban a aceptar la verdad, pero para ellos Altaïr se había sublevado y tenían que detenerlo. Sin duda se vieron animados por ciertas voces del entorno.

—¿Abbas?

Me reí.

—Sin duda. Aunque ya te puedes imaginar el conflicto interno de Abbas ante el giro de los acontecimientos. Su rencor hacia Al Mualim era tan fuerte, si no más, que el resentimiento que sentía hacia Altaïr.

—¿Y Altaïr sofocó la rebelión?

—Por supuesto. Y lo consiguió manteniéndose fiel al Credo. Ordenó a Malik y a otros hombres que no lastimaran a los rebeldes, que no mataran ni castigaran a ningún hombre. Tras someterlos, no hubo represalias. En su lugar, utilizó la retórica para mostrarles el camino, para convencerles primero de la culpa de Al Mualim y después de lo apropiado que era para dirigir la Hermandad. Al hacerlo, aseguró su amor, su fe y lealtad. Su primera tarea como nuevo líder de la Orden fue una demostración de los principios que quería infundir. Recuperó la Hermandad al mostrarles el camino.

»Con esa parte resuelta, centró su atención en su diario. Allí escribió sus pensamientos sobre la Orden, su responsabilidad en ella, incluso habló acerca de la extraña mujer con la que se había topado en el cementerio. Que lo tenía... Más de una vez Altaïr había estado a punto de escribir la palabra "cautivado" y luego se detenía para poner "interesado". Era evidente que no se le iba de la cabeza.

»Había escrito principalmente sobre la Manzana. Se había encargado de llevarla consigo. Por las noches, cuando escribía en su diario, permanecía en una base junto a él, y cuando se la quedaba mirando, sentía una mezcla de emociones: ira por haber corrompido al único que había considerado un padre, que había sido un estupendo Asesino e incluso un hombre mejor aún; temor, puesto que había experimentado su poder de dar y tomar; y un respeto reverencial.

»*Si se puede encontrar el bien en este artefacto, lo descubriré,* escribió con su pluma, *pero si solo es capaz de inspirar mal y desesperación, espero poseer la fuerza para destruirla.*

Sí, lo dijo en su diario, destruiría el Fragmento del Edén si no tenía nada bueno para la humanidad. Aquellas fueron las palabras que escribió. Sin embargo, Altaïr se preguntaba dónde encontraría la fuerza para destruir la Manzana si llegaba tal momento.

El hecho era que quienquiera que la poseyera ejercía un enorme poder, y los Templarios querrían que aquel poder les perteneciera. Además, se preguntó, ¿los Templarios estarían buscando otros artefactos? ¿Ya los tenían? Tras la muerte de Robert de Sablé, sabía que se habían consolidado en el puerto de Acre. ¿Debería atacar allí? Estaba decidido a que nadie más poseyera la Manzana ni que nadie más la deseara.

Nadie salvo él.

Reflexionó sobre aquello en sus dependencias, durante demasiado tiempo tal vez, hasta que empezó a preocuparse porque estaba dándole tiempo al enemigo para reagruparse. Llamó a Malik y Jabal para que se presentaran ante él. Colocó a Malik temporalmente al mando de la Orden e informó a Jabal de que iban a dirigir enseguida un pelotón a caballo hacia el puerto de Acre, para preparar una ofensiva a la fortaleza templaria y cortar el problema de raíz.

Se marcharon poco después, y mientras lo hacían, Altaïr vio a Abbas en uno de los accesos al castillo, mirándolo torvamente. Los recientes acontecimientos no habían ayudado a mitigar su odio; era una hoja con un filo despiadado.

35

La noche caía sobre el puerto de Acre, su piedra gris estaba bañada de naranja y los últimos rayos de sol pintaban el mar de rojo sangre al fundirse con el horizonte. El agua chapaleaba en los macarrones y espigones, y las gaviotas graznaban desde sus posiciones, pero, por lo demás, el puerto estaba extrañamente vacío.

O... al menos este. Mientras lo contemplaba y se sorprendía por la ausencia de soldados Templarios —a diferencia de la última vez que había estado allí, cuando los hombres de Sibrand se encontraban por todas partes, como pulgas en un perro—, algo le dijo a Altaïr que cualquier industria se hallaría al otro lado de los muelles y su preocupación aumentó. Había tardado demasiado en tomar su decisión. ¿Estaba a punto de pagar por ello?

Pero el puerto no estaba vacío del todo. Altaïr oyó unas pisadas acercándose y una conversación en voz baja. Levantó una mano y, detrás de él, su equipo se detuvo y quedó inmóvil como sombras en la oscuridad. Avanzó lentamente por el espolón hasta que pudo verlos, contento de comprobar que se habían separado. El primero ahora estaba casi directamente debajo de él, sujetaba su antorcha y miraba detenidamente en los oscuros rincones y ranuras del húmedo espolón. Altaïr se preguntó si estaría pensando en su casa, en Inglaterra o en Francia, y en la familia que allí tenía, y lamentó que el hombre tuviera que morir. Mientras saltaba en silencio del muro, caía sobre él y le clavaba la hoja, deseó que hubiera otro modo de hacerlo.

—*Mon Dieu* —susurró el guardia mientras moría y Altaïr se puso en pie.

Delante, el segundo soldado caminaba por la piedra mojada del muelle, con la antorcha goteando brea y brillando a su alrededor para intentar alejar las sombras, un hombre que se encogía con cada sonido. Estaba empezando a temblar de miedo. El correteo de una rata le sobresaltó y se dio la vuelta enseguida, con la antorcha en alto, para no ver nada.

Siguió avanzando, mirando en la penumbra, volviéndose hacia su compañero... Oh, Dios, ¿dónde estaba? Hacía un momento estaba ahí. Los dos habían ido juntos al muelle. Ahora no había ni rastro de él, no se le oía. El guardia comenzó a temblar de miedo. Oyó un gimoteo y se dio cuenta de que lo había emitido él mismo. Entonces se oyó un ruido detrás y se dio la vuelta rápidamente, justo a tiempo de ver la muerte en sus talones...

Durante un momento, Altaïr permaneció arrodillado a horcajadas sobre el guardia muerto mientras escuchaba si llegaban refuerzos. Pero no acudió nadie y, ahora que se ponía de pie, se le unieron más Asesinos, que habían saltado el muro y entraban en el puerto, como él, vestidos con túnicas blancas, y miraban bajo sus capuchas con los ojos en sombra. Sin apenas hacer ruido, se desplegaron. Altaïr les dio unas órdenes en voz baja y les indicó que se movieran en silencio y deprisa por el puerto. Llegaron unos guardias Templarios corriendo y se encargaron de ellos. Altaïr se movió entre ellos y dejó que su equipo luchara mientras él llegaba a un muro. La preocupación le reconcomía las tripas: había calculado mal el ataque, los Templarios ya estaban en marcha. Un centinela trató de detenerlo, pero cayó con el corte de la hoja de Altaïr y la sangre salió a chorros de su cuello abierto. El Asesino utilizó su cuerpo como trampolín, subió con dificultad al espolón y allí, agachado, miró al muelle adyacente y luego al mar.

Sus miedos se confirmaron. Había esperado demasiado. Delante de él, en un mar Mediterráneo dorado por la agonizante luz del sol, había una pequeña flota de barcos Templarios. Altaïr lanzó una maldición y se movió rápidamente por el puerto hacia el corazón de los muelles. Detrás de él aún podía oír los sonidos de la batalla mientras sus hombres se topaban con los refuerzos. La evacuación de los Templarios continuó, pero se le ocurrió que la clave de su partida podría estar en el interior de la misma fortaleza. Con cuidado, rápido y en silencio, caminó hacia el bastión, que se levantaba imponente sobre los muelles, liquidando sin piedad a los pocos guardias con los que se cruzaba, con el fin de trastocar la huida del enemigo tanto como intentar averiguar sus intenciones.

Dentro, la piedra gris absorbía el sonido de sus pisadas. Los Templarios brillaban allí por su ausencia. El lugar parecía estar ya vacío y abandonado. Subió unas escaleras de piedra hasta llegar a un balcón y allí oyó unas voces: tres personas en medio de una conversación acalorada. Había una voz en particular que reconoció mientras se colocaba detrás de un pilar para escuchar a escondidas. Se había preguntado si volvería a oírla alguna vez. Esperaba poder hacerlo.

Era la mujer del cementerio de Jerusalén; la valiente leona que había actuado como sustituta de Robert de Sablé. Estaba con otros dos Templarios y, por su tono, estaba disgustada.

—¿Dónde están mis barcos, soldado? —preguntó bruscamente—. Me dijeron que habría otra flota de ocho.

Altaïr echó un vistazo. Se veía la silueta de los barcos Templarios en el horizonte.

—Lo siento, María, pero esto es lo mejor que hemos conseguido —respondió uno de los soldados.

«María». Altaïr saboreó su nombre incluso mientras admiraba la tensión en su mandíbula y los ojos que brillaban de vida y fuego. Volvió a notar aquella cualidad de ella, como si retuviera la mayor parte de su verdadero carácter.

—¿Cómo sugieres que el resto de nosotros llegue a Chipre? —estaba diciendo.

¿Por qué los Templarios se estarían trasladando a Chipre?

—Perdona, pero puede que sea mejor que te quedes en Acre —dijo el soldado.

De repente, se puso en alerta.

—¿Qué es eso? ¿Una amenaza? —preguntó.

—Es una advertencia justa —respondió el caballero—. Armand Bouchart es ahora el Gran Maestro y no tiene muy buena opinión de ti.

«Armand Bouchart», apuntó Altaïr. Así que era él el que había pasado a ocupar el puesto de Robert de Sablé.

En medio del balcón, María estaba torciendo el gesto.

—¡Vaya, insolente...! —Se interrumpió—. Muy bien. Ya encontraré un modo de llegar a Limassol.

—Sí, milady —dijo el soldado e hizo una reverencia.

Se marcharon y dejaron sola a María en el balcón donde, a Altaïr le hizo gracia oír, empezó a hablar consigo misma.

—Maldita sea... Estaba a un paso de ser armada caballero. Ahora soy poco menos que una mercenaria.

Se acercó a ella. Fuera lo que fuese lo que sintiera por ella —y sentía algo, de eso estaba seguro—, necesitaba hablar con ella. Al oír que se aproximaba, se dio la vuelta y le reconoció al instante.

—Bueno —dijo—, es el hombre que me perdonó el cuello, pero me robó la vida.

Altaïr no tenía tiempo para preguntarse a qué se refería porque con un destello del acero, tan rápido como un rayo, la mujer había desenvainado la espada y se dirigía a él para atacarle, con una velocidad, una destreza y un valor que lo impresionaron de nuevo. Se cambió la espada de mano, giró para atacarle por su lado débil, y tuvo que moverse con rapidez para defenderse. Era buena, mejor que algunos de los hombres a sus órdenes, y durante unos instantes intercambiaron estocadas al tiempo que el balcón retumbaba por el repiqueteo del choque del acero, salpicado de sus gritos de esfuerzo.

Altaïr miró hacia atrás para asegurarse de que no llegaban refuerzos. Pero, por supuesto, no hubo ninguno. Su gente la había dejado atrás. Sin duda, su proximidad a De Sablé no le había supuesto ninguna ventaja con su sustituto.

Siguieron luchando. Por un instante le tuvo de espaldas a la balaustrada, con el oscuro mar en su hombro, y durante ese mismo instante él se preguntó si podría vencerle y lo irónico que sería. Pero su desesperación por ganar la hizo descuidada y Altaïr pudo empujar y caminar hacia delante para al final darse la vuelta y derribarla por los pies, saltar por encima de ella y ponerle la hoja en la garganta.

—¿Has vuelto para rematarme? —dijo, desafiante, pero él vio el miedo en sus ojos.

—Aún no —respondió, aunque la hoja se quedó donde estaba—. Quiero información. ¿Por qué los Templarios se dirigen a Chipre?

Ella sonrió abiertamente.

—Ha sido una guerra larga y sucia, Asesino. Todo el mundo se merece un respiro.

Altaïr forzó una sonrisa.

—Cuanto más me cuentes, más vivirás. Así que te vuelvo a preguntar: ¿por qué la retirada a Chipre?

—¿Qué retirada? El rey Ricardo planea una tregua con Salah Al'din, y tu Orden no tiene líder, ¿no? En cuanto recuperemos el Fragmento del Edén, vosotros seréis los que saldréis corriendo.

Altaïr asintió al comprender. También había muchas cosas sobre la Orden que los Templarios suponían, pero en realidad no sabían. Lo primero, que los Asesinos tenían un líder; lo segundo, que no solían huir de los Templarios. Se levantó y tiró de ella para ponerla de pie. Le fulminó con la mirada y se agachó.

—La Manzana está bien escondida —le dijo mientras pensaba que la realidad era muy distinta. Estaba en sus dependencias.

—Altaïr, considera bien tus opciones. Los Templarios pagarían un buen precio por la reliquia.

—Ya lo han hecho, ¿no? —dijo Altaïr, llevándosela con él.

Un rato más tarde, se reunió con sus Asesinos. Ya había terminado la batalla y el puerto de Acre era suyo. Entre ellos estaba Jabal, que alzó las cejas al ver a María y les hizo unas señas a dos Asesinos para que se la llevaran antes de acercarse a Altaïr.

—¿Qué está ocurriendo en Chipre que les interese a los Templarios? —se preguntó Altaïr mientras caminaban.

Ya había decidido su próximo destino y no había tiempo que perder.

—¿Unos conflictos civiles, tal vez? —dijo Jabal con las palmas abiertas—. Su emperador Isaac Comnenus provocó al rey Ricardo hace muchos meses y ahora se pudre en una mazmorra templaria.

Altaïr reflexionó.

—Una pena. A Isaac se le corrompía con facilidad, se le podía sobornar.

Se detuvieron en los escalones del puerto y María caminó delante de ellos con la barbilla en alto.

—Esa época ya ha pasado —decía Jabal—. Ahora los Templarios son dueños de la isla, la compró el rey por una mísera suma.

—No es el tipo de gobierno que queremos fomentar. ¿Tenemos allí algún contacto? —preguntó Altaïr.

—Uno en Limassol. Un hombre llamado Alexander.

—Envíale un mensaje —dijo Altaïr—. Dile que me espere dentro de una semana.

36

Viajó solo a Chipre, aunque no solo del todo. Se llevó a María. Le había dicho a Jabal que podría usarla como fianza con los Templarios, pero escribió en su diario que le gustaba tenerla a su lado; era tan simple como complicado. Había habido muy pocas mujeres en su vida. Las que compartían su cama habían hecho poco más que satisfacer sus necesidades, y aún tenía que conocer a la mujer capaz de remover esos sentimientos que se encontraban por encima de la cintura. ¿La había conocido ahora? Escribió esa pregunta en su diario.

Al llegar a Limassol, descubrió que los Templarios habían ocupado la isla en serio. Como de costumbre, el puerto estaba empapado por la luz naranja del sol y la arenisca brillaba por su reflejo; las aguas azules relucían y las gaviotas revoloteaban y descendían sobre sus cabezas, manteniendo un ruido constante. Pero por todas partes estaban las cruces rojas de los Templarios, y los soldados que vigilaban a la población resentida. Ahora vivían bajo el guante de hierro de los Templarios. Habían vendido su isla a un rey cuyo derecho era, como mucho, poco fundado. La mayoría continuaba con sus vidas, pues tenían bocas que llenar. Aunque unas cuantas almas valientes habían formado una Resistencia. Ellos serían quienes estarían más dispuestos a apoyar la misión de Altaïr y este planeaba reunirse con ellos.

Salió de su barco y caminó por los muelles. Le acompañaba María, con las manos atadas. Se había asegurado de quitarle cualquier señal que la identificara como una cruzada Templaria y, a efectos prácticos, era su esclava. Esta situación, por supuesto, la enfadó y no tardó en hacérselo saber, refunfuñando mientras cruzaban los muelles, que estaban más tranquilos de lo que cabía esperar. A Altaïr le divertía su malestar, pero se lo guardaba para sus adentros.

—¿Y si empiezo a gritar? —preguntó con los dientes apretados.

Altaïr se rio.

—La gente se taparía los oídos y continuaría andando. Ya han visto antes a esclavos descontentos.

Pero ¿qué gente? Aunque pareciera extraño, el puerto estaba vacío y, al entrar en los barrios pobres, descubrieron que allí tampoco había nadie. De repente, un hombre salió de un callejón delante de ellos, con una túnica desaliñada y un turbante. Por allí había barriles abandonados y los armazones de unos cajones, y de algún sitio se oía gotear agua. Altaïr se percató de que estaban solos justo cuando dos hombres más salieron de otros dos callejones a su alrededor.

—El puerto es zona prohibida —dijo el primer hombre—. Muestra tu cara.

—No hay nada bajo esta capucha salvo un viejo y feo Asesino —gruñó Altaïr, que levantó la cabeza para mirar al hombre.

El matón sonrió con suficiencia, ya no era una amenaza.

—Altaïr.

—Alexander —saludó Altaïr—, recibiste el mensaje.

—Supuse que era una trampa templaria. ¿Quién es la mujer?

Miró a María de arriba abajo con un brillo en los ojos.

—Es una fianza para los Templarios —explicó Altaïr—. Era de Robert de Sablé. Por desgracia, es una carga.

María le clavó los ojos: si las miradas pudieran matar, primero le habría torturado brutalmente.

—Podemos quedárnosla por ti, Altaïr —dijo Alexander—. Tenemos un refugio seguro.

La mujer maldijo sus almas pútridas mientras se dirigían hacia allí, unas palabras muy ordinarias para una inglesa.

Altaïr le preguntó a Alexander por qué había tan pocos ciudadanos en las calles.

—Parece una ciudad fantasma, ¿verdad? La gente tiene miedo de salir de casa por temor a infringir alguna nueva ley poco clara.

Altaïr reflexionó.

—Los Templarios nunca habían estado interesados antes en gobernar. Me pregunto por qué ahora.

Alexander asentía. Mientras caminaban, pasaron junto a dos soldados, que les miraron con recelo. Altaïr se preparó por si María les delataba. Pero no lo hizo y se preguntó si tenía algo que ver con que la habían abandonado los suyos en Acre. O tal vez... No. Se quitó aquella idea de la mente.

Llegaron al refugio, un almacén abandonado que Alexander había convertido en su base. Había un cuarto cerrado con una puerta de barrotes de madera, pero dejaron que María se quedara fuera de momento; Altaïr comprobó la cuerda de sus muñecas y pasó un dedo por en medio de las ataduras y su brazo para asegurarse de que estaba cómoda. Entonces la mujer le lanzó una mirada que solo podía describirse como desdén de agradecimiento.

—Supongo que no estás aquí por caridad —dijo Alexander, cuando se sentaron—. ¿Puedo preguntarte tu propósito?

Altaïr quería actuar rápido, quería meterse en la base templaria de inmediato, pero le debía al chipriota una explicación.

—Es una historia complicada, pero se puede resumir de forma sencilla: los Templarios tienen acceso a un conocimiento y unas armas mucho más mortíferas de lo que nadie pueda imaginar. Mi plan es cambiar esa situación. Una de esas armas está en nuestras manos. Es un artilugio con la capacidad de alterar la mente de los hombres. Quiero enterarme de si los Templarios tienen más de ese tipo.

María saltó por detrás:

—Y por supuesto podemos confiar en que los Asesinos le den mejor uso a la Manzana, al Fragmento del Edén...

Altaïr contuvo una sonrisa, pero la ignoró y le dijo a Alexander:

—¿Dónde están ahora escondidos los Templarios?

—En el castillo de Limassol, pero se están extendiendo.

Tenía que detenerlos, pensó Altaïr.

—¿Y cómo entro? —preguntó.

Alexander le habló de Osman, un Templario simpatizante de la Resistencia chipriota.

—Mata al capitán de la guardia —dijo—. Si muere, es probable que le den su puesto a Osman. Y si eso sucede, bueno, podrás entrar sin problemas.

—Es un comienzo —dijo Altaïr.

Caminando por las calles de la ciudad se sorprendió por la tranquilidad que se respiraba. Mientras avanzaba, pensó en María y en la Manzana. La había llevado consigo, por supuesto, estaba en el camarote del barco. ¿Había sido un tonto al acercar tanto el tesoro al enemigo? Solo el tiempo lo diría.

En la plaza del mercado localizó al capitán Templario de la guardia, que había sido tan amable de dejarse localizar con facilidad al llevar una túnica roja sobre la cota de malla y parecer tan imperioso como un rey. Altaïr miró a su alrededor y vio otros guardias por allí cerca. Agachó la cabeza, para no atraer la atención y evitar las miradas de un guardia que le estaba observando con los ojos entrecerrados, suspicaz. Al pasar, se hizo pasar por un erudito. Entonces, con mucho cuidado, se colocó detrás del capitán, que estaba al otro lado del callejón, gritando órdenes a sus hombres. Aparte del capitán y ahora su asesino, no había nadie.

Altaïr tomó un cuchillo arrojadizo de la funda al hombro y, entonces, con un giro de muñeca, lo lanzó. El capitán cayó a la piedra con un largo gemido y cuando los guardias llegaron corriendo, Altaïr ya se había metido por una calle colindante y se perdía por las calles laterales vacías. Había llevado a cabo su tarea, ahora tenía que ir en busca de Osman, tal y como Alexander le había aconsejado.

Rápido y sigiloso, se abrió camino entre los tejados de la ciudad blanqueada por el sol, correteando como un gato por las vigas de madera, hasta que se encontró con un patio. A sus pies estaba Osman. Un Templario, aunque con simpatía por los Asesinos, y Altaïr esperó a que se quedara solo antes de descender.

Al hacerlo, Osman miró a Altaïr y luego a la pared que había encima de ellos. Después volvió a contemplar a su visita con una expresión divertida en los ojos. Por lo menos tenía una buena opinión del sigilo del Asesino.

—Saludos, Osman —dijo Altaïr—. Alexander te envía recuerdos y le desea a tu abuela un feliz cumpleaños.

Osman se rio.

—La buena mujer, que descanse en paz. Bueno, ¿cómo puedo ayudarte, amigo?

—¿Puedes decirme por qué los Templarios han comprado Chipre? ¿Van a crear otro fisco?

—No tengo el rango suficiente para saberlo con seguridad, pero he oído algo sobre un archivo de algún tipo —dijo Osman mientras miraba a la izquierda y luego a la derecha.

Si le veían hablando con Altaïr, casi seguro que le matarían en la plaza del mercado.

—¿Un archivo? Interesante. ¿Y quién es el Templario de grado más alto en Limassol?

—Un caballero llamado Federico el Rojo. Entrena soldados en el castillo de Limassol. Es una bestia.

Altaïr asintió.

—Si el guardia del castillo está muerto, ¿qué me impedirá entrar?

—Suponiendo que me asignen su puesto, podría encontrar una excusa para reducir la vigilancia del castillo durante un breve periodo de tiempo. ¿Funcionaría?

—Lo conseguiré —dijo Altaïr.

Las cosas avanzaban rápido.

—Osman está preparándolo todo —le dijo a Alexander más tarde, de vuelta en el refugio.

Mientras estaba fuera, María había pasado la mayor parte del día tras la puerta cerrada, donde había entretenido a su captor con una retahíla de insultos y ocurrencias, y su furia había aumentado cuando le había pedido que los repitiera, pues le entusiasmaba su dicción inglesa. Ahora, sin embargo, la habían dejado salir para comer y estaba sentada en una silla de madera poco firme, fulminando con la mirada a Altaïr y Alexander, que hablaban sentados, y lanzando miradas de ira a cualquier hombre de la Resistencia que pasara por allí.

—Perfecto. ¿Ahora qué? —preguntó Alexander.

—Le daremos tiempo —dijo Altaïr y se volvió a María—. También me habló del archivo Templario. ¿Has oído hablar de tal cosa?

—Por supuesto —respondió María—. Ahí es donde guardamos nuestra ropa interior.

Altaïr desesperó. Se volvió de nuevo hacia Alexander y dijo:

—Chipre sería un buen sitio para proteger tanto el conocimiento como las armas. Con la estrategia adecuada, es una isla fácil de defender.

Se levantó. Osman ya habría tenido tiempo de despejar los muros del castillo. Había llegado la hora de infiltrarse.

37

Un rato más tarde se encontraba en el patio del castillo de Limassol, preparado para la infiltración. En las sombras, alzó la vista hacia la imponente piedra y observó los arcos vigilados y calculó los movimientos de los hombres en los baluartes.

Le alegró advertir que había pocos hombres: Osman había hecho bien su trabajo. La fortaleza no estaba totalmente libre de seguridad, pero Altaïr podría entrar. Y eso era lo único que necesitaba.

Escaló un muro hacia los baluartes y luego se introdujo sigilosamente en el castillo. Un guardia gritó y cayó con uno de los cuchillos arrojadizos de Altaïr en el cuello. Otro oyó el alboroto y fue corriendo por el pasillo, tan solo para toparse con la hoja del Asesino. Altaïr bajó al guardia hasta la piedra, colocó el pie sobre su espalda y retiró la hoja, que goteó sangre al suelo. Después, continuó abriéndose camino por el castillo poco habitado, liquidando a los guardias cada vez que los veía. Osman había realizado su trabajo de manera muy eficiente. No solo había pocos guardias en los muros, sino que por lo visto también faltaban hombres en el interior. Altaïr ignoró la incertidumbre que creció en sus entrañas. Una punzada de inquietud.

Subió y subió, cada vez más adentro del castillo, hasta que llegó a un balcón que daba a un gran patio que utilizaban como lugar de entrenamiento.

Allí vio a Federico el Rojo, un gigante enorme con barba, que presidía un duelo entre dos de sus hombres. Al verle, Altaïr sonrió.

El simpático espía Osman tenía razón. Federico el Rojo era una bestia.

—Sin piedad, hombres —estaba bramando—. Esta es una isla de paganos supersticiosos. Recordad, no os quieren aquí, no les gustáis, no entienden la verdadera sabiduría de vuestra causa, y traman a cada instante expulsaros. Manteneos alerta y no confiéis en nadie.

Ambos con armadura completa, los dos caballeros lucharon hasta el final, y el sonido de sus espadas repiqueteó por todo el patio. Fuera de la vista, en el balcón de encima, Altaïr escuchaba al líder Templario mientras continuaba alentándolos.

—Encontrad las grietas en la armadura de vuestro oponente. Golpead fuerte. Guardaos las celebraciones para la taberna.

Altaïr se levantó y avanzó un paso hacia la pared, a plena vista de los tres hombres que entrenaban en el patio de abajo. Pero estaban enfrascados en la batalla. Calculó la altura desde donde estaba hasta la piedra de abajo, respiró hondo, extendió los brazos y saltó.

Con un suave golpe, cayó directamente detrás de Federico el Rojo, con las rodillas flexionadas y los brazos estirados para mantener el equilibrio. El líder barbudo se dio la vuelta al tiempo que Altaïr se erguía. Con ojos centelleantes, rugió:

—¿Un Asesino en Chipre? Bien, bien. Qué rápido se adaptan estos indeseables. Pondré fin a...

Nunca terminó aquella frase. Altaïr, que quiso mirar a los ojos al Templario antes de darle el golpe de gracia, sacó su hoja y le cortó el cuello en un movimiento; toda la acción fue en un abrir y cerrar de ojos. Con un breve sonido ahogado, Federico el Rojo se encogió y su cuello se convirtió en un enorme agujero rojo, que inundaba de sangre la piedra a su alrededor, haciendo honor a su nombre.

Durante unos segundos, sus hombres se quedaron en silencio, con los yelmos arrebatándoles cualquier emoción, de modo que Altaïr tan solo podía imaginar las expresiones de sorpresa detrás del acero. Entonces se recuperaron y atacaron. Altaïr atravesó con su hoja la rendija de los ojos del primero. En el casco se oyó un ruido asfixiante de angustia y la sangre goteó por la visera mientras el espadachín caía. Luego el segundo de los dos duelistas atacó, blandiendo su sable más con esperanza que con la expectativa de alcanzar su objetivo. El Asesino le esquivó fácilmente, tomó un cuchillo arrojadizo al mismo tiempo, giró, en un único movimiento, y le clavó al caballero el arma en el pectoral.

La batalla había finalizado, había dejado tres cadáveres sobre la piedra, y Altaïr echó un vistazo al patio mientras recuperaba el aliento. El castillo, con escasa población, tenía sus ventajas, pensó. Volvió al balcón, saliendo igual que había entrado. En su viaje de vuelta, la insistente voz de la duda se hizo más fuerte. La mayoría de los cuerpos que había pasado eran de los que había dejado antes, todavía intactos, y no había ni un centinela. Ninguno. ¿Dónde estaba todo el mundo?

Obtuvo la respuesta poco después de abandonar la fortaleza y recorrer los tejados hacia el refugio, con ganas de poder descansar y tal vez de una justa verbal con María. Incluso quizá podría conversar con ella. Todo lo que había deducido de esa mujer hasta entonces era que procedía de Inglaterra, que había sido la ayudante de Robert de Sablé (Altaïr no se había preguntado qué significaba aquello exactamente) y que había participado en las Cruzadas tras un incidente en casa, en su país. Aquello le había intrigado y esperaba averiguar pronto lo que le había sucedido.

De repente, vio humo, una espesa columna que oscurecía el cielo.

Y venía del refugio.

El corazón le golpeaba con fuerza conforme estaba más cerca. Vio soldados cruzados haciendo guardia y alejando a cualquiera que intentara aproximarse al edificio, que ardía. Las llamas salían de las ventanas y por la puerta, y unas densas volutas de humo negro coronaban el tejado. Por ese motivo el castillo de Federico apenas tenía vigilancia.

En lo primero que pensó Altaïr no fue en la seguridad de la Orden, ni en Alexander ni en otro de los hombres de la Resistencia que podían estar dentro. En lo primero que pensó fue en María.

La furia le invadió. Agitó la muñeca para expulsar la hoja. En un movimiento había saltado del tejado para toparse con dos guardias Templarios abajo. El primero murió gritando, al segundo le dio tiempo a darse la vuelta, con los ojos muy abiertos por la sorpresa, mientras la hoja de Altaïr le abría la garganta. El grito se elevó y más soldados llegaron corriendo, pero Altaïr continuó luchando, desesperado por alcanzar el refugio, puesto que no sabía si María estaba atrapada dentro, tal vez asfixiada hasta morir. ¿La habían dejado encerrada? ¿Estaba allí ahora, aporreando la puerta, intentando respirar en la habitación llena de humo? En ese caso, tan solo podía imaginarse el miedo que estaría pasando. Llegaron más guardias Templarios con las puntas de las espadas sedientas de sangre. Y continuó luchando. Se enfrentó a ellos con cuchillos arrojadizos y la espada, hasta que estuvo agotado y la calle quedó repleta de cadáveres de Templarios, que ensangrentaban el suelo. Después corrió hacia el refugio humeante y la llamó por su nombre.

—¡María!

No hubo respuesta.

Ahora se acercaban más Templarios. Con gran tristeza, Altaïr huyó hacia los tejados para hacer balance y planear su próximo movimiento.

38

Resultó que su siguiente movimiento ya estaba decidido. Sentado en lo alto de una torre, a la sombra de una campana, Altaïr fue consciente del movimiento en las calles, que habían estado tan vacías. La gente estaba saliendo de sus casas. No tenía ni idea de a dónde iban, pero quería saberlo.

Como era de esperar, con el humo aún elevándose de los restos carbonizados del refugio, los Templarios se estaban movilizando. Altaïr usó los tejados para seguir a los habitantes de la ciudad mientras se abrían paso hacia la plaza y vio las expresiones que tenían en sus rostros, oyó sus conversaciones. Se hablaba de venganza y represalias. Más de una vez oyó el nombre de Armand Bouchart. Decían que acababa de llegar a la isla. Tenía una reputación aterradora. Una reputación cruel.

Altaïr estaba a punto de ver aquella reputación en acción, pero de momento le causó gran alegría ver a María entre la multitud, viva e ilesa. Estaba flanqueada por dos caballeros Templarios entre las personas reunidas; al parecer, era su prisionera, aunque no iba atada. Como la del resto de la gente en la plaza, su atención estaba centrada en los escalones a la catedral.

La mantuvo en su línea de visión, permaneciendo fuera de la vista en un tejado que daba a la plaza, al tiempo que observaba cómo Osman se colocaba en los escalones y se apartaba a un lado, preparado para la entrada de Armand Bouchart, el nuevo líder Templario, que se acercó a él.

Como De Sablé antes que él, Bouchart parecía haber sido elegido tanto por su formidable aspecto como por su capacidad de liderazgo. Llevaba una armadura completa, pero parecía fuerte y ágil debajo de ella. Era calvo, de frente ancha que parecía hacer sombra a los ojos. Los pómulos hundidos le otorgaban a su rostro un aspecto cadavérico.

—Un asqueroso asesino ha alterado mi orden —bramó con una voz que atrajo la atención de toda la plaza—. Han matado... al querido Federico el Rojo. A él, que servía a Dios y al pueblo de Chipre con honor, se le ha rendido homenaje con la hoja de un asesino. ¿Quién entre vosotros me traerá al responsable?

No se oyó nada por parte de la multitud salvo el sonido de los pies moviéndose, incómodos. Los ojos de Altaïr volvieron a Bouchart, que cada vez tenía peor cara.

—¡Cobardes! —rugió—. No me dejáis otra opción excepto la de hacer salir yo mismo al asesino. Por la presente, otorgo inmunidad a mis hombres hasta que esta investigación haya concluido.

Altaïr vio cómo Osman cambiaba de posición, inquieto. Normalmente su rostro brillaba, pero ahora no. Parecía preocupado mientras avanzaba para hablar con el líder.

—Bouchart, los ciudadanos están alterados. Tal vez esa no sea la mejor idea.

Bouchart apartó la cara de modo que Osman no pudiera ver cómo su expresión reflejaba una furia terrible. No estaba acostumbrado a que cuestionaran sus órdenes: eso estaba claro. Y en cuanto a si lo consideraba o no una insubordinación...

Con un movimiento, desenvainó su espada y la clavó en el estómago de Osman.

Con un grito que retumbó alrededor de la plaza llena de asombro, el capitán se dobló sobre la piedra, aguantándose la barriga. Se retorció en los escalones un instante hasta que murió, un ruido de muerte ensordecedor en el silencio de horror que envolvía a la muchedumbre. Altaïr hizo una mueca de dolor. No conocía a Osman, claro, pero le gustaba lo que había visto de él. Otro hombre bueno había muerto sin necesidad.

Bouchart limpió su espada en el brazo de la túnica de Osman.

—Si alguien más se opone, le invito a que dé un paso adelante.

El cuerpo se movió un poco y uno de los brazos cayó colgando sobre el escalón. Los ojos sin vida de Osman miraban fijamente al cielo.

De repente María, que se había liberado de sus dos captores, soltó un grito. Corrió y se tiró a las rodillas de su líder.

—Armand Bouchart —dijo.

Aunque sonrió al reconocerla, no era la sonrisa de un amigo.

—Ah —dijo con sorna—, una vieja compañera —y volvió a colocar la espada en su cinturón.

—Bouchart —dijo María—, un Asesino ha venido a Chipre. Conseguí escapar, pero no puede estar muy lejos.

Desde su posición privilegiada, a Altaïr se le cayó el alma a los pies. Esperaba que... No. Ante todo era una Templaria. Siempre lo sería. Le era fiel a ellos.

—Vaya, María —dijo Bouchart, animado—, esta sería la segunda vez que escapas milagrosamente de los Asesinos, ¿no? Una vez cuando De Sablé era el objetivo y ahora aquí, en mi isla.

Altaïr vio la incomprensión unida al pánico en el rostro de María.

—No estoy confabulada con los Asesinos, Bouchart —espetó—. Por favor, escucha.

—De Sablé era un desgraciado sin fuerza de voluntad. El versículo setenta de la Regla Templaria fundacional prohíbe expresamente tener trato con mujeres... Pues en ellas el diablo teje su más fuerte red. De Sablé ignoró este principio y lo pagó con su vida.

—¿Cómo te atreves? —replicó y, a su pesar, Altaïr sonrió. Cualquier miedo que pudiera sentir María le duraba poco.

—He metido el dedo en la llaga, ¿no? —rugió Bouchart, divirtiéndose, y luego dijo—: Encerradla.

Y con esas palabras, terminó la reunión. Bouchart se dio la vuelta para marcharse, dejando el cadáver de ojos vidriosos de Osman en los escalones detrás de él. A María la ataron y se la llevaron a rastras.

Altaïr apartó los ojos de la figura de Bouchart para mirar a María. No sabía qué hacer, intentaba decidir su próximo movimiento. Bouchart estaba cerca. Puede que no volviera a tener la oportunidad de atacarle cuando menos se lo esperara.

Pero entonces volvió a pensar en María.

Bajó del tejado y siguió a los hombres que se la habían llevado de la plaza de la catedral, supuestamente a una cárcel. Mantuvo una distancia prudencial. Entonces, al salir a una calle más tranquila, atacó.

Unos instantes más tarde, los dos guardias estaban muertos y Altaïr se acercaba a donde había quedado tirada María, con las manos aún atadas, esforzándose por ponerse de pie. Pero aún así consiguió apartarlo.

—Quítame las manos de encima —dijo bruscamente—. Me consideran una traidora, gracias a ti.

Altaïr sonrió indulgentemente, a pesar de que ella había alertado a Bouchart de su presencia.

—No soy solo una excusa oportuna para tu cólera, María. Los Templarios son tu verdadero enemigo.

La mujer frunció el entrecejo.

—Te mataré cuando tenga la oportunidad.

—Si tienes la oportunidad... Entonces nunca encontrarás la Manzana, el Fragmento del Edén. ¿Y qué mejor para congraciarse ahora mismo con los Templarios? ¿Mi cabeza o el artefacto?

Ella le miró con los ojos entrecerrados, pues lo que decía tenía sentido. Pareció relajarse.

De momento.

Mucho más tarde, se encontraron de nuevo con Alexander. Su rostro mostraba preocupación mientras le decía a Altaïr:

—A pesar de sus bravuconadas, Bouchart sin duda se tomó en serio la advertencia de María. —Al decir esto, le lanzó a la mujer una mirada tan furiosa que, inusitadamente, la dejó sin palabras—. Mis fuentes me han dicho que después de destruir nuestro refugio salió de inmediato hacia Kyrenia.

Altaïr frunció el ceño.

—Qué lástima. Esperaba reunirme con él. ¿Cuál es la ruta más rápida para llegar hasta allí? —preguntó.

39

Viajaron como un monje y su consorte, al encontrar espacio en la bodega. De vez en cuando los miembros de la tripulación bajaban de la cubierta principal y se acurrucaban a dormir allí también, tirándose pedos y resoplando, prestando poca atención a los dos extraños. Mientras María dormía, Altaïr encontró una caja, abrió su diario y sacó la Manzana de un fardo que llevaba en su túnica.

Libre de su envoltorio, brillaba y se la quedó mirando por un momento para luego empezar a escribir:

—Me he esforzado por encontrar sentido al funcionamiento y fin de la Manzana, del Fragmento del Edén, pero no sé con certeza si sus orígenes son divinos. No..., es una herramienta..., una máquina de exquisita precisión. ¿Qué tipo de hombres eran los que trajeron esta maravilla al mundo?

Se oyó un ruido detrás de él. En un instante ocultó la Manzana bajo su túnica. Era María, que se despertaba. Cerró su diario, caminó sobre los cuerpos dormidos de dos miembros de la tripulación y cruzó la bodega hasta donde ella estaba sentada con la espalda apoyada en un montón de cajas de madera, temblando y bostezando. Apretó las rodillas contra su pecho y observó cómo Altaïr se sentaba en el suelo junto a ella. Sus ojos eran ilegibles. Por un momento escucharon el chirriar del barco, las olas del mar chocando contra el casco. No estaba seguro de si era de día o de noche, ni de cuánto tiempo llevaban navegando.

—¿Cómo es que estás aquí? —le preguntó.

—¿No lo recuerdas, hombre santo? —dijo maliciosamente—. Tú me trajiste —y susurró—: Soy tu consorte.

Altaïr se aclaró la garganta.

—Me refiero a Tierra Santa. A las Cruzadas.

—¿Debería estar en casa con el regazo lleno de crochet y un ojo en el jardinero?

—¿No es eso lo que hacen las mujeres inglesas?

—Esta no. Soy lo que llaman la rara en mi familia. Al crecer, siempre preferí los juegos de niños. Las muñecas no eran para mí, lo que no dejaba de exasperar a mis padres. Solía arrancarles la cabeza.

—¿A tus padres?

Se rio.

—A mis muñecas. Así que, por supuesto, mis padres hicieron todo lo posible para hacerme menos escandalosa, y cuando cumplí dieciocho años me dieron un regalo especial.

—¿Y qué era?

—Un marido.

Dio un respingo.

—¿Estás casada?

—Lo estaba. Se llamaba Peter y era un compañero muy agradable, pero...

—¿Qué?

—Bueno, eso era todo. Solo era... agradable. Nada más.

—Así que no era muy útil como compañero de juegos, ¿no?

—En ningún sentido. Mi marido ideal habría aceptado esos aspectos de mi carácter que mis padres querían eliminar. Habríamos ido a cazar juntos. Me habría enseñado deportes y a combatir, y me habría imbuido de conocimiento. Pero no hizo nada de eso. Nos retiramos a la casa solariega de su familia, Hallaton Hall, en Leicestershire, donde como castellana debía organizar al personal, supervisar el funcionamiento de la casa y, por supuesto, engendrar herederos. Al menos tres. Dos chicos y una chica, preferiblemente en ese orden. Pero no estuve a la altura de lo que esperaba como él mismo no estuvo a la altura de lo que esperaba yo. Lo único que me importaba menos que las jerarquías y la política de los empleados era criar hijos, sobre todo el nacimiento que viene antes. Tras cuatro años de evasivas, me marché. Por suerte, el obispo de Leicester era un amigo cercano del anciano Lord Hallaton y pudo concedernos una anulación en vez de arriesgarse a que aquella chica tonta e impulsiva le trajera más vergüenza a su familia. Por supuesto, era persona non grata en Hallaton Hall —de hecho, en todo Leicestershire— y al regresar a casa, la situación no mejoró. Hallaton había exigido que le devolvieran la dote, pero mi padre ya se la había gastado. Al final decidí que lo mejor para todo el mundo era que me marchara, así que me fugué a las Cruzadas.

—¿Como enfermera?

—No, como soldado.

—Pero eres...

—Experta en disfrazarme de hombre, sí. ¿No te engañé aquel día en el cementerio?

—Sabía que no eras De Sablé, pero...

—No te esperabas que fuera una mujer. ¿Ves? Tantos años armando escándalo por fin valieron la pena.

—¿Y a De Sablé? ¿Le engañaste a él?

Altaïr percibió su sonrisa compungida, más que verla.

—Al principio me gustaba Robert —dijo en voz baja—. Sin duda vio más de mi potencial que Peter. Pero, desde luego, también vio cómo podía explotarme. Y no tardó mucho en hacerlo. —Suspiró—. Estuvo bien que lo mataras —dijo—. No era un buen hombre y no se merecía los sentimientos que yo albergaba hacia él.

—¿Te dio esto? —preguntó Altaïr al cabo de un rato, señalando en su mano la gema que allí brillaba.

La miró y frunció el entrecejo, casi como si hubiera olvidado que la llevaba.

—Sí. Fue un regalo que me hizo cuando me acogió. Esto es todo lo que me queda de mis lazos con los Templarios.

Hubo un silencio incómodo, que al final rompió Altaïr:

—¿Has estudiado filosofía, María?

Le miró con recelo.

—He leído retazos... nada más.

—El filósofo Empédocles predicaba que toda vida en la Tierra empezó de forma sencilla y rudimentaria: manos sin brazos, cabezas sin cuerpos, ojos sin caras. Creía que todas esas formas se combinaron, muy poco a poco, con el paso del tiempo, para crear toda la variedad de vida que vemos ante nosotros. ¿Interesante?

No hizo más que bostezar.

—¿Sabes lo absurdo que suena?

—Lo sé... pero me consuelo con el consejo del filósofo Al Kindi: uno no debe temer las ideas, sin importar su fuente. Y nunca debemos tener miedo a la verdad, incluso aunque nos duela.

—No le encuentro sentido a tus divagaciones.

Se rio en voz baja, sonaba adormilada y cariñosa.

Tal vez la había juzgado mal. Quizá no estaba preparada para aprender. Pero justo entonces sonó una campana, la señal de que habían atracado en Kyrenia. Se levantaron.

Altaïr lo intentó de nuevo.

—Tan solo una mente libre de impedimentos es capaz de captar la belleza caótica del mundo. Ese es nuestro gran punto fuerte.

—Pero ¿acaso el caos es algo que deba celebrarse? ¿Es el desorden una virtud? —preguntó y algo en él se despertó ante aquella pregunta. Tal vez era receptiva a un conocimiento superior, después de todo.

—Se presenta con desafíos, sí —dijo Altaïr—, pero la libertad da más recompensas que la alternativa. El orden y la paz que los Templarios buscan requiere servilismo y encarcelamiento.

—Hmmm —dijo ella—, conozco esa sensación...

Percibió cierto acercamiento hacia ella cuando llegaron a los escalones que llevaban a la cubierta superior y se dio cuenta de que era lo mismo que había estado siguiendo casi desde que se habían conocido. Ahora lo tenía, le gustaba. Quería mantenerlo. Aun así, debía tener cuidado. ¿No le había dicho ya que tenía pensado matarle? Su lealtad hacia los Templarios se había roto, pero eso no significaba que de repente fuera a seguir las costumbres asesinas. Por lo que sabía, ella tenía su propio proceder.

Y lo iba a comprobar.

En la escalera María sonrió, extendió las manos y él la miró con desconfianza. Pero la mujer no podía subir con las manos atadas y, de todos modos, viajaban con piratas: aunque los piratas tenían muchísima menos ética, hasta ellos se sorprenderían ante un monje que llevara a su compañera atada. Los que habían estado durmiendo se pusieron de pie, bostezaron, se rascaron la entrepierna y les lanzaron una mirada a ambos. A escondidas, Altaïr extrajo la hoja y cortó la cuerda de sus muñecas. María le miró con agradecimiento antes de subir la escalera de mano.

Entonces, él oyó algo. Un murmullo. Fue el tono de lo que decían lo que le puso en alerta. Sin que fuera evidente, escuchó. Como había pensado, los dos piratas hablaban entre ellos.

—Sabía que era él —dijo uno con tono áspero—. Te lo dije.

Altaïr podía notar sus ojos en la espalda.

—Me apuesto lo que sea a que los Templarios pagarían una buena recompensa por los dos.

En silencio, el Asesino maldijo. Si tenía razón, tendría que usar su hoja de nuevo en cualquier momento...

Oyó que desenvainaban unas cimitarras.

... ahora.

Altaïr se dio la vuelta para enfrentarse a los dos hombres mientras su compañera decidía seguir el proceder de María e intentaba escapar. Le dio una patada con el pie que le colgaba y lo envió contra un lateral de la bodega, lo que le causó un fuerte dolor en la cara.

También le dolió por dentro, pero aquel era un tipo de dolor diferente.

Se había marchado, había desaparecido por el cuadrado de luz de la puerta de la bodega. Altaïr volvió a maldecir de nuevo, pero esta vez en voz alta, y se puso derecho para enfrentarse al ataque. El primer pirata sonrió abiertamente al acercarse, pensando sin duda en la recompensa, en el vino y las mujeres que podría comprar cuando la ganase.

Altaïr le atravesó con la espada el esternón, el pirata dejó de sonreír, y él retiró la hoja, mojada. Le dio al segundo que pensar y se detuvo. Entrecerró los ojos y se cambió el arma de mano. Altaïr le sonrió, dio una patada en el suelo y se alegró al ver que el otro reaccionaba encogiéndose.

Bien, pensó. Le gustaba que los mercenarios piratas se asustaran un poco antes de morir.

Y murió. Los ojos del pirata se pusieron en blanco cuando Altaïr hundió la hoja en su costado, después cortó rápido hacia el frente y le abrió un tajo profundo al dejarlo caer al suelo, junto a su compañero. El Asesino subió por la escalera y parpadeó por la luz del sol al llegar a la cubierta principal donde buscó a la fugitiva. Los piratas, alertados por la presencia de María, salieron corriendo. Un grito se alzó cuando vieron a Altaïr y cayeron en la cuenta de quién era. El Asesino cruzó a toda velocidad la cubierta, se metió bajo las jarcias, y luego corrió con agilidad por la plancha hacia los muelles de Kyrenia, donde buscó como un desesperado un lugar donde esconderse para dejar pasar la amenaza.

Y entonces pensó, enfadado, que encontraría a María. Esta vez no dejaría que se escapase.

Miró a su alrededor. Estaba en otra ciudad tomada por los Templarios. Brillaba por el sol. De algún modo, era demasiado hermosa para estar en manos del enemigo.

40

Al menos, encontrar a María no le costó mucho. Atraía los problemas como la bodega de un barco a las ratas. Como era de esperar, cuando Altaïr volvió a cruzarse con ella, los cadáveres de unos piratas estaban esparcidos a sus pies y había tres hombres de la zona por allí cerca, sacudiendo la sangre de sus espadas y recuperando el aliento tras la batalla. Se tensaron cuando Altaïr apareció, pero este alzó las manos como gesto de buena fe, asimilando la escena: María, los hombres y los muertos.

Una vez más, al parecer, había tenido la suerte de escapar.

—Pensaba que ya no te iba a volver a ver —le dijo con los brazos aún levantados.

Ella tenía el don de no sorprenderse ante cualquier giro de los acontecimientos.

—Ojalá tuviera esa suerte...

La miró con el entrecejo fruncido y luego se dirigió a uno de los chipriotas, el que probablemente era el líder.

—¿Qué tenéis que ver con esta mujer? ¿Sois unos lacayos Templarios?

—No, señor —tartamudeó el hombre. Tenía la espada desenvainada y las manos de Altaïr estaban vacías, pero, aun así, el chipriota reconocía a un guerrero experto al verlo—. Los piratas la atacaron y tenía que ayudar. Pero no soy un lacayo. Odio a los Templarios.

—Entiendo. No eres el único —respondió Altaïr.

El hombre asintió, agradecido, al establecerse su propósito común.

—Me llamo Markos, señor. Ayudaré como pueda, si significa limpiar mi país de esos cruzados.

Perfecto, pensó Altaïr.

—Entonces necesito que mantengas a salvo a esta mujer hasta que regrese. Tengo que encontrar a alguien antes de que lo hagan los Templarios.

—Estaremos en el puerto todo el día. Estará a salvo aquí, con nosotros —dijo Markos, y una vez más María refunfuñó mientras los hombres se la llevaban a rastras.

Estaría bien, pensó Altaïr mientras observaba cómo se iban. Pasaría el día con un par de chipriotas corpulentos, mirando cómo funcionaba el puerto de Kyrenia: había mejores maneras de malgastar unas pocas horas, pero también mucho peores. Al menos sabía que estaría a salvo mientras se reunía con el contacto de la Resistencia que le había dado Alexander, el Barnabas del que le había hablado. Cuando Altaïr le preguntó si el refugio tenía una zona que pudiera usarse como celda, sonrió servilmente y le aseguró que por supuesto tenía una, pero vaciló, primero fue a una puerta, que abrió y cerró, y después a una segunda, por la que se asomó antes de anunciar que el secadero tenía una parte con barrotes que podía utilizarse como celda.

—He estado siguiendo a Armand Bouchart —le dijo Altaïr a Barnabas un rato después, ahora que ambos estaban sentados en la despensa.

—Ah... ¿Bouchart está en Kyrenia? —preguntó el hombre de la Resistencia—. Probablemente esté visitando a sus prisioneros en Buffavento.

—¿Es una fortaleza que está cerca?

—Sí, es un castillo. Antes era la residencia de una adinerada noble chipriota hasta que los Templarios se adueñaron de su propiedad.

Altaïr frunció el entrecejo ante la codicia de los Templarios.

—¿Puedes llevarme allí?

—Bueno..., puedo hacer más que eso. Puedo meterte sin que los guardias se inmuten. Pero antes tienes que hacer algo por mí. Por la Resistencia.

—Una petición que me resulta familiar —dijo Altaïr—. ¿De qué se trata?

—Tenemos un traidor entre nosotros —dijo Barnabas, misteriosamente.

El traidor era un comerciante llamado Jonás, y después de que Barnabas le diera los detalles necesarios, Altaïr le siguió hasta el anfiteatro en el centro de la ciudad. Según Barnabas, Jonás estaba revelando secretos a los Templarios. Altaïr se lo quedó mirando un rato, mientras se reunía con otros comerciantes, haciéndose pasar por otro hombre de negocios. Entonces, cuando dio la vuelta para marcharse, el Asesino le siguió desde el anfiteatro hasta los barrios bajos, y se dio cuenta de que el mercader poco a poco iba siendo consciente de que le estaban siguiendo. Lanzaba cada vez más miradas hacia atrás, a Altaïr, con los ojos más abiertos y más asustados. De repente echó a correr y Altaïr fue detrás, encantado de ver cómo Jonás se metía en un callejón.

Aceleró y corrió detrás de su presa.

El callejón estaba vacío.

Altaïr se detuvo, miró atrás para comprobar que no le veían y luego, ¡zas!, sacó la hoja. Dio dos pasos hacia delante para estar al nivel de una gran pila de cajas inestable, que se tambaleaba un poco. Se inclinó ligeramente y atravesó con la hoja una caja. La madera se astilló y se oyó un grito. La pila se cayó hacia Altaïr, que se colocó bien para no perder el equilibrio.

Pero estaba tranquilo. Cuando la madera cayó a su alrededor, se relajó, y miró en la dirección que indicaba su brazo estirado, por el que Jonás estaba inmovilizado gracias a su hoja, que hizo que la sangre saliera despacio de la herida de su cuello. Todavía agachado, el mercader, una figura desesperada y patética, había elegido esconderse. Y aunque Altaïr sabía que era un traidor, y que la información que le había dado a los Templarios sin duda se había usado para matar, capturar y torturar a miembros de la Resistencia, se compadecía de él, tanto que retiró la hoja con cuidado al tiempo que empujaba los restos de las cajas para dejar a Jonás en el suelo e inclinarse hacia él.

La sangre rezumaba de la herida de su cuello.

—¿Qué es esto? —dijo Jonás casi sin aliento—. ¿Un Asesino? ¿Acaso Salah Al'din también tiene los ojos en la pobre Chipre?

—Los Asesinos no tenemos ninguna relación con los sarracenos. Vamos por libre.

Jonás tosió y reveló unos dientes ensangrentados.

—Sea cual sea el caso, se ha extendido la noticia de vuestra presencia. El Toro le ha puesto precio a tu cabeza... y a la cabeza de tu compañera.

Altaïr vio que la vida se le iba.

—Cada vez valgo más —dijo y le dio el golpe de gracia.

Cuando se levantó, no fue con la satisfacción de un trabajo bien hecho, sino con una terrible sensación de que pasaba algo. El Toro que Jonás había mencionado. Fuera quien fuese, era fiel a Armand Bouchart y sabía que Altaïr y María estaban en Kyrenia. ¿Era ese el origen de la inquietud de Altaïr?

Subió a los tejados, con la intención de encontrar a Markos y a María enseguida.

—Bien, María, por lo visto le han puesto un precio alto a nuestras dos cabezas —dijo Altaïr, cuando la encontró.

Justo como se había imaginado, estaba sentada en un banco de piedra, entre Markos y otro hombre de la Resistencia, con cara de enfadada, algo a lo que ya se estaba acostumbrando.

—¿Un precio? Maldito Bouchart. Seguro que cree que soy tu aprendiz.

—Alguien llamado el Toro ha enviado a sus hombres para que nos busquen.

María saltó como si la hubieran picado.

—¿El Toro? ¿Así que le han dado a ese fanático su propia parroquia?

—¿Es amigo tuyo? —preguntó Altaïr con ironía.

—Apenas. Se llama Moloch. Es un fanfarrón piadoso con los brazos como troncos.

Altaïr se volvió hacia Markos.

—¿Conoces el refugio de la Resistencia en el Distrito Común?

—Sé dónde está, pero no he estado nunca dentro. —Markos se encogió de hombros—. No soy más que un soldado de a pie para la Resistencia.

Altaïr reflexionó y luego dijo:

—No pueden verme con María, así que tienes que llevártela. Mantenla oculta y reúnete conmigo allí cuando estés a salvo.

—Conozco algunos callejones y túneles.

—Puede que tardemos más, pero la llevaré hasta allí de una pieza.

Fueron al refugio por separado y Altaïr llegó antes. Barnabas se había tumbado, pero se puso de pie en cuanto entró Altaïr, conteniendo un bostezo como si acabara de despertarse.

—Me acabo de enterar de que alguien ha encontrado el cadáver del pobre Jonás —dijo con desdén—. ¡Qué desperdicio!, ¿eh?

Se sacudió el grano de la túnica.

—Lo conocías mejor que yo —respondió Altaïr—. Estoy seguro de que comprendía el riesgo de trabajar para ambos bandos.

Miró a Barnabas con detenimiento, prestando atención a la sonrisa torcida que llevaba. Altaïr no disfrutaba con la muerte —con la muerte de nadie— y era propenso a mirar mal a los que sí lo hacían, ya fueran Templarios, Asesinos o de la Resistencia. Por un lado, Barnabas era un aliado. Por otro... Si Altaïr tenía clara una cosa era que confiaba en su instinto y su instinto ahora le estaba fastidiando; era una molestia baja y silenciosa, pero, a pesar de todo, insistente.

Barnabas continuaba:

—Sí... Por desgracia, esto ha complicado la situación. Jonás era un chipriota respetado y su muerte ha provocado disturbios cerca de la Vieja Iglesia. El público está ansioso por vengarse y el Toro les dirá que tú eres el responsable. Puede que pierdas el apoyo de la Resistencia.

«¿Qué?».

Altaïr se le quedó mirando, apenas sin dar crédito a lo que estaba oyendo. Ese instinto suyo: ahora pasaba de una molestia a un acoso rotundo.

—Pero Jonás era un traidor para la Resistencia. ¿No lo sabían?

—No los suficientes, me temo —admitió Barnabas—. La Resistencia está bastante dispersa.

—Bueno, tendrás la oportunidad de decírselo tú mismo —dijo Altaïr—. Algunos hombres vienen de camino.

—¿Vas a traer gente aquí? —Barnabas parecía preocupado—.

¿Podemos confiar en ellos?

—Ahora mismo no estoy muy seguro de en quién puedo confiar —respondió Altaïr—, pero merece la pena arriesgarse. Tengo que ver esos disturbios por mí mismo.

—En cuanto a nuestro acuerdo, veré lo que puedo hacer para acercarte a Bouchart. Un trato es un trato, ¿eh? —dijo Barnabas y volvió a sonreír.

Altaïr no dio importancia a aquella sonrisa. Cada vez le gustaba menos cuando la veía.

41

Altaïr visitó la iglesia y se le cayó el alma a los pies al ver los disturbios. Los guardias Templarios habían formado un cordón para contener a los ciudadanos maleantes a los que habían impedido marcharse de los alrededores de la iglesia y estaban rompiendo todo lo que tenían a la vista. Se habían astillado cajas y barriles y había hogueras desperdigadas por las calles. Los puestos callejeros estaban destrozados y desmontados, y el olor de los alimentos pisoteados se mezclaba con el humo. Los hombres se habían reunido en grupos y coreaban consignas al ritmo de los tambores y el constante golpeteo de los címbalos, intentando provocar a las filas de caballeros Templarios, que los observaban desde detrás de unas barreras improvisadas, puestos y cajas boca abajo. De vez en cuando, pequeños pelotones de soldados hacían breves e implacables incursiones hasta la muchedumbre para sacar a rastras a hombres que daban patadas y gritaban, a los que golpeaban con las empuñaduras de sus espadas o los tiraban detrás de la barrera para llevarlos a una celda, aunque sus asaltos no hacían nada por asustar a los alborotadores ni por apagar su genio.

Altaïr lo observaba todo desde arriba, agachado en el borde de un tejado, envuelto en la desesperación. Algo había ido mal. Algo había ido muy mal. Y si el Toro decidía anunciar que él había sido el asesino, la situación iba a empeorar aún más.

Tomó una decisión. El Toro tenía que morir.

Cuando volvió de nuevo al refugio, buscó en vano a Barnabas, al que no veía por ninguna parte. Ahora Altaïr estaba seguro de que se había equivocado al confiar en él y se estaba maldiciendo a sí mismo. Había escuchado a su instinto. Aunque no lo suficiente.

Markos estaba allí, en cambio, igual que María, a la que habían metido en una celda, mucho más resistente que la cárcel improvisada que había utilizado en Limassol. La puerta entre el secadero y la despensa estaba abierta, de modo que podían verla: estaba sentada detrás de los barrotes, con la espalda apoyada contra la pared, y de vez en cuando daba patadas entre los juncos que había extendidos por el suelo y contemplaba las idas y venidas a su alrededor con una expresión torva y sardónica. Altaïr la observó y reflexionó sobre todos los problemas que había causado.

Se enteró de que ella, Markos y varios hombres de la Resistencia cuando habían llegado al refugio se lo habían encontrado desierto. Cuando llegaron, Barnabas ya se había marchado. Qué oportuno, pensó Altaïr.

—¿Qué pasa ahí fuera? —exclamó Markos—. Hay un gran desconcierto en la ciudad. He visto disturbios.

—La gente está protestando por la muerte de un ciudadano, un hombre llamado Jonás. ¿Has oído hablar de él?

—Mi padre lo conocía bien. Era un buen hombre. ¿Cómo ha muerto?

El ánimo de Altaïr se hundió y evitó mirarle a los ojos.

—Con valor. Escucha, Markos, las cosas se han complicado. Antes de que encuentre a Bouchart, tengo que eliminar al Toro y poner fin a esta violencia.

—Te gusta bastante el caos, Altaïr —le dijo María desde la celda.

A él le gustaba cómo sonaba su nombre en sus labios.

—El Toro es el responsable de la subyugación de miles. Pocos llorarán su pérdida.

—¿Y propones meterte en Kantara, pincharle y salir sin que te vean? Se rodea de fervientes adoradores —dijo ella y su voz retumbó en la prisión de piedra.

—Kantara... ¿Eso está al este? —preguntó Altaïr, percatándose de la información que había dado a conocer de manera involuntaria.

—Sí, está muy protegido... Lo comprobarás tú mismo.

Altaïr, de hecho, lo vio por sí mismo. El castillo de Kantara estaba vigilado por soldados cruzados y fanáticos de Moloch. Escaló los muros, caminó por los baluartes, se paró alguna vez a oírlos hablar y recogió algunos retazos de información sobre el hombre al que llamaban el Toro. Se enteró de que era un fanático religioso que atraía a seguidores de ideas afines, fanáticos que trabajaban como escolta personal, como sus sirvientes o que andaban por las calles de Kyrenia, corriendo la voz. Estaba unido a los Templarios. Su devoción por el líder, Bouchart, era casi tan ferviente como su fe religiosa, y el castillo de Kantara era su ciudadela particular, supuestamente un regalo de los Templarios. Se sabía de él que pasaba la mayoría del tiempo rezando en la capilla del castillo.

Que era donde Altaïr esperaba encontrarlo.

Al entrar en la fortaleza, vio tanto fanáticos como guardias. Los fanáticos parecían..., bueno, tenían el aspecto que se esperaría de unos fanáticos: nerviosos, con los ojos muy abiertos y entusiastas. Los guardias cristianos, que patrullaban de dos en dos, los despreciaban sin reparo y sin duda creían que estaba por debajo de sus responsabilidades encontrarse en aquel castillo. Altaïr se escondió en un hueco mientras pasaban dos de ellos, uno quejándose al otro.

—¿Por qué los Templarios toleran a este loco? El Toro y sus fanáticos son más peligrosos que los ciudadanos de Chipre.

—Los Templarios tienen sus razones —respondió el otro—. Verás, es mucho más fácil para ellos gobernar por poderes.

—Supongo. Pero ¿cuánto tiempo va a durar? El Toro y los Templarios no están exactamente de acuerdo en cuestiones de fe.

—Ah, cuanto menos digas de eso, mejor —replicó el primero.

Altaïr los dejó pasar y después continuó avanzando mientras el pasillo se oscurecía. María había dicho que el castillo estaba bien protegido y, sin duda, de haber reclutado un ejército y planear asaltar sus muros, así era. Para un solo Asesino, en cambio, el hecho de penetrar en la fortaleza furtivamente era una tarea más fácil. Sobre todo cuando se era un Maestro. Cuando se era Altaïr.

Ahora se hallaba en un inmenso salón de banquetes. En la otra punta había dos guardias y sacó dos cuchillos arrojadizos. Los lanzó: uno, dos. En unos instantes, los hombres yacían retorciéndose sobre la piedra y Altaïr pasó por encima de ellos. Sabía que estaba cerca, Moloch no podía estar muy lejos.

No lo estaba. Altaïr llegó a lo que parecía un pasillo sin salida y se dio la vuelta para comprobar si había alguien detrás. ¿Por qué estaba aquella parte vigilada? Entonces vio una trampilla. Se agachó, escuchó y luego sonrió. Había encontrado al Toro.

Con mucho cuidado, levantó la trampilla y bajó hacia el techo. Se hallaba en las vigas del lugar de veneración del castillo, una amplia sala vacía, iluminada por el fuego de un enorme brasero cerca del altar.

Arrodillado ante el fuego, ocupándose de él, estaba Moloch.

La descripción de María había sido exacta. Era un oso: con la cabeza descubierta, un bigote caído, el pecho al aire, con una medalla, y tenía aquellos brazos como troncos que le habían descrito. El sudor brillaba en él mientras echaba leña al fuego, cantando un ensalmo que sonaba más como un gruñido que como devoción piadosa. Absorto en su trabajo, no se alejó de la hoguera, no apartó la vista de ella, al tiempo que bañaba su rostro en el calor de las llamas, ajeno a cualquier otra cosa que hubiera en la sala y menos aún, a la presencia de su asesino.

Bien. Moloch parecía fuerte, bastante más que Altaïr, que no deseaba entrar con él en combate. No solo le ganaba en músculo, sino que se decía que empuñaba un arma como un martillo meteoro, con un peso mortal añadido a la cadena. Se decía que la usaba con precisión indefectible y que era implacable con ella.

Así que no. Altaïr no tenía ningunas ganas de entrar con él en combate. Este iba a ser un asesinato sigiloso. Rápido, limpio y en silencio.

Sin hacer ruido, Altaïr caminó por las vigas y se dejó caer en el centro de la sala, detrás de Moloch. Estaba un poco más lejos de lo que le habría gustado y contuvo la respiración, tenso. Si Moloch le hubiera oído...

Pero no. El animal seguía absorto en el brasero. Altaïr avanzó unos cuantos pasos. En silencio, sacó la hoja y la levantó. La luz anaranjada danzó en el acero. El Toro estaba a un latido de la muerte. Altaïr se agachó un poco, flexionó los músculos de las piernas y después se lanzó, con la hoja a punto de atacar.

Estaba en medio del aire cuando Moloch se dio la vuelta, mucho más rápido de lo que le debería haber permitido su tamaño. Al mismo tiempo sonrió abiertamente y Altaïr se percató de que había sabido que estaba allí todo el rato; que tan solo había dejado que Altaïr se acercara. Entonces el Asesino quedó a merced de aquellos gigantescos brazos, que le elevaron del suelo, y sintió que una mano le apretaba la garganta.

Durante unos instantes permaneció en aquella posición, Moloch alzándolo con una mano en el aire, como si fuera un trofeo que mostrar en los escalones del castillo y ahogándose mientras forcejeaba. Daba patadas al aire y con las manos buscaba, desesperado, el guante de Moloch para intentar soltarse del monstruo. La visión comenzó a nublársele y la oscuridad cada vez estaba más cerca. Notó que perdía el conocimiento. Entonces Moloch lo tiró hacia atrás y quedó despatarrado en el suelo de la capilla, donde la cabeza le rebotó dolorosamente contra la losa. Se preguntó por qué le había dejado vivir.

Porque el Toro quería más diversión. Había sacado su martillo meteoro y con un solo giro por encima de la cabeza, se lo lanzó a Altaïr, que lo único que pudo hacer fue quitarse de en medio para que no le diera. El arma abrió un cráter en la piedra que le salpicó con algunos fragmentos.

Altaïr se puso de pie con dificultad, aturdido, y sacudió la cabeza para despejarse. Desenvainó la espada. Con la hoja en una mano y la espada en la otra, salió como una flecha hacia un lado mientras el Toro recuperaba su martillo y lo volvía a lanzar.

Chocó contra un pilar junto a Altaïr y una vez más le abordó una lluvia de fragmentos de piedra. Con el martillo de Moloch desenrollado, Altaïr tenía una oportunidad y, a toda velocidad, arremetió con la espada y la hoja. Pero, más rápido de lo que parecía posible, Moloch recuperó la cadena y la sostuvo a dos manos para bloquear la espada de Altaïr; luego, balanceó el martillo de nuevo y el Asesino tuvo que agacharse una vez más por su propia seguridad.

Altaïr pensó en Al Mualim, el Al Mualim que le había entrenado, no en el traidor en el que se había convertido. Pensó en Labib y en sus otros tutores de entrenamiento con la espada. Respiró hondo y se retiró a un lado para rodear a Moloch.

El Toro le siguió consciente de que al Asesino estaba preocupado. Cuando sonrió, reveló una boca de dientes irregulares y ennegrecidos, la mayoría desgastados hasta casi desaparecer. Desde la parte trasera de la garganta emitió un gruñido cuando Altaïr se acercó a él. Este necesitaba hacer algo para forzar a Moloch a desprenderse de su martillo. El Asesino tenía una idea. Era una buena idea pero tenía un defecto. Sería fatal si no le salía bien. Moloch tenía que soltar el martillo, pero hasta el momento, cada vez que lo había hecho, había estado demasiado cerca de hundirlo en el cráneo de Altaïr.

El martillo vino hacia él. Giró por el aire y chocó contra la piedra. Altaïr tan solo saltó, pero aterrizó sobre sus pies y, en vez de ponerse a cubierto, corrió hacia el martillo. Pisó el peso y corrió por la cadena tensa hacia Moloch.

Moloch dejó de sonreír. Tuvo un segundo para comprender que el ágil Asesino se acercaba a él por la cuerda floja de la cadena antes de que la espada de Altaïr le atravesara la garganta que le salió por la nuca. Emitió un sonido entre asfixia y grito, mientras la espada le sobresalía del cuello. Altaïr soltó la empuñadura y giró para separarle los hombros al Toro y hundir la hoja en su columna vertebral. Aun así el Toro seguía forcejeando y Altaïr vio que se aferraba a la vida con todas sus fuerzas. Agarró la cadena y la arrastró para rodear el cuello de su víctima con la mano que tenía libre, gruñendo por el esfuerzo que le suponía tirar de ella. Moloch se retorció y empujó hacia atrás, y Altaïr se dio cuenta de que estaba siendo arrastrado hacia el fuego.

Notó el calor a su espalda e intensificó sus esfuerzos. La bestia no moría. Olió algo que se quemaba, ¡el dobladillo de su túnica! Gritando por el dolor y el esfuerzo, tiró con fuerza de la cadena con una mano y le clavó aún más la hoja con la otra hasta que al final algo cedió, una última fuerza vital se partió dentro de Moloch y Altaïr subió encima de los hombros que todavía aquel bruto sacudía, doblado en el suelo. Allí tumbado, respirando con dificultad, con la sangre almibarada extendiéndose por la piedra, poco a poco se moría.

Por fin dejó de respirar.

Altaïr dio un gran suspiro de alivio. Moloch no sería capaz de volver a la gente en contra de la Resistencia. Su reino de tiranía había finalizado. Sin embargo, no pudo evitar preguntarse qué lo sustituiría.

Iba a obtener la respuesta muy pronto.

43

María no estaba. Se la habían llevado los cruzados. Mientras Altaïr luchaba en el castillo de Kantara, los soldados habían atacado el refugio y, aunque hubo una batalla, salieron corriendo con algunos prisioneros, entre ellos María.

Markos, uno de los pocos que habían escapado a la captura, estaba allí para recibir al Asesino, con la preocupación grabada en el rostro, inquieto, mientras balbuceaba:

—Altaïr, nos atacaron. Intentamos hacerles frente, pero... pero fue inútil.

Bajó los ojos, avergonzado.

¿O estaba fingiendo?

Altaïr miró hacia la puerta del secadero. Estaba abierta. Más allá, la puerta de la celda con barrotes también estaba abierta y se imaginó allí a María, mirándolo con sus ojos almendrados y la espalda apoyada en la pared mientras daba patadas a los juncos esparcidos por el suelo.

Sacudió la cabeza para borrar la imagen. Había más en juego que sus sentimientos por la mujer inglesa: no tenía que pensar en ella antes que en lo que concernía a la Orden. Pero... lo hacía.

—Quise detenerlos —estaba diciendo Markos—, pero tuve que esconderme. Eran demasiados.

Altaïr le miró con dureza. Ahora que conocía la duplicidad de Barnabas, se resistía a confiar en cualquiera.

—No ha sido culpa tuya —dijo—. Los Templarios son astutos.

—He oído que utilizan el poder de un Oráculo Oscuro en Buffavento. Debió de ser así como nos encontraron.

¿Era cierto? Altaïr se quedó reflexionando. Sin duda los Templarios parecían saber cada uno de sus movimientos. Pero quizá tenía menos que ver con el oráculo y más con el hecho de que la Resistencia estaba plagada de espías Templarios.

—Es una teoría curiosa —dijo sin fiarse, pues Markos podía estar intentando engañarle adrede—. Pero sospecho que fue Barnabas quien les dio el chivatazo.

Markos se sorprendió.

—¿Barnabas? ¿Cómo puede ser? El líder de la Resistencia Barnabas fue ejecutado el día antes de que llegaras.

Por supuesto. Altaïr se maldijo a sí mismo. Había habido un Barnabas fiel a la Resistencia, pero los Templarios lo habían reemplazado por un hombre de los suyos, un Barnabas falso. Altaïr pensó en Jonás, quien había muerto a manos suyas, bajo las órdenes de un espía, y algún día esperaba compensar ese error. Jonás no se merecía morir.

Altaïr se fue a la zona del puerto, donde retenían a los prisioneros de la Resistencia, y pasó por delante de los guardias sin que lo vieran para descubrir que estaban apiñados en una celda sucia y estrecha.

—Gracias, señor, que Dios os bendiga —dijo uno mientras Altaïr abría la puerta y le dejaba salir.

Tenía la misma expresión de gratitud que los demás. Altaïr no soportaba pensar en lo que los Templarios debían de tener preparado para ellos.

Buscó a María en vano en la prisión...

—¿Se llevaron con vosotros a una mujer?

—¿A una mujer? Sí, pero el hijo del Toro, Shalim, se la llevó encadenada. No se callaba.

No, pensó Altaïr. Estar callada no era propio de María. Pero ¿quién era ese hijo, Shalim? ¿Tomaría el mando del reino de tiranía del Toro?

Así fue como Altaïr se encontró escalando los muros de la fortaleza de Buffavento, abriéndose camino hacia el interior del castillo, y después hacia abajo, hacia sus oscuras, húmedas y empapadas profundidades, donde la piedra de color negro brillaba, donde las luces de las antorchas titilantes apenas penetraban la oscuridad imponente, donde las pisadas retumbaban y había un constante goteo de agua. ¿Era allí donde los Templarios guardaban su famoso oráculo? Eso esperaba. Todo lo que sabía hasta ahora era que le llevaban cierta ventaja. Fuera lo que fuese lo que tenían en mente, sabía que no le iba a gustar: no le gustaba la idea del archivo, del que no dejaba de oír hablar, ni que tantas veces hubieran estado a punto de aplastar a la Resistencia. Iba a hacer todo lo que estuviera en su mano para detener su avance. Y si eso significaba una caza de brujas, que así fuera.

Ahora caminaba por los pasillos de las entrañas del castillo; cada vez estaba más cerca de lo que suponía que era la mazmorra. Detrás de él yacían los cuerpos de dos guardias con los que se había topado en el camino, ambos degollados, sus cadáveres ocultos a la vista. Igual que en el castillo de Moloch, había podido avanzar por el corazón combinando sigilo y asesinato. Ahora oía voces y una de ellas la reconoció de inmediato. Era la de Bouchart.

Estaba hablando con un hombre al otro lado de una puerta de acero, picada de óxido.

—Así que la chica se escapó de nuevo, ¿eh? —dijo el Templario bruscamente.

El otro hombre llevaba una suntuosa túnica forrada de piel.

—Estaba encadenada y en un abrir y cerrar de ojos se ha ido...

—No me insultes, Shalim. Todo el mundo conoce tu debilidad por las mujeres. Bajaste la guardia y se escapó.

—La encontraré, Gran Maestro. Lo juro.

Así que aquel era Shalim. Altaïr le prestó una atención especial, apenas le hizo gracia. Nada en él, ni el aspecto, la constitución y mucho menos el atuendo, le recordaba a su padre, Moloch.

—Hazlo rápido —le estaba diciendo Bouchart—, antes de que lleve al Asesino directamente al archivo.

Shalim se dio la vuelta para marcharse, pero Bouchart le detuvo y le dijo:

—Y Shalim, encárgate de que le entreguen esto a Alexander en Limassol.

Le dio a Shalim un saco que el hombre cogió al tiempo que asentía con la cabeza. Altaïr sintió cómo se le tensaba la mandíbula. Así que Alexander también trabajaba con los Templarios. El enemigo parecía estar metido en todas partes.

Los dos hombres se habían ido y Altaïr reanudaba su avance hacia la celda del Oráculo. Como no podía atravesar las puertas, trepó por un balcón y rodeó el exterior de la fortaleza, luego bajó otra vez hasta que llegó a las mazmorras. Más guardias cayeron bajo su hoja. Pronto descubrirían los cadáveres y habría una alerta general. Tenía que moverse rápido.

Sin embargo, parecía como si los guardias tuvieran ya bastante con su misión. Oía gritar y despotricar conforme se acercaba a lo que pensaba que eran las mazmorras. Al llegar al final del túnel, que se abrió a lo que parecía una prisión, se dio cuenta de a dónde había ido Bouchart, porque allí estaba otra vez, hablando con un guardia. Se hallaba al otro lado de una división con barrotes por fuera de una fila de puertas de celdas.

Bueno, pensó Altaïr, al menos había encontrado su calabozo. Se agachó para apartarse de su vista en un hueco del túnel. En un fondo de gritos, oyó a Bouchart preguntar:

—¿Qué pasa?

—Es esa mujer, señor —respondió el guardia, que levantó la voz para que le oyeran por encima del barullo—. Está hecha una furia. Hay dos guardias heridos.

—Dejadla jugar —sonrió Bouchart—. Ha servido a sus propósitos.

De nuevo Altaïr encontró el camino entre él y Bouchart bloqueado. Habría preferido acabar ya, incluso con el guardia presente: podría arrollar primero a este y después ocuparse de Bouchart. Pero no iba a ser así. Se vio obligado a observar, frustrado, mientras Bouchart y el guardia se marchaban. Salió de su escondite y fue hasta la división, donde se encontró con la puerta cerrada con llave. Con sus dedos hábiles trabajó en el mecanismo. La cruzó y se dirigió a la celda del Oráculo. El grito de la mujer se intensificó, ahora era más inquietante Altaïr notemía a ningún hombre, pero esto era algo muy distinto. Cuando la puerta se entornó, con un quejido agudo de las bisagras oxidadas, le latía con fuerza el corazón.

Su celda era inmensa, del tamaño de un salón de banquetes; un gran salón de banquetes sobre el que colgaba un paño de muerte y decadencia, con niebla y lo que parecían parches de follaje entre los pilares, como si el exterior penetrara poco a poco, hasta que un día reclamara por completo lo que era suyo.

Cuando sus ojos se acostumbraron a la penumbra, la buscó, pero no vio nada; tan solo oyó su alarido infernal. Hacía que se le pusiera de punta el vello de los brazos y contuvo un temblor al adentrarse en su... ¿celda? Era más bien su guarida.

De repente, se hizo el silencio. Sus sentidos se aguzaron. Se cambió la espada de mano al tiempo que los ojos exploraban la sala oscura, apenas iluminada.

—Sangre pagana —dijo una voz, de tono irregular, como directamente sacada de una pesadilla. Se volvió en dirección al sonido, pero entonces la oyó otra vez y pareció moverse—. Conozco tu nombre, pecador —cacareó—. Sé por qué estás aquí. Dios guía mis garras. Dios me da fuerza para partir tus huesos.

Altaïr tan solo tuvo tiempo de pensar: «¿Garras?». ¿De verdad tenía garras? Apareció de entre la oscuridad, dando vueltas como una endemoniada. Altaïr dio un salto hacia atrás. Ella se agachó como un gato, le miró y gruñó. Estaba sorprendido: había esperado una vieja bruja, pero esa mujer... tenía un aspecto noble. Por supuesto. Era la mujer de la que Barnabas le había hablado, la que vivía antes en el castillo. Era joven y habría sido atractiva. Pero fuera lo que fuese lo que los Templarios le habían hecho, al encarcelarla se había vuelto loca. Lo supo cuando sonrió, y al revelar unas filas de dientes podridos y una lengua que amenazaba con pender de la boca, de pronto ya no pareció tan noble. Se rio tontamente y volvió a atacar.

Lucharon, el Oráculo atacando a ciegas, moviendo las uñas, cortando a Altaïr varias veces hasta hacerle sangre. El Asesino mantuvo la distancia y avanzó para lanzar un contraataque hasta que al final consiguió aplastarla e inmovilizarla en un pilar. Desesperado, intentó sujetarla —quería razonar con ella—, pero se retorcía como un animal salvaje; incluso al empujarla hacia el suelo y sentarse a horcajadas sobre ella, con la hoja en su garganta, ella le golpeaba y mascullaba:

—Gloria de Dios. Soy su instrumento. La ejecutora de Dios. No temo el dolor ni la muerte.

—Una vez fuisteis una chipriota —le dijo Altaïr, que se esforzaba por sostenerla—. Una noble respetable. ¿Qué secretos habéis contado a esos demonios?

¿Sabía que al ayudar a los Templarios había traicionado a su propia gente? ¿Le quedaba aún algo de razón para entender eso?

—Este sufrimiento tiene un propósito —dijo con voz áspera y de repente se tranquilizó—. Por orden divina soy su instrumento.

No, pensó. No lo era. Había perdido la cabeza.

—Sea lo que sea lo que os hayan hecho los Templarios, mi señora, se han equivocado —dijo—. Perdonadme por esto.

Era un acto de misericordia. La mató y después huyó de aquel terrible lugar.

Más tarde, de vuelta en el refugio, abrió su diario y escribió:

¿Por qué nuestros instintos insisten en la violencia? He estudiado las interacciones entre las diferentes especies. El deseo innato de sobrevivir parece exigir la muerte del otro. ¿Por qué no pueden ir de la mano? Por eso muchos creen que el mundo lo creó una fuerza divina, pero yo solo veo los diseños de un loco, empeñado en celebrar la muerte, la destrucción y la desesperación.

También reflexionó sobre la Manzana:

¿Quiénes eran los que estaban antes? ¿Qué les trajo hasta aquí? ¿Qué hay de esos artefactos? ¿Son herramientas que se dejaron para ayudarnos y guiarnos? ¿O luchamos por el control de sus desechos, a los que les damos propósito y significado divino cuando no son más que juguetes descartados?

44

Altaïr decidió seguir a Shalim. Al fin y al cabo, María había estado con él pero de alguna manera la había perdido y ahora le habían encargado buscarla, lo que significaba que ambos iban detrás de ella. Altaïr quería asegurarse de estar cerca si Shalim la encontraba antes.

Aunque Shalim no se esforzaba mucho por buscarla en aquel momento. Markos le había dicho a Altaïr que lo único que Shalim tenía en común con su padre era el hecho de que servía a los Templarios y tenía mucho genio. En lugar de fervor religioso, le gustaba el vino y disfrutaba de la compañía de prostitutas. Al seguirle, Altaïr vio que satisfacía ambas cosas. Mantuvo una distancia prudencial mientras Shalim y dos de sus escoltas caminaban por las calles de Kyrenia con paso impetuoso, como un trío de pequeños déspotas, reprendiendo con ira a los ciudadanos y mercaderes, abusando de ellos, robando productos y dinero como preparativos para ir a alguna parte.

A un burdel, por lo visto. Altaïr observó cómo Shalim y sus hombres se acercaban a una puerta donde un borracho estaba manoseando a una de las putas de la zona. El hombre o era muy estúpido o estaba demasiado ebrio para reconocer que Shalim estaba de mal genio, porque alzó su recipiente de cuero para saludar al tirano, diciendo:

—Alza la jarra, Shalim.

Shalim no rompió el paso. Abofeteó al borracho con la mano plana de modo que su cabeza rebotó en la pared que se alzaba tras él con un golpe seco. El recipiente de cuero cayó y el hombre se deslizó por la pared hasta sentarse, con la cabeza colgando y el pelo apelmazado por la sangre. En el mismo movimiento Shalim agarró a la prostituta del brazo.

La mujer se resistió.

—Shalim, no. Por favor, no.

Pero ya se la estaba llevando a rastras. Echó la vista atrás y llamó a sus dos acompañantes:

—Divertíos, hombres. Y reunid a otras mujeres para mí cuando hayáis terminado.

Altaïr había visto bastante. Shalim no estaba buscando a María, de eso estaba seguro, y él no iba a encontrarla siguiendo a Shalim adondequiera que fuera con la puta: a la cama o a la taberna, sin duda.

Así que regresó a la zona del mercado, donde Markos deambulaba sin rumbo fijo entre los puestos, con las manos unidas a la espalda, esperando noticias de Altaïr.

—Tengo que acercarme más a Shalim —le dijo a Markos, cuando se retiraron a la sombra, haciéndose pasar por dos comerciantes que se protegían del ardiente sol—. Si es tan estúpido como descarado, puede que le saque algunos secretos.

—Habla con uno de los monjes en las cercanías de la catedral. —Markos se rio—. La vida caprichosa de Shalim exige confesiones frecuentes.

Así fue como Altaïr encontró en la catedral un banco bajo un toldo ondeante y se sentó a ver pasar el mundo. Esperó hasta que un solitario monje de hábito blanco pasó junto a él e inclinó la cabeza para saludarlo. Altaïr le devolvió el gesto y dijo en voz grave para que solo el monje le oyera:

—¿No te molesta, hermano, sufrir los pecados de un hombre tan vil como Shalim?

El monje se detuvo. Miró a un lado, después a otro y por último a Altaïr.

—Sí —susurró—, pero si me opongo lo único que conseguiré será la muerte. Los Templarios tienen demasiado en juego aquí.

—¿Te refieres al archivo? —preguntó Altaïr—. ¿Puedes decirme dónde está?

Altaïr había oído hablar de ese archivo. A lo mejor guardaba la clave de las actividades templarias. Pero el monje negó con la cabeza. De pronto, se armó un pequeño alboroto. Era Shalim, vio Altaïr, sobresaltado. Estaba montando una plataforma para un orador. Ya no estaba con él la prostituta y parecía menos borracho de lo que había estado antes.

—Hombres y mujeres de Chipre —anunció, mientras su audiencia se reunía—, Armand Bouchart os envía sus bendiciones, pero con la dura condición de que todos los que fomenten el desorden con el apoyo de la Resistencia sean atrapados y castigados. Los que quieran el orden y la armonía, y obedezcan al Señor a través del buen trabajo, disfrutarán de la caridad de Bouchart. Bueno, trabajemos juntos como hermanos para reconstruir lo que el odio y la ira han derribado.

Aquello era muy extraño, pensó Altaïr. Shalim parecía descansado y saludable, no tenía el aspecto que Altaïr habría esperado después de sus recientes actividades. Aquel Shalim tenía el potencial de convertirse en un hombre que pensaba pasar el resto del día bebiendo y yendo de putas. ¿Y este? Era un hombre distinto. No solo por el aspecto sino por la actitud, por el comportamiento, a juzgar por el contenido de su discurso, su filosofía al completo. Y este Shalim no tenía escolta que le acompañara. A este Shalim Altaïr podía vencerlo fácilmente, tal vez en uno de los callejones de la avenida principal de Kyrenia.

Cuando Shalim bajó de la plataforma y se marchó, dejando atrás la catedral, en dirección a las calles doradas, Altaïr le siguió a la caza.

No estaba seguro de cuánto llevaban caminando, cuando de repente el gigantesco castillo de San Hilarión surgió imponente ante ellos y vio cómo Shalim se dirigía al interior. En efecto, cuando alcanzaron las enormes puertas del castillo, entró por un portillo y desapareció de su vista. Altaïr lanzó una maldición. Había perdido a su objetivo. Aun así, en el castillo bullía la actividad, e incluso ahora se estaban abriendo las puertas, hacia atrás, para permitir que cuatro hombres sacaran un palanquín. Sin duda estaba vacío —pudieron avanzar deprisa— y Altaïr los siguió hacia el puerto soleado, donde dejaron su carga y se quedaron esperando, con los brazos cruzados.

Altaïr esperó también. Se sentó en un muro bajo del puerto, con los codos apoyados en las rodillas, y observó el palanquín y a los sirvientes que aguardaban, a los mercaderes y pescadores, los bonitos barcos que se mecían contra la pared del puerto. Un grupo de pescadores que luchaban con una red enorme se detuvieron de repente, miraron hacia una de las embarcaciones y sonrieron. Altaïr les siguió la mirada para ver aparecer a un grupo de mujeres, vestidas con seda transparente y chiffon de cortesanas, que caminaban hacia el puerto con paso seguro y delicado. Los pescadores les lanzaron miradas lascivas y algunas lavanderas chasquearon la lengua en señal de desaprobación cuando las mujeres cruzaron el muelle con la cabeza bien alta, pues sabían la atención que despertaban. Altaïr las observó.

Entre ellas estaba María.

Iba vestida de cortesana. Le dio un vuelco el corazón al verla. Pero ¿qué estaba haciendo? Había escapado de las garras de Shalim para volver al peligro, o al menos eso parecía. Ella y las demás mujeres se subieron a bordo del palanquín. Los sirvientes esperaron hasta que se acomodaron todas, entonces lo tomaron y continuaron más despacio que antes, cada hombre doblado bajo el peso, para salir del puerto y, si Altaïr tenía razón, dirigirse al castillo de San Hilarión. Donde, sin duda, Shalim ya se estaba frotando las manos con regocijo.

Altaïr se dio la vuelta para seguirlos, escaló la pared de un edificio cercano, y caminó por los tejados, saltando de uno a otro, siguiéndole la pista al palanquín, que estaba debajo de él. Al acercarse a las puertas del castillo, esperó, agachado. Entonces, calculó el salto y bajó del tejado.

Pam.

El palanquín dio unos bandazos cuando los hombres que lo sostenían se ajustaron al nuevo peso. Altaïr confiaba en que estuvieran demasiado tiranizados para alzar la vista y tenía razón. Se limitaron a echarse al hombro el peso extra y continuaron andando. Y si las cortesanas del interior habían advertido algo, tampoco dijeron nada, y la procesión cruzó con tranquilidad el umbral del castillo hasta llegar a un patio. Altaïr miró a su alrededor y vio unos arqueros en los baluartes. En cualquier momento le descubrirían. Bajó y se escondió detrás de un muro bajo para observar mientras sacaban a María del transporte y se la llevaban escoltada, lejos del patio, por una puertecita.

Subió al tejado de una edificación anexa. Tendría que entrar por el camino más largo. Pero sabía una cosa. Ahora que la había encontrado, no la iba a perder de nuevo.

45

Aun amplio balcón y bajo un calor achicharrante, es donde fue a parar María, el lugar en el que le iban a presentar al dueño del castillo de San Hilarión. A uno de ellos, al menos. Altaïr ignoraba que Shalim tenía un hermano gemelo, Shahar. Fue a Shahar al que vio pronunciar el discurso sobre la caridad, lo que respondía a la pregunta del Asesino sobre cómo un hombre que había pasado la noche bebiendo y acompañado de prostitutas podía estar tan lleno de energía al día siguiente.

María, por otro lado, conocía a los gemelos y, aunque eran idénticos, sabía cómo diferenciarlos. De los dos, Shalim tenía ojos oscuros y el aspecto de un hombre con su estilo de vida; Shahar parecía el más juvenil de los dos. Fue a él a quien ella se acercó. Este se volvió para mirarla y su rostro se iluminó; sonrió al cruzar el balcón hacia él, resplandeciente con su traje de cortesana, recogido lo suficiente para atraer la atención de cualquier hombre.

—No esperaba verte otra vez. —La miró con lascivia—. ¿Cómo puedo ayudarte, zorrita?

Pasó junto a ella para volver a entrar en la sala.

—No estoy aquí para que me halaguen —dijo María con brusquedad, a pesar de que aparentaba lo contrario—. Quiero respuestas.

María permaneció detrás de él y, cuando llegaron a la sala, él se la quedó contemplando, desconcertado, aunque de manera libidinosa. Ella ignoró su mirada. Tenía que oír por sí misma lo que Altaïr le había contado.

—¿Eh? —dijo Shahar.

—¿Es verdad lo que he oído? —insistió—. ¿Que los Templarios queréis utilizar la Manzana, el Fragmento del Edén, para el mal? ¿No para iluminar a las personas, sino para someterlas?

Él sonrió con indulgencia como si le explicara las cosas a una niña adorable pero ingenua.

—La gente está confundida, María. Son corderos suplicando que los guíen. Y eso es lo que ofrecemos: vidas sencillas, libres de preocupaciones.

—Pero nuestra Orden se creó para proteger a las personas —persistió—, no para robarles su libertad.

Shahar levantó el labio.

—A los Templarios no nos importa la libertad, María. Buscamos el orden, nada más.

Se puso a caminar hacia ella. María retrocedió un paso.

—¿Orden? ¿O esclavitud?

Su voz adquirió un tono más oscuro al responder:

—Puedes llamarlo como quieras, querida...

Alargó la mano hacia ella y sus intenciones —sus intenciones demasiado evidentes— fueron interrumpidas por la irrupción de Altaïr. Shahar se dio la vuelta y exclamó:

—¡Asesino!

Tomó a María por los hombros y la tiró al suelo, haciéndole daño. Altaïr decidió que se lo haría pagar a aquel matón.

—Mis disculpas, Shalim, por colarme —dijo.

Shahar sonrió abiertamente.

—¿Así que estás buscando a Shalim? Estoy seguro de que a mi hermano le gustará reunirse con nosotros.

De arriba provino un ruido y Altaïr alzó la vista hacia una galería, por la que Shalim se acercaba, sonriendo. Luego, dos guardias atravesaron la puerta abierta, listos para abalanzarse sobre María que, de pie, se dio la vuelta y arrancó la espada de la funda de un guardia para usarla contra él.

El hombre gritó y se encogió justo cuando ella se volvía y, sobre una rodilla, atacaba de nuevo, despachando al otro. En ese mismo instante, Shalim saltó de la galería y aterrizó en medio de la sala, junto a su hermano. Altaïr tuvo un momento para ver al uno al lado del otro, y le sorprendió lo mucho que se parecían. Junto a él estaba María, con la espada recién adquirida goteando sangre, los hombros subiendo y bajando, ambos contra los gemelos. Altaïr sintió que el pecho se le llenaba de algo que en parte era orgullo y en parte algo que prefería no nombrar.

—Ellos dos —dijo— y nosotros.

Sin embargo, María volvió a sorprenderle. En vez de luchar a su lado, se limitó a emitir un sonido de desdén y salió corriendo por la puerta que los guardias habían dejado abierta. Altaïr tuvo un instante para pensar si debía seguirla, pero los hermanos se abalanzaron sobre él y se puso a luchar para salvar su vida contra los dos espadachines expertos.

La lucha fue larga y brutal. Los gemelos comenzaron con mucha confianza, seguros de que enseguida aplastarían al Asesino. Al fin y al cabo, eran dos y ambos eran hábiles con la espada; con toda la razón, esperaban acabar con él. Pero Altaïr estaba luchando lleno de ira y frustración. Ya no sabía quién era su amigo y quién su enemigo. Le habían traicionado los hombres que se suponía que eran sus amigos y habían resultado ser lo contrario. Los que creía que se convertirían en amigos —o en más que amigos— habían rechazado la mano de la amistad que él había ofrecido. Lo único que sabía era que luchaba en una guerra en la que había mucho más en juego de lo que sabía e incluía poderes e ideologías que aún tenía que entender. Debía seguir luchando, seguir esforzándose, hasta llegar al final.

Y cuando los cuerpos muertos de los gemelos por fin yacieron a sus pies, con las piernas y los brazos retorcidos, en mal ángulo, y los ojos abiertos de par en par, no disfrutó ni sintió ninguna gratificación por la victoria. Tan solo sacudió la sangre de su espada, la envainó y se dirigió al balcón. Por detrás oyó que llegaban más guardias mientras estaba en la balaustrada con los brazos extendidos. Debajo había un carro, al que se lanzó, y después desapareció por la ciudad.

Más tarde, cuando regresó al refugio, Markos estaba allí para recibirle, impaciente por oír la historia de la muerte de los hermanos. A su alrededor, los miembros de la Resistencia se abrazaban, rebosantes de alegría por la noticia. Por fin la Resistencia podría recuperar el control de Kyrenia. Y si lo conseguían con Kyrenia, entonces seguro que había esperanza para toda la isla.

Markos le sonrió.

—Está sucediendo, Altaïr. El puerto se vacía de embarcaciones Templarias. Kyrenia será libre. Quizá toda Chipre.

Altaïr sonrió, animado por la alegría de los ojos de Markos.

—Sé prudente —le aconsejó.

Recordó que todavía le quedaba descubrir la ubicación del archivo. La marcha de los Templarios le decía algo.

—No dejarían el archivo sin protección —dijo—, así que no puede estar aquí.

Markos se quedó pensando.

—La mayoría de los barcos que se han ido se dirigían a Limassol. ¿Podría estar allí?

Altaïr asintió.

—Gracias, Markos. Has servido bien al país.

—Ve con Dios, Altaïr.

Más tarde, Altaïr encontraría un barco que le llevaría de vuelta a Limassol. Allí, esperaba desentrañar el misterio de las intenciones de los Templarios y averiguar la verdad sobre Alexander.

Reflexionó sobre todo ello durante la travesía y escribió en su diario:

Recuerdo mi momento de debilidad, cuando mi confianza flaqueó por las palabras de Al Mualim. Él, que había sido como un padre, resultó ser mi gran enemigo. Le bastaba con la más mínima duda para entrar en mi mente con este aparato. Pero derroté a sus fantasmas, recuperé mi confianza y le eliminé.

46

Limassol estaba más o menos como lo había dejado, plagado de soldados y hombres Templarios, un pueblo resentido que seguía como siempre, con el descontento en sus rostros mientras se ocupaban de sus asuntos.

Sin perder tiempo, Altaïr localizó el nuevo refugio de la Resistencia, un almacén abandonado, y entró, decidido a enfrentarse a Alexander por la conversación que había escuchado a Bouchart y Shalim. Pero cuando entró en el edificio fue Alexander quien reaccionó.

—Retrocede, traidor. Has traicionado a la Resistencia y has vendido nuestra causa. ¿Has estado trabajando con Bouchart todo este tiempo?

Altaïr se había preparado para una confrontación con Alexander, tal vez incluso para entrar en combate, pero al ver al hombre de la Resistencia en aquel estado, se calmó y pensó que habría malinterpretado lo que había visto. De todas maneras, siguió prudente.

—Estaba a punto de preguntarte lo mismo, Alexander. Oí a Bouchart mencionar tu nombre. Te ha entregado un paquete, ¿no?

Con los ojos entrecerrados, Alexander asintió. No había muchos muebles en el refugio, pero cerca había una mesa baja y sobre ella estaba el saquito que Bouchart le había entregado a Shalim en Kyrenia.

—Sí —dijo Alexander—, la cabeza del pobre Barnabas en una bolsa de arpillera.

Altaïr se acercó al paquete. Tiró del cordón y la tela se retiró para revelar la cabeza decapitada, pero...

—Este no es el hombre que se reunió conmigo en Kyrenia —dijo Altaïr mientras miraba fijamente, con tristeza, la cabeza cortada. Había comenzado a decolorarse y despedía un fuerte olor desagradable. Los ojos estaban medio cerrados, la boca estaba un poco abierta y se veía la lengua dentro.

—¿Qué? —dijo Alexander.

—Mataron al verdadero Barnabas antes de que yo llegara y lo sustituyeron por un agente Templario que hizo mucho daño antes de que yo desapareciera —le contó Altaïr.

—Que Dios nos asista. Los Templarios han sido igual de brutales aquí, los capitanes deambulaban por el mercado, el puerto y la plaza de la catedral, arrestando a cualquier persona que creyeran conveniente.

—No desesperes —dijo Altaïr—. Kyrenia ya se ha quitado de encima a los Templarios. También los expulsaremos de Limassol.

—Debes tener cuidado. La propaganda templaria ha vuelto a algunos de mis hombres en tu contra, y muchos otros no se fían.

—Gracias por avisarme.

Altaïr buscó por la ciudad a Bouchart en vano, pero cuando regresó para compartir las malas noticias con Alexander, se encontró el refugio vacío salvo por una nota. Estaba en la mesa y Altaïr la tomó. Alexander quería que se encontrara con él en el patio del castillo. O al menos eso era lo que decía la nota.

Altaïr pensó: ¿había visto alguna vez la letra de Alexander? Creía que no. De todos modos, el hombre de la Oficina podía haberse visto coaccionado para escribir la nota.

Mientras se dirigía al encuentro, todos sus instintos le decían que aquello podía tratarse de una trampa. Se le hundió el alma cuando se topó con un cuerpo en el patio.

«No», pensó.

Enseguida miró a su alrededor. Los baluartes vacíos que rodeaban el patio le devolvieron la mirada vacuamente. De hecho, toda la zona estaba mucho más tranquila de lo que había esperado. Se arrodilló junto al cuerpo y sus miedos se vieron hechos realidad cuando le dio la vuelta para ver cómo le miraban los ojos sin vida de Alexander.

Entonces arriba se oyó una voz, se irguió y se volvió para ver una figura en los baluartes que daban al patio. Deslumbrado por el sol, alzó una mano para protegerse los ojos, todavía sin poder distinguir el rostro del hombre que había allí. ¿Era Bouchart? Fuera quien fuese, llevaba la cruz roja de los cruzados y estaba con las piernas ligeramente separadas, las manos en las caderas, todo un héroe victorioso.

El caballero señaló el cadáver de Alexander y su voz sonó burlona al decir:

—¿Era amigo tuyo?

Altaïr confió en que el caballero no tardase en pagar aquel desprecio. El hombre cambió un poco de postura y Altaïr por fin pudo verlo con claridad. Era el espía. El que se había hecho pasar por Barnabas en Kyrenia, el que probablemente era el responsable de la muerte del propio Barnabas. Otro buen hombre muerto. Altaïr confió en hacerle pagar por eso también. Apretó los puños y los músculos de la mandíbula se movieron. Aunque por primera vez se hallaba en desventaja frente al espía.

—Tú —le llamó—. No sé tu nombre.

—¿Qué te dije en Kyrenia? —El caballero, el espía, se rio—. Barnabas, ¿no?

De repente se alzó un gran grito y Altaïr se dio la vuelta para ver a un grupo de ciudadanos que entraban en el patio. Le habían tendido una trampa. El espía había hablado en su contra. Había calculado que la furiosa muchedumbre llegaría en ese momento y ahora le incriminarían por el asesinato de Alexander. Era una trampa y había caído de lleno en ella, incluso cuando el instinto le había advertido que actuara con cautela.

Volvió a maldecirse. Miró a su alrededor. Los muros de arenisca se alzaban imponentes sobre él. Unas escaleras llevaban a los baluartes, pero allí arriba estaba el espía, sonriendo de oreja a oreja, disfrutando del espectáculo que estaba a punto de empezar en serio mientras los ciudadanos corrían hacia Altaïr, con la sangre hirviendo, con una necesidad de venganza y justicia ardiendo en sus ojos.

—¡Ahí está el traidor!

—¡Colgadle!

—¡Pagarás por tus crímenes!

Altaïr se mantuvo firme. Su primer impulso fue echar la mano a su espada, pero no: no podía matar a ningún ciudadano. Al hacerlo, destruiría la fe que tuvieran en la Resistencia o en los Asesinos. Lo único que podía hacer era declarar su inocencia. Pero no iba a poder razonar con ellos. Desesperado, buscó una respuesta.

Y la encontró.

La Manzana.

Era como si le estuviera llamando. De repente fue consciente de que estaba en el fardo a su espalda y la sacó para sostenerla frente a la muchedumbre.

No tenía ni idea de lo que intentaba hacer con ella y no estaba seguro de lo que sucedería. Sentía que la Manzana obedecería sus órdenes, que comprendería su intención. Pero tan solo era una impresión. Una sensación. Un instinto.

Y lo hizo. Vibró y resplandeció en sus manos. Emitió una extraña luz diáfana que parecía colocarse alrededor del gentío, que se calmó al instante y se quedó inmóvil. Altaïr vio al espía Templario retroceder por el impacto. Por unos breves instantes, se sintió todopoderoso y en ese momento reconoció no solo el encanto tentador de la Manzana y la fuerza divina que otorgaba, sino el terrible peligro que representaba en las manos de aquellos que la podían utilizar para el mal, por supuesto, pero también contra él. Ni siquiera él era inmune a su tentación. La estaba utilizando ahora, se prometió a sí mismo no usarla de nuevo, al menos no con aquella intención.

Entonces se dirigió a la multitud.

—Armand Bouchart es el hombre responsable de vuestro sufrimiento —dijo—. Contrató a ese hombre para envenenar a la Resistencia contra sí misma. Salid de aquí y congregad a vuestros hombres. Chipre volverá a ser vuestra.

Por unos instantes se preguntó si habría funcionado. Cuando bajara la Manzana, ¿la muchedumbre malhumorada reanudaría simplemente su linchamiento? Pero la bajó y el gentío no se lanzó contra él. Sus palabras habían influido en ellos. Les habían convencido. Sin más ceremonias, se dieron la vuelta y salieron del patio, tan rápido como habían llegado, pero sometidos, incluso arrepentidos.

Una vez más el patio estaba vacío y, durante unos instantes, Altaïr miró la Manzana que sostenía en la mano, observó cómo se apagaba, se sintió intimidado, asustado, atraído. Después, la guardó mientras el espía decía:

—Menudo juguete que tienes ahí... ¿Te importa si lo tomo prestado?

Altaïr sabía una cosa: el Templario tendría que sacarle la Manzana a un cuerpo muerto. Desenvainó la espada, preparado para el combate, mientras el Templario sonreía, previendo la lucha, a punto de bajar de los baluartes cuando...

Se detuvo.

Y la sonrisa se deslizó de su rostro como aceite chorreando.

De su pecho sobresalió una espada. La sangre floreció en su túnica blanca y se mezcló con el rojo de la cruz que llevaba. Bajó la vista, confundido, como si se preguntara cómo había llegado hasta allí esa arma. Debajo de él, en el patio, Altaïr se preguntaba lo mismo. Entonces el Templario se balanceó y Altaïr vio la figura detrás de él. Una figura que reconoció: María.

La mujer sonrió, empujó al espía hacia delante desde el muro del patio e hizo que cayera con fuerza al suelo. Allí, de pie, con su espada goteando sangre, sonrió a Altaïr, la sacudió y la metió en su funda.

—Así que —dijo— has tenido la Manzana todo el tiempo.

Él asintió.

—Y ahora ves qué tipo de arma sería si estuviera en las manos equivocadas.

—No sé si las tuyas las llamaría yo buenas.

—No. Pero sí bastante buenas porque la destruiría... o la escondería. Hasta que encuentre el archivo, no lo sabré.

—Bueno, no busques más —dijo—. Estás de pie sobre él.

47

Justo entonces se oyó un fuerte grito en la entrada del patio y un grupo de soldados Templarios entraron corriendo, mostrando unos ojos peligrosos tras las rendijas de sus viseras.

Desde arriba María dijo:

—¡Por aquí, rápido!

Se dio la vuelta y salió a toda velocidad por los baluartes hacia una puerta. Altaïr estuvo a punto de seguirla cuando tres hombres se le echaron encima.

Eran expertos y habían practicado mucho —los músculos del cuello así lo demostraban—, pero incluso tres caballeros no eran rivales para un Asesino, que danzaba a su alrededor con agilidad, atravesándoles con la espada.

Miró hacia arriba. Los baluartes estaban vacíos y no había ni rastro de María. Subió las escaleras dando saltos y Altaïr continuó corriendo hasta llegar a la puerta. Aquella, entonces, era la entrada al edificio que contenía el archivo. Entró.

La puerta se cerró de golpe y se encontró en un pasillo que recorría toda la pared de un cavernoso pozo que llevaba hacia abajo. Las antorchas de la pared apenas daban luz y proyectaban unas sombras danzantes sobre las cruces templarias que decoraban los muros. Estaba en silencio.

No, no del todo.

De algún sitio muy abajo provenían unos gritos. Guardias, tal vez, alertados por la presencia de... ¿María? Un espíritu tan libre no podría nunca alinearse con las ideologías templarias. Ahora era una traidora. Se había inclinado hacia el lado del Asesino: había matado a un Templario y le había enseñado a Altaïr la ubicación del archivo. La matarían allí mismo. Aunque, por supuesto, según lo que había visto de ella en combate, aquello sería más fácil de decir que de hacer.

Comenzó a descender, corriendo por los oscuros peldaños, y de vez en cuando saltando huecos en la mampostería que se desmoronaba, hasta que llegó a una cámara con el suelo arenoso. Allí estaban esperándole tres guardias y liquidó a uno con un cuchillo arrojadizo, sorprendió al segundo y le clavó la espada en el cuello. Empujó el cuerpo contra el tercero, que cayó, y mientras se retorcían en el suelo, Altaïr terminó con ellos. Al continuar hacia las profundidades, oyó que corría agua, y se encontró en un puente que pasaba por en medio de dos cascadas. El sonido fue suficiente para ahogar el ruido de su llegada y que los dos guardias que había en el otro extremo ni le oyeran. Los derribó con dos estocadas.

Los dejó y continuó su camino hacia las entrañas de... la biblioteca. Había estanterías de libros, salas llenas de ellas. Eso era. Estaba allí. No estaba seguro de lo que esperaba ver, pero había menos libros y artefactos de lo que imaginaba. ¿Aquello constituía el auténtico archivo del que había oído hablar?

Pero no tenía tiempo de detenerse a inspeccionar su hallazgo. Oía voces, el sonido metálico de los golpes de una espada: dos combatientes, uno de ellos sin duda era una mujer.

Delante de él, un gran arco estaba decorado con la cruz templaria en su vértice. Fue hasta allí y entró en una cámara enorme, con una zona de ceremonias en el centro, rodeada por unos intrincados pilares de piedra. Allí, en el medio, estaban Bouchart y María, peleando. Estaba frenando al Templario, pero tan solo eso, y cuando entró Altaïr en la cámara, la atacó y ella se cayó al suelo, gritando de dolor.

Bouchart la miró con indiferencia, ya dándose la vuelta para enfrentarse a Altaïr, que no había hecho ningún ruido al entrar.

—El estúpido del emperador Comnenus —anunció el Templario, hablando despectivamente del antiguo líder chipriota— era un tonto, pero era nuestro tonto. Durante casi una década operábamos sin ninguna intromisión en esta isla. Nuestro archivo era el secreto mejor guardado de Chipre. Por desgracia, incluso los planes mejor trazados no eran inmunes a la idiotez de Isaac.

Durante casi una década, pensó Altaïr. Pero entonces... Dio un paso hacia delante y apartó la vista de Bouchart para mirar a María.

—Enfadó al rey Ricardo y trajo al inglés demasiado cerca para estar cómodo. ¿No es así?

Cuando Bouchart no hizo ningún movimiento para detenerlo, cruzó la sala y se inclinó junto a María. Le sostuvo la cara para comprobar si estaba viva.

Bouchart hablaba, disfrutando del sonido de su propia voz.

—Por suerte, fuimos capaces de convencer a Ricardo para que nos vendiera la isla. Fue la única manera de desviar su atención.

María parpadeó y se quejó. Estaba viva. Altaïr suspiró, aliviado, y colocó su cabeza con cuidado sobre la piedra. Se irguió para enfrentarse a Bouchart, que los había estado observando.

—Comprasteis lo que ya controlabais... —apuntó Altaïr.

Ahora lo entendía. Los Templarios le habían comprado Chipre al rey Ricardo para impedir que descubrieran su archivo. No le extrañaba que hubieran sido agresivos en su persecución cuando llegó a la isla.

Bouchart confirmó que tenía razón.

—Y mira dónde nos ha llevado. Desde que llegaste y metiste las narices en demasiados rincones oscuros, el archivo no ha estado a salvo.

—Ojalá pudiera decir que lo siento. Pero suelo obtener lo que quiero —contestó Altaïr, pero sabía que algo no iba bien.

En efecto, Bouchart estaba sonriendo abiertamente.

—Oh, esta vez no, Asesino. Ahora no. Nuestro pequeño desvío a Kyrenia nos dio el tiempo suficiente para desmontar el archivo y moverlo de sitio.

Por supuesto. No era el escaso archivo que había visto al bajar. Eran los restos que no necesitaban. Lo habían distraído con lo de Kyrenia y habían usado esa oportunidad para trasladarlo.

—No estabais llevando artefactos a Chipre, sino que los sacabais de allí —dijo Altaïr cuando lo vio todo claro.

—Exacto —contestó Bouchart, con un gesto elogioso—. Pero no tiene que irse todo... Creo que os dejaremos aquí.

Bouchart se abalanzó con su espada, y Altaïr le esquivó. Bouchart estaba preparado y mantuvo su ataque, y Altaïr se vio forzado a defenderse de una serie de estocadas y cortes. Bouchart era hábil, sin duda. También era rápido y confiaba más en la gracia y el juego de piernas que en la fuerza bruta que la mayoría de los cruzados ponían en un duelo a espada. Pero avanzó esperando ganar rápido. Su desesperación por vencer al Asesino le hizo olvidarse de las exigencias físicas de la pelea, así que Altaïr defendió, dejando que se acercara, absorbiendo sus ataques, ofreciendo de vez en cuando un ataque breve, para abrir heridas. Un tajo aquí, un rasguño allá. La sangre empezó a gotear por debajo de la cota de malla de Bouchart, que colgaba, pesada, sobre él.

Mientras Altaïr luchaba, pensaba en María y en quienes habían muerto por orden de los Templarios, pero frenó esos recuerdos que se transformaban en deseo de venganza. En su lugar, dejó que le dieran determinación. La sonrisa había abandonado el rostro de Bouchart y, mientras Altaïr permanecía en silencio, el Gran Maestro Templario resoplaba por el esfuerzo y por la frustración. Las estocadas de su espada eran menos coordinadas y no alcanzaban su objetivo. La sangre y el sudor emanaban de él. Enseñaba los dientes.

Y Altaïr le abrió más heridas, le cortó en la frente para que la sangre saliera a borbotones hacia los ojos y tuviera que secarse con el guante la cara para limpiársela. Bouchart apenas podía levantar la espada y estaba doblado; se esforzaba en respirar y solo veía sombras y formas. Ahora era un hombre derrotado. Lo que significaba que estaba muerto.

Altaïr no jugó con él. Esperó hasta que el peligro hubiera pasado. Hasta que estuvo seguro de que la debilidad de Bouchart no era fingida. Entonces le repasó de arriba abajo.

Bouchart cayó al suelo y Altaïr se arrodilló junto a él. El Templario le miró y Altaïr vio respeto en sus ojos.

—Ah. Le... haces honor a tu Orden —dijo entre jadeos.

—Y tú te has apartado de la tuya.

—No me he apartado..., la he expandido. Y si tú, Asesino..., si supieras algo más aparte de cómo matar, lo entenderías.

Altaïr frunció el entrecejo.

—Ahórrate la charla sobre la virtud y muere sabiendo que nunca dejaré que la Manzana caiga en otras manos que no sean las mías.

Mientras hablaba, la notaba caliente contra su espalda, como si se despertara.

Bouchart sonrió con ironía.

—Guárdala bien, Altaïr. Llegarás a las mismas conclusiones que nosotros... en su momento...

Murió. Altaïr alargó la mano para cerrarle los ojos, justo cuando el edificio se agitaba y le caía encima una lluvia de escombros. Fuego de cañones. Los Templarios estaban bombardeando el archivo. Tenía mucho sentido. No querían dejar nada atrás.

Se acercó apresuradamente a María y la puso de pie. Por un momento se miraron a los ojos y hubo algo indescriptible entre ambos. Después, le tiró del brazo para sacarla de la gran cámara justo cuando esta se sacudía por otro cañonazo. Altaïr alcanzó a ver dos preciosos pilares encogerse y caer. Después, se vio siguiendo a María mientras corría, subiendo las escaleras de dos en dos para llegar al pozo y después al archivo hundido. Se sacudió por otra explosión y la mampostería del pasillo se rompió, pero continuaron corriendo, esquivando los escombros, hasta que llegaron a la salida.

Los peldaños se habían desprendido, así que Altaïr subió, arrastrando a María detrás de él hasta una plataforma. Salieron a la luz del día mientras el bombardeo se intensificaba y el edificio parecía derrumbarse, lo que les obligó a apartarse de un salto. Y allí se quedaron un rato, tragando aire fresco, contentos de estar vivos.

Más tarde, cuando los barcos Templarios partieron, llevándose consigo lo último que quedaba del valioso archivo, Altaïr y María caminaban bajo la luz mortecina del puerto de Limassol, ambos perdidos en sus pensamientos.

—Todo por lo que trabajé en Tierra Santa ya no lo quiero —dijo María tras una larga pausa—. Y todo lo que dejé para unirme a los Templarios... Me pregunto dónde quedó y si debería tratar de encontrarlo de nuevo.

—¿Regresarás a Inglaterra? —preguntó Altaïr.

—No..., ya estoy muy lejos de casa, continuaré al este. A la India, tal vez. O hasta que llegue al extremo del mundo... ¿Y tú?

Altaïr pensó, disfrutando de la proximidad que compartían.

—Todo aquel tiempo sometido a Al Mualim, pensaba que mi vida había alcanzado su límite y que mi único deber era enseñar a los demás ese mismo precipicio que había descubierto.

—Una vez sentí lo mismo —dijo ella.

De su fardo sacó la Manzana y la levantó para inspeccionarla.

—Tan terrible como es este artefacto, contiene maravillas... Me gustaría entenderla lo mejor posible.

—Caminas por el filo de la navaja, Altaïr.

—Lo sé. Pero me ha vencido la curiosidad, María. Quiero conocer a las mejores mentes, explorar las bibliotecas del mundo y aprender todos los secretos de la naturaleza y el universo.

—¿Todo eso en la misma vida? Es un poco ambicioso...

Él se rio.

—¡Quién sabe! Puede que una vida sea suficiente.

—Quizás. ¿Y adónde irás primero?

La miró y sonrió, pues sabía que quería que la acompañara el resto del viaje.

—Al este... —respondió.

CUARTA PARTE

48

15 de julio de 1257

Maffeo en ocasiones tiene la costumbre de mirarme de forma extraña. Es como si creyera que no le estoy proporcionando toda la información necesaria. Y ya lo ha hecho varias veces durante nuestra sesión de relatos. Ya sea contemplando el mundo pasar en el concurrido mercado de Masyaf, disfrutando de unas bebidas frescas en las catacumbas bajo la ciudadela o paseando por los baluartes, viendo los pájaros dando vueltas y metiéndose en los valles, me mira de vez en cuando como si dijera: «¿Qué es lo que no me estás contando, Nicolás?».

Bueno, la respuesta, desde luego, no es ninguna, salvo mi persistente sospecha de que la historia al final nos incluirá a nosotros de alguna manera, de que le estoy contando estas cosas por algún motivo. ¿Incluirá la Manzana? ¿O tal vez sus diarios? ¿O el códice, el libro de donde ha extraído sus hallazgos más importantes?

Aun así, Maffeo me clava la Mirada.

—¿Y?

—¿Y qué, hermano?

—¿Altaïr y María fueron al este?

—Maffeo, María es la madre de Darim, el caballero que nos invitó aquí.

Observé mientras Maffeo giraba la cabeza hacia el sol y cerraba los ojos para dejar que se le calentara el rostro mientras absorbía aquella información. Estoy seguro de que intentaba hacer coincidir la imagen del Darim que conocía, un hombre de unos sesenta años,

279

al que se le notaba en el rostro, con alguien que tuviera madre, una madre como María.

Le dejé reflexionar y sonreí con indulgencia. Igual que Maffeo me molestaba a mí con preguntas durante la narración, por supuesto yo también había molestado al Maestro, aunque con bastante más deferencia.

—¿Dónde está la Manzana ahora? —le pregunté una vez.

Para ser sincero, tenía la esperanza de que en algún momento la sacara. Al fin y al cabo, había hablado de ella con tanta veneración que incluso parecía que le tuviera miedo a veces. Naturalmente, yo esperaba verla con mis propios ojos. Tal vez para comprender su atractivo.

Lamentablemente, aquello no ocurrió. Se enfrentó a mi pregunta con una serie de sonidos irritados y pude ver que estaba considerando responderme o no. A lo mejor creyó que mi deseo de ver la Manzana podría inhibir el hecho de disfrutar o comprender sus historias, así que decidió darme la respuesta: me contó que después de liberar Chipre de los Templarios, estableció una base para la Hermandad en la isla, una fortaleza clave para la Orden, y que muchos, muchos años después, tras pasar décadas estudiando la Manzana, le asignó a Darim, su único hijo, la tarea de llevarla a la fortaleza chipriota, donde permanece hoy en día.

Pero no debía preocuparme pensando en la Manzana, me advirtió moviendo el dedo. Debía ocuparme del códice. Puesto que en aquellas páginas estaban los secretos de la Manzana, dijo, pero libre de los efectos malignos del artefacto.

El códice. Sí, había decidido que era el códice lo que sería importante en el futuro. Importante en mi futuro, incluso.

Pero de todos modos, de vuelta al presente, observé a Maffeo reflexionando sobre el hecho de que Darim era el hijo de Altaïr y María; de que después de un principio de confrontación había florecido entre la pareja primero respeto y después atracción, amistad, amor y...

—¿Matrimonio? —preguntó Maffeo—. ¿María y Altaïr se casaron?

—Sí. Unos dos años después de los acontecimientos que he descrito, se casaron en Limassol. La ceremonia se celebró allí en señal de respeto a los chipriotas que habían ofrecido su isla como base para los Asesinos. Creo que Markos fue el invitado de honor y se hizo un brindis irónico a los piratas, que sin querer habían sido los responsables de que conociera a Altaïr y María. Poco después de la boda, el Asesino y su mujer regresaron a Masyaf, donde nació su hijo Darim.

—¿Su único hijo?

—No. Dos años después del nacimiento de Darim, María dio a luz a otro niño, Sef, un hermano de Darim.

—¿Y qué fue de él?

—Todo a su tiempo, hermano. Todo a su tiempo. Basta decir por ahora que esto representó un periodo principalmente tranquilo y fructífero para el Maestro. Habla poco de ello, como si fuera demasiado valioso para sacarlo a la luz, pero la mayor parte de ese periodo está recogido en el códice. Se pasaba el tiempo haciendo nuevos descubrimientos y disponía de nuevas revelaciones.

—¿Como por ejemplo?

—Las registró en sus diarios. Allí se ven no solo compuestos de nuevos venenos asesinos, sino también de medicina. Describe logros por venir y catástrofes del futuro; diseños de armaduras y nuevas hojas ocultas, incluida una que dispara proyectiles. Reflexionó sobre la naturaleza de la fe y los principios de la humanidad, forjados en el caos, un orden impuesto no por un ser supremo sino por el hombre.

Maffeo parecía impresionado.

—«Forjados en el caos, un orden impuesto no por un ser supremo...».

—Las preguntas del Asesino se centraban en la fe —dije, no sin un cierto tono de pomposidad—. Hasta las suyas propias.

—¿Y eso?

—Bueno, el Maestro escribía sobre las contradicciones e ironías de los Asesinos. Por qué buscaban la paz aunque usaban la violencia y el asesinato para conseguirla. Por qué querían abrir las mentes de los hombres si exigían obediencia al maestro. Los Asesinos enseñan los peligros de creer ciegamente en una fe establecida, pero exigen a los seguidores de la Orden que sigan un Credo incondicionalmente.

»También escribió sobre los que vinieron antes, los miembros de la primera civilización, que dejaron los artefactos que buscaban tanto Templarios como Asesinos.

—¿La Manzana era uno de ellos?

—Exacto. Una cosa de inmenso poder que se disputaban los Caballeros Templarios. Sus experiencias en Chipre le habían enseñado que los Templarios, en vez de intentar arrebatarle el poder por los medios habituales, habían elegido el subterfugio para su estrategia. Altaïr llegó a la conclusión de que así también tendrían que actuar los Asesinos.

»La Orden dejó de construir grandes fortalezas y de realizar espléndidos rituales. Decidió que aquello no era lo que hacía un Asesino. Lo que convierte a alguien en Asesino es su adhesión al Credo. El que original, aunque irónicamente, propugnó Al Mualim. Una ideología que desafiaba las doctrinas establecidas. Que animaba a los acólitos a buscar más allá de sí mismos y hacer posible lo imposible. Fueron estos principios los que Altaïr desarrolló y le acompañaron durante los años que pasó viajando por Tierra Santa; estabilizó la Orden e infundió en ella los valores que había aprendido como Asesino. Tan solo en Constantinopla se atrancaron sus intentos de promover las costumbres asesinas. Allí, en 1204, hubo grandes disturbios cuando la gente se alzó contra el emperador bizantino Alexius, y no pasó mucho tiempo antes de que los cruzados se abrieran paso y comenzaran a saquear la ciudad. En medio de aquel tumulto, Altaïr fue incapaz de llevar a cabo sus planes y se retiró. Aquel se convirtió en uno de sus pocos fracasos durante esa época.

»Es curioso, cuando me lo contó, me miró de forma extraña.

—¿Quizá porque nuestra casa está en Constantinopla?

—Posiblemente. Tengo que pensar más tarde sobre ese asunto. Puede que nuestro llamamiento desde Constantinopla y su intento de establecer una asociación allí no estén relacionados...

—¿Dices que fue su único fracaso?

—Sí. En los otros lugares, Altaïr promocionó la Orden más que ningún otro líder que le antecediera. Tan solo fue el ascendente de Genghis Khan el que le impidió continuar con su trabajo.

—¿Qué sucedió?

—Hace unos cuarenta años, Altaïr escribió sobre eso en su códice. Cómo se levantaba una oscura corriente en el este. Un ejército de tal tamaño y poder que enseguida todo el país se preocupó.

—¿Estaba hablando del imperio mongol? —preguntó Maffeo—. ¿El ascenso de Genghis Khan?

—Exacto —respondí—. Darim tenía veintipocos años y era un arquero consumado, y resultó que Altaïr se llevó consigo a su hijo y a María y dejó Masyaf.

—¿Para enfrentarse a Khan?

—Altaïr sospechaba que el avance de Genghis Khan podría deberse a la ayuda de otro artefacto, similar a la Manzana. Tal vez la Espada. Tenía que establecer si aquel era el caso, así como detener la inexorable marcha de Khan.

—¿Cómo quedó Masyaf?

—Altaïr dejó a Malik para que se encargara de todo en su ausencia. Dejó a Sef también para que le ayudara. Sef estaba casado y tenía dos hijas jóvenes por aquel entonces, Darim no, e iban a estar fuera mucho tiempo.

—¿Cuánto tiempo?

—Estuvo ausente diez años, hermano, y cuando regresó a Masyaf todo había cambiado. Nada volvería a ser lo mismo. ¿Quieres que te lo cuente?

—Por favor, continúa.

49

Desde lejos todo parecía que iba bien en Masyaf. Ninguno de ellos —Altaïr, María o Darim— tenía idea de lo que iba a suceder.

Altaïr y María cabalgaban un poco más adelante, el uno al lado del otro, como les gustaba hacer, felices de estar juntos y contentos por ver su hogar, cada uno ondulando con el lento y constante ritmo de sus caballos. Ambos cabalgaban orgullosos en la silla a pesar del largo y arduo viaje. Puede que hubieran pasado los años, ambos tenían sesenta y tantos, pero no se les veía con los hombros caídos. Aun así, iban despacio: habían elegido sus monturas por su fuerza y resistencia, no por la velocidad, y atado a cada una había un asno, cargado de provisiones.

Detrás de ellos iba Darim, que había heredado los ojos brillantes y danzarines de su madre, las facciones coloridas de su padre, y la impulsividad de ambos. Le habría gustado ir al galope y subir por las pendientes del pueblo hasta la ciudadela para anunciar el regreso de sus padres, pero trotaba dócilmente detrás, respetando los deseos de su padre de una modesta vuelta a casa. De vez en cuando mataba con la fusta a las moscas que se le posaban en la cara y pensaba que ir al galope habría sido la manera más eficaz de deshacerse de ellas. Se preguntó si les estarían observando desde los chapiteles de la fortaleza, desde la torre de defensa.

Pasaron los establos y atravesaron las puertas de madera hacia el mercado, que seguía igual. Entraron en el pueblo, donde los niños corrían, entusiasmados, a su alrededor, reclamando regalos, puesto que eran demasiado jóvenes para conocer al Maestro. Aunque aldeanos mayores lo reconocieron y Altaïr se dio cuenta de que les miraban con detenimiento, no con acogida sino con recelo. Volvían el rostro cuando intentaba mirarles a los ojos. La ansiedad hincó el diente en sus tripas.

Una figura que conocía se acercó a ellos y se encontraron al final de las pendientes hacia la ciudadela. Swami. Un aprendiz cuando se marchó, uno de esos jóvenes demasiado aficionados al combate y menos al aprendizaje. Se había hecho una cicatriz en los diez años transcurridos que se le arrugaba al sonreír, una amplia sonrisa que no iba a ninguna parte cerca de sus ojos. Tal vez ya estaba pensando en las enseñanzas de Altaïr que debería soportar ahora que había regresado.

Pero las soportaría, pensó Altaïr, y sus ojos pasaron de Swami al castillo, donde una enorme bandera, que llevaba la marca de los Asesinos, ondeaba en la brisa. Había decretado que retiraran la bandera: los Asesinos se estaban deshaciendo de aquellos símbolos vacíos. Pero era evidente que Malik había decidido que debía ondear. Él sería otro que tendría que soportar algunas enseñanzas en los tiempos venideros.

—Altaïr —dijo Swami, inclinando la cabeza, y Altaïr decidió ignorar el error del hombre al no dirigirse a él por su título correcto. De momento, al menos—. Cómo me alegro de verte. Confío en que tus viajes hayan sido fructíferos.

—He enviado mensajes —dijo Altaïr, inclinándose hacia delante en su silla. Darim se colocó al otro lado de modo que los tres formaron una línea, y miró a Swami—. ¿La Orden no ha tenido noticias de mis progresos?

Swami sonrió servilmente.

—Claro, claro. He preguntado tan solo por cortesía.

—Esperaba encontrarme con Rauf —dijo Altaïr—. Él está más acostumbrado a mis necesidades.

—¡Ah, pobre Rauf!

Swami miró al suelo pensativamente.

—¿Ha pasado algo?

—Rauf, me temo que murió de la fiebre estos últimos años.

—¿Por qué no me han informado?

Swami se limitó a encogerse de hombros. Un gesto insolente, como si no lo supiera ni le importara.

Altaïr frunció los labios, alguien tenía que darle explicaciones, aunque no fuera aquel bellaco.

—Pues déjanos continuar. Nuestras dependencias estarán preparadas, ¿no?

Swami volvió a agachar la cabeza.

—Me temo que no, Altaïr. Hasta entonces, para poder alojaros me han pedido que te dirija a una residencia en la parte oeste de la fortaleza.

Altaïr primero miró a Darim, que estaba frunciendo el entrecejo, y luego a María, que le miró con unos ojos que decían: «Cuidado. Está claro que algo no va bien».

—Muy bien —dijo Altaïr con prudencia y desmontaron.

Swami les hizo unas señas a algunos sirvientes, que se acercaron a llevarse los caballos y comenzaron a ascender hacia las puertas de la ciudadela. Allí los guardias inclinaron la cabeza enseguida, como si, igual que los aldeanos, evitaran los ojos de Altaïr, pero en vez de seguir subiendo por la barbacana, Swami los llevó dando un rodeo por fuera del muro interior. Altaïr contempló la muralla de la ciudadela que se extendía por encima de sus cabezas, con ganas de ver el corazón de la Orden, cada vez más irritado. Pero el instinto le decía que esperara al momento oportuno. Cuando llegaron a la residencia, esta resultó ser un edificio bajo, clavado en la piedra, con un breve arco en la entrada y unas escaleras que llevaban a un vestíbulo. Los muebles eran escasos y no había personal para recibirlos. Altaïr estaba acostumbrado a un alojamiento modesto —de hecho, pedía que fuese así—, pero en Masyaf, como Maestro Asesino, esperaba que sus dependencias estuvieran en la torre del Maestro o su equivalente.

Enfurecido, se dio la vuelta, a punto de discutir con Swami, que estaba en el vestíbulo con la misma sonrisa servil en su rostro, cuando María le agarró del brazo y se lo apretó para detenerle.

—¿Dónde está Sef? —le preguntó la mujer a Swami. Sonreía con simpatía, aunque Altaïr sabía que detestaba a Swami. Lo detestaba con cada fibra de su cuerpo—. Me gustaría que Sef viniera enseguida, por favor.

Swami parecía afligido.

—Lamento decir que Sef no está aquí. Ha tenido que viajar a Alamut.

—¿Y su familia?

—Se ha marchado con él.

María le lanzó una mirada de preocupación a Altaïr.

—¿Qué asuntos tenía mi hermano en Alamut? —preguntó con brusquedad Darim, más ofendido si cabe que sus padres por aquellas dependencias.

—¡Ay, no lo sé! —soltó Swami.

Altaïr respiró hondo y se acercó a Swami. La cicatriz del mensajero ya no se arrugaba, pues la aduladora sonrisa había desaparecido de su rostro. Tal vez le habían recordado de repente que aquel era Altaïr, el Maestro, cuya destreza en la batalla tan solo la igualaba la fiereza en la clase.

—Informa a Malik enseguida de que quiero verle —gruñó Altaïr—. Dile que nos tiene que dar explicaciones.

Swami tragó saliva y retorció un poco las manos de forma dramática.

—Malik está en prisión, Maestro.

Altaïr dio un respingo.

—¿En prisión? ¿Por qué?

—No lo puedo decir, Maestro. Se ha convocado una reunión del consejo para mañana por la mañana.

—¿El qué?

—Al entrar Malik en prisión, se formó un consejo para supervisar la Orden, de acuerdo con las leyes de la Hermandad.

Eso era cierto, pero, aun así, Altaïr se ensombreció.

—¿Quién lo preside?

—Abbas —respondió Swami.

Altaïr miró a María, cuyos ojos ahora reflejaban auténtica preocupación.

—¿Y cuándo voy a reunirme con ese consejo? —preguntó Altaïr con una voz calmada, que contradecía a la tormenta que había en su interior.

—Mañana al consejo le gustaría oír la historia de tu viaje y que informarais a la Orden de los acontecimientos.

—Y después de eso se disolverá el consejo —dijo Altaïr con firmeza—. Dile a tu consejo que lo veremos al amanecer. Que consulten las leyes. El Maestro ha regresado y desea recuperar su liderazgo.

Swami hizo una reverencia y se marchó.

La familia esperó hasta que se fue antes de mostrar sus verdaderos sentimientos. Altaïr se volvió hacia Darim y con urgencia en la voz le dijo:

—Ve a Alamut. Trae a Sef de vuelta. Le necesitamos enseguida.

50

Al día siguiente, Altaïr y María estaban a punto de salir de la residencia hacia la torre principal, cuando fueron interceptados por Swami, que insistía en llevarlos a través de la barbacana. Mientras rodeaban la muralla, Altaïr se preguntó por qué no oía el ruido habitual de las espadas y el entrenamiento al otro lado. Al entrar en el patio, obtuvo la respuesta.

Era porque no había nadie entrenando con las espadas. Antes, el interior de la ciudadela bullía de actividad y vida, retumbaba el sonido metálico de los golpes de espada, los gritos y las maldiciones de los instructores, pero ahora estaba casi desierto. Miró a su alrededor y vio unas ventanas tapadas. Los guardias de los baluartes los miraban desapasionadamente. El lugar donde los ilustraban y entrenaban, el crisol del conocimiento asesino que él había dejado, había desaparecido por completo. Altaïr se puso aún de peor humor al acercarse a la torre principal y ver que Swami les dirigía a las escaleras que llevaban a la sala de defensa y luego al salón principal.

Allí estaba reunido el consejo. Había diez hombres sentados en lados opuestos de una mesa con Abbas a la cabeza, un par de sillas vacías para Altaïr y María: unas sillas de madera, con el respaldo alto. Tomaron asiento y, por primera vez desde que entraron en la sala, Altaïr miró a Abbas, su viejo contrincante. Vio algo en él aparte de la debilidad y el resentimiento. Vio a un rival. Y por primera vez desde la noche que Ahmad fue a su cuarto y se quitó la vida, Altaïr no se compadeció de Abbas.

Altaïr le echó un vistazo al resto de la mesa. Tal como había pensado, el nuevo consejo estaba formado por los miembros de la Orden que tenían menos carácter y eran más confabuladores. Los que Altaïr habría preferido echar. Todos ellos constituían el consejo, al parecer, o habían sido reclutados por Abbas. Uno de ellos era Farim, el padre de Swami, que le observaba bajo sus párpados caídos, con la barbilla metida en el pecho. Su amplio pecho. Había engordado, pensó Altaïr con desdén.

—Bienvenido, Altaïr —dijo Abbas—. Estoy seguro de que hablo por todos cuando digo que tengo ganas de oír tus hazañas por el este.

María se inclinó hacia delante para dirigirse a él.

—Antes de contar nada sobre nuestros viajes, nos gustaría recibir algunas respuestas, Abbas. Dejamos Masyaf en orden. Por lo visto esos principios se han perdido.

—¿Dejamos Masyaf en orden? —sonrió Abbas, aunque no miró a María. No había apartado la vista de Altaïr. Ambos tenían la vista clavada el uno en el otro con una abierta hostilidad—. Cuando abandonaste la Hermandad creo recordar ser el único Maestro. Ahora por lo visto tenemos dos.

—Ten cuidado con esa insolencia, Abbas —le advirtió María.

—¿Esa insolencia? —Abbas se rio—. Altaïr, por favor, dile a la infiel que a partir de ahora no hable a menos que se le dirija directamente un miembro del consejo.

Con un grito de ira, Altaïr se levantó de su silla, que resbaló hacia atrás y cayó al suelo. Tenía la mano en la empuñadura de su espada, pero dos guardias avanzaron, con las espadas desenvainadas.

—Guardias, quitadle el arma —ordenó Abbas—. Estarás más cómodo sin ella, Altaïr. ¿Llevas la hoja?

Altaïr extendió los brazos cuando un guardia dio un paso adelante para quitarle la espada. Las mangas cayeron para revelar que no tenía la hoja oculta.

—Ahora podemos empezar —dijo Abbas—. Por favor, no sigas malgastando nuestro tiempo. Ponnos al día de tu búsqueda para neutralizar a Khan.

—Tan solo en cuanto me digas qué le ha pasado a Malik —gruñó Altaïr.

Abbas se encogió de hombros y levantó las cejas como si dijera que estaban en un *impasse*, y era evidente que lo estaban, ningún hombre estaba dispuesto a darse por vencido, por lo visto. Con un resoplido de exasperación, Altaïr comenzó su historia, en vez de prolongar el pulso. Narró sus viajes a Persia, India y Mongolia, donde María, Darim y él habían actuado de enlace con el Asesino Qulan Gal, y les contó cómo habían viajado a la provincia de Xia, cerca de Xing-ging, que estaba sitiada por el ejército mongol, la extensión del imperio de Khan era inexorable. Allí, dijo, Altaïr y Qulan Gal habían planeado infiltrarse en el campamento mongol. Se decía que Khan estaba allí también.

—Darim encontró un punto estratégico no muy lejos del campamento y, armado con su arco, nos vigilaría a Qulan Gal y a mí mientras caminábamos por las tiendas. Estaba muy protegido y confiamos en él para que eliminara a cualquier guardia al que alertáramos o que pareciera que podía dar la voz de alarma. —Altaïr echó un vistazo a la mesa con una mirada desafiante—. Y desempeñó su deber de forma admirable.

—De tal palo tal astilla —apuntó Abbas, con más que cierto desdén en su voz.

—Tal vez no —dijo Altaïr, sin alterarse—. Porque al final fui yo el responsable de casi alertar a los mongoles de nuestra presencia.

—Ah —dijo Abbas—, no es infalible.

—Nadie lo es, Abbas —respondió Altaïr—, y yo el que menos; dejé que un soldado enemigo se echara sobre mí. Me hirió antes de que Qulan Gal pudiera matarlo.

—¿Te estás haciendo viejo, Altaïr? —se burló Abbas.

—Todo el mundo, Abbas —replicó Altaïr—. Y estaría muerto si Qulan Gal no hubiera conseguido sacarme del campamento y ponerme en lugar seguro. Sus acciones me salvaron la vida. —Miró a Abbas con detenimiento—. Qulan Gal regresó al campamento. Primero formuló un plan con Darim para hacer salir a Khan de su tienda. Al darse cuenta del peligro, Khan trató de escapar a caballo, pero le derribó Qulan Gal y Darim acabó con él gracias a una flecha.

—Sin duda es un hábil arquero. —Abbas sonrió—. Deduzco que lo has enviado lejos, ¿tal vez a Alamut?

Altaïr parpadeó. Por lo visto, Abbas lo sabía todo.

—Sí, dejó la ciudadela bajo mis órdenes. Pero no te diré si fue a Alamut o no.

—¿Fue a ver a Sef a Alamut, tal vez? —insistió Abbas. Se dirigió a Swami—. Confío en que les dijeras que Sef estaba allí.

—Como me ordenasteis, Maestro —contestó Swami.

Altaïr sentía ahora algo peor que la preocupación en su interior. Algo que podría haber sido miedo. También lo percibía en María: tenía la cara demacrada y angustiada.

—Di lo que tengas que decir, Abbas —dijo.

—¿O qué, Altaïr?

—O lo primero que haga cuando recupere mi liderazgo será echarte al calabozo.

—¿Para unirme a Malik, quizá?

—Dudo que Malik tenga que estar en la cárcel —espetó Altaïr—. ¿De qué crimen se le acusa?

—De asesinato.

Abbas sonrió con suficiencia.

Fue como si aquella palabra golpeara sobre la mesa.

—¿El asesinato de quién? —preguntó María.

Y la respuesta sonó como si la dijera alguien desde muy lejos.

—De Sef. Malik mató a vuestro hijo.

La cabeza de María cayó en sus manos.

—¡No! —oyó Altaïr que alguien decía y luego se dio cuenta de que había sido su propia voz.

—Lo siento, Altaïr —dijo Abbas, hablando como si recitara algo de memoria—. Siento que hayas tenido que regresar para oír esta noticia tan trágica y puedo decir que hablo en nombre de todos los que estamos reunidos cuando extiendo mis condolencias a ti y a tu familia. Pero hasta que ciertos asuntos se resuelvan no podrás recuperar el liderazgo de la Orden.

Altaïr estaba aún intentando aclarar el revoltijo de emociones en su cabeza, consciente de que María estaba a su lado, sollozando.

—¿Qué? —exclamó. Y luego más alto—: ¿Qué?

—Estás en una situación comprometida —dijo Abbas—, así que he tomado la decisión de que el control de la Orden permanezca en manos del consejo.

Altaïr se agitó lleno de furia.

—Yo soy el Maestro de esta Orden, Abbas. Exijo que se me devuelva el liderazgo, conforme a las leyes de la Hermandad. Decretaban que se me devolvería.

Ahora estaba gritando.

—No. —Abbas sonrió—. Ya no.

51

Más tarde, Altaïr y María se sentaron en su residencia, acurrucados juntos en un banco de piedra, en silencio, casi a oscuras. Habían pasado años durmiendo en desiertos, pero nunca se habían sentido tan aislados y solos como en aquel momento. Se entristecieron por sus humildes circunstancias; lamentaron que Masyaf se hubiera descuidado en su ausencia; y se preocuparon por Darim y la familia de Sef.

Pero sobre todo lloraron la muerte de Sef.

Le habían acuchillado en la cama, decían, hacía solo dos semanas; no habían tenido tiempo de enviarle un mensaje a Altaïr. El cuchillo se descubrió en las dependencias de Malik. Un Asesino le había oído discutiendo con Sef antes aquel mismo día. Altaïr todavía tenía que enterarse del nombre del Asesino que había oído la discusión, pero fuera quien fuese había informado de que había oído a Sef y Malik discutir por el liderazgo de la Orden, que Malik pretendía quedárselo al regresar Altaïr.

—Por lo visto, su discusión se produjo al enterarse de que volvías —se había regodeado Abbas, que se deleitaba ante el aspecto ceniciento de Altaïr y el silencioso llanto de María.

Habían oído a Sef amenazar con revelar a Altaïr los planes de Malik, así que este le mató. Esa era la teoría.

Junto a él, María, que hundió la cabeza en el pecho y recogió las piernas, seguía sollozando. Altaïr le acarició el pelo y la meció hasta que se calmó. Entonces vio las sombras proyectadas por la luz de la lumbre que titilaban y danzaban sobre la piedra amarilla de la pared, escucharon los grillos del exterior y el crujido esporádico de las pisadas de los soldados.

Un rato después, María se despertó con un sobresalto. Él también se asustó. Se había quedado dormido, arrullado por las llamas. Se incorporó, temblando, y se envolvió bien en la manta.

—¿Qué vamos a hacer, mi amor? —preguntó ella.

—Malik —se limitó a decir.

Estaba con la vista clavada en la pared, con unos ojos sin vida, y hablaba como si no hubiera oído la pregunta.

—¿Qué pasa?

—Cuando éramos jóvenes. La misión en el Monte del Templo. Mis acciones le causaron un gran dolor.

—Pero aprendiste —dijo— y Malik lo sabía. A partir de aquel día nació un nuevo Altaïr, que llevó la Orden a la grandeza.

Altaïr emitió un sonido de incredulidad.

—¿Grandeza? ¿En serio?

—Ahora no, mi amor —dijo—. Quizás ahora no, pero puedes restablecerla a lo que era antes de todo esto. Eres el único que puede hacerlo. No Abbas. —Dijo su nombre como si probara algo especialmente desagradable—. Ni un consejo. Sino tú. Altaïr. El Altaïr que he visto servir a la Orden durante más de treinta años. El Altaïr que nació aquel día.

—Malik perdió a su hermano —dijo Altaïr—. Y también el brazo.

—Te perdonó y te ha servido como tu teniente de confianza desde la derrota de Al Mualim.

—¿Y si era una fachada? —preguntó Altaïr en voz baja.

Podía ver su propia sombra en la pared, oscura y ominosa.

María se apartó de él.

—¿Qué estás diciendo?

—Tal vez Malik había cultivado odio por mí durante todos estos años —dijo—. Tal vez Malik codiciaba en secreto el liderazgo y Sef lo descubrió.

—Sí, y tal vez me crezcan alas por la noche y eche a volar —dijo María—. ¿Quién crees que de verdad alberga odio por ti, Altaïr? No es Malik, sino Abbas.

—El cuchillo se encontró en la cama de Malik —dijo Altaïr.

—A lo mejor Abbas o alguno de sus esclavos lo puso allí para implicarle. No me sorprendería que Swami fuera el hombre responsable. ¿Y qué hay del Asesino que oyó discutir a Sef y Malik? ¿Cuándo se va a presentar? Cuando le veamos, ¿crees que descubriremos que es un aliado de Abbas? ¿Tal vez el hijo de otro miembro del consejo? ¿Y qué hay del pobre Rauf? Me pregunto si de verdad murió por la fiebre. Me avergüenzo de ti por dudar de Malik cuando está claro que todo esto es obra de Abbas.

—¿Te avergüenzas de mí? —La rodeó con el brazo y ella se apartó. Fuera, los grillos cesaron su ruido como si los oyeran discutir—. ¿Te avergüenzas de mí por dudar de Malik? ¿No he vivido la experiencia de que otros a los que amaba se han vuelto contra mí, y por razones mucho más delicadas que las de Malik? A Abbas le quería como a un hermano e intenté hacer lo correcto. Al Mualim traicionó a toda la Orden, pero era a mí al que había acogido como a un hijo. ¿Te avergüenzas de mí por ser desconfiado? Confiar es mi perdición. Confiar en la gente que no se lo merece.

La miró con dureza y ella entrecerró los ojos.

—Debes destruir la Manzana, Altaïr —dijo—. Te está distorsionando la mente. Una cosa es tener la mente abierta y otra bien distinta es tenerla tan abierta que los pájaros se te caguen dentro.

La miró.

—No estoy seguro de si lo diría así —dijo y se le formó una triste sonrisa.

—Tal vez no, pero aun así...

—Tengo que averiguarlo, María —dijo—. Tengo que asegurarme.

Era consciente de que los observaban, pero era un Asesino y conocía Masyaf mejor que nadie, así que no era difícil para él dejar la residencia, subir por la pared del muro interior y agacharse en las sombras de los baluartes hasta que los guardias pasaran de largo. Controló su respiración. Todavía era rápido y ágil. Aún podía trepar por las paredes. Pero...

Tal vez no con la misma facilidad que antes. Lo recordaba bien. La herida que había recibido en el campamento de Genghis Khan también lo ralentizaba. Sería estúpido sobrestimar su propia capacidad y tener problemas por ello, boca arriba, como una cucaracha moribunda, oyendo a los guardias acercarse porque había calculado mal un salto. Descansó un poco antes de continuar por los baluartes, avanzando de la parte oeste de la ciudadela al complejo de la torre sur. Evitó a los guardias durante todo el camino y llegó a la torre, donde bajó al suelo. Fue a los almacenes de grano, donde localizó unas escaleras de piedra que llevaban a una serie de túneles abovedados más abajo.

Allí se detuvo a escuchar, con la espalda apoyada en la pared. Oyó el agua fluir por unos pequeños arroyos que corrían por los túneles. Las mazmorras de la Orden no estaban muy lejos y, como apenas se utilizaban, habrían servido de despensa si no hubiera sido por la humedad. Altaïr esperaba que Malik fuera el único ocupante.

Continuó sigilosamente hasta que vio al guardia. Estaba sentado en el túnel con la espalda apoyada en un lado de la pared del bloque de celdas, con la cabeza colgando, dormido. Se hallaba a cierta distancia de las celdas y ni siquiera las tenía en su línea de visión, así que no se podía decir que estuviera exactamente vigilando. Altaïr se sintió indignado y a la vez aliviado por la dejadez del hombre. Pasó junto a él a hurtadillas y pronto quedó claro por qué estaba sentado tan lejos.

Era el hedor. De las tres celdas, tan solo la del medio estaba cerrada y Altaïr se dirigió allí. No estaba seguro de lo que esperaba ver al otro lado de los barrotes, pero estaba claro lo que olía, así que se tapó la nariz con una mano.

Malik estaba acurrucado entre los juncos que había esparcidos por la piedra y que no absorbían la orina. Iba vestido con harapos, parecía un mendigo. Estaba consumido y, por su camisa hecha jirones, Altaïr veía las líneas de las costillas. Sus pómulos eran marcados afloramientos en su rostro; llevaba el pelo y la barba largos.

Llevaba en la celda más de un mes. Sin duda.

Al contemplar a Malik, Altaïr apretó los puños. Había planeado hablar con él para determinar la verdad, pero la verdad estaba allí, en sus costillas prominentes y en las ropas hechas jirones. ¿Cuánto tiempo llevaba en prisión? Lo suficiente para enviar un mensaje a Altaïr y María. ¿Cuánto tiempo llevaba Sef muerto? Altaïr prefirió no pensar en ello. Lo único que sabía era que Malik no iba a seguir allí.

Cuando el guardia abrió los ojos, vio a Altaïr sobre él, y entonces para él las luces se apagaron. Al despertar, se encontraría encerrado dentro de la celda con olor a meados, pidiendo ayuda en vano, y Malik y Altaïr se habrían ido hacía tiempo.

—¿Puedes caminar, amigo? —le preguntó.

Malik le miró con los ojos borrosos. Todo el dolor estaba en aquellos ojos. Cuando por fin centró la vista en Altaïr, la gratitud y el alivio invadieron su rostro de forma tan sincera que, si había habido la más mínima duda en la mente de Altaïr, había desaparecido enseguida.

—Por ti, caminaré —respondió Malik e intentó dedicarle una sonrisa.

Pero mientras regresaban por el túnel, pronto estuvo claro que Malik no tenía fuerzas para caminar. Altaïr le aferró el brazo bueno, se lo echó a los hombros y llevó a su viejo amigo hasta las escaleras de la torre, luego por los baluartes y al final descendieron por el muro del lado oeste de la ciudadela, evitando a los guardias por el camino. Por fin llegaron a la residencia. Altaïr miró primero a un lado y después a otro antes de entrar.

52

Tumbaron a Malik en un camastro y María se sentó a su lado para ayudarle a beber de una taza.

—Gracias —dijo entre jadeos.

Los ojos se le habían aclarado un poco. Se incorporó en la cama, al parecer incómodo por la proximidad de María, como si pensara que era deshonroso ser atendido por ella.

—¿Qué le pasó a Sef? —preguntó Altaïr.

Al estar los tres, la habitación se hacía pequeña; pero ahora se hacía aún más pequeña, como si se cerrase sobre ellos.

—Lo asesinaron —respondió Malik—. Hace dos años Abbas organizó un golpe. Mató a Sef y luego colocó el arma del crimen en mi habitación. Otro Asesino juró que nos había oído a Sef y a mí discutir, y Abbas llevó a la Orden a la conclusión de que yo era el responsable de la muerte de Sef.

Altaïr y María se miraron. Su hijo llevaba muerto dos años. Altaïr sintió que la rabia hervía en su interior y se esforzó por controlarla, por controlar el impulso de darse la vuelta, abandonar la habitación, ir a la fortaleza a por Abbas, verle suplicar piedad y desangrarlo hasta el fin.

María le puso una mano en el brazo, sintiendo y compartiendo su dolor.

—Lo siento —dijo Malik—. No pude enviar un mensaje mientras estaba en prisión. Además, Abbas controlaba todas las comunicaciones de dentro y fuera de la fortaleza. Sin duda ha estado ocupado cambiando otras ordenanzas durante el encarcelamiento, para su propio beneficio.

—Lo ha hecho —dijo Altaïr—. Por lo visto tiene partidarios en el consejo.

—Lo siento, Altaïr —repitió Malik—. Debí prever los planes de Abbas. Durante años tras tu marcha trabajó para debilitarme. No tenía ni idea de que había conseguido ese apoyo. No le habría pasado a un líder más fuerte. No te habría pasado a ti.

—No te preocupes. Descansa, amigo —dijo Altaïr y le hizo unas señas a María.

En la otra habitación se sentaron los dos: María en el banco de piedra y Altaïr en una silla de respaldo alto.

—¿Sabes lo que tienes que hacer? —preguntó María.

—Tengo que acabar con Abbas —dijo Altaïr.

—Pero no por venganza, mi amor —insistió ella, mirándole a los ojos—, sino por la Orden. Por el bien de la Hermandad. Para recuperarla y devolverle su esplendor. Si puedes hacerlo, y si consigues anteponerlo a tus pensamientos de venganza, la Orden te querrá como a un padre que muestra el verdadero camino. Si dejas que te ciegue la ira y la emoción, ¿cómo esperas que ellos escuchen cuando lo que les enseñas es otra cosa?

—Tienes razón —dijo, tras una pausa—. ¿Cómo debo proceder, entonces?

—Debemos enfrentarnos a Abbas. Debemos cuestionar la acusación que ha hecho contra el asesino de nuestro hijo. La Orden tendrá que aceptarlo y Abbas se verá obligado a contestar él mismo.

—Será la palabra de Malik contra la de Abbas y su agente, sea quien sea.

—¿Una rata como Abbas? Su agente es incluso menos digno de confianza, me imagino. La Hermandad te creerá, mi amor. Querrán creerte. Eres el gran Altaïr. Si puedes contener tu deseo de venganza, si puedes recuperar la Orden por un medio justo y no sucio, entonces la base que crees será incluso más fuerte.

—Tengo que verle ahora —dijo Altaïr y se puso de pie.

Comprobaron que Malik estaba dormido y luego se marcharon con una antorcha. Con la niebla de primera hora de la mañana arremolinándose a sus pies, caminaron deprisa para rodear la parte externa del muro interior y luego dirigirse a la puerta principal. Detrás de ellos estaban las pendientes de Masyaf, el pueblo vacío y silencioso, que aún debía despertarse de su sueño. Un guardia Asesino adormilado los examinó, insolente en su indiferencia, y Altaïr tuvo que reprimir su rabia, pero pasaron por delante del hombre, treparon por la barbacana y entraron en el patio principal.

Sonó una campana.

No era una señal que Altaïr conociera. Levantó la antorcha y echó un vistazo, la campana continuaba sonando. Entonces percibió un movimiento en el interior de las torres que daban al patio. María le apremió y llegaron a unas escaleras que llevaban a una tarima en el exterior de la torre del Maestro. Altaïr se dio la vuelta y vio a unos Asesinos vestidos con túnicas blancas, portando antorchas encendidas, que entraban en el patio que tenían debajo, convocados por la campana, que paró de repente.

—Deseo ver a Abbas —le dijo Altaïr al guardia en la puerta de la torre con voz alta y calmada en medio de aquel silencio inquietante.

María miró atrás y, ante su fuerte respiración, Altaïr se volvió. Soltó un grito ahogado. Los Asesinos se estaban reuniendo. Todos les miraban a ambos. Por un instante, se preguntó si estaban bajo algún tipo de presión, pero no. Él tenía la Manzana, estaba a salvo en el interior de su túnica, aletargada. Aquellos hombres estaban esperando.

¿A qué? Altaïr tenía la impresión de que pronto lo iba a averiguar.

La puerta de la torre se estaba abriendo y Abbas estaba delante de ellos.

Altaïr sintió la Manzana. Era casi como si una persona le estuviera pinchando en la espalda. Tal vez le estaba recordando su presencia.

Abbas caminó a grandes zancadas hacia la plataforma.

—Por favor, explícame por qué irrumpiste en las celdas de la Orden.

Se dirigía a la multitud así como a Altaïr y María. Altaïr miró detrás de él y vio que el patio estaba lleno. Las antorchas de los Asesinos eran como bolas de fuego en la oscuridad.

Así que Abbas pretendía desacreditarle delante de la Orden.

Pero María estaba en lo cierto, no era digno del puesto. Abbas había conseguido acelerar su propia caída.

—Quiero que se revele la verdad sobre mi hijo —dijo Altaïr.

—¿Ah, sí? —Abbas sonrió—. ¿Estás seguro de que no has venido a vengarte?

Swami llegó y subió los escalones de la plataforma. Llevaba algo en una bolsa de arpillera que le ofreció a Abbas, quien asintió. Altaïr lo miró con recelo al tiempo que el corazón le latía con fuerza. A María también.

Abbas miró con falsa preocupación lo que había dentro. Después, con aire dramático, metió la mano dentro y se detuvo un momento para disfrutar del escalofrío de anticipación que recorrió a la concurrencia como un temblor.

—Pobre Malik —dijo y sacó una cabeza sin cuerpo.

La piel del cuello estaba recortada y goteaba sangre fresca. Tenía los ojos en blanco y la lengua sobresalía un poco.

—¡No!

Altaïr comenzó a avanzar y Abbas les hizo unas señas a los guardias, que apresaron a a María y Altaïr, lo desarmaron y le inmovilizaron las manos a la espalda.

Abbas dejó caer la cabeza en la bolsa y la tiró a un lado.

—Swami os oyó a ti y a la infiel tramando la muerte de Malik. ¡Qué pena no poder llegar a tiempo para evitarla!

—¡No! —gritó Altaïr—. ¡Miente! Nunca habría matado a Malik. —Se deshizo de los guardias que lo sostenían y señaló a Swami—. Está mintiendo.

—¿También miente el guardia del calabozo? —preguntó Abbas—. El que te vio sacando a rastras a Malik de la celda. ¿Por qué no lo mataste allí, Altaïr? ¿Querías hacerle sufrir? ¿Quería tu mujer inglesa hacerle cortes vengativos ella misma?

Altaïr forcejeó.

—Porque no le maté —gritó—. Gracias a él me enteré de que fuiste tú el que ordenó la muerte de Sef.

Y de repente lo supo. Miró a Swami y vio su desprecio, supo que había sido él el que había matado a Sef. Notó la Manzana en la espalda. Con ella podría hacer estragos en el patio. Matar a cualquier perro traidor que hubiera en él. Todos sentirían su furia.

Pero no. Había prometido que nunca volvería a utilizarla enfadado. Le había prometido a María que no permitiría que la venganza nublara sus pensamientos.

—Eres tú el que ha roto el Credo, Altaïr —afirmó Abbas—, no yo. No estás capacitado para llevar la Orden. Por la presente, asumo el liderazgo.

—No puedes hacerlo —se mofó Altaïr.

—Sí puedo.

Abbas bajó de la plataforma, y atrajo a María hacia sí. En ese mismo movimiento sacó un puñal que sostuvo contra su garganta. La mujer frunció el ceño y forcejeó, maldiciéndole, hasta que la pinchó con el puñal, le hizo sangre y la acalló. Miró a Altaïr por encima del brazo de Abbas para enviarle mensajes con los ojos, pues sabía que la Manzana lo estaría llamando. Ella también se había dado cuenta de que Swami había matado a Sef. Al igual que Altaïr, ansiaba su castigo, pero sus ojos le suplicaban que mantuviera la calma.

—¿Dónde está la Manzana, Altaïr? —preguntó Abbas—. Muéstramela o le abriré a la infiel una nueva boca.

—¿Lo oís? —dijo Altaïr, por encima del hombro, a los Asesinos—. ¿Oís cómo planea quedarse con el liderazgo? Quiere la Manzana no para abrir las mentes sino para controlarlas.

Le estaba chamuscando la espalda.

—Dímelo ya, Altaïr —repitió Abbas.

La pinchó más fuerte con el puñal y Altaïr reconoció el cuchillo. Había pertenecido al padre de Abbas. Había sido el puñal que Ahmad había usado para cortarse la garganta en la habitación de Altaïr hacía toda una vida. Y ahora estaba sobre el cuello de María.

Se esforzó por controlarse. Abbas llevó a María hasta la tarima para dirigirse a la muchedumbre:

—¿Confiamos en Altaïr con el Fragmento del Edén? —les preguntó. Como respuesta se oyó un murmullo evasivo—. ¿Altaïr que usa su genio en lugar de la razón? ¿No debería obligársele a entregar la Manzana sin recurrir a esto?

Altaïr estiró el cuello para mirar por encima de su hombro. Los Asesinos se movían, incómodos, hablando entre ellos, todavía impresionados por el giro de los acontecimientos. Sus ojos se centraron en la bolsa de arpillera y luego en Swami. Advirtió que tenía sangre en la túnica como si la sangre de Malik le hubiera salpicado. Y Swami sonreía abiertamente, con la cicatriz arrugada. Altaïr se preguntó si habría sonreído al matar a Sef.

—Puedes tenerla —dijo Altaïr—. Puedes tener la Manzana.

—No, Altaïr —gritó María.

—¿Dónde está? —preguntó Abbas, que estaba al final de la tarima.

—La tengo yo —respondió Altaïr.

Abbas parecía preocupado. Se acercó más a María para usarla como escudo. La sangre le caía de donde la había cortado con el cuchillo. Al hacer Abbas una señal con la cabeza, los guardias soltaron a Altaïr, que sacó la Manzana de su túnica.

Swami alargó la mano para tocarla.

Y entonces, muy bajo, para que solo Altaïr pudiera oírlo, dijo:

—Le dije a Sef que fuiste tú el que ordenó su muerte. Murió pensando que su propio padre le había traicionado.

La Manzana resplandecía y Altaïr no pudo controlarse. Swami, con la mano en la Manzana, de repente se puso tenso y los ojos se le abrieron como platos.

Entonces su cabeza se inclinó a un lado, el cuerpo se movió y se retorció como si alguna fuerza interior lo manejara. Abrió la boca, pero no salieron palabras, sino un resplandor dorado. La lengua se movía dentro. Entonces, obligado por la Manzana, se apartó y todos vieron cómo se llevaba las manos a la cara para arrancarse la carne, abriéndose profundos agujeros con las uñas. La sangre corría por la piel revuelta y aún se atacaba a sí mismo, como si fuera una masa, se rasgó la piel de las mejillas, quitándose un buen pedazo, y se arrancó una oreja hasta que quedó colgando de un lado de la cara.

Altaïr sintió el poder recorriendo su cuerpo, como si saltara de la Manzana y se propagara por sus venas. Como si se alimentara de su odio y su necesidad de venganza, y luego fluyera de la Manzana a Swami. Altaïr sintió todo aquello como una mezcla exquisita de placer y dolor; le daba la impresión de que la cabeza iba a expandirse hasta explotar, una sensación maravillosa pero a la vez terrible.

Tan maravillosa y terrible que no oyó a María gritarle.

Ni tampoco fue consciente de que se apartaba de Abbas y bajaba corriendo de la tarima hacia él.

Al mismo tiempo Swami sacó su puñal de la funda y lo usó contra sí mismo, haciéndose unos salvajes y anchos cortes, abriendo heridas en la cara y el cuerpo, mientras María los alcanzaba e intentaba desesperadamente que Altaïr dejara de usar la Manzana. Altaïr tuvo un segundo para ver lo que estaba ocurriendo, pero era demasiado tarde para detenerlo. Vio el reflejo de la espada de Swami, y María, con la garganta al descubierto, que de repente se desprendió, llena de sangre que salía de su cuello. Se dobló hacia la madera con los brazos extendidos. Respiró una vez. Mientras la sangre se extendía rápido a su alrededor, sus hombros subían y bajaban con un largo e irregular grito ahogado al tiempo que con una mano golpeaba un soporte de madera en la tarima.

En ese preciso instante, Swami cayó y la espada repicó en el suelo. La Manzana resplandeció **brillante** una vez y luego se fue debilitando. Altaïr cayó de rodillas **jun**to a María, la tomó del hombro y le dio la vuelta.

Ella lo miró a los ojos y parpadeó.

—Sé fuerte —dijo. Y murió.

El patio quedó en silencio. Lo único que se oía era el sollozo de Altaïr mientras abrazaba a María. Estaba destrozado.

Oyó a Abbas que decía: «Que no se escapase».

Entonces se puso de pie. Con los ojos llenos de lágrimas, vio que los Asesinos corrían hacia la tarima. La mayoría había desenvainado las espadas, aunque sabía que el acero sería inútil contra la Manzana, pero era mejor que huir. De repente, el impulso de usar la Manzana fue aún más fuerte, casi aplastante; quería destrozar todo lo que veía, incluido a sí mismo, porque María había muerto por sus manos y ella había sido su luz. En un cegador instante de cólera, había destruido lo que más quería.

Los Asesinos se detuvieron. ¿Usaría Altaïr la Manzana? Veía la pregunta en sus ojos.

Las flechas cayeron a su alrededor y una le hizo un corte en la pierna. De izquierda a derecha más Asesinos llegaban corriendo, con las túnicas al viento, sosteniendo sus espadas. Tal vez ahora comprendían que Altaïr no iba a utilizar la Manzana por segunda vez y saltaron de los muros y las barandillas para unirse a su persecución. Altaïr huyó y llegó a un arco que encontró bloqueado. Se dio la vuelta, retrocedió y salió disparado hacia dos Asesinos que le perseguían. Uno de ellos le abrió una herida en el brazo. Gritó de dolor; los había sorprendido, pero sabía que tenían miedo de atacarle o eran reacios a hacerlo.

Se dio la vuelta otra vez, hacia la torre de defensa. Allí vio a arqueros apuntándole y sabía que eran los mejores. Nunca fallaban. No con el tiempo del que disponían para apuntar y disparar.

Excepto que él sabía cuándo dispararían. Sabía que tardaban un instante en encontrar el objetivo y otro segundo en tranquilizar, respirar y entonces...

Disparar.

Se echó a un lado y rodó por el suelo. Una lluvia de flechas cayó con violencia en el lugar que acababa de dejar. Uno de los arqueros había comprobado su objetivo y su flecha rozó la mejilla de Altaïr. La sangre corrió a raudales por su rostro mientras subía la escalera, y llegaba al primer piso, donde un arquero sorprendido no supo si desenvainar o no su espada. Altaïr le sacó de su posición y dio una voltereta en el suelo. Había sobrevivido.

Ahora Altaïr subía por la segunda escalera. Le dolía todo y estaba sangrando mucho. Animado —no sabía el qué, pero le animaba—, llegó a la parte superior de la torre de la que había saltado hacía muchísimo tiempo, tan desgraciado entonces como lo era ahora. Cojeó hasta la plataforma y, mientras los hombres subían a la parte superior de la torre detrás de él, extendió los brazos.

Y saltó.

53

10 de agosto de 1257

Altaïr quiere que difundamos la palabra de los Asesinos, ese es su plan. Y no solo que difundamos la palabra, sino que creemos una Orden en el oeste.

Me avergüenzo por haber tardado tanto en entenderlo, pero ahora que lo he hecho, lo tengo todo claro: nos confía a nosotros (especialmente a mí, por lo visto) el espíritu de la Hermandad. Nos está pasando la antorcha.

Nos han dicho que los belicosos mongoles se acercan al pueblo y cree que tendríamos que marcharnos antes de que comiencen las hostilidades. Maffeo, desde luego, parece bastante emocionado con la idea de presenciar la acción y me parece que preferiría quedarse. ¿Y sus antiguas ansias de conocer mundo? Han desaparecido. Nuestros papeles se han invertido, por lo visto, puesto que ahora soy yo el que quiere marcharse. Ya sea que soy más cobarde que él o tengo una idea más realista de la cruda realidad de la guerra, estoy de acuerdo con Altaïr. Masyaf bajo asedio no es lugar para nosotros.

La verdad es que estoy preparado para marcharme, llegue o no el grupo de mongoles que merodea por aquí. Echo de menos mi hogar, esas noches calurosas. Echo de menos a mi familia: a mi esposa y a mi hijo, Marco. Cumplirá tres años en pocos meses y tengo plena conciencia de que he visto muy poco de sus primeros años. Me he perdido sus primeros pasos, sus primeras palabras.

En resumen, creo que nuestro periodo en Masyaf ha llegado a su fin natural. Además, el Maestro ha dicho que nos quiere ver. Hay algo que quiere entregarnos, dice, en una ceremonia que le gustaría realizar en presencia de otros Asesinos. Dice que es algo que debe mantenerse a salvo, lejos de las manos del enemigo: los mongoles o los Templarios. Me he dado cuenta de que a esto nos han llevado sus historias y tengo mis sospechas de lo que puede ser tan preciado objeto. Ya veremos.

Mientras tanto, Maffeo está impaciente por oír el resto de mi relato, que está tan cerca de su conclusión. Puso mala cara cuando le dije que avanzaría en el tiempo la narración, desde el instante que Altaïr saltó de los baluartes de la ciudadela, un hombre avergonzado y destrozado, a un periodo veinte años más tarde y no en Masyaf, sino en un lugar del desierto a dos días a caballo...

... En una llanura interminable al anochecer, que parecía estar vacía salvo por un hombre a caballo que llevaba otro animal, un segundo jamelgo que cargaba jarras y mantas.

A lo lejos el jinete parecía un comerciante con sus mercancías, y de cerca era exactamente eso y sudaba bajo su turbante: un comerciante corpulento y muy cansado que se llamaba Mukhlis.

Así que, cuando Mukhlis vio un abrevadero en la distancia, supo que tenía que tumbarse y descansar. Esperaba llegar a casa sin parar, pero no le quedaba más remedio: estaba agotado. Durante el viaje, el ritmo del caballo le había adormilado muchas veces y había notado la barbilla tocar el pecho y los ojos parpadear hasta cerrarse. Cada vez le resultaba más difícil resistir el sueño. Cada movimiento del viaje le mecía hacia el sueño y tenía lugar una nueva batalla entre el corazón y la cabeza. Tenía la garganta reseca. La túnica le colgaba, pesada, a su alrededor. Todos los huesos y músculos de su cuerpo zumbaban de cansancio. La idea de humedecerse los labios y tumbarse envuelto en su *thawb*, por unas horas tal vez, bastaría para recuperar algo de energía antes de reanudar el viaje a casa, a Masyaf. Bueno, tan solo la idea era demasiado para él.

Lo que le hizo dudar, sin embargo, lo que le hizo temer esa parada, era la conversación que había oído, la conversación de unos bandidos en el extranjero, unos ladrones que se aprovechaban de los comerciantes, les robaban sus mercancías y les cortaban el cuello, una banda de forajidos dirigida por un degollador llamado Fahad, cuya brutalidad legendaria tan solo la igualaba su hijo, Bayhas.

Decían que Bayhas colgaba a sus víctimas por los pies antes de cortarles de la garganta a la barriga y las dejaba morir lentamente, mientras los perros salvajes se daban un festín con sus tripas colgantes. Bayhas lo hacía y se reía.

Mukhlis prefería que sus tripas siguieran dentro de su cuerpo. Tampoco tenía ganas de entregarles sus materiales a los bandoleros. Al fin y al cabo, la situación en Masyaf era dura y estaba empeorando. A los aldeanos se les obligaba a pagar impuestos cada vez más altos al castillo del promontorio. El coste de proteger a la comunidad estaba aumentando, les decían; el Maestro era inflexible al exigir tributos al pueblo y con frecuencia enviaba grupos de Asesinos por las pendientes para obligarlos a pagar. Se golpeaba a los que se negaban y luego se les echaba al otro lado de las puertas para que vagaran con la esperanza de ser aceptados en otra población, o a merced de los bandidos que se habían adueñado de las rocosas llanuras que rodeaban Masyaf y parecían ser cada vez más atrevidos en los asaltos a los viajantes. Antes los Asesinos —o la amenaza de su presencia, al menos— había mantenido las rutas comerciales a salvo. Pero por lo visto ya no.

Así que de volver a casa sin un céntimo, incapaz de pagar los diezmos que Abbas exigía a los comerciantes de la aldea y los impuestos que quería de su pueblo, podía suceder que echaran a Mukhlis y a su familia: él, su mujer Aalia y su hija Nada.

Estaba pensando en todo eso cuando se acercó al abrevadero, aún sin decidir si paraba o no.

Había un caballo al lado de una enorme higuera que se extendía sobre el abrevadero, un gran manto atractivo de fresca sombra y refugio. Estaba sin amarrar, pero la manta de su lomo mostraba que pertenecía a alguien, probablemente un compañero viajero que se había detenido a beber agua, a rellenar sus cantimploras o, tal vez, como Mukhlis, a apoyar la cabeza y descansar. Aun así, Mukhlis se acercó al abrevadero nervioso. Su caballo percibió la proximidad del agua y resopló, agradecido, así que tuvo que frenarlo para que no saliera al trote hasta el pozo, donde ahora veía una figura, durmiendo, acurrucada. Dormía con la cabeza en su fardo, la túnica envolviéndole, la capucha subida y los brazos cruzados sobre el pecho. No se le veía mucha cara, pero Mukhlis vio una piel marrón y ajada, arrugada y con cicatrices. Era un anciano, de setenta y tantos u ochenta años. Fascinado, Mukhlis estudió el rostro del que dormía y los ojos se abrieron de golpe.

Mukhlis retrocedió un poco, sorprendido y asustado. Los ojos del anciano eran duros y atentos. Se quedó totalmente inmóvil y Mukhlis se dio cuenta de que, aunque él era mucho más joven, el desconocido no se sentía intimidado por él.

—Siento haberte molestado —dijo Mukhlis con la cabeza inclinada, titubeando un poco.

El desconocido no dijo nada, tan solo observó cómo Mukhlis desmontaba, llevaba a su caballo hasta el pozo y recuperaba el cubo de cuero para poder beber. Durante unos instantes, el único sonido fue el suave golpe del cubo en la pared del pozo mientras recogía el agua, y después los sorbos del caballo al beber. Mukhlis también bebió. Tragó y engulló, se mojó la barba y se secó la cara. Llenó sus cantimploras, tomó agua para el segundo caballo y los ató a ambos. Cuando volvió a mirar al desconocido, comprobó que se había vuelto a quedar dormido. Lo único que había cambiado en él era que ya no tenía los brazos cruzados, sino junto a la cabeza, apoyados en el fardo que usaba de almohada. Mukhlis sacó una manta de su propio fardo, encontró un sitio al otro lado del pozo y se tumbó para dormir.

¿Cuánto tiempo había pasado cuando oyó un movimiento y abrió los ojos y pudo ver a la figura que estaba ante él? Una figura iluminada por los primeros rayos del sol matutino, con el pelo negro y la barba salvaje, descuidada, un aro de oro en una oreja, y una sonrisa amplia aunque maliciosa. Mukhlis intentó ponerse de pie, pero el hombre se puso en cuclillas y le colocó un puñal brillante en el cuello, de modo que Mukhlis se quedó inmóvil por el miedo y un quejido escapó de sus labios.

—Soy Bayhas —dijo el hombre, que seguía sonriendo—. Soy la última cara que verás.

—No —gimoteó Mukhlis, pero Bayhas ya estaba tirando de él para ponerlo de pie.

El comerciante vio que Bayhas tenía dos compañeros, que estaban quitando de los caballos las mercancías para ponerlas en sus propias bestias.

Buscó al anciano que dormía, pero ya no estaba allí, aunque Mukhlis veía su caballo. ¿Ya lo habían matado? ¿Estaba por allí degollado?

—Una cuerda —dijo Bayhas.

Todavía tenía el puñal en el cuello de Mukhlis cuando uno de sus compañeros le tiró un rollo de cuerda. Como Bayhas, tenía una barba negra y descuidada y el pelo tapado con un *keffiyeh*. A su espalda tenía un arco. El tercer hombre llevaba el pelo largo y no tenía barba, pero sí una ancha cimitarra en su cinturón, y estaba muy ocupado hurgando los fardos de Mukhlis y descartando los artículos que no quería sobre la arena.

—No —gritó Mukhlis, al ver una piedra pintada caer al suelo.

Se la había dado su hija como regalo de buena suerte el día que se había marchado y, al ver cómo la tiraba un ladrón, no pudo soportarlo. Se apartó de Bayhas y corrió hacia el del pelo largo, que se movió hacia él con una sonrisa y después lo derribó con un despiadado golpe en la tráquea. Los tres ladrones soltaron unas carcajadas cuando Mukhlis se retorció, asfixiado, en la arena.

—¿Qué es esto? —se burló el del pelo largo, inclinándose hacia él. Vio dónde miraba Mukhlis y alzó la piedra para leer las palabras que Nada había escrito en ella—. «Buena suerte, papá». ¿Es por eso? ¿Esto es lo que te ha hecho tan valiente de repente, papá?

Mukhlis alargó la mano, desesperado por tener la piedra, pero el del pelo largo le apartó la mano de un golpe con desdén y después frotó la piedra por la parte trasera —riéndose todavía más mientras Mukhlis bramaba de indignación— y la tiró al pozo.

—Plop —se burló.

—Tú... —comenzó a decir Mukhlis—. Tú...

—Átale las piernas —oyó que alguien decía detrás de él.

Bayhas le tiró la cuerda al del pelo largo y dio la vuelta, se colocó de cuclillas y puso la punta del cuchillo cerca del ojo de Mukhlis.

—¿Adónde te dirigías, papá? —preguntó.

—A Damasco —mintió Mukhlis.

Bayhas le cortó la mejilla con el cuchillo y él gritó por el dolor.

—¿Adónde ibas? —repitió.

—Sus telas son de Masyaf —dijo el del pelo largo, que estaba atándole las piernas.

—¿Masyaf, eh? —dijo Bayhas—. Antes podías contar con el apoyo de los Asesinos, pero ya no. Tal vez deberíamos hacerle una visita. Puede que encontremos a una viuda apenada que necesite consuelo. ¿Qué dices, papá? Cuando terminemos contigo.

El del pelo largo se puso de pie y lanzó el extremo de la cuerda sobre una de las ramas de la higuera para tirar de ella y subir a Mukhlis. El mundo se puso boca abajo. Se quejó mientras el del pelo largo ataba el extremo de la cuerda al arco del pozo para asegurarlo. Bayhas le empezó a dar vueltas. Giró y vio al arquero a unos metros balanceándose sobre sus talones por la risa. Bayhas y el del pelo largo estaban más cerca y se reían también. Bayhas se inclinó hacia él.

Todavía girando, vio pasar la pared del pozo, dio otra vuelta y vio a los tres ladrones, el del pelo largo y Bayhas, detrás de ellos el tercer hombre, y...

Un par de piernas aparecieron por el árbol, detrás del tercero.

Pero Mukhlis seguía girando y la pared del pozo pasó de nuevo. Giró, más despacio ahora, hacia delante, donde los tres ladrones ignoraban la presencia del otro hombre que estaba entre ellos, detrás de ellos. Un hombre cuyo rostro estaba casi oculto bajo la capucha de la túnica que llevaba, con la cabeza ligeramente inclinada, los brazos extendidos, casi a modo de súplica. Era el anciano.

—Basta —dijo.

Como su cara, su voz también estaba gastada por la edad.

Los tres ladrones se dieron la vuelta para mirarle, tensos, dispuestos a liquidar al intruso.

Y los tres comenzaron a reírse por lo bajo.

—¿Qué es esto? —se burló Bayhas—. ¿Un anciano viene a detener nuestra diversión? ¿Qué tienes pensado hacer, viejo? ¿Aburrirnos hasta la muerte con tus historias de antaño? ¿Tirarte un pedo?

Sus dos compañeros se rieron.

—Suéltalo —dijo el anciano, señalando a donde Mukhlis todavía colgaba boca abajo, balanceándose en la cuerda—. Enseguida.

—¿Y por qué iba a querer hacer yo eso? —preguntó Bayhas.

—Porque lo digo yo —bramó el anciano.

—¿Y quién te crees que eres para exigirme eso?

El anciano movió la mano.

¡Zas!

54

El arquero tomó su arma, pero con dos grandes zancadas Altaïr le alcanzó, describió un gran arco con su espada y le abrió el cuello, partiendo el arma por la mitad y cortándole su tocado de un solo golpe. Se oyó un suave repiqueteo cuando el arco del forajido cayó al suelo, seguido por el fuerte golpe del cuerpo al acompañarlo.

Altaïr —que no había combatido desde hacía dos décadas— se quedó allí, con los hombros subiendo y bajando, observando cómo cambiaban las expresiones de Bayhas y el del pelo largo, de burla a cautela. A sus pies el arquero se retorcía y gorjeaba mientras la sangre manchaba la arena. Sin apartar los ojos de Bayhas y el del pelo largo, Altaïr se apoyó sobre una rodilla y le clavó la hoja para silenciarlo. El miedo ahora era la mejor arma, lo sabía. Aquellos hombres tenían la juventud y la velocidad de su parte. Eran violentos y despiadados, estaban acostumbrados a la muerte. Altaïr tenía experiencia y esperaba que con eso le bastara.

El del pelo largo y Bayhas intercambiaron una mirada. Ya no sonreían. Por un instante, el único sonido en el abrevadero fue el suave crujido de la cuerda en la rama de la higuera, mientras Mukhlis observaba todo boca abajo. Tenía los brazos desatados y se preguntó si podría intentar liberarse, pero creyó que sería mejor no atraer la atención.

Los dos matones se separaron con la intención de flanquear a Altaïr, que observaba el espacio que se había abierto entre ellos y revelaba al comerciante colgando del revés. El del pelo largo pasó su cimitarra de una mano a otra con un suave chasquido. Bayhas se mordió el interior de la mejilla.

El del pelo largo dio un paso adelante para atacar con la cimitarra. El aire pareció vibrar con el sonido retumbante del acero cuando Altaïr le detuvo con su espada, barriendo con un brazo la cimitarra, al tiempo que notaba quejarse sus músculos. Si los ladrones hacían ataques cortos, no estaba seguro de cuánto podría aguantar. Los ancianos se encargaban de los jardines o pasaban las tardes reflexionando sobre sus estudios, leyendo y pensando en los que habían amado y perdido: no se metían en duelos de espadas. Y menos aún cuando les ganaban en número unos oponentes más jóvenes. Dio unas estocadas hacia Bayhas para que el líder no le flanqueara, y funcionó. Pero Bayhas se acercó enseguida lo suficiente con el puñal para cortar a Altaïr en el pecho, abrirle una herida y hacerle sangrar por primera vez. Altaïr le atacó cuando llegó su turno y chocaron sus espadas, intercambiaron golpes, pero le dio una oportunidad al del pelo largo para que le atacara, antes de que Altaïr pudiera protegerse. El del pelo largo arremetió como un loco con la espada y le hizo un gran corte a Altaïr en la pierna.

Grande. Profundo. Salía la sangre a borbotones y Altaïr casi tropezó. Cojeó a un lado, tratando de pegarse al pozo en vez de defenderse solo por delante. Llegó hasta allí, se pegó al lateral del abrevadero, con el comerciante colgando a su espalda.

—Sé fuerte —oyó que le decía en voz baja el mercader— y, pase lo que pase, tienes mi agradecimiento y mi amor, ya sea en esta vida o en la siguiente.

Altaïr asintió pero no se dio la vuelta, sino que se quedó observando a los dos matones que tenía delante. Al ver sangrar a Altaïr, se habían alegrado y, animados, avanzaron dando más estocadas y pinchazos. Altaïr rechazó tres ofensivas, en las que recibió más heridas, que sangraban profusamente, mientras cojeaba, sin aliento. El miedo ya no era su arma. Había perdido aquella ventaja. Lo único que le quedaba eran unas habilidades e instintos hacía tiempo aletargados y recordó algunas de sus más grandes batallas: cuando venció a los hombres de Talal, al ganar a Moloch o derrotar a los caballeros Templarios en el cementerio de Jerusalén. El guerrero que había participado en aquellas batallas habría eliminado a aquellos dos en cuestión de segundos.

Pero aquel guerrero pertenecía al pasado. Había envejecido. El dolor y el aislamiento le habían debilitado. Había pasado veinte años llorando la muerte de María, obsesionado con la Manzana. Sus habilidades de combate, tan magníficas como eran, se habían marchitado, por lo visto, hasta morir.

Notó la sangre en sus botas. Las manos le resbalaban. Daba estocadas a lo loco con la espada, no tanto defendiendo como tratando de quitarse de encima a sus atacantes. Pensó en su fardo, que contenía la Manzana, a salvo en la higuera. Con ella saldría victorioso, pero estaba demasiado lejos y, de todas maneras, había prometido no volver a utilizarla nunca más; la había dejado en el árbol por esa misma razón, para mantener fuera de su alcance la tentación. Pero la verdad era que si la hubiera tenido consigo, la habría usado en aquel momento, en vez de morir así y entregarles al mercader, pues seguro que lo condenaban a una muerte mucho más dolorosa y atormentada por las acciones de Altaïr.

Sí, habría utilizado la Manzana porque estaba perdido. Y se dio cuenta de que les había permitido darle la vuelta. El del pelo largo se acercó a él por la periferia de su visión y gritó por el esfuerzo de esquivarlo. El del pelo largo se enfrentó a sus ataques —un, dos, tres— y encontró un lugar bajo la guardia de Altaïr, donde le abrió otra herida en el costado, un corte profundo que sangró copiosamente enseguida. Altaïr se tambaleó, jadeando por el dolor. Era mejor morir así, supuso, que rendirse dócilmente. Era mejor morir luchando.

El del pelo largo avanzó y las espadas volvieron a chocar. Altaïr resultó herido de nuevo, esta vez en la pierna buena. Cayó de rodillas, con los brazos colgando y su inútil hoja sin tocar nada salvo la arena.

El del pelo largo caminó hacia delante, pero Bayhas le detuvo.

—Déjamelo a mí —ordenó.

Con debilidad, Altaïr se encontró pensando en otra época, hacía mil vidas, cuando su oponente había dicho lo mismo, y cómo en esa ocasión había hecho pagar al caballero por su arrogancia. Aquella satisfacción se le denegaría esta vez porque Bayhas iba hacia Altaïr, que se arrodilló, balanceándose, derrotado, en la arena, con la cabeza colgando. Intentó ordenar a sus piernas que se levantaran, pero no obedecían. Intentó alzar la hoja de la mano, pero no pudo. Vio el puñal acercarse a él y pudo levantar la cabeza lo suficiente para ver los dientes de Bayhas, el pendiente de oro que brillaba a la luz del sol matutino...

El comerciante se estaba rebelando, se había balanceado y, boca abajo, abrazaba a Bayhas por detrás, lo que detuvo su avance momentáneamente. Con un fuerte grito, una última explosión de esfuerzo, Altaïr reunió energía de no sabía dónde, se echó hacia delante, con la espada hacia arriba y se la clavó a Bayhas en el estómago, abriendo un tajo en vertical que terminó casi en su garganta. Al mismo tiempo, Mukhlis agarró el puñal antes de que se deslizara de los dedos de Bayhas, tiró hacia arriba y cortó la cuerda que lo sujetaba. Cayó, se dio un buen golpe en el costado contra la pared del pozo, pero se puso de pie apresuradamente para colocarse al lado de su salvador.

Altaïr estaba casi doblado por la mitad y moría a sus pies. Pero alzó la espada y se quedó mirando con los ojos entrecerrados al del pelo largo, quien, de repente, se veía superado en número y se puso nervioso. En vez de atacar, retrocedió hasta que llegó a un caballo. Sin apartar los ojos de Altaïr y Mukhlis, se montó en él. Se los quedó mirando fijamente y ellos hicieron lo mismo. Entonces se pasó un dedo por la garganta adrede y se marchó cabalgando.

—Gracias —le dijo Mukhlis a Altaïr, jadeando, pero el Asesino no respondió. Se había doblado, inconsciente, hacia la arena.

55

Fue una semana más tarde cuando llegó el enviado del líder de los forajidos. La gente del pueblo le vio atravesar la zona hacia las colinas que llevaban a la ciudadela. Era uno de los hombres de Fahad, decían, y los más sensatos pensaban que conocían la naturaleza de sus asuntos en la fortaleza. Dos días antes, los hombres de Fahad habían llegado a la aldea con la noticia de que ofrecerían una recompensa a cualquiera que identificara al hombre que había matado al hijo de Fahad, Bayhas. Le había ayudado un mercader de Masyaf, decían, y el comerciante saldría ileso si sacaba al perro cobarde que había liquidado al querido hijo del líder de los bandoleros. Los aldeanos habían negado con la cabeza y habían continuado con sus asuntos. Los hombres se habían marchado con las manos vacías, mascullando oscuras advertencias sobre sus planes de regreso.

Y eso fue todo, dicen los rumores, al menos así fue como empezó. Ni siquiera Fahad se atrevió a enviar hombres al pueblo cuando disfrutaban de la protección de los Asesinos: le pedía permiso al Maestro. Ni siquiera Fahad se habría atrevido a pedírselo a Altaïr o a Al Mualim, pero Abbas era otro asunto. Abbas era débil y se le podía comprar.

Así que el enviado volvió. En el viaje de ida estaba serio, despreciaba a los aldeanos que le veían pasar, pero ahora les sonreía y se pasó el dedo por la garganta.

—Por lo visto el Maestro le ha dado a Fahad permiso para entrar en el pueblo —dijo Mukhlis más tarde aquella noche, cuando las velas se consumieron. Estaba sentado junto a la cabecera del desconocido, hablando más para sus adentros que al hombre que estaba tumbado en la cama, que no había recuperado la consciencia desde la batalla en el abrevadero. Después, Mukhlis le había subido a pulso a la silla de su segundo caballo para llevarlo a casa, a Masyaf, para que se curara. Aalia y Nada le habían atendido, y durante tres días se habían preguntado si sobreviviría o moriría. La pérdida de sangre le había dejado tan pálido como la niebla y había estado tumbado en la cama —Aalia y Mukhlis le habían dejado la suya— con un aspecto casi sereno, como un cadáver, como si en cualquier momento pudiera dejar este mundo. Al tercer día el color empezó a volver a su rostro. Eso le había dicho Aalia a Mukhlis cuando regresó del mercado y su marido se había sentado en su sitio habitual, junto a la cama, para hablarle a su salvador, con la esperanza de que volviera en sí. Se había acostumbrado a contarle lo que había hecho durante el día, a veces le hablaba de cosas importantes con la esperanza de despertar al paciente y reanimarlo.

—Por lo visto, Abbas tiene un precio —decía en aquel momento. Miró de reojo al desconocido, que estaba tumbado boca arriba. Las heridas se le estaban curando bien y cada día estaba más fuerte—. El Maestro Altaïr habría muerto antes que permitir tal cosa —dijo.

Se inclinó hacia delante y observó a la figura en la cama con mucho detenimiento.

—El Maestro, Altaïr Ibn-La'Ahad.

Por primera vez desde que había llegado a casa de Mukhlis, los ojos del desconocido se abrieron.

Era la reacción que esperaba, pero aun así Mukhlis se sorprendió y se quedó mirando los ojos nublados del paciente que poco a poco recuperaban su luz.

—Eres tú, ¿no? —susurró Mukhlis, cuando el desconocido parpadeó y luego le miró—. Eres él, ¿no? Eres Altaïr.

Altaïr asintió. Las lágrimas brotaron en los ojos de Mukhlis y se tiró de la silla al suelo de piedra, para aferrar una de las manos de Altaïr entre las suyas.

—Has vuelto con nosotros —dijo entre sollozos—. Has venido a salvarnos. —Hubo una pausa—. ¿Has venido a salvarnos?

—¿Necesitáis que os salven? —preguntó Altaïr.

—Sí. ¿Para eso venías a Masyaf cuando nos encontramos?

Altaïr se quedó reflexionando.

—Cuando dejé Alamut era inevitable que me encontrara aquí. La única cuestión era cuándo.

—¿Estuviste en Alamut?

—Estos últimos veinte años.

—Dijeron que habías muerto. Que la mañana que murió María te tiraste de la torre de la ciudadela.

—Sí, me tiré de la torre de la ciudadela —Altaïr forzó una sonrisa—, pero sobreviví. Fui hasta el río fuera del pueblo. Por casualidad, Darim estaba allí. Regresaba de Alamut, donde se había encontrado a la esposa de Sef y a sus hijos. Me rescató y me llevó con ellos.

—Dijeron que estabas muerto —repitió Mukhlis.

—¿Quién?

Mukhlis hizo un gesto hacia la ciudadela.

—Los Asesinos.

—Les pega decir eso, pero sabían que no lo estaba.

Se soltó de las manos de Mukhlis, se sentó y bajó las piernas de la cama. Miró sus pies, la piel arrugada y vieja. Le dolía cada centímetro de su cuerpo, pero se sentía... mejor. Le habían lavado la túnica y se la habían vuelto a poner. Se subió la capucha y le gustó notarla en su cabeza, respirar el aroma a ropa limpia.

Se llevó las manos a la cara y advirtió que se habían encargado de su barba. No muy lejos estaban sus botas y sobre la mesa, junto a la cama, vio el mecanismo de la hoja con un nuevo diseño que había recogido de la Manzana. Parecía extremadamente avanzado y pensó en los demás diseños que había descubierto. Necesitaba la ayuda de un herrero para hacer los objetos. Pero primero...

—¿Y mi fardo? —le preguntó a Mukhlis, que se había puesto de pie—. ¿Dónde está mi fardo?

Sin mediar palabra, Mukhlis señaló que estaba en la piedra, en la cabecera de la cama, y Altaïr miró su forma familiar.

—¿Has mirado dentro? —preguntó.

Mukhlis negó con la cabeza firmemente y Altaïr le miró inquisitivamente. Entonces, al creerle, se relajó, fue a buscar las botas e hizo un gesto de dolor al ponérselas.

—Tengo que darte las gracias por cuidar de mí —dijo—. Estaría muerto junto al abrevadero si no fuera por ti.

Mukhlis se rio y volvió a su asiento.

—Mi esposa y mi hija son las que han cuidado de ti, yo debería darte las gracias. Me salvaste de una muerte espeluznante a manos de esos bandidos. —Se inclinó hacia delante—. Tus acciones fueron las del legendario Altaïr Ibn-La'Ahad. Se lo he contado a todo el mundo.

—¿La gente sabe que estoy aquí?

Mukhlis extendió las manos.

—Por supuesto. El pueblo entero sabe la historia del héroe que me apartó de las manos de la muerte. Todo el mundo cree que fuiste tú.

—¿Y qué les hace pensar eso? —preguntó Altaïr.

Mukhlis no respondió, pero señaló con la barbilla a la mesa baja donde el mecanismo de la hoja resplandecía débilmente, fabuloso y engrasado.

Altaïr se quedó pensando.

—¿Les has hablado de la hoja?

Mukhlis reflexionó.

—Bueno, sí —contestó—, por supuesto. ¿Por qué?

—La noticia llegará a la ciudadela. Vendrán a buscarme.

—No serán los únicos —dijo Mukhlis, arrepentido.

—¿A qué te refieres?

—Un mensajero del padre del hombre que mataste visitó antes la fortaleza.

—¿Y quién era el hombre que maté?

—Un despiadado matarife llamado Bayhas.

—¿Y su padre?

—Fahad, el líder de un grupo de bandoleros que vagan por el desierto. Dicen que están acampados a dos o tres días a caballo de aquí. De allí vino el enviado. Dicen que le pidió permiso al Maestro para entrar en el pueblo y dar caza al asesino.

—¿Al Maestro? —preguntó Altaïr con brusquedad—. ¿A Abbas?

Mukhlis asintió.

—Se ofreció una recompensa por el asesino, pero los aldeanos la han rechazado. Puede que Abbas no sea tan estable.

—Entonces la gente tiene buen corazón —dijo Altaïr— y su líder no.

—Rara vez se han dicho unas palabras tan ciertas —afirmó Mukhlis—. Nos quita el dinero y no nos da nada a cambio, cuando antes la ciudadela era el corazón de la comunidad, de donde venía la fuerza, la orientación...

—Y la protección —añadió Altaïr con media sonrisa.

—Eso también —reconoció Mukhlis—. Nos quedamos sin todo eso al marcharte, Altaïr, y lo sustituyó... la corrupción y la paranoia. Dicen que Abbas se vio obligado a acabar con un levantamiento después de tu partida, una rebelión de los Asesinos que te eran fieles a ti y a Malik; que mató a los cabecillas; que teme que se repita tal insurrección. Su paranoia le hace permanecer en la torre día y noche, y allí imagina conspiraciones y cómo matar a los responsables. Los principios de la Orden se desmoronan a su alrededor, como la misma fortaleza se deteriora. Dicen que tiene un sueño recurrente. Que un día Altaïr Ibn-La'Ahad volverá del exilio en Alamut con... —hizo una pausa para mirar a Altaïr con recelo y después al fardo— un artefacto capaz de derrotarlo... ¿Existe tal cosa? ¿Planificas un ataque?

—Incluso aunque existiera, no es un artefacto lo que derrotará a Abbas. Es la fe en nosotros mismos y en el Credo lo que lo hará.

—¿La fe de quién, Altaïr?

Altaïr movió un brazo.

—La tuya. La de la gente y la de los Asesinos.

—¿Y cómo la recuperarás? —preguntó Mukhlis.

—Dando un poco de ejemplo —contestó Altaïr— a su tiempo.

Al día siguiente Altaïr salió al pueblo, donde empezó no tan solo a predicar las costumbres asesinas, sino a demostrarlas.

56

Había habido peleas en las que Altaïr había tenido que intervenir, disputas entre los comerciantes que habían exigido moderación, discusiones sobre la tierra entre los vecinos, pero ninguna había sido tan peliaguda como la de las dos mujeres que se pusieron a pelear por un hombre. El hombre en cuestión, Aaron, estaba sentado en un banco a la sombra, encogido de miedo, mientras ellas discutían. Mukhlis, que había ido al pueblo con Altaïr para ocuparse de sus negocios, intentaba interceder, mientras Altaïr, con los brazos cruzados, esperaba con paciencia que terminaran las hostilidades para poder hablarles. Ya había decidido lo que iba a decir: Aaron tendría que ejercer la libre voluntad en este caso, le gustara o no. Lo que de verdad le preocupaba a Altaïr era el chico, cuya fiebre aún tenía que interrumpirse, al que le había administrado una poción, cuya fórmula había sacado, por supuesto, de la Manzana.

O el cestero, que estaba creando nuevas herramientas para él con unas especificaciones que le había dado Altaïr, que había transcrito de la Manzana.

O el herrero, que le había echado un vistazo a los dibujos que Altaïr le había dado, les había dado la vuelta y mirado detenidamente, luego los había colocado sobre una mesa para que Altaïr pudiera señalar exactamente lo que necesitaba forjar. Pronto el Asesino tendría un nuevo equipo; nuevas armas, nunca vistas.

O el hombre que le había estado observando aquellos últimos días, que se movía con él como una sombra, fuera de la vista, o al menos eso pensaba. Altaïr lo había visto enseguida, por supuesto. Había notado su porte, sabía que era un Asesino.

Tenía que ocurrir, desde luego. Abbas había enviado a sus agentes al pueblo para saber quién era el desconocido que luchaba con la hoja oculta de los Asesinos. Abbas seguro que habría llegado a la conclusión de que Altaïr había regresado para reclamar la Orden. Quizás esperaba que los bandidos lo mataran por él; quizá mandaba a un hombre que bajara las pendientes para matarlo. Tal vez su sombra era también el Asesino de Altaïr.

Las mujeres continuaban discutiendo. Mukhlis dijo por lo bajo:

—Maestro, creo que me he equivocado. Estas mujeres no discuten por quién se queda con el desgraciado de Aaron, sino por quién debería llevárselo.

—Mi opinión es la misma —dijo Altaïr—. El joven debe decidir su propio destino.

Le lanzó una mirada a su sombra, que estaba sentado a la sombra de los árboles, envuelto en una túnica parda, haciéndose pasar por un aldeano dormitando.

—Vuelvo enseguida —le dijo a Mukhlis—. Su conversación me ha dado sed.

Altaïr sintió más que vio a su sombra ponerse de pie también y seguirle mientras entraba en la plaza para dirigirse a la fuente del centro. Allí se inclinó para beber y se puso derecho, fingiendo asimilar las vistas del pueblo a sus pies. Entonces...

—Está bien —le dijo al hombre que sabía que estaba detrás de él—. Si fueras a matarme, ya lo habrías hecho.

—¿Ibas a dejar que lo hiciera tan fácilmente?

Altaïr se rio.

—No he pasado mi vida caminando por el sendero del guerrero para que un joven cachorro me elimine en una fuente.

—¿Me has oído?

—Por supuesto que te he oído. Te oí acercarte con el sigilo de un elefante y también he oído que te apoyas en el lado izquierdo. Cuando ataques debería moverme a la derecha para encontrarme con tu lado más débil.

—¿No lo sabría yo de antemano?

—Bueno, eso dependería del objetivo. Por supuesto, conocerías bien tu objetivo y serías plenamente consciente de su destreza en el combate.

—Sé que este no tiene igual en el combate, Altaïr Ibn-La'Ahad.

—¿Y tú? Debías de ser un niño cuando Masyaf era mía.

Altaïr se volvió hacia el desconocido, que se bajó la capucha para revelar el rostro de un joven, tal vez de unos veinte años, con una barba negra. Tenía la mandíbula cuadrada y unos ojos que Altaïr reconoció.

—Lo era —dijo el chico—, era un recién nacido.

—Entonces, ¿no te adoctrinaron en mi contra? —preguntó Altaïr y señaló con la barbilla la ciudadela en el promontorio sobre ellos. Estaba allí agazapada, como si los observara.

—A algunos no se les adoctrina tan fácilmente como a otros —respondió el chico—. Hay muchos que han permanecido fieles a los antiguos códigos, y muchos más, al ser más marcados los perniciosos efectos de los nuevos métodos. Pero yo tengo incluso más razones que los demás para mantener mi fidelidad.

Ambos Asesinos se quedaron mirándose junto a la fuente, y Altaïr sintió que su mundo se tambaleaba un poco. De repente, casi se desmayó.

—¿Cómo te llamas? —preguntó y su voz pareció incorpórea a sus oídos.

—Tengo dos nombres. Uno por el que me conoce la mayoría de la Orden, que es Tazim, y otro, el que me dio mi madre en honor de mi padre. Murió cuando yo era solo un bebé, lo eliminaron por orden de Abbas. Su nombre era...

—Malik. —Altaïr contuvo la respiración y caminó hacia delante, con lágrimas brotando de sus ojos—. Hijo mío —exclamó—. Debía de haberlo sabido. Tienes los ojos de tu padre. —Se rio—. De su sigilo ya no digo lo mismo, pero... tienes su espíritu. No lo sabía, nunca supe que había tenido un hijo.

—A mi madre la enviaron lejos de aquí después de que le encarcelaran. Cuando crecí, volví para unirme a la Orden.

—¿En busca de venganza?

—Al final, quizá. Lo que sea más apropiado para honrar su memoria. Ahora que has venido, ya veo cómo.

Altaïr le rodeó los hombros con un brazo, se apartaron de la fuente, cruzaron la plaza y hablaron intensamente.

—¿Qué tal tus habilidades para el combate? —le preguntó al joven Malik.

—Bajo el mandato de Abbas esas cosas se han descuidado, pero he entrenado. Aunque el conocimiento asesino apenas ha avanzado en los últimos veinte años.

—Aquí no, tal vez. Pero sí aquí. —Se dio unos golpecitos en el lateral de la cabeza—. Aquí el saber asesino ha aumentado diez veces. Tengo muchas cosas que enseñar a la Orden. Planes. Diseños para nuevas armas. El herrero del pueblo las está forjando.

Los aldeanos respetuosos se apartaban de su camino. Todos conocían ahora a Altaïr y allí, al pie de la fortaleza al menos, volvía a ser el Maestro.

—¿Y dices que hay otros en el castillo que me son leales? —preguntó Altaïr.

—Hay tantos que odian a Abbas como el número de los que le sirven. Más aún ahora, que he estado informando de lo que he visto en el pueblo. La noticia de que el gran Altaïr ha regresado se está propagando lenta pero segura.

—Bien —dijo Altaïr—. ¿Se podría convencer a esos seguidores para reunirlos y marchar todos juntos hacia el castillo?

El joven Malik se detuvo y miró a Altaïr como comprobando que el anciano bromaba. Luego sonrió.

—Quieres hacerlo. De verdad quieres hacerlo. ¿Cuándo?

—El forajido Fahad traerá pronto a sus hombres al pueblo —dijo—. Necesitamos tener el control antes de que eso ocurra.

57

A la mañana siguiente, al romper el alba, Mukhlis, Aalia y Nada fueron de casa en casa para informar de que el Maestro iba a subir la colina. Animado por la expectativa, el pueblo se reunió en la plaza del mercado, de pie en grupos o sentados en muros bajos. Al cabo de un rato, Altaïr se unió a ellos. Llevaba su túnica blanca y un fajín. Los que se fijaron, vieron el anillo del mecanismo de la muñeca en su dedo. Caminó hasta el centro de la plaza, acompañado de Mukhlis, un teniente de confianza, y esperó.

¿Qué le habría dicho María ahora?, se preguntó Altaïr mientras aguardaba. Altaïr había confiado de inmediato en el hijo de Malik. Había depositado tanta fe en él que si resultaba traicionado, acabaría destrozado, y sus planes por recuperar la Orden tan solo serían falsas ilusiones de un anciano. Pensó en aquellos en los que había confiado antes y que después le habían traicionado. ¿Le aconsejaría María ahora que tuviera precaución? ¿Le habría dicho que era un tonto por tener tanta fe ciega en una prueba tan pobre? ¿O le habría dicho, como ya lo hizo una vez: «Confía en tu instinto, Altaïr. Las enseñanzas de Al Mualim te han dado sabiduría; su traición te colocó en el camino de la madurez»?

«Oh, y ahora soy más sabio, amor mío», pensó que le diría al retazo de ella que guardaba a salvo en su memoria.

Sabía que habría aprobado lo que había hecho con la Manzana, los años que había pasado exprimiéndole el jugo, aprendiendo de ella. No habría aprobado la culpa que cargaban sus hombros por su muerte; la vergüenza que sentía por dejar que la ira hubiera guiado sus acciones. No, no habría aprobado eso. ¿Qué le habría dicho? Aquella expresión inglesa que tenía: «Resiste». Al final lo había hecho, claro, pero había tardado años en conseguirlo, años en los que odió la Manzana, no soportaba verla, ni siquiera pensar en ella, en el poder maligno que permanecía aletargado en el interior del mosaico intemporal y lustroso de su armazón. Se la quedaba mirando, de forma inquietante, durante horas, y revivía el dolor que le había causado.

Abandonada, incapaz de soportar el peso del sufrimiento de Altaïr, la esposa de Sef se marchó con sus dos hijas. Le habían dicho que se había establecido en Alejandría. Un año más tarde, Darim también se marchó, ahuyentado por el remordimiento de su padre y su obsesión por la Manzana. Viajó a Francia e Inglaterra para advertir a sus líderes de que los mongoles estaban en marcha. Al estar solo, el tormento de Altaïr empeoró. Pasaba largas noches contemplando la Manzana, como si fueran dos adversarios a punto de entrar en combate, como si al dormirse o apartar la vista de ella, el artefacto pudiera abalanzarse sobre él.

Al final pensó en aquella noche en el jardín de Masyaf, en su mentor Al Mualim yaciendo muerto sobre el mármol de la terraza y la cascada borboteando de fondo. Recordaba haber tomado la Manzana por primera vez y sentir que de ella salía algo benigno y no maligno. Las extrañas imágenes que creaba, de culturas muy lejanas en el tiempo y en el espacio, más allá de la esfera de su conocimiento. Aquella noche, en el jardín, entendió por instinto su capacidad para el bien. A partir de entonces, tan solo había mostrado su aspecto maligno, pero aquella magnífica sabiduría estaba también allí, en alguna parte. Se tenía que localizar para sacarla. Había necesitado un agente para salir y Altaïr había conseguido utilizar su poder antes.

Entonces se había consumido por el dolor causado por Al Mualim. Ahora estaba consumido por el dolor de su familia. Tal vez la Manzana primero tenía que recibir para dar.

Fuera cual fuese la respuesta, sus estudios comenzaron y llenó diario tras diario con sus escritos: páginas y páginas de filosofías, ideologías, diseños, dibujos, esquemas y recuerdos. Incalculables fueron las velas que se consumieron mientras escribía con fervor, tan solo parándose para orinar. Durante días escribió sin descanso, durante días dejó su escritorio y salió de Alamut solo, por mandato de la Manzana, para recoger ingredientes y provisiones. Una vez, incluso, la Manzana le dirigió a una serie de artefactos que tomó y escondió, sin revelarle a nadie su naturaleza ni su localización.

No había dejado de llorar, por supuesto. Todavía se echaba la culpa por la muerte de María, pero había aprendido de ella. Ahora sentía un dolor más puro: un anhelo por María y Sef, un dolor que no parecía abandonarle nunca, que un día era intenso y agudo, como si una hoja le hiciera mil cortes en el corazón, y al día siguiente era una sensación hueca y nauseabunda, como si un pájaro enfermo intentara desplegar las alas en su estómago.

Aunque a veces sonreía porque pensaba que María aprobaría que la llorase. Habría atraído a la parte que tenía de noble inglesa consentida, habría sido una experta en clavarle a un hombre una mirada altiva mientras lo vencía en combate, con su fulminante desaire tan cortante como su hoja. Y, por supuesto, habría estado de acuerdo con que por fin hubiera resistido, pero sobre todo habría aprobado lo que estaba haciendo en aquel momento: tomar su conocimiento y saber y llevarlos de vuelta a la Orden. ¿Sabía, al terminar su exilio, que regresaba a Masyaf por ese motivo? Todavía no estaba seguro. Lo único que sabía era que, una vez aquí, no había otra opción. Había visitado el lugar donde la habían enterrado; la tumba de Malik no estaba muy lejos, atendida por su joven hijo. Altaïr se percató de que había perdido para siempre a María, a Sef y a Malik, a su madre y a su padre, incluso a Al Mualim. La Hermandad, en cambio, la recuperaría.

Pero tan solo si el joven Malik era fiel a su palabra. Y allí de pie, sintiendo el entusiasmo y la expectación de la multitud como un peso que llevara a la espalda, acompañado de Mukhlis, comenzó a reflexionar. Clavó los ojos en la ciudadela y esperó a que las puertas se abrieran para que saliesen los hombres. Malik había dicho que serían al menos veinte y que todos ellos apoyaban a Altaïr con su mismo fervor. Con veinte guerreros y con el apoyo del pueblo, Altaïr creía que sería suficiente para vencer a treinta o cuarenta Asesinos que continuaban siendo fieles a Abbas.

Se preguntó si Abbas estaría levantado en la torre del Maestro, mirando con los ojos entrecerrados para distinguir qué pasaba allí abajo. Eso esperaba.

Durante toda su vida, Altaïr se había negado a encontrar la gratificación en la muerte de otra persona, pero ¿en Abbas? A pesar de la lástima que le daba, estaban las muertes de Sef, Malik y María a tener en cuenta; también estaba la destrucción de la Orden bajo su responsabilidad. Altaïr se había prometido a sí mismo que no disfrutaría —ni siquiera obtendría satisfacción— con la muerte de Abbas.

Pero sí disfrutaría y sentiría satisfacción con la ausencia de Abbas cuando lo hubiera matado. Se podía permitir eso.

Pero solo si las puertas se abrían y sus aliados aparecían. A su alrededor la multitud empezaba a inquietarse. Sintió que la confianza y la seguridad con la que había despertado poco a poco disminuían.

Entonces fue consciente de un murmullo de entusiasmo entre los aldeanos y sus ojos se dirigieron de las puertas del castillo —que seguían cerradas con firmeza— a la plaza. Un hombre se acercó a Altaïr con la cabeza gacha, se quitó la capucha y le sonrió. Era el joven Malik. Y detrás de él llegaban los demás. Todos, como él, aparecieron entre la multitud como si de repente se hubieran hecho visibles. A su lado, Mukhlis soltó un grito ahogado. La plaza de repente estaba llena de hombres vestidos con túnicas blancas. Y Altaïr comenzó a reírse. En aquella risa había sorpresa, alivio y alegría. Los hombres se acercaron a él, inclinaron la cabeza en señal de respeto y le mostraron la espada, el arco o el cuchillo arrojadizo. Demostraron lealtad.

Altaïr tomó al joven Malik por los hombros y los ojos le brillaron.

—Lo retiro —dijo—. Tú y todos tus hombres tenéis un sigilo incomparable.

Malik agachó la cabeza, sonriendo.

—Maestro, deberíamos marcharnos enseguida. Abbas pronto será consciente de nuestra presencia.

—Así sea —dijo Altaïr y se subió al muro bajo de la fuente, apartando a Mukhlis, que se había acercado a ayudarle. Se dirigió a la multitud—: Durante demasiado tiempo, el castillo de la colina ha sido un lugar oscuro e imponente, y hoy espero convertirlo de nuevo en un faro de luz, con vuestra ayuda. —Hubo un bajo murmullo de apreciación y Altaïr les pidió silencio—. Aunque lo que no haremos es recibir nuestro nuevo amanecer a través de un velo de sangre asesina. Los que permanecen fieles a Abbas son nuestros enemigos hoy, pero mañana se convertirán en nuestros compañeros. Tan solo podemos ganarnos su amistad si nuestra victoria es misericordiosa. Matad solo si es absolutamente necesario. Queremos traer la paz a Masyaf, no la muerte.

Al decir esas palabras, se bajó del muro y salió de la plaza al tiempo que los Asesinos formaban detrás de él. Los Asesinos se taparon la cabeza con sus capuchas. Tenían un aspecto adusto y decidido. La gente iba detrás: entusiasmada, nerviosa y con miedo. Del resultado dependían muchas cosas.

Altaïr subió por la pendiente que, cuando era niño, Abbas y él recorrían juntos. Como Asesino, la había recorrido para entrenarse o por recados del Maestro, al marcharse para una misión o al regresar de otra. Ahora sentía la edad en los huesos y en los músculos, le costaba subir la pendiente, pero continuó.

Un pequeño grupo de partidarios de Abbas se topó con ellos en las colinas, un grupo de reconocimiento que habían enviado para comprobar su entereza. Al principio, los hombres que acompañaban a Altaïr se negaron a entrar en combate con ellos. Después de todo, eran compañeros con los que habían vivido y se habían entrenado. Los amigos se arrojaban unos contra otros; sin duda, si la pelea continuaba, se encontrarían cara a cara miembros de la misma familia. Durante un largo rato, el grupo de reconocimiento al que superaban en número y los seguidores de Altaïr se enfrentaron. El grupo de exploradores tenía la ventaja de estar en un suelo más alto, pero por otro lado eran corderos enviados al matadero.

Altaïr alzó la vista y vio la parte superior de la torre del Maestro. Abbas podría verle en aquel instante, sin duda. Habría visto a la gente subir por la colina hacia él. Los ojos de Altaïr se apartaron de la ciudadela y se centraron en los exploradores, que habían sido enviados a luchar en nombre de su maestro corrupto.

—No se tiene que matar a nadie —repitió Altaïr a sus hombres y Malik asintió.

Uno de los exploradores sonrió con crueldad.

—Entonces no llegaréis muy lejos, anciano.

Se lanzó hacia delante, dando estocadas con la espada, a por Altaïr, tal vez con la esperanza de ir a por la raíz de la rebelión: matar a Altaïr significaba detener el levantamiento.

Como el movimiento de las alas de un colibrí, el Asesino esquivó el ataque, desenvainó la espada y rodeó el ímpetu del cuerpo de su agresor para agarrarlo por detrás.

La espada del explorador se cayó al notar la hoja de Altaïr en su garganta, y gimoteó.

—No habrá asesinatos en nombre de este anciano —murmuró Altaïr al oído del explorador y lo lanzó hacia Malik, que lo inmovilizó en el suelo.

Los otros exploradores avanzaron, pero con menos entusiasmo, sin ganas de pelea. Se dejaron capturar y al cabo de un rato estaban todos apresados o inconscientes.

Altaïr observó la pequeña refriega. Se miró la mano donde la espada del explorador le había cortado y a escondidas se limpió la sangre.

«Fuiste lento —pensó—. La próxima vez deja la pelea para los jóvenes».

Aun así, esperaba que Abbas hubiera estado mirando. Los hombres se reunían en los baluartes. También esperaba que hubieran visto los acontecimientos en la colina y cómo habían tratado con piedad al grupo de exploradores.

Continuaron subiendo la pendiente y llegaron al altiplano justo cuando las puertas de la fortaleza por fin se abrieron. Por ellas salieron más Asesinos, gritando, preparados para la batalla.

A sus espaldas oyó a los aldeanos gritar y dispersarse, aunque Mukhlis les animaba a quedarse. Altaïr se dio la vuelta y le vio con las manos alzadas, pero no podía culpar a la gente por su pérdida de determinación. Todos conocían la aterradora ferocidad del Asesino. Sin duda, nunca habían visto luchar a dos ejércitos asesinos y tampoco querían verlo. Lo que vieron fue a Asesinos saliendo por las puertas, gruñendo, enseñando los dientes y unas espadas resplandecientes, mientras sus botas pisaban el césped. Vieron que los seguidores de Altaïr se agachaban y se ponían tensos, preparándose para la acción. Y se refugiaron, algunos corrieron para esconderse detrás de la torre de vigilancia y otros se retiraron colina abajo. Se oyó un gran grito y el repiqueteo del acero cuando los dos bandos se encontraron. Altaïr tenía a Malik de escolta, y mantuvo un ojo en los baluartes mientras la batalla bullía; los baluartes donde estaban los arqueros, tal vez unos diez. Si abrían fuego, la batalla estaría perdida.

Entonces vio a Abbas.

Y Abbas le vio a él.

Durante unos instantes, los dos comandantes se quedaron contemplándose, Abbas en los baluartes y Altaïr abajo —fuerte y tranquilo mientras la batalla giraba a su alrededor—, el mejor amigo de la infancia se había convertido en el enemigo más implacable. Entonces se rompió aquel momento cuando Abbas les chilló a los arqueros que dispararan. Altaïr vio la inseguridad en sus rostros mientras alzaban los arcos.

—Nadie debe morir —le suplicó Altaïr a sus hombres, pues sabía que el modo de ganarse a los arqueros era con el ejemplo.

Abbas estaba dispuesto a sacrificar a Asesinos; Altaïr no. Y tan solo le quedaba esperar que los corazones de los arqueros fueran auténticos. Rezó para que sus defensores mostraran compostura, que no les dieran a los arqueros ninguna razón para abrir fuego. Vio a uno de sus hombres caer mientras daba alaridos por su garganta abierta, y de inmediato el Asesino responsable comenzó a atacar a otro.

—Hazlo —le ordenó a Malik, señalando en dirección a la pelea—. Pero te pido que seas misericordioso.

Malik se unió a la batalla, el partidario del régimen retrocedió y Malik le golpeó en las piernas. Cuando su oponente cayó, se sentó a horcajadas sobre él y le dio no un golpe para matarlo sino tan solo con la empuñadura de su espada para dejarlo inconsciente.

Altaïr volvió a mirar a los baluartes. Allí vio dos arqueros bajar sus armas y negar con la cabeza. Vio a Abbas sacar un puñal —el puñal de su padre— y amenazar con él a sus hombres, pero de nuevo negaron con la cabeza, bajaron los arcos y colocaron las manos en las empuñaduras de sus espadas. Abbas se dio la vuelta, gritó a los arqueros del baluarte detrás de él y les ordenó que eliminaran a los desertores. Pero ellos también bajaron los arcos y el corazón de Altaïr se ensanchó. Ahora animaba a sus hombres a avanzar, hacia las puertas. La batalla continuaba, pero los oponentes poco a poco se dieron cuenta de lo que sucedía en los baluartes. Incluso mientras luchaban intercambiaban miradas vacilantes, y uno a uno se fueron retirando del combate, dejaron sus espadas, extendieron los brazos y se rindieron. El grupo de Altaïr tenía el camino libre para avanzar hacia el castillo.

Llevó a sus hombres hasta las puertas y llamó con el puño. Detrás de él se reunieron los Asesinos y los aldeanos regresaron también, de modo que el altiplano estaba abarrotado de gente. Al otro lado de la puerta del castillo había una extraña calma. La gente de Altaïr se calló, el ambiente crepitaba por la expectación, hasta que de repente retiraron los pestillos y la puerta del castillo se abrió de par en par por unos guardias que dejaron sus espadas e inclinaron la cabeza por deferencia ante Altaïr.

Él asintió como respuesta, cruzó el umbral, bajo el arco, y caminó por el patio hasta la torre del Maestro. Detrás de él llegaba la gente del pueblo; se dispersaron y circularon por los bordes del patio; los arqueros bajaron por las escaleras de los baluartes para unirse a ellos, y las caras de las familias y los criados se pegaron a las ventanas de las torres que daban a los jardines. Todos querían presenciar el regreso de Altaïr, ver su confrontación con Abbas.

Subió las escaleras de la plataforma y luego entró en el vestíbulo. Delante de él, Abbas se hallaba en los peldaños, con el rostro oscuro y demacrado, con la desesperación y la derrota recorriendo todo su ser, como una fiebre.

—Se ha acabado, Abbas —dijo Altaïr—. Ordena a aquellos que aún te son fieles que se rindan.

Abbas resopló.

—Nunca.

En aquel momento la torre se abrió y los últimos de sus partidarios salieron de las habitaciones laterales al vestíbulo: una docena de Asesinos y criados. Algunos bajaban la vista, asustados. Otros eran feroces y decididos. La batalla aún no había finalizado.

—Dile a tus hombres que se retiren —ordenó Altaïr. Dio media vuelta para señalar al patio, donde estaba reunida la muchedumbre—. No hay posibilidades de que prevalezcáis.

—Estoy defendiendo la ciudadela, Altaïr —dijo Abbas—, hasta el último hombre. ¿No harías lo mismo?

—Yo habría defendido la Orden, Abbas —gruñó Altaïr—. Pero tú en cambio has sacrificado todo lo que representábamos. Sacrificaste a mi esposa y a mi hijo en el altar de tu propio resentimiento, de tu rotundo rechazo a aceptar la verdad.

—¿Te refieres a mi padre? ¿A las mentiras que dijiste de él?

—¿No es por ese motivo por el que estamos aquí? ¿No es la fuente de tu odio la que ha fluido con los años envenenándonos a todos?

Abbas estaba temblando. Tenía los nudillos blancos en la balaustrada de su balcón.

—Mi padre dejó la Orden —dijo—. Nunca se habría suicidado.

—Se suicidó, Abbas. Se mató con el mismo puñal que tienes oculto en tu túnica. Se suicidó porque tenía más honor del que nunca conocerás y porque no quería que sintieran lástima por él. No se le compadecerá como a ti, por todos, cuando te pudras en el calabozo de la ciudadela.

—¡Nunca! —rugió Abbas. Señaló con un dedo tembloroso a Altaïr—. Dices que quieres retomar la Orden sin que ningún Asesino pierda la vida. Veamos cómo lo intentas. Matadlo.

Y de repente, los hombres del vestíbulo avanzaron en tropel, cuando...

El sonido de la explosión retumbó por toda la sala y silenció a todos: a la multitud del patio, a los Asesinos y a los partidarios de Abbas. Todos miraron sorprendidos a Altaïr, que estaba con el brazo hacia arriba como si apuntara a su enemigo, como si hubiera apuntado la hoja hacia los peldaños. Pero en vez de una hoja en la muñeca, había una voluta de humo.

En las escaleras se oyó un breve grito ahogado, y todos observaron cómo Abbas miraba hacia su pecho, donde un pequeño parche de sangre en su túnica poco a poco se iba extendiendo. Tenía los ojos muy abiertos de la impresión. Movió la mandíbula mientras intentaba articular palabras que no emitió.

Los Asesinos leales a Abbas se detuvieron. Se quedaron mirando boquiabiertos a Altaïr, que movió el brazo hacia ellos para que pudieran ver el mecanismo que llevaba en la muñeca.

Era un solo disparo y lo había usado, pero eso los demás no lo sabían. Nadie había visto antes un arma como aquella. Tan solo unos pocos sabían de su existencia. Y al verla en su dirección, los partidarios del régimen se encogieron de miedo. Dejaron las espadas en el suelo. Pasaron por delante de Altaïr, hacia la puerta de la torre, y se unieron a la multitud, con los brazos extendidos para entregarse, justo en el momento en que Abbas se lanzaba hacia delante, tropezaba en los escalones y caía con un ruido sordo en el vestíbulo de abajo.

Altaïr se agachó sobre él. Abbas respiraba con dificultad, con uno de los brazos en un ángulo extraño, como si se le hubiera roto en la caída; la parte delantera de su túnica estaba mojada de sangre. Le quedaban unos instantes de vida.

—¿Quieres que te pida perdón? —le preguntó a Altaïr. Sonrió y de pronto se le vio esquelético—. ¿Por matar a tu mujer y a tu hijo?

—Abbas, por favor, no dejes que tus palabras en el lecho de muerte sean maliciosas.

Abbas hizo un breve sonido de burla.

—Aún intentas ser virtuoso. —Levantó un poco la cabeza—. El primer golpe lo diste tú, Altaïr. Me llevé a tu mujer y a tu hijo, pero tan solo después de que las mentiras me quitaran muchas más cosas a mí.

—No eran mentiras —se limitó a decir Altaïr—. En todos estos años, ¿ni siquiera lo pusiste en duda?

Abbas se estremeció y apretó los ojos por el dolor. Tras una pausa, dijo:

—¿Alguna vez te has preguntado si hay otro mundo después, Altaïr? En unos instantes lo sabré con seguridad. Y si existe, veré a mi padre, y ambos estaremos allí para recibirte cuando llegue tu hora. Y entonces..., entonces no habrá ninguna duda.

Tosió, gorjeó y una burbuja de sangre se formó en su boca. Altaïr le miró a los ojos y no vio nada del huérfano al que una vez conoció; no vio nada del mejor amigo que una vez tuvo. Lo único que vio fue a la criatura retorcida que tanto le había hecho pagar.

Y mientras Abbas moría, Altaïr se dio cuenta de que ya no le odiaba ni sentía lástima por él. No sentía nada. Nada más que alivio porque Abbas ya no estaba en este mundo.

Dos días más tarde el bandolero Fahad apareció con siete de sus hombres a caballo y se encontró en las puertas de la aldea con un grupo de Asesinos, dirigido por Altaïr.

Les llevaron al borde de la plaza del mercado, donde se encontraron con una fila de hombres vestidos con túnicas blancas. Algunos estaban de brazos cruzados y otros tenían las manos en sus arcos o en la empuñadura de sus espadas.

—Así que es cierto. El gran Altaïr Ibn-La'Ahad ha recuperado el control de Masyaf —dijo Fahad, que parecía cauteloso.

Altaïr inclinó la cabeza en señal afirmativa.

Fahad asintió despacio, como si reflexionara sobre aquel hecho.

—Tenía un acuerdo con tu predecesor —dijo por fin—. Le pagué mucho para poder entrar en Masyaf.

—Y ya lo has hecho —respondió Altaïr en tono agradable.

—Ah, sí, pero por una razón en particular, me temo —replicó Fahad con una sonrisa turbia y se movió un poco en su silla—. He venido a encontrar al asesino de mi hijo.

—Y también lo has hecho —dijo Altaïr con el mismo tono.

La turbia sonrisa desapareció lentamente de la cara de Fahad.

—Ya veo —dijo y se inclinó hacia delante—. Entonces, ¿cuál de vosotros es el responsable?

Sus ojos recorrieron la fila de Asesinos.

—¿No tienes testigos que identifiquen al asesino de tu hijo? —preguntó Altaïr—. ¿Que apunten al culpable entre nosotros?

—Sí —dijo Fahad con tristeza—, pero la madre de mi hijo le sacó los ojos.

—Ah —dijo Altaïr—. Bueno, era una rata. Puede que te consuele que hizo poco por proteger a tu hijo o, de hecho, por vengarlo una vez muerto. En cuanto tuvo que enfrentarse a dos ancianos, en vez de a uno, se dio la vuelta y salió corriendo.

Fahad puso mala cara.

—¿Fuiste tú?

Altaïr asintió.

—Tu hijo murió como vivió, Fahad. Disfrutaba administrando dolor.

—Una característica que heredó de su madre.

—Ah.

—Y, a propósito, insiste en que su nombre sea vengado.

—Entonces, no queda nada más que decir —dijo Altaïr—. A menos que pretendas intentarlo en este mismo instante, te esperaré luego con tu ejército.

Fahad parecía no fiarse.

—¿Me vas a dejar marchar? ¿No me va a detener ningún arquero? ¿Aunque sepas que volveré con una fuerza para aplastarte?

—Si te mato, tendré que enfrentarme a la ira de tu esposa. —Altaïr sonrió—. Además, tengo la sensación de que cambiarás de opinión sobre atacar Masyaf en cuanto vuelvas a tu campamento.

—¿Y por qué?

Altaïr sonrió.

—Fahad, si entráramos en batalla ninguno de los dos cedería terreno. Ambos nos jugamos más que lo que nuestro agravio exige. Mi comunidad quedaría devastada, tal vez de un modo irreparable, pero también la tuya.

Fahad pareció reflexionar.

—Por supuesto es mía la decisión sobre lo que mi agravio exige.

—No hace mucho perdí a mi hijo —dijo Altaïr— y por ese motivo estuve a punto de perder a mi gente. Me he dado cuenta de que fue un precio muy alto el que pagué, incluso por mi hijo. Si levantáis las armas en contra de nosotros os arriesgáis a perder mucho. Estoy seguro de que los valores de tu comunidad difieren muchísimo de los míos, pero estoy seguro también de que son tan valiosos como difíciles de rechazar.

Fahad asintió.

—Eres más sabio que tu predecesor, Altaïr. Mucho de lo que dices tiene sentido y lo consideraré en mi viaje de vuelta. Pero también tendré que intentar explicárselo a mi mujer. Buena suerte, Asesino.

—Por lo que dices, eres tú el que necesita suerte.

El bandolero le dedicó otra de sus turbias y torcidas sonrisas y luego se marchó. Altaïr miró hacia arriba, a la ciudadela sobre el promontorio. Había mucho trabajo que hacer.

58

12 de agosto de 1257

Bueno. Era demasiado tarde para escapar de Masyaf antes de que llegaran los mongoles. De hecho, ya habían llegado. Como consecuencia, nos marchamos a Constantinopla en cuestión de horas y estoy escribiendo estas palabras rápidamente mientras nos ayudan a subir nuestras posesiones a los carros. Y si Maffeo cree que las duras miradas que me lanza bastarán para que deje mi pluma y eche una mano, está equivocado. Ahora sé que estas palabras serán de vital importancia para futuros Asesinos. Deben escribirse enseguida.

Es un grupo pequeño, o eso nos han dicho. Pero la fuerza principal no está muy lejos. Mientras tanto, ese grupo de refriegas por lo visto quiere darse a conocer y ha estado lanzando pequeños pero violentos ataques, escalando los muros del pueblo y luchando en los baluartes antes de retirarse. Sé poco de la guerra, gracias a Dios, pero se me ocurre que estos breves asaltos puede que sean una manera de calcular nuestra fuerza o la falta de ella. Y me pregunto si el Maestro se lamenta de su decisión de debilitar la ciudadela al disolver a los Asesinos. Tan solo hace dos años ningún pelotón se habría acercado ni diez pasos al castillo antes de caer a manos de los arqueros asesinos o bajo las hojas de los defensores. Cuando Altaïr le arrebató a Abbas el control de la Orden, lo primero que hizo fue enviar a alguien a buscar sus diarios: el trabajo del Maestro era ser una fuerza totémica en la reconstrucción de la Orden, fundamental para proporcionar los cimientos para detener la caída de Masyaf. Bajo el reinado corrupto de Abbas no habían aprendido ninguna de las habilidades ni habían practicado el entrenamiento de antaño. La Hermandad tan solo era Asesina por el nombre. La primera tarea de Altaïr fue restablecer la disciplina que se había perdido: el patio de entrenamiento volvía a retumbar con el sonido del acero y los gritos y maldiciones de los instructores. Ningún mongol se había atrevido a una refriega por aquel entonces.

Pero cuando la Hermandad recuperó su nombre y reputación, Altaïr decidió que la base en Masyaf ya no debía existir y quitó el emblema asesino del asta de la bandera. Su visión para la Orden era que los Asesinos salieran al mundo, dijo. Tenían que operar entre la gente, no sobre ellos. El hijo de Altaïr, Darim, llegó a su hogar en Masyaf para encontrar que tan solo quedaban unos cuantos Asesinos, la mayoría de los cuales estaban ocupados en la construcción de la biblioteca del Maestro. Cuando terminaron, Darim fue enviado a Constantinopla para localizarnos a mi hermano y a mí.

Lo que nos lleva al principio de nuestra historia, unos ochenta años después de que empezara.

—Pero creo que no se ha acabado todavía —dijo Maffeo.

Estaba esperándome. Teníamos previsto ver al Maestro en el patio principal. Estábamos seguros de que sería la última vez y nos llevó el ayudante fiel de Altaïr, Mukhlis.

Al llegar pensé en lo que habría visto aquel patio. Allí fue donde Altaïr vio por primera vez a Abbas, en medio de la noche, inmóvil por su afligido padre. Allí fue donde los dos lucharon y se convirtieron en enemigos; donde Altaïr había sido avergonzado delante de la Orden por Al Mualim; donde María había muerto y Abbas también.

Nada de aquello se le había escapado a Altaïr, que había reunido a la mayoría de los Asesinos para que oyeran lo que tenía que decir. Darim estaba entre ellos, con el arco, también el joven Malik, y Mukhlis, que estaba situado al lado del Maestro en la tarima del exterior de la torre. Los nervios revoloteaban como polillas en mi estómago y me encontré respirando de forma irregular para intentar controlarlos, pues el ruido de la batalla que oíamos de fondo era desconcertante. Los mongoles, al parecer, habían escogido aquel momento para lanzar otro de sus ataques al castillo, tal vez conscientes de que sus defensas se habían reducido temporalmente.

—Hermanos —dijo Altaïr, de pie ante nosotros—, nuestro

tiempo juntos ha sido breve, lo sé. Pero tengo fe en que este códice responderá cualquier pregunta que aún tengáis en mente.

Lo cogí y le di la vuelta en mis manos, con respeto. Contenía los pensamientos más importantes del Maestro, extraídos tras décadas de estudio de la Manzana.

—Altaïr —dije, apenas capaz de formar las palabras—, este regalo es... inestimable. *Grazie*.

Al hacer una seña Altaïr, Mukhlis avanzó con una pequeña bolsa, que entregó al Maestro.

—¿Adónde iréis ahora? —preguntó Altaïr.

—A Constantinopla durante un tiempo. Podemos establecer una agrupación allí antes de regresar a Venecia.

Se rio.

—Tu hijo Marco estará impaciente por oír las locas historias de su padre.

—Es un poco pequeño para esas historias. Pero pronto, algún día, sí.

Sonreí abiertamente.

Me pasó la bolsa y noté que había varios objetos pesados dentro de ella.

—Un último favor, Nicolás. Llévate esto contigo y guárdalo bien. Escóndelo si tienes que hacerlo.

Levanté las cejas, pidiendo implícitamente su permiso para abrir la bolsa y asintió. Le eché un vistazo al interior, luego metí la mano y saqué una piedra, una de cinco: como las otras tenía un agujero en el centro.

—¿Artefactos? —pregunté.

Quería saber si aquellos eran los artefactos que había encontrado durante su exilio en Alamut.

—Algo así —respondió el Maestro—. Son claves, cada una imbuida de un mensaje.

—¿Un mensaje de quién?

—Ojalá lo supiera —dijo Altaïr.

Un Asesino entró corriendo en el patio y habló con Darim, que se adelantó.

—Padre. Una vanguardia de mongoles se ha abierto paso y han invadido la aldea.

Altaïr asintió.

—Nicolás, Maffeo. Mi hijo os acompañará en la peor de las luchas. En cuanto crucéis el valle, seguid su curso hasta encontrar un pequeño pueblo. Vuestros caballos y provisiones os esperan allí. Manteneos a salvo y estad alerta.

—Lo mismo digo, Maestro. Cuidaos.

Sonrió.

—Lo consideraré.

Y al decir esas palabras, el Maestro se marchó al tiempo que gritaba órdenes a los Asesinos. Me pregunté si le volvería a ver otra vez mientras me echaba al hombro la bolsa de extrañas piedras y sujetaba con firmeza el inestimable códice. Lo que recuerdo después es una impresión de cuerpos, de gritos, del sonido del acero, mientras corríamos a una residencia, y allí me acurruqué en un rincón a escribir estas palabras, incluso cuando la batalla rugía en el exterior. Pero ahora tengo que irme. Tan solo me queda rezar para que podamos escapar con vida.

De alguna manera creo que así será. Tengo fe en los Asesinos. Solo espero merecer la fe de Altaïr. Respecto a eso, el tiempo lo dirá.

1 de enero de 1258

El primer día de un nuevo año y con una mezcla de emociones, limpio el polvo de la tapa de mi diario y empiezo una página en limpio, sin estar seguro de si esta entrada marca un nuevo comienzo o actúa como epílogo de la historia que la precede. Tal vez la decisión sea tuya, lector.

La primera noticia que tengo que comunicar la comparto con el corazón en un puño. Hemos perdido el códice. El que nos dio Altaïr el día de nuestra marcha, cuyo cuidado nos confió, está en manos del enemigo. Siempre me torturará el instante en que yacía sangrando y llorando en la arena, mientras observaba cómo el polvo se levantaba por los cascos del grupo mongol atacante y uno de ellos blandía la cartera de cuero en la que guardaba el códice con la correa cortada. Después de dos días fuera de Masyaf, con nuestra seguridad garantizada —o eso había parecido—, atacaron.

Maffeo y yo escapamos con vida, pero solo con eso, y sirvió de poco consuelo el tiempo que habíamos pasado con el Maestro, pues podríamos haber aprendido mucho más del códice que contenía las facultades para buscar e interpretar el conocimiento nosotros mismos. Decidimos que pronto deberíamos ir al este y recuperarlo (y por lo tanto, retrasaría mi anterior oportunidad de regresar a Venecia y ver a mi hijo Marco), pero antes tendríamos que atender unos asuntos en Constantinopla, puesto que allí había mucho que hacer. Por delante nos quedaban al menos dos años de trabajo, que serían incluso más difíciles sin la sabiduría del códice para guiarnos. Aun así, decidimos que, sí, habíamos perdido el libro, pero en nuestras mentes y corazones éramos Asesinos, e íbamos a dar buen uso de nuestro conocimiento y de la reciente experiencia adquirida. Por lo tanto, ya habíamos escogido el emplazamiento para nuestra base de operaciones, una breve excursión al noroeste de Hagia Sophia, donde íbamos a abastecernos con los productos de la mejor calidad (¡por supuesto!). Mientras tanto, comenzaríamos a propagar y difundir el credo de los Asesinos como prometimos hacer.

Y al mismo tiempo que empezamos el proceso de una nueva asociación también ocultamos las cinco piedras que nos dio Altaïr. Las claves. Nos dijo que las guardáramos bien o las escondiéramos. Tras nuestra experiencia con los mongoles, decidimos que las claves tenían que ocultarse, así que nos pusimos a esconderlas por Constantinopla. Hoy esconderemos la última, así que, cuando leas esto, las cinco claves estarán a salvo de los Templarios, para que las encuentre algún Asesino en el futuro.

Sea quien sea.

Epílogo

Encima de él, en la cubierta, el Asesino oyó los sonidos de un alboroto, los familiares golpes de las pisadas que acompañaban a la aproximación a tierra. Los miembros de la tripulación corrían de sus puestos a proa, vibrando en las jarcias o colgando de las cuerdas, protegiéndose los ojos para contemplar los relucientes puertos a los que se dirigían, anticipando las aventuras que les esperaban.

Al Asesino también le aguardaban aventuras. Por supuesto, las suyas serían muy distintas a las que imaginaba con ingenuidad la tripulación, que sin duda consistían principalmente en visitar las tabernas y tratar con algunas prostitutas. El Asesino casi los envidiaba por la simplicidad de sus empeños. Las suyas serían tareas más complicadas.

Cerró los diarios de Nicolás y apartó el libro, dejándolo sobre el escritorio. Pasó los dedos por la cubierta envejecida y meditó sobre lo que acababa de aprender, el completo significado de lo que sabía que tardaría en darse a conocer. Y entonces, respiró hondo, se levantó, se puso su túnica, aseguró el mecanismo de la hoja en su muñeca y se subió la capucha. A continuación, abrió la trampilla de sus dependencias para aparecer en la cubierta. Él también se protegió los ojos para echar un vistazo al puerto mientras el barco cortaba el agua brillante para dirigirse hacia allí, donde ya había gente reunida para recibirles.

Ezio había llegado a la gran ciudad. Estaba en Constantinopla.

Relación de personajes

Nicolás, el narrador
Maffeo Polo

Los Asesinos
Altaïr Ibn-La'Ahad
María, su mujer (de soltera, Thorpe)
Darim y Sef, sus hijos
Al Mualim, el Maestro
Faheem al-Sayf
Umar Ibn-La'Ahad, el padre de Altaïr
Abbas Sofian
Ahmad Sofian, el padre de Abbas
Malik
Tazim, el hijo de Malik, también conocido como Malik
Kadar, el hermano de Malik
Rauf
Jabal
Labib
Swami
Farim

Aldeanos de Masyaf
Mukhlis, su mujer, Aalia, y su hija, Nada

Los cruzados
Ricardo I de Inglaterra, Corazón de León
Salah Al'din, sultán de los sarracenos
Shihab Al'din, su tío

Los nueve objetivos de Altaïr
Tamir, el comerciante del mercado negro
Abu'l Nuqoud, el rey mercader de Damasco
Garnier de Naplouse, el Gran Maestro de los Caballeros Hospitalarios
Talal, un traficante de esclavos
Majd Addin, regente de Jerusalén
Guillermo de Montferrato, señor de Acre
Sibrand, Gran Maestro de los Caballeros Teutónicos
Jubair al-Hakim, líder erudito de Damasco
Robert de Sablé, Gran Maestro de los Caballeros Templarios

En Chipre
Osman, el capitán de la ciudadela en Limassol
Federico el Rojo, caballero Templario de grado superior en Limassol
Armand Bouchart, el sucesor de Robert de Sablé
Markos, Resistencia
Barnabas, Resistencia
Barnabas, impostor
Jonás, un comerciante
Moloch, «El Toro»
Shalim y Shahar, los hijos de Moloch

Los bandidos
Fahad
Bayhas
El del pelo largo

Agradecimientos

Doy mis más especiales gracias a:

Yves Guillemot
Jean Guesdon
Corey May
Darby McDevitt
Jeffrey Yohalem
Matt Turner

Y también a:

Alain Corre
Laurent Detoc
Sébastien Puel
Geoffroy Sardin
Xavier Guilbert
Tommy François
Cecile Russeil
Christele Jalady
El Departamento Legal de Ubisoft
Charlie Patterson
Chris Marcus
Etienne Allonier
María Loreto

Alex Clarke
Alice Shepherd
Andrew Holmes
Clémence Deleuze
Guillaume Carmona